Simone Dorra – Ingrid Zellner

KUCKUCKSSOHN

Simone Dorra erblickte 1963 in Wuppertal das Licht der Welt und ist seit 1983 in Baden-Württemberg zu Hause. Die gelernte Buchhändlerin arbeitete zunächst in einem Stuttgarter Verlag und gestaltete dann als Sprecherin und Journalistin Radioprogramme für den Privatrundfunk. Mit ihrem Mann und ihren drei Kindern lebt sie in Welzheim, wo sie heute als Lokaljournalistin für die örtliche Tageszeitung arbeitet.
www.simonedorra.de

Ingrid Zellner wurde 1962 in Dachau geboren. Nach ihrem Theaterwissenschafts-, Literatur- und Geschichtsstudium in München war sie am Stadttheater Hildesheim und zwölf Jahre an der Bayerischen Staatsoper München Dramaturgin. Heute lebt sie als Übersetzerin (Schwedisch) und Schriftstellerin, Regisseurin und Theaterschauspielerin wieder in Dachau. Sie hat bereits Romane, ein Kinderbuch, Kurzgeschichten und Theaterstücke veröffentlicht.
www.ingrid-zellner.de

Simone Dorra – Ingrid Zellner

Kuckuckssohn

Roman

SILBERBURG

1. Auflage 2019

Umschlaggestaltung und Satz:
César Satz & Grafik GmbH, Köln.
Coverfoto: © s_oleg – Shutterstock
Lektorat: Michael Raffel, Tübingen.
Druck: CPI books, Leck.

Printed in Germany.

ISBN 978-3-8425-2141-4

Prolog

»Ade, Herr Gebhard. I gang jetzt hoim.«

»Isch recht, Frau Schneider. Schönen Abend noch.«

Traugott Gebhard nickte seiner Sekretärin zu und wartete, bis sie sein Büro wieder verlassen hatte. Ruth Schneider hatte die Stelle in seinem Vorzimmer vor zwanzig Jahren als frisch verheiratete Frau angetreten. Er lernte ihren Mann wenige Monate später bei der Betriebsweihnachtsfeier der Spielzeugfabrik Gebhard kennen und fand ihn auf Anhieb herzlich unsympathisch; es wunderte ihn wenig, als sie sich kaum vier Jahre später wieder scheiden ließ. Seither war sie allein geblieben. Sie hatte sich mit ihrem recht ansehnlichen Gehalt ein nettes Häuschen in Hussenhofen zusammengespart, besaß einen innig geliebten Kartäuserkater, und in ihrer knappen Freizeit züchtete sie Rosen. Sie war außerdem seine überaus verlässliche rechte Hand … *und manchmal sogar seine linke.*

Er lehnte sich in seinem rückenschonenden Ledersessel zurück und warf einen kurzen Blick auf die kleine Tür in seinem Schreibtisch, zu der er allein einen Schlüssel besaß. Dahinter befand sich ein *Cognac Albert de Montaubert XO Impérial* von 1956, ein Geschenk von ihm an sich selbst zu Weihnachten. Selbst jetzt noch, knapp zwei Monate danach, versetzte ihm sein schwäbisches Gewissen einen Stich, wenn er daran dachte, was dieser samtweiche, goldbraune Göttertrank gekostet hatte.

Er klopfte auf seine Westentasche, in der der Schlüssel steckte … aber nein, das war nicht die richtige Gelegenheit. Sein nächster Geburtstag würde erst im Oktober sein. Der einundsiebzigste. Die Geburtstage seiner Söhne waren im Februar und im April, die seiner Schwiegertöchter im Juni und Juli. Und nur bei der Frau seines älteren Sohnes konnte er sich vorstellen, einen ehrlich gemeinten Toast auszubringen. Elisabeth – die zu Hause die Dinge ebenso makel- und reibungslos am Laufen hielt wie Ruth Schneider hier in der Firma. *Kluge, freundliche, liebevolle Elisabeth.*

Eigentlich war es traurig, dass ihm seine beiden Söhne und seine andere Schwiegertochter nicht halb so viel bedeuteten. Markus – sein Ältester – konnte noch am wenigsten dafür. Er war Anwalt in einer florierenden Kanzlei, er liebte seine Tochter Vivien, und er war Elisabeth (jedenfalls soweit Traugott das beurteilen konnte) ehrlich zugetan und vermutlich treu. Allerdings musste Traugott zugeben, dass er eigentlich nie so genau wusste, was Markus empfand. Sein Ältester war ziemlich verschlossen; früher, in seiner Jugend, war er viel lockerer gewesen.

Traugott seufzte. Das galt auch für ihn selbst. Vielleicht war Markus ihm doch ähnlicher, als er dachte.

In den letzten Wochen und Monaten waren seine Gedanken immer häufiger in die Vergangenheit gewandert – zurück in eine Zeit, als er eben erst neuer Direktor der Firma in Schwäbisch Gmünd geworden war, mit gerade dreißig und seit einem knappen Jahr verheiratet mit Reinhild, einer geborenen Schäuffele aus Stuttgart. Damals war er vollauf damit beschäftigt gewesen, das Unternehmen zu erweitern. Schwaben, selbst Deutschland war ihm damals zu klein vorgekommen.

Er hatte Kooperationsverträge geschlossen mit einer kleinen Manufaktur im italienischen Bologna, die für ihn naturgetreue Tierfiguren herstellte, mit einem Betrieb für Kunsthandwerk und Spielwaren aus Blech im tschechischen Riesengebirge und mit einer Firma in Schweden, in der Nähe von Stockholm. Von dort bezog er schön geschnitztes Spielzeug aus Holz, das sich im Lauf der Jahre zu einem Verkaufsschlager entwickelte. Damals war er sehr oft nach Stockholm gereist und hatte sogar die Sprache gelernt.

Schweden faszinierte ihn. Das intensive Licht, die Ruhe und Weite, die ihn umgaben, sobald er ins Landesinnere oder nach Norden fuhr, waren ein fast schockierender Gegensatz zu den vertrauten, dicht besiedelten Hügeln seiner Heimat. In Schweden konnte er durchatmen, wenn ihm zu Hause durch seinen übervollen Terminkalender und die selbst gesetzten Ziele die Luft ausging.

Inzwischen war er schon lange nicht mehr in Skandinavien gewesen.

Traugott warf einen Blick aus dem Fenster. Der regnerische Freitagnachmittag neigte sich dem Ende zu; jeden Moment musste sich sein Fahrer melden. Selbst durfte er nicht mehr hinter das Steuer; nach einer Operation am linken Auge im vergangenen Frühjahr war der graue Star zwar verschwunden, aber ein hartnäckiger Rest Linsentrübung war geblieben.

Außerdem hatte er mit einer ständig wachsenden Müdigkeit zu kämpfen, die ihm noch mehr zu schaffen machte als sämtliche Zipperlein, an die er sich notgedrungenermaßen gewöhnt hatte. Er war es leid, in jeder Angelegenheit das letzte Wort haben zu müssen. Es wurde Zeit für den Ruhestand. Markus wollte die Firma nicht übernehmen, sein jüngerer Sohn Julius *durfte* es nicht … aus mehr Gründen, als es Traugott lieb war. Aber zum Glück hatte er vorgesorgt. Sein Lebenswerk war sicher.

Nun nestelte er doch noch den Schlüssel aus der Westentasche und öffnete das Schrankfach. Da war der Cognac in seiner trügerisch schlichten Flasche, die ihn immer an einen überdimensionalen Parfumflakon erinnerte, und daneben ein schön geschliffener Schwenker.

Warum eigentlich nicht?

Er holte Flasche und Schwenker heraus und goss sich einen Fingerbreit ein. Als er das Glas mit der Handfläche umschloss und hochhob, stieg ihm der Duft wie eine köstliche Wolke in die Nase.

Er schloss die Augen, und in Vorfreude auf den ersten Schluck schickte er seine Gedanken auf die Reise. Aber merkwürdigerweise sah er nicht die weichen, grünen Hügel der Charente vor sich, woher sein nobles Lieblingsgetränk kam. Nein ... was er jetzt sah, war eindeutig das Meer. Obwohl er den Schwenker immer noch festhielt, schwand der Duft des Cognacs, und nun konnte er das Meer nicht nur sehen, sondern auch riechen. Er befand sich an Bord eines Schiffes. Er konnte förmlich spüren, wie die Decksplanken leicht unter seinen Füßen vibrierten. Plötzlich begriff er. Das war die kleine Fähre, die von *Gamla Stan* nach *Djurgården* verkehrte. Er war wieder in Stockholm.

»Kom och hälsa på mig så ska jag visa dig norrskenet.«

Er hatte ihre Stimme vierzig Jahre lang nicht vergessen. Kummer und Enttäuschung waren plötzlich vergangen wie Rauch, und jetzt drehte er sich zu ihr um und sah in ihr schönes Gesicht.

Komm mich besuchen, und ich zeige dir das Polarlicht.

»*Hej!*«, sagte er leise. Mit einem Mal war alle Müdigkeit wie weggeblasen; er fühlte sich hellwach, voller Freude … und jung. *So jung.* »Da bisch du ja wieder!«

Weit entfernt rutschte ihm das Glas aus den Fingern und rollte über den Teppich unter den Schreibtisch. Er merkte es nicht. Sein Mund verzog sich zu einem glücklichen Lächeln.

Als der Fahrer eine Viertelstunde später in das Büro im ersten Stock heraufkam, da der Chef nicht auf seine wiederholten Telefonanrufe reagiert hatte, saß Traugott Gebhard mit nach hinten gesunkenem Kopf in seinem Ledersessel. Er lächelte immer noch, aber er atmete nicht mehr.

Abschied nehmen

Als Elisabeth Gebhard am Morgen des 20. Februar aus dem Fenster schaute, seufzte sie unwillkürlich vor Erleichterung. Es war kalt, aber am Himmel stand nicht eine einzige Wolke. *Kein Begräbnis im Regen – gottlob.*

Sie sah dem Tag entgegen wie einem anspruchsvollen Hindernisparcours, der sich nur mit einer ausgefeilten Strategie bewältigen ließ. Der Beerdigungsunternehmer würde alle Blumen und Kränze, die versehentlich hier an der Villa auf dem Kaffeeberg in Schwäbisch Gmünd abgeliefert wurden, rechtzeitig zum Dreifaltigkeitsfriedhof schaffen und dort um den schlichten Eichensarg herum dekorieren. Die Feier begann offiziell um zwölf, mit einem festgelegten Programm. Zwei Lieder des Chores, in dem Traugott Gebhard dreißig Jahre lang Bass gesungen hatte, und zwei Choräle, in die die Trauergemeinde einstimmen konnte … alles von Johann Sebastian Bach. Elisabeths Schwiegervater hatte die Musik des Thomaskantors aus Leipzig sehr geliebt. *Hasch du dir amol seine Kantate a'ghört?,* hatte er einmal zu Elisabeth gesagt. *Die sen wie so a hoch komplizierte mathematische Formel, und am Ende goht älles uff. Großartig isch des.*

Elisabeth wurde jäh klar, dass sie nie wieder abends in Traugotts Arbeitszimmer gehen würde, um mit ihm zusammenzusitzen und bei einem Glas Rotwein mit ihm zu plaudern, während im Hintergrund das Präludium für Cello in G-Dur von Bach leise aus den Lautsprechern seiner Stereoanlage kam. Dieses Stück hatte er in den vergangenen Wochen immer wieder gehört … als wäre es die Antwort auf eine Frage, die nur er allein kannte. Und sie hätte sehr gern gewusst, welche Frage das gewesen war.

»Lisa, bist du hier?«

Markus. Ihr Mann war schon vor einer halben Stunde aufgestanden. Normalerweise ließ er sich mehr Zeit; aber dies war kein normaler Tag.

»Ja, bin ich. Ich komm gleich runter.«

Sie trat vor den Spiegel, den Markus ihr zur Hochzeit geschenkt hatte – zwei Meter hoch, mit einem üppigen Barockrahmen, den sie schon damals schrecklich kitschig gefunden hatte. Jetzt betrachtete sie ihr müdes Gesicht, das ihr zwischen vergoldeten Puttenköpfen, stilisierten Blätterranken und Rosenknospen aus weiß lackiertem Holz entgegenschaute. Sie war furchtbar blass. *Aber andererseits würde bei einer Beerdigung wohl niemand von ihr erwarten, dass sie aussah wie das blühende Leben.*

»Frau Gebhard?«

Marlies Hinderer, die als Köchin und Haushälterin für das leibliche Wohl der Familie sorgte, stand in der Tür.

»Der Caterer für d'r Empfang nach der Beerdigung hat ag'rufe«, sagte sie. Es klang unheilverkündend. »Denen isch die Kühlahlag ausg'falle, ond die Blätterteigtäschle med Lachs für die Herre vom Vorschtand sen hinüber. Außerdem isch en Bote vom Rathaus komma ond hat en große Kranz mit Schleife hierher bracht anschtatt zom Friedhof. Was mach i jetzed bloß mit dem Ding?«

Elisabeth seufzte. Der Tag hatte gerade erst begonnen, und das Chaos war bereits in vollem Gang.

»Legen Sie den Kranz in die Waschküche«, erwiderte sie. »Der Herr vom Beerdigungsinstitut kommt in einer halben Stunde und nimmt ihn mit. Und ich ruf gleich bei dem Fischzüchter in Schorndorf an, bei dem mein Schwiegervater immer seine Räucherforellen bestellt hat. Ich bin sicher, der kann uns aushelfen.«

Sie wandte dem Spiegel entschlossen den Rücken zu.

»Ich zieh mich schnell an, und dann kriegen wir das schon hin.«

***

Der Trauergottesdienst war gottlob gnädig kurz. Nachdem die Trauergemeinde gesungen und der Pfarrer den abschließenden Segen gesprochen hatte, rollte der Sarg auf seinem Wagen an Elisabeth vorbei in Richtung Ausgang. Sie erhob sich mit der

Familie und folgte Traugott auf seinem letzten Weg quer über den weitläufigen Friedhof dorthin, wo das Grab ausgehoben worden war.

Die Worte des Pfarrers rauschten nahezu ungehört an ihr vorüber. Schließlich war der Moment gekommen, ihr kleines Sträußchen aus Rosen und Schleierkraut in das Grab zu werfen. Die Oberfläche des Sarges war bereits teilweise unter Blumen und lockerer Erde verschwunden.

Leb wohl, Traugott, dachte sie. *Du bist so ein wunderbarer Mensch gewesen. Ich hab dich lieb. Und du fehlst mir.*

Sie trat wieder zurück und wartete, bis sich auf ihrer linken Seite die unvermeidliche Schlange derer bildete, die kondolieren wollten. Vivien berührte sie am Ellenbogen.

»Du musst bloß bis nach dem Empfang durchhalten, Mama«, raunte sie tröstend. »Dann machen wir die Türen hinter uns zu, ich koch uns einen Tee, und du kannst dich ausruhen.«

Elisabeth betrachtete Viviens Gesicht und stellte wieder einmal mit einer Art von sanftem, verwundertem Schrecken fest, wie sehr sie ihre schöne, kluge Tochter liebte.

»Danke, mein Schatz«, sagte sie leise.

***

Zwei Tage nach Traugott Gebhards Beerdigung verabschiedete Markus sich wie gewohnt morgens um neun und fuhr in die Kanzlei; nachmittags war er mit Dr. Pfleiderer verabredet, dem Notar der Familie, der Anfang der kommenden Woche das Testament eröffnen würde. Es war ein offenes Geheimnis, dass die eigentliche Firma vom Erbe ausgenommen war (das nun im Wesentlichen aus mehreren Immobilien und einem beträchtlichen Barvermögen bestand, dessen genaue Summe Elisabeth allerdings nicht kannte). Über ein ausgeklügeltes System von Stiftungen hatte der alte Patriarch dafür gesorgt, dass sein Lebenswerk nicht etwaigen Streitereien seiner Nachkommen zum Opfer fiel, sondern am Stück erhalten blieb.

Was Markus anging, musste er sich finanziell wenig Sorgen machen. Elisabeths Mann bezog als Anwalt ein beruhigend solides Gehalt. Der einzige Grund, weswegen er noch mit Frau und Tochter in der Familienvilla wohnte, war der, dass Elisabeth für ihren Schwiegervater zu dessen Lebzeiten alle Firmenevents vorbereitet und eine exakte Kopie des Terminkalenders besessen hatte, den Traugotts getreue Sekretärin Ruth Schneider führte. Die beiden hatten gemeinsam dafür gesorgt, dass nicht nur in der Firma, sondern auch daheim alles lief wie am Schnürchen.

Elisabeth trank eine letzte Tasse Kaffee und fragte sich, was Ruth Schneider nun, nach Traugotts Tod, wohl tun würde – wahrscheinlich in ihrem hübschen, abbezahlten Häuschen in Rente gehen, neue Rosensorten züchten und ihren prächtigen Kartäuserkater pflegen, der dort auf seinem eigenen Sessel im Wohnzimmer residierte wie ein König.

Die Tür öffnete sich, und Frau Hinderer steckte den Kopf herein. »Derf i abräume?«

»Aber sicher.« Elisabeth stand auf. »Tut mir leid, dass ich getrödelt habe.«

Die Haushälterin schnaubte. »Hen Sie doch garet. Sie sen früh dran; der Herr Julius und sei Holde sen no gar net wach, glaub i. Aber i han koi Luscht zom warte, bis die endlich nonder kommet … bis dahin isch die Wurscht grün und der Käs wird trocka.«

Elisabeth unterdrückte ein Grinsen. Es war kein Geheimnis, dass die tüchtige Perle von Julius und seiner Frau nicht gerade viel hielt.

Ihr Schwager hatte nach einem mit Ach und Krach absolvierten BWL-Studium zunächst versucht, als Investmentbanker an der Börse Karriere zu machen. Zwischenzeitlich heiratete er Fiona, die sich von ihm eine schicke Modeboutique in Gmünd mieten und einrichten ließ. Dummerweise fehlten Julius sowohl der Instinkt als auch das Talent für den gewählten Job, und auch die Boutique lief bei Weitem nicht so glänzend, wie Fiona sich das vorgestellt hatte. Auf diese Weise schafften die beiden es binnen weniger Jahre, einen erschreckenden Berg Schulden anzuhäufen.

Traugott glich die Konten von Sohn und Schwiegertochter aus und bot ihnen an, mit Fachleuten und dem nötigen Knowhow auszuhelfen. Der Vorschlag stieß auf wenig Gegenliebe. Als Elisabeth und Markus ihren zehnten Hochzeitstag feierten und Vivien auf das Gymnasium kam, waren Julius und Fiona erneut in ernsten finanziellen Schwierigkeiten. Diesmal sprach Traugott ein Machtwort. Er verschaffte Julius einen Posten in der Familienfirma, bei dem er seinen Charme nutzbringend einsetzen konnte, aber nicht einflussreich genug war, um Schaden anzurichten. Fionas Boutique wurde geschlossen, und anstatt sich eine andere Verdienstmöglichkeit zu suchen, wurde Julius' »Holde« Teil der auch in Gmünd durchaus vorhandenen Schickeria. Dank der Tatsache, dass sie mit ihrem Mann mietfrei das Dachgeschoss der Familienvilla bewohnte, reichte das Geld, um ihr diesen Lebensstil einigermaßen zu finanzieren. Jetzt, da Traugott tot war, warteten sie und Julius mit Sicherheit nur noch darauf, ihr Erbe einzustreichen und sich damit endlich zu sanieren.

Elisabeth zuckte die Achseln. Sie beschloss, keinen weiteren Gedanken an die Angelegenheiten von Schwager und Schwägerin zu verschwenden und sich stattdessen lieber mit Frau Hinderer an das Ausräumen von Traugotts Kleiderschrank zu machen.

***

Das Wochenende verstrich, der Montag kam und mit ihm der Termin für die Testamentseröffnung. Pünktlich morgens um elf hatte sich die ganze Familie in der Kanzlei von Dr. Pfleiderer versammelt. Am Kopfende des Sitzungstisches saß der Notar in einem dunklen Anzug, die Hände auf der dicken Mappe gefaltet, die vor ihm lag.

Er räusperte sich.

»Zunächst einmal«, sagte er, »möchte ich nochmals erwähnen, dass die Firma Gebhard nicht Teil des Erbes ist, sondern über die ›Traugott-Gebhard-Stiftung‹ vom Vorstand weitergeführt wird. Die Reingewinne der Firma fließen ausschließlich in die Finanzierung des Unternehmens. Ist das soweit in Ordnung?«

Allgemeines Nicken rund um den Tisch. Elisabeth sah, wie Dr. Pfleiderer seine Unterlagen durchblätterte und einen verstohlenen Blick Richtung Tür warf. *Erwartete er noch jemanden?*

»Das flüssige Barvermögen beläuft sich auf eine Summe von bislang insgesamt gut 900 000 Euro«, fuhr er fort. »Es gehen Legate von jeweils 40 000 Euro an die beiden Schwiegertöchter und die Enkelin von Traugott Gebhard sowie eine Summe von jeweils 10 000 Euro an Marlies Hinderer und Ruth Schneider. Der Rest geht zu gleichen Teilen an die Söhne des Erblassers.«

Elisabeth freute sich darüber, dass ihr Schwiegervater auch seine Haushälterin und die Sekretärin bedacht hatte. Außerdem war sie erleichtert, dass sie nicht mehr Geld bekam als Fiona; eine bestimmte Sorte Ärger musste man wirklich nicht mit aller Gewalt herausfordern.

Julius wirkte sichtlich zufrieden.

»Mindestens 380 000 pro Nase, großer Bruder«, sagte er und lächelte breit. »Gar nicht übel, was?«

Dr. Pfleiderer räusperte sich erneut und warf gerade einen nervösen Blick auf seine Armbanduhr, als es plötzlich klopfte.

»Herein.«

Die Tür öffnete sich, und auf der Schwelle stand ein Mann, den Elisabeth noch nie gesehen hatte. Sie schätzte ihn auf etwa vierzig; er war hochgewachsen und schlank, mit breiten Schultern, langen Beinen und einem klaren Gesicht unter einem dichten, weizenblonden Haarschopf. Er trug Jeans, Stiefel, eine dicke Winterjacke und darunter einen Pullover mit Norwegermuster.

»Dr Pfleiderer, I suppose?«, sagte er. »Hi, I'm Göran Åsasson. Excuse me for being late. I missed the earlier train.«

Markus, der den Neuankömmling ebenso verwirrt musterte wie der Rest der Familie, fand als Erster die Sprache wieder und wandte sich an den Notar.

»Wer ist das, bitte?«

»Und was hat er hier zu suchen?« Julius klang deutlich aggressiver als sein Bruder. »Ich dachte, das ist eine Privatveranstaltung.«

»Das ist es auch«, erwiderte Dr. Pfleiderer. »Welcome, Mr Åsasson. Have a seat!«

Der Fremde nickte, streifte die Jacke ab und setzte sich dem Notar gegenüber an den Tisch. Dass er von fünf Augenpaaren gleichzeitig angestarrt wurde, schien ihm wenig auszumachen.

»Ich darf Ihnen vorstellen: Das ist Göran Åsasson aus Schweden. Aus der Gegend von Kiruna genauer gesagt. Das liegt jenseits des Polarkreises.«

»Danke für die Geografiestunde«, versetzte Julius sarkastisch. »Aber damit weiß ich immer noch nicht, was der Mann hier zu suchen hat.«

»Ich habe ihn letzte Woche angerufen«, antwortete Dr. Pfleiderer. »Traugott Gebhard hatte mich gebeten, einen bestimmten Zusatz seines Testaments erst nach seinem Tod zu lesen. Deswegen kenne ich erst seit Kurzem ein wichtiges Detail, dessetwegen ich Herrn Åsasson gebeten habe, hierherzukommen. Er hat leider seinen ursprünglich vorgesehenen Zug vom Flughafen aus versäumt. Sonst wäre er schon vor einer Stunde hier gewesen, und ich müsste jetzt nicht so unvorbereitet die Bombe platzen lassen.«

»Was für eine Bombe soll denn das sein?« Julius sah aus, als würde ihm jeden Moment der Geduldsfaden reißen. »Rücken Sie doch endlich raus damit, verdammt noch mal!«

»Na schön.«

Dr. Pfleiderer warf dem Schweden, der den Austausch schweigend und aufmerksam verfolgt hatte, einen entschuldigenden Blick zu.

»Göran Åsasson ist der Sohn von Åsa Lund und Traugott Gebhard«, erklärte er. »Und das heißt, er ist Ihr Halbbruder.«

Markus erhob sich halb von seinem Stuhl. Sein Blick ging zwischen dem Notar und dem Neuankömmling hin und her.

»Das ist nicht Ihr Ernst.«

»Sehe ich so aus, als wollte ich Spaß machen?« Der Notar seufzte. »Ich werde versuchen, ein paar Fakten nachzuliefern, soweit sie mir aus dem Testamentszusatz bekannt sind. Herr Åsasson spricht Englisch und Schwedisch, aber nur sehr wenig Deutsch. Bei Fragen an ihn kann ich gern übersetzen.«

»Das dürfte kaum nötig sein«, versetzte Markus ein wenig steif und setzte sich wieder. »Mein Englisch ist ausgezeichnet.«

»Gut. Im Sommer 1976 lernte Traugott Gebhard bei einer Geschäftsreise nach Schweden Åsa Lund kennen. Die beiden freundeten sich miteinander an, und bald wurde wohl … etwas mehr daraus. Nach einigen Wochen kehrte Ihr Vater wieder nach Deutschland zurück.«

»Wo er schon seit einem Jahr mit meiner Mutter verheiratet war«, sagte Markus.

»Richtig.« Dr. Pfleiderer nickte. »Im Jahr darauf flog er im August noch einmal nach Stockholm und bot Åsa an, sich für sie scheiden zu lassen. Aber Åsa war nicht damit einverstanden. Sie konnte sich wohl nicht vorstellen, nach Deutschland zu ziehen … genauso wenig, wie Ihr Vater die Absicht hatte, fortan in Schweden zu leben. Jedenfalls war das das Ende dieser Beziehung.«

»Dieser *Affäre.*« Markus' Stimme klang bitter.

Elisabeth hätte ihren Mann gern berührt, um ihn zu trösten; sie ließ es bleiben, weil er nichts so sehr verabscheute, wie Gefühle oder gar Betroffenheit öffentlich zu zeigen. Und die Tatsache, dass sein Vater seine Mutter betrogen, eine andere Frau geliebt und einen Sohn mit ihr gezeugt hatte, musste ihm gewaltig an die Nieren gehen.

»Wissen Sie, wann Traugott davon erfuhr, dass er in Schweden ein Kind hatte?«, fragte sie.

»Erst ein paar Jahre später«, erklärte der Notar. »Da war Åsa mit ihrem Sohn gerade in das Haus ihrer verstorbenen Großmutter gezogen und finanziell in großer Not. Ihre Eltern konnten – oder wollten – sie nicht unterstützen. Also wandte sie sich in einem Brief an Traugott und bat ihn um Hilfe. Herr Åsasson hat mir Traugotts Antwortschreiben im Vorfeld bereits als Kopie zukommen lassen; es stammt zu hundert Prozent von Traugott, ich hab das von einem Grafologen überprüfen lassen. Und da es auf Schwedisch geschrieben wurde, hat Herr Åsasson freundlicherweise auch gleich eine englische Übersetzung beigefügt, die ich vorsorglich ins Deutsche übertragen habe.«

Er nahm einen Bogen aus seiner Mappe.

»Da heißt es unter anderem: *Ich wünschte, du hättest mir damals gesagt, dass du schwanger bist. Vielleicht wäre dann einiges anders gekommen. Aber ich danke dir dafür, dass ich wenigstens jetzt etwas für dich und das Kind tun darf. Ich werde dir in den nächsten Tagen 100 000 überweisen. Solltest du mehr brauchen, dann sag es mir bitte. Ich will dir helfen, so gut ich nur kann.*«

»100 000?« Zum ersten Mal seit der verblüffenden Erklärung des Notars meldete sich Julius wieder zu Wort. »Das heißt, mein alter Herr leistet sich eine Liebschaft im Knäckebrotland, schluckt die Geschichte von dem Braten im Ofen ohne Widerspruch und lässt 100 000 springen? Das ist ja nicht zu fassen!«

»100 000 schwedische Kronen«, sagte Dr. Pfleiderer. »Das entsprach damals nach heutigem Kurs ungefähr 15 000 Euro. Und danach hat er laut Herrn Åsasson keinerlei Zahlungen mehr geleistet; er hat zwar einen monatlichen Unterhalt angeboten, aber den hat Åsa kategorisch abgelehnt.«

Julius schaute noch immer so angriffslustig wie fassungslos drein. »Und woher wollen wir wissen, dass dieser Wikinger da wirklich der Sohn meines Vaters ist? Vielleicht hat sie ihm das Kind ja bloß untergeschoben.«

»Göran Åsasson wurde am 5. Mai 1978 geboren«, antwortete der Notar. »Als Åsa die Beziehung mit Traugott beendete, war er gerade erst … entstanden. Daher kann hier von ›Unterschieben‹

wohl nicht die Rede sein. Sie hat Traugott erst Jahre später um Unterstützung gebeten, als es gar nicht anders ging – und auch nur ein einziges Mal.«

»Klar doch.« Julius schnaubte verächtlich. »Weil er wahrscheinlich der einzige von ihren Lovern war, bei dem sich diese linke Tour gelohnt hat. Und beruhigend weit weg gewohnt hat er auch noch. Also hat sie ihm ein rührseliges Märchen erzählt, und er ist prompt darauf hereingefallen.«

»Entschuldigung?« Das war Vivien, die bislang stumm und mit großen Augen gelauscht hatte. *Kein Wunder,* dachte Elisabeth. *Das hier ist spannender als jede Daily Soap.*

Der Notar warf ihrer Tochter ein beinahe erleichtertes Lächeln zu. »Ja?«

»Könnte man vielleicht … es gibt doch DNA-Tests«, sagte Vivien. »Auf diese Weise könnte man bestimmt überprüfen, ob dieser Mann zur Familie gehört. Oder?«

»Natürlich.« Das Lächeln des Notars vertiefte sich. »Und danach können wir dann endlich damit aufhören, Spekulationen über das … ähm … Liebesleben von Åsa Lund anzustellen.«

»*Vor* dem Test sollten wir das auch«, fügte Elisabeth leise hinzu.

Sie sah, dass Julius zusammenzuckte wie ein gescholtenes Kind. Dann veränderte sich ganz plötzlich sein Gesichtsausdruck.

»*Moment mal.*« Er starrte den Notar an. »Haben Sie nicht vorhin gesagt, dass das Barvermögen zu gleichen Teilen an … *nein.* Das glaub ich jetzt einfach nicht!«

»Die Summe wird – abzüglich der Legate für Schwiegertöchter, Enkelin, Haushälterin und Sekretärin – zu gleichen Teilen an Traugott Gebhards Söhne vererbt«, antwortete der Notar ruhig. »Und Göran Åsasson *ist* einer seiner Söhne – jedenfalls gehe ich bislang davon aus.«

»Ich nicht!« Julius' Stimme überschlug sich beinahe. »Ich meine, die kleinen Schwedinnen haben es in den Siebzigern doch ordentlich krachen lassen, oder? Da kann ja jeder kommen und Erbansprüche anmelden, bloß weil seine Mama mal mit einem reichen Fabrikanten aus Germany herumgevögelt hat!«

Noch ehe irgendjemand in der Familie auf diesen Ausbruch reagieren konnte, erhob sich plötzlich Göran Åsasson und sah Julius scharf an.

»I don't care what you think about me«, sagte er kalt, »but I won't let you keep insulting my mother. I've been looking forward to the chance to meet my German family – without any demands. But it's obvious that I'm not welcome here. Guess I'll better leave now.«

Er wandte sich an den Notar.

»Did you manage to book a guesthouse room for me?«

»Of course.« Dr. Pfleiderer zog eine verlegene Grimasse. »Meine Sekretärin gibt Ihnen die Adresse und ruft Ihnen ein Taxi. Für alles, was noch zu klären ist, hab ich ja Ihre Handynummer und E-Mail.«

»Thank you.« Göran griff nach seiner Winterjacke. »I'm at your disposal – even for that DNA test, if those people insist. I'm not afraid; I know that my mother was no liar.«

Er warf einen flüchtigen Blick in die Runde.

»Good-bye, Ladies and Gentlemen. Have a nice day.«

Dann nickte er dem Notar zu und verließ den Raum.

Für eine Weile herrschte fast ohrenbetäubende Stille.

»Wenn man sich bei dir auf eines verlassen kann«, bemerkte Markus endlich, an seinen Bruder gewandt, »dann, dass du dich mit unfehlbarer Sicherheit danebenbenimmst. Musstest du uns dermaßen bloßstellen?«

»Als ob das *meine* Schuld war«, murrte Julius. »Woher sollte ich denn wissen, dass der Kerl alles versteht, was ich sage!«

»Der Mann ist der Sohn von Traugott?«, fragte Fiona, als hätte sie die Tragweite dessen, was gerade vorgefallen war, erst jetzt richtig begriffen. »Und wenn er das beweisen kann, dann erbt er genauso viel wie du und Markus?«

»Präzise zusammengefasst«, bestätigte der Notar und erhob sich. »Ich würde sagen, wir sorgen jetzt erst einmal dafür, dass die Nerven sich beruhigen. Meine Sekretärin hat nebenan Kaffee, Kuchen und Laugenbrezeln hergerichtet. Wollen wir hinübergehen?«

Allgemeines Stühlescharren setzte ein. Markus entschuldigte sich, weil er zurück in die Kanzlei musste, und Elisabeth stellte fest, dass sie weder Lust auf Kaffee noch auf Brezeln oder Kuchen hatte. Sie wollte nach Hause. Sie hatte früher oft Unterlagen in Traugotts Arbeitszimmer herausgelegt, wenn er sie in der Firma brauchte; vielleicht fand sie dort irgendetwas, das bewies, dass die Geschichte von Göran Åsasson die Wahrheit war.

Sie war schon halb vor der Tür des Notariats, als ihre Tochter sie einholte.

»Du lässt mich hier jetzt aber nicht allein, Mama, oder?«, sagte Vivien. »Ich hab keine Lust, dabei zuzuschauen, wie Onkel Julius und Tante Fiona beim Vespern ihren genauen Anteil am Erbe ausrechnen und über die Mutter von meinem nagelneuen Onkel herziehen.«

»Verständlich«, meinte Elisabeth. »Du kannst gern mitkommen, wenn du möchtest.«

»Und wie ich das möchte«, antwortete ihre Tochter energisch. »Nichts wie raus hier.«

***

Zum Glück war Elisabeth mit ihrem eigenen Wagen zur Kanzlei gefahren und brauchte keine Viertelstunde zurück zur Villa. Vivien folgte ihr in Traugotts Arbeitszimmer und blieb vor dem Schreibtisch stehen, während ihre Mutter einen Schlüssel aus einer kleinen Alabasterschale holte und die Tür auf der rechten Seite aufschloss.

»Es kommt mir komisch vor … dass du einfach so an Opas Sachen gehst, meine ich«, gestand sie.

»Da war ich schon öfter dran«, gab Elisabeth ruhig zurück. »Allerdings nur an bestimmten Fächern und auch nur, wenn dein Opa mich darum gebeten hat. Jetzt würde ich gerne etwas gründlicher nachschauen.«

Sie öffnete die Tür. Da lagen die Notizblöcke, Mappen und Umschläge, die ihr vertraut waren … aber als sie nun genauer nachsah, entdeckte sie zum ersten Mal ganz hinten, dicht an der Rückwand des Schreibtisches, ein Kästchen aus hellem Holz. In die Mitte des lose aufliegenden Deckels war ein Bild eingeschnitzt worden – ein Kreuz, umgeben von kleinen, dünn eingekerbten Symbolen, die aussahen wie einfach skizzierte Strichmännchen und Kinderzeichnungen. Elisabeth runzelte die Stirn; sie konnte sich keinen Reim darauf machen.

Sie hob den Deckel ab und fand einen kleinen Stapel Briefe – insgesamt fünf, allesamt aus Schweden abgeschickt und an Traugott adressiert, allerdings nicht an die Villa, sondern an sein Büro in der Firma. Die Handschrift auf den Umschlägen war schräg und energisch. Unter den Briefen lag ein Foto, auf dem ein sommerlich grüner Wald zu sehen war. Eine junge Frau in roten Hosen und einer weißen, ärmellosen Bluse saß auf einem Baumstumpf und lachte strahlend in die Kamera. Langes Haar fiel ihr über die Schultern, so hell wie reifer Weizen und mit einem Kranz aus Blättern und Blüten geschmückt.

Elisabeths Stirnrunzeln vertiefte sich. *War das etwa Åsa Lund?*

Sie drehte das Foto um. Auf die Rückseite war etwas gekritzelt, in der Handschrift ihres Schwiegervaters. *Midsommar 1976.*

1976. Das Jahr, in dem Traugott laut Auskunft von Dr. Pfleiderer Görans Mutter kennengelernt hatte.

Elisabeth reichte das Bild Vivien. Die betrachtete die Aufnahme aufmerksam und las auch die Notiz auf der Rückseite.

»Ist die aber hübsch!«, stellte sie fest. »Meinst du, das ist die Mutter von Göran?«

»Ähnlich sieht er ihr jedenfalls«, meinte Elisabeth. »Er ist genauso blond, und er hat die gleichen grünen Augen. Zeitlich würde es auch hinkommen. Vielleicht helfen uns ja die Briefe weiter.«

Sie legte die fünf Umschläge nebeneinander vor sich hin. Sie waren alle geöffnet worden; Elisabeth wählte den in der Mitte, zog das einzelne Blatt heraus, das darin steckte, und faltete es auseinander.

Kiruna, 12/12 1976, las sie. *Kära Traugott, så är du hemma i Tyskland igen. Tiden tillsammans med dig var underbar igen, men jag tycker fortfarande inte vi har någon framtid ihop. Kom ihåg att du är gift. Det mellan oss var en semesterkärlek och kan aldrig bli något annat.*

Sie konnte nur vermuten, was dort stand. Sie sprach fließend Englisch und passabel Französisch, aber kein Schwedisch; und nördlicher als bis Flensburg war sie noch nie gekommen.

Sie steckte den Brief zurück, nahm den nächsten und überflog ihn. *Vad vill du med mig?*, stand da. *Jag tror inte det är någon bra idé att du kommer nästa sommar.* Diese Zeilen stammten aus dem April 1977; Elisabeth reimte sich zusammen, dass es um einen neuerlichen Besuch von Traugott im Sommer ging. Vermutlich um den, den Dr. Pfleiderer erwähnt hatte … den, bei dem Traugott mit Åsa über seine Bereitschaft zur Scheidung gesprochen hatte. Als er danach unverrichteter Dinge wieder nach Hause geflogen war, erwartete Åsa ein Kind, aber sie sagte ihm nichts davon, und ihre Liebe war offensichtlich erloschen.

Elisabeth griff nach dem Brief, der nach dem Poststempel auf dem Umschlag zuletzt geschrieben worden war … im August 1982.

Laxforsen, 15/8, las sie. *Detta blir nog en chock för dig, men du har en son. Han heter Göran och är fyra år.*

Sie atmete tief durch. Das war auch für jemanden, der kein Schwedisch sprach, kaum misszuverstehen. Sie reichte Vivien den Brief.

»*Son* heißt Sohn, oder?«, sagte ihre Tochter stirnrunzelnd. »Wie im Englischen. Offenbar stimmt es also. Und was machen wir jetzt?«

»Ich möchte Göran diese Briefe gern zeigen«, antwortete Elisabeth. »Er kann sie mir bestimmt übersetzen. Außerdem wird es Zeit, dass jemand von uns endlich mal *mit* ihm redet anstatt bloß *über* ihn.«

»Der ist aber bestimmt noch ziemlich sauer«, mutmaßte Vivien. »Vielleicht mag er mit keinem von uns reden … auch nicht mit dir.«

»Dann geb ich ihm noch Zeit bis morgen, sich zu beruhigen«, beschloss Elisabeth. »Und jetzt geh ich runter zu Frau Hinderer und überrede sie, ihren berühmten Zwiebelrostbraten zu machen. Den mag dein Vater besonders gern, und nach *der* Sitzung bei Dr. Pfleiderer braucht er etwas, worauf er sich heute Abend freuen kann.«

»Es ist bestimmt komisch für Papa, dass er plötzlich noch einen Bruder hat«, sagte Vivien nachdenklich.

Elisabeth sah sie an. »Genauso komisch wie für dich, plötzlich noch einen Onkel zu haben, nehme ich an.«

Vivien grinste. »Ich find ihn cool. Und wenn ich ihn erst besser kennenlerne, ist er bestimmt noch viel cooler.« Ihre grauen Augen funkelten. »Außerdem ist verglichen mit Onkel Julius *jeder* andere Onkel ein Fortschritt.«

Elisabeth dachte an Julius' Auftritt bei der Testamentseröffnung und gluckste in sich hinein. *Wo ihre Tochter recht hatte, hatte sie recht.*

***

Es wurde fast zehn, bis Markus an diesem Abend nach Hause kam. Elisabeth hatte an dem Esstisch in ihrem Wohnzimmer ein Gedeck für ihn aufgelegt, eine Flasche Schwarzriesling geöffnet und den Zwiebelrostbraten von Frau Hinderer mitsamt den handgeschabten Spätzle für ihn warmgehalten.

Er nahm – wie immer – die Krawatte ab, kam zu ihr und küsste sie, bevor er sich an den Tisch setzte.

»Wie war dein Tag?«

»Chaotisch«, sagte er und begann zu essen. »Nach dem Termin bei Dr. Pfleiderer hatte ich zum Glück genügend zu tun, um mich abzulenken.«

Sie wartete, während er langsam und methodisch seinen Teller leerte. Markus war kein großer Fan von Tischgesprächen; wenn es etwas zu klären gab, tat man gut daran zu warten, bis er seine Mahlzeit beendet hatte. Also schwieg sie, bis er aufgegessen hatte, füllte sein Weinglas noch einmal nach und räumte das schmutzige Geschirr ab. Danach holte sie ein zweites Glas und goss sich selbst etwas ein.

»Möchtest du darüber reden?«, fragte sie ruhig.

Er nahm einen kräftigen Schluck, ohne sie anzusehen.

»Worüber denn? Dass mein Vater gerade mal ein Jahr nach seiner Heirat mit Mama mit einer anderen Frau ein Verhältnis angefangen hat?«

Er stellte das Glas mit so viel Schwung auf den Tisch, dass ein hoher, vibrierender Ton erklang.

»Göran ist drei Monate nach mir geboren. Im August davor ist Papa nach Schweden geflogen, um dieser Åsa Lund zu sagen, dass er sich für sie scheiden lassen will – und hat bei dieser Gelegenheit meinen nun wundersamerweise aus der Versenkung aufgetauchten Halbbruder gezeugt. Dabei hat er damals mit Sicherheit schon gewusst, dass *ich* unterwegs war. Er *muss* es gewusst haben. Und es war ihm egal.«

»So einfach ist es bestimmt nicht gewesen.« Elisabeth nahm seine Hand. »Was es auch immer für Probleme zwischen ihm und deiner Mutter gegeben hat … du hast ihm viel bedeutet. Wie alle seine Kinder.«

»Glaubst du?«

Seine Hand drehte sich, und für einen langen Moment verschränkten sich ihre Finger miteinander. Es dauerte eine Weile, bis er weitersprach.

»Ich war ihm nützlich«, sagte er endlich. »Auf mich konnte er sich verlassen – ich hab das richtige Studienfach gewählt, mir die richtige Kanzlei ausgesucht und die richtigen Mandanten. Sogar die richtige Frau, nicht?«

»Ich hoffe doch, du hast mich geheiratet, weil du mich liebst«, sagte Elisabeth, um einen leichten Tonfall bemüht. »Und nicht bloß, um deinem Vater eine Freude zu machen.«

»Sieht so aus, als hätte ich in diesem Fall zwei Fliegen mit einer Klappe geschlagen«, antwortete Markus trocken. Er ließ ihre Hand los und machte mit dem Rest seines Weins kurzen Prozess. Dann schob er den Stuhl zurück und stand auf.

»Ich gehe jetzt besser ins Bett«, sagte er. »Morgen früh um halb acht ist eine Konferenz mit einem halben Dutzend Anwälten, die einem unserer gewichtigsten Kunden gerne qua Gesetz die Konten leer räumen würden. Da sollte ich besser ausgeschlafen sein, sonst ziehen uns die Jungs über den Tisch. Nacht, Lisa.«

Er beugte sich zu ihr hinunter und küsste sie zum zweiten Mal an diesem Abend. Dann ging er hinaus, schloss die Tür leise hinter sich, und Elisabeth blieb vor ihrem unberührten Glas am Tisch sitzen, den herbsüßen Geschmack des Schwarzrieslings auf den Lippen.

***

Am nächsten Morgen verließ Markus das Haus um drei viertel sieben. Ihre Tochter bekam Elisabeth gerade lange genug im Frühstückszimmer zu Gesicht, um mit ihr eine Tasse Kaffee zu trinken, dann war sie auf dem Weg zur Schule, wo sie kurz vor dem Abitur stand.

Bislang hatte sich Elisabeth noch nicht wirklich Gedanken darüber gemacht, was sie tun würde, wenn Vivien im Herbst ihr Jurastudium in Tübingen begann. Inwieweit die Firma nach Traugotts Tod ihr Organisationstalent weiter zu nutzen gedachte, wusste sie noch nicht. Die Zeit mit kostspieligen Hobbys totzuschlagen, wie Fiona es tat, war absolut nicht nach ihrem Geschmack. Aber was dann?

Sie band die Haare energisch zu einem Pferdeschwanz zusammen und schlüpfte in die Jacke ihres dunkelblauen Kostüms. Eins nach dem anderen … und jetzt war erst einmal ihr brandneuer Schwager an der Reihe. Das geschnitzte Holzkästchen steckte bereits in ihrer großen Lederhandtasche. Sie musste nur noch herausfinden, wo Göran Åsasson untergekommen war.

Fünf Minuten und ein Gespräch mit Dr. Pfleiderer später kannte sie Namen und Adresse des Hotels, holte ihren Renault Twingo aus der Garage und machte sich auf den Weg. Der Notar hatte den Gast aus Schweden mitten in der Altstadt untergebracht, nur wenige Minuten zu Fuß vom Marktplatz und der Basilika entfernt. Wundersamerweise erspähte sie direkt vor dem Hotel *Pelikan* eine Parklücke und fädelte sich mit ihrem Wagen hinein.

An der Rezeption ließ sie sich von einer jungen Dame mit dem Zimmer von Göran verbinden. Es klingelte zweimal, dreimal, viermal, und Elisabeth wartete nervös darauf, dass er sich meldete.

»Åsasson. Hello?«

»Guten Morgen, Göran«, sagte sie auf Englisch. »Hier ist Elisabeth Gebhard – die Frau Ihres Halbbruders Markus. Wir sind uns gestern begegnet.«

»Okay …« *Langsam und ausgesprochen reserviert.* »Was wollen Sie?«

»Ich weiß, das ist ein ziemlicher Überfall.« Elisabeths Herz pochte heftig. »Ich könnte es verstehen, wenn Sie mich nicht sehen wollen. Aber ich habe etwas mitgebracht, das würde ich Ihnen gerne zeigen.«

Am anderen Ende der Leitung blieb es eine Weile still. Dann: »Wollen wir zusammen frühstücken?«

Elisabeth ließ die Luft, die sie vor lauter Spannung angehalten hatte, explosionsartig entweichen; in diesem Moment war es ihr vollkommen egal, ob er das mitbekam.

»Gerne.« Sie lächelte erleichtert.

Der Sohn aus Schweden

Der Frühstücksraum des Hotels wirkte hell und freundlich. Die quadratischen Holztische waren mit Teelichten, kleinen Blumenvasen und weißen Servietten eingedeckt, das Buffet bot so ziemlich alles, was man morgens essen konnte oder wollte. Göran war noch nicht da; kurz entschlossen nahm Elisabeth an einem der Tische Platz und bestellte schon mal Kaffee.

Ein paar Minuten später sah sie ihn hereinkommen. Er schaute sich um, wahrscheinlich auf der Suche nach einem der Gesichter, die er gestern bei Dr. Pfleiderer vor sich gehabt hatte. Sie erhob sich halb von ihrem Stuhl und winkte.

»Göran, hier!«

Ihre Augen trafen sich. Er kam an ihren Tisch und streckte ihr die Hand hin.

»Good morning … Mrs Gebhard?«

»Richtig«, sagte sie. »Elisabeth, die Frau Ihres älteren Bruders Markus. Es tut mir wirklich leid, dass ich Sie so überfalle. Aber ich fand, nach dem Drama gestern wäre es vielleicht schön für Sie, jemanden aus Ihrer deutschen Familie kennenzulernen, der bei Ihrem Anblick nicht sofort anfängt, herumzubrüllen.«

Einer seiner Mundwinkel hob sich.

»Sie haben recht, das ist wirklich eine nette Abwechslung«, meinte er und setzte sich ihr gegenüber hin. »Wer war das eigentlich, der sich da so furchtbar aufgeregt hat?«

»Julius.« Elisabeth seufzte. »Ihr jüngerer Bruder. Und das dürfen Sie nicht persönlich nehmen – fünf Minuten, bevor Sie dazugekommen sind, hatte er erfahren, dass das Barvermögen meines Schwiegervaters bis auf einige kleinere Legate zu gleichen Teilen an seine Söhne geht. Er hat sich bereits im Besitz von knapp 400 000 Euro gesehen.«

»Aha.« Das schräge Lächeln vertiefte sich. »Und dann platze ich als Sohn Nummer drei in die traute Runde, worauf der Reichtum schlagartig schrumpft.«

»Ziemlich genau.« Elisabeth hob die silberne Thermoskanne hoch, die neben ihrem Gedeck stand. »Ich hoffe, Sie trinken Kaffee – sonst kann ich gern Tee für Sie bestellen, wenn Sie möchten.«

»Ohne Kaffee geht bei mir morgens gar nichts«, erwiderte Göran; es klang beinahe belustigt. »Sonst wäre ich kein Schwede … auch wenn ich es nur zur Hälfte bin. Danke.«

Elisabeth goss seine Tasse voll und bediente sich selbst.

»Ich muss gestehen, ich bin furchtbar neugierig«, bekannte sie. »Aber bevor ich Sie mit Fragen löchere, möchten Sie vielleicht erst einmal frühstücken.«

»Das wäre nicht schlecht«, sagte Göran. »Darf ich Ihnen auch etwas bringen, oder möchten Sie sich selbst bedienen?«

»Ich hol mir was.«

Sie gingen zum Buffet hinüber. Elisabeth entschied sich für ein Laugenbrötchen, Butter und Brie, dazu frisch geschnittene Ananasscheiben. Göran füllte eine Schüssel mit Cerealien und Naturjoghurt und nahm sich einen Apfel aus dem Obstkorb.

Beide aßen in einträchtigem Schweigen. Als sie fertig waren und eine Servicekraft die leeren Teller abgeräumt hatte, zog Elisabeth das Holzkästchen aus ihrer Tasche, holte das Foto heraus und reichte es ihm über den Tisch.

»Sie sehen Ihrer Mutter ähnlich.«

Göran warf ihr einen kurzen, erstaunten Blick zu. Dann betrachtete er das Bild eine Weile schweigend.

»Das Foto kenne ich gar nicht«, meinte er nachdenklich.

»Ich hab es im Schreibtisch meines Schwiegervaters gefunden«, erklärte Elisabeth. »Und ich weiß auch, wann es gemacht wurde. Schauen Sie mal auf die Rückseite.«

Er drehte das Bild um.

»*Midsommar 1976*«, murmelte er. »Da haben sie sich kennengelernt, das weiß ich.«

»Was wissen Sie sonst noch alles über Ihren Vater?«

»Seinen Namen, was er beruflich tat, wo er wohnte und so weiter. Und natürlich, dass er verheiratet war und sich für seine Familie in Deutschland entschieden hat. *Morsan* … also meine

Mutter hat mir gesagt, dass ich das respektieren muss und ihn nicht dafür verurteilen darf. Tu ich auch nicht. Aber ich gebe zu, ich hätte ihn gerne kennengelernt.«

Elisabeth runzelte die Stirn. »Göran … wie viel haben Sie von dem verstanden, was unser Notar gestern über die Beziehung von Traugott und Ihrer Mutter erzählt hat?«

»Ziemlich viel«, versetzte Göran. »*Morsan* wollte immer, dass ich gut Deutsch lerne. Zum Sprechen hat mir leider zu oft die Praxis gefehlt, aber ich kann es lesen, und ich verstehe es auch. Deshalb bin ich gestern ganz gut mitgekommen. Warum fragen Sie?«

»Weil ich da jetzt einen gewissen Widerspruch sehe. Dr. Pfleiderer sagte gestern, dass Traugott 1977 nach Schweden geflogen ist, um Ihrer Mutter zu sagen, dass er sich für sie scheiden lassen will. Das klingt für mich nicht wirklich danach, als hätte er sich wegen seiner Familie von ihr getrennt.«

»Nein.« Göran lehnte sich zurück. »Darüber hab ich mich gestern auch gewundert. Ich kann mir das höchstens so erklären, dass … dass *morsan* vielleicht befürchtete, ich würde *ihr* die Schuld dafür geben, dass ich ohne Vater aufwachsen musste. Also hat sie das Ganze als eine Entscheidung von *ihm* hingestellt. Zu dumm, dass ich sie jetzt nicht mehr danach fragen kann.«

»Ihre Mutter ist tot?«

»Ja«, nickte Göran. »Seit sieben Jahren.«

»Das tut mir leid. Aber möglicherweise finden wir doch noch ein paar Antworten. Ich hab hier nämlich fünf Briefe, die Ihre Mutter an meinen Schwiegervater geschrieben hat. Vielleicht helfen die Ihnen ja weiter.«

Sie ließ ihm Zeit, alle Briefe zu lesen, und wartete geduldig, bis er auch den letzten Bogen zurück in den Umschlag steckte.

»Nach dem, was sie hier schreibt«, begann Göran schließlich, »ist meine Mutter von Anfang an nicht davon ausgegangen, dass das zwischen ihr und … Traugott …«

Er unterbrach sich kurz und schenkte Elisabeth ein verlegenes Lächeln.

»Ich habe ihn noch nie bei diesem Namen genannt. Fühlt sich etwas seltsam an. Also … sie ging nicht davon aus, dass aus dieser Beziehung etwas Festes werden könnte. Weil Traugott zu Hause eine Frau hatte. Und sich in eine Ehe einzumischen kam für sie nicht infrage. Deshalb war ihr auch nicht wohl bei dem Gedanken, Traugott im Jahr darauf wiederzusehen; offenbar hatte er zuvor schon durchblicken lassen, dass sie ihm mehr bedeutete, als sie mit ihrem Gewissen vereinbaren konnte.«

»Also haben sie ihre Beziehung in Jahr darauf beendet«, sagte Elisabeth. »Und der Brief von 1982 ist wohl der letzte, den sie ihm geschrieben hat; jedenfalls habe ich keine weiteren gefunden. Da, hier … der, in dem steht, dass er einen Sohn hat. Das ist so ziemlich der einzige Satz, den ich wirklich verstanden habe.«

Göran nickte bestätigend. »Und weil da außerdem noch steht, dass das jetzt wohl ein Schock für ihn sein würde, gehe ich davon aus, dass Traugott bis dahin noch nichts von meiner Existenz gewusst hatte.«

Das schräge Lächeln war wieder da.

»Sieht meiner Mutter ähnlich. Sie war sehr selbstbewusst und eigenständig und nahm Hilfe immer nur dann an, wenn es gar nicht mehr anders ging. August 1982 … da waren wir gerade erst in das kleine Haus in Laxforsen gezogen, das *morsan* von ihrer Oma geerbt hatte. Das war jedoch schwer renovierungsbedürftig und kaum noch bewohnbar. Deshalb schrieb sie noch einmal an Traugott und bat ihn um ein Darlehen – ja, sie bot tatsächlich an, ihm das Geld zurückzuzahlen. Ich könnte Ihnen jetzt aber nicht sagen, ob sie es getan hat.«

»Ich bin sicher, Traugott hätte eine Rückzahlung nie akzeptiert«, erwiderte Elisabeth. »Dass sie Hilfe von ihm annahm, war eine Chance für ihn, etwas für sie zu tun … und für dieses Kind, von dem er bis dahin keine Ahnung gehabt hatte.«

Sie stützte das Kinn auf die gefalteten Hände.

»Erzählen Sie mir von Ihrer Mutter.«

Göran sah sie an, die Augenbrauen leicht erhoben.

»Gestern hätte ich nicht gedacht, dass ich das jemals zu einem der Menschen in diesem Notarbüro sagen würde – aber inzwischen wünschte ich wirklich, Sie hätten sie kennengelernt. Ich glaube, Sie hätten sich gut verstanden.«

Er wog prüfend die große Thermoskanne und warf Elisabeth einen fragenden Blick zu. Als sie nickte, goss er ihre und seine Tasse noch einmal voll.

»Wie gesagt, meine Mutter war sehr eigenständig. Und genügsam auch. Ich bekam alles, was zum Leben notwendig war, aber wenn ich irgendwelche Extrawünsche hatte, dann musste ich dafür sparen oder kleine Arbeiten im Haushalt übernehmen. Dadurch habe ich früh gelernt, mit wenig Besitz auszukommen und trotzdem glücklich zu sein. Im Nachhinein denke ich, dass es genau das war, was *morsan* damit erreichen wollte. Und das würde auch erklären, warum sie sich nur ein einziges Mal an meinen reichen Vater gewandt hat, um ihn um Hilfe zu bitten. Sie wollte wohl nicht riskieren, dass aus mir ein verwöhnter, konsumgieriger Bengel wird.« Er lächelte leicht. »Dass mein Vater mir trotzdem jedes Jahr zum Geburtstag eine Karte geschickt und einen kleinen Geldschein hineingelegt hat, konnte sie natürlich nicht verhindern. Sie hat es aber auch nie versucht.«

»Haben Sie sich über diese Geburtstagsgrüße gefreut?«

»Sehr.« Göran nickte bekräftigend. »Sie haben mir gezeigt, dass ich meinem Vater nicht gleichgültig war, und das hat mir gutgetan. Ich hatte begriffen, dass ich nie ein wirklicher Teil seines Lebens sein konnte – aber er dachte an mich, und das fand ich schön.«

»Er hat bestimmt oft an Sie gedacht«, sagte Elisabeth. »Ich habe ihn als einen sehr warmherzigen Menschen erlebt. Haben Sie eigentlich jemals versucht, ihn persönlich kennenzulernen?«

»Ich gebe zu, ich war einige Male schwer in Versuchung«, antwortete Göran. »Aber *morsan* hat mich immer davor gewarnt. ›Denk daran, dass er verheiratet ist und Kinder hat‹, sagte sie. ›Wenn du bei ihm auftauchst, riskierst du, eine glückliche Familie zu zerstören.‹ Und das wollte ich nicht. Also habe ich mich damit begnügt, mich im Internet über sein Leben und seine beruflichen Erfolge zu informieren. Ich hätte niemals damit gerechnet, dass er seinen Angehörigen posthum noch reinen Wein einschenkt. Als der Notar mich anrief und mir mitteilte, mein Vater hätte mich in seinem Testament bedacht, bin ich fast vom Hocker gefallen.«

»Da sind Sie nicht der Einzige.« Elisabeth trank ihre Tasse leer. »Aber das passt zu Traugott. Er hatte einen sehr ausgeprägten Sinn für Fairness. Offenbar war er der Ansicht, dass sein Geld genauso Ihnen gehört wie seinen anderen beiden Söhnen.«

Göran schaute eine Weile schweigend auf die Tischplatte hinunter. Dann hob er den Kopf und sah Elisabeth ernst in die Augen.

»Das Geld ist mir eigentlich ziemlich gleichgültig«, sagte er leise. »Als der Notar mich gebeten hat, zur Testamentseröffnung zu kommen, da habe ich vor allem die Chance gesehen, jetzt wenigstens meine Halbbrüder kennenzulernen. *Deswegen* habe ich mich in den Flieger gesetzt. Nicht wegen des Erbes ... auch wenn die Familie das offenbar ganz anders sieht.«

»Geben Sie uns ein bisschen Zeit.« Elisabeth lächelte. »Wir müssen uns daran gewöhnen, dass der untadelige Schwabe Traugott Gebhard wenigstens *einmal* in seinem Leben etwas völlig Unerhörtes getan hat. Und dass dabei tatsächlich ein Kind herausgekommen ist. Das hätte ihm irgendwie keiner von uns zugetraut. Wir müssen uns sozusagen erst von dem Schrecken erholen.«

Göran lächelte zurück, und zum ersten Mal wirkte dieses Lächeln auf Elisabeth beinahe herzlich.

»Offenbar habe ich die Flinte zu früh ins Korn geworfen«, meinte er. »Zumindest *ein* Familienmitglied *hat* sich ja anscheinend schon erholt. Ich freue mich sehr, dass Sie zu mir gekommen sind, Elisabeth – ich darf Sie doch so nennen, oder? Soweit ich weiß, muss man in Deutschland immer erst fragen, bevor man jemanden beim Vornamen nennt.«

Elisabeth lachte. »Dann hätte ich genauso fragen müssen, bevor ich Sie einfach Göran genannt habe. Aber schließlich sind Sie mein Schwager, und damit sind wir verwandt – na ja, wenigstens beinahe.«

»Stimmt.« Göran streckte ihr über den Tisch die Hand entgegen. »Schön, dich kennenzulernen, Elisabeth.«

Sie erwiderte seinen festen Händedruck. »Ich freu mich auch, Göran. Und selbst wenn mein Mann vielleicht noch ein Weilchen braucht, um sich mit diesem plötzlichen Familienzuwachs zu arrangieren – meine Tochter Vivien ist sehr neugierig auf dich. Sie findet dich cool.«

Görans Augen leuchteten auf. »Vivien – war das die junge Dame, die ebenso schwarze Haare hat wie du? Ist sie auch so cool?«

»Sie ist die Coolste der ganzen Familie.«

Plötzlich hatte Elisabeth eine Idee.

»Sag mal … hast du Lust auf einen kleinen Spaziergang? Schwäbisch Gmünd ist wunderschön, und bisher hast du davon wohl kaum mehr gesehen als Dr. Pfleiderers Kanzlei und dieses Hotel. Das müssen wir unbedingt ändern.«

»Wenn du Zeit dafür hast«, sagte Göran zögernd. »Nicht, dass du meinetwegen zu Hause Ärger bekommst.«

»Das glaube ich kaum.« Elisabeth schob ihren Stuhl zurück und stand auf. »Hol dir eine Jacke, dann kann's losgehen.«

***

Der Weg vom Hotel zum Johannisplatz war nicht weit. Während Elisabeth mit Göran auf die Johanniskirche zuschlenderte, ließen erste Sonnenstrahlen das Wasser in den Pfützen aufglitzern.

»Jetzt gibt's ein bisschen Kultur«, sagte Elisabeth. Sie führte Göran zielstrebig in das Innere der Kirche. Ihre Schritte hallten auf dem Steinboden; sie waren allein und hatten das hohe Gewölbe mit den rechteckigen Säulen, den großzügigen Bögen und bunten Malereien ganz für sich. Göran schaute sich aufmerksam um und blieb schließlich unter der goldgelb schimmernden Kuppel des Altarraums stehen.

»Wie alt ist das hier?«, fragte er.

»Achthundert Jahre«, erklärte Elisabeth. »Im 19. Jahrhundert ließ die Stadt einiges von dem überflüssigen Dekor entfernen, das sich in all der langen Zeit angesammelt hatte. Jetzt sieht man wieder, was die Johanniskirche ursprünglich einmal war: eine spätromanische Pfeilerbasilika.«

Er warf ihr einen anerkennenden Blick zu. »Du kennst dich gut aus.«

»Kunststück.« Elisabeth lächelte. »Wenn Traugott Besuch von Firmen aus dem Ausland hatte, dann wurden die Leute ausnahmslos durch die Altstadt gescheucht. Und dafür hat er üblicherweise *mich* zum Dienst verpflichtet. Das hat mir immer Spaß gemacht – ich bin hier geboren und kenne jeden Winkel. Aber beim nächsten Mal sollten wir Vivien mitnehmen; die hat auf dem Gymnasium ein paar Einserarbeiten über die Gmünder Stadtgeschichte geschrieben und erzählt dir wahrscheinlich mehr darüber, als du jemals wissen wolltest.«

»Und du glaubst nicht, dass dein Mann es merkwürdig findet, wenn du hinter seinem Rücken Familienzusammenführung spielst?«, meinte Göran, während sie wieder ins Freie traten.

»Ich werde ihm heute Abend erzählen, dass ich dich besucht habe«, erwiderte Elisabeth. »Vielleicht möchte er dich doch noch kennenlernen, und dazu hat er im Moment ja wohl die beste Gelegenheit, oder?«

»Stimmt.«

Göran blieb stehen und ließ seinen Blick über den Marktplatz schweifen. Dann gab er sich plötzlich einen Ruck.

»Ich würde gerne sehen, wo mein Vater begraben liegt«, sagte er leise.

»Das ist zu weit weg, um zu Fuß hinzugehen.« Elisabeth überlegte. »Aber ich kann dich fahren, wenn du möchtest. Mein Wagen steht direkt vor deinem Hotel.«

Görans Augen leuchteten, als hätte sie ihm ein unverhofftes Geschenk gemacht.

»Ich danke dir«, sagte er.

***

Elisabeth parkte den Twingo neben der Gärtnerei des Dreifaltigkeitsfriedhofes und führte Göran am Hauptgebäude vorbei auf die große, parkähnliche Anlage. Vor dem Familiengrab der Gebhards blieben sie stehen.

Die vielen Kränze waren verschwunden, und der Friedhofsgärtner hatte das breite Geviert frisch mit weißen Kieseln bestreut. Am Kopfende stand ein alter, rechteckiger Gedenkstein, auf dem eine Engelskulptur trauernd den Kopf senkte, die granitenen Flügel ausgebreitet. Auf diesem Stein waren die Namen und Daten von Firmengründer Anton Gebhard und seiner Frau Gerda eingemeißelt, darunter die von Traugotts Eltern Johannes und Emilie. Schräg rechts davon befand sich ein schlichter, hellgrauer Findling mit einem schmucklosen Messingkreuz. Vor elf Jahren war er bereits mit den Geburts- und Sterbedaten von Reinhild Gebhard versehen worden, nun standen direkt darüber auch die ihres Mannes.

»Den Stein hab ich ausgesucht«, sagte Elisabeth. »Zusammen mit Traugott, damals nach dem Tod seiner Frau. Er wollte auf keinen Fall etwas Protziges und meinte, Markus würde nur zu viel Geld ausgeben, deshalb macht er das lieber mit mir.«

Göran gab ein amüsiertes Schnauben von sich. »Du wirst lachen, ich hab jetzt tatsächlich mit irgendeinem pompösen Ungetüm gerechnet. Aber dass mein Vater sich für so etwas entschieden hat, das gefällt mir.«

»Er hätte dir auch gefallen«, sagte sie leise. »Und du hättest ihm gefallen, glaube ich.«

Ein flüchtiges Lächeln glitt über sein Gesicht. Dann wandte er sich dem Grab zu und betrachtete es schweigend. Elisabeth fiel auf, dass er die Hände gefaltet hatte, und sie ertappte sich bei dem Gedanken, ob er wohl betete.

Nach einer Weile senkte Göran den Kopf.

»*Vila i frid, kära far*«, murmelte er.

Es war keine Übersetzung nötig, um ihn zu verstehen. *Ruhe in Frieden, lieber Vater.*

Sie schluckte und sah Traugott plötzlich erstaunlich deutlich vor sich – lächelnd, in dem Ohrensessel in seinem Arbeitszimmer, während er ihr ein Glas Wein eingoss und im Hintergrund ein Cello Bach spielte.

Ich wünschte, ihr hättet euch kennengelernt, dachte sie. *Es tut mir so leid, für euch beide.*

Göran drehte sich um und schaute Elisabeth an.

»Noch einmal – danke.«

»Gern geschehen.«

Plötzlich fiel ihr etwas ein. Sie öffnete ihre Handtasche und zog das Holzkästchen heraus.

»Übrigens, hast du eine Ahnung, was das Symbol auf dem Deckel bedeutet? Das Zeichen in der Mitte sieht aus wie ein Kreuz, finde ich.«

»Das ist ein samisches Zeichen«, erklärte Göran. »Hast du schon einmal von den Sámi gehört? Das ist ein indigenes Volk, das im Norden Skandinaviens lebt.«

»Ja, ich weiß.«

»Mit solchen Zeichen wurden in alten Zeiten unter anderem die Trommeln der Schamanen bemalt. Im Zentrum stand dabei oft das Symbol für die Sonne – ein Kreuz mit kleinen Götter- und Tierfiguren, so wie dieses hier.«

»Das Kästchen stammt also aus Schweden?«

»Mit Sicherheit. Vielleicht hat meine Mutter es Traugott geschenkt, oder er hat es sich selbst irgendwo gekauft.«

»Alles klar. Danke.« Sie packte das Kästchen wieder ein. »Möchtest du noch ein bisschen bleiben, oder soll ich dich ins Hotel bringen?«

Görans Blick wanderte noch einmal zu dem schlichten Grabstein.

»Weder noch«, entschied er. »Ich würde gerne zurück in die Altstadt gehen und mir noch ein wenig die Beine vertreten, bevor ich in dem Hotelzimmer einen Lagerkoller bekomme. Kannst du mich da irgendwo absetzen?«

»Sicher.« Elisabeth nickte. »Mach ich gern.«

Familienverhältnisse

Beim Abendessen war Markus bester Laune; die Verhandlung mit den gegnerischen Anwälten war sehr erfolgreich verlaufen und der Kunde hochzufrieden. Jetzt ließ er sich Laugenbrezeln, Holzofenbrot und Schwarzwälder Schinken von einem reichhaltigen Vesperbrett schmecken. Elisabeth entschied, dass dies genau der richtige Moment war, ihm von ihrer Begegnung mit Göran Åsasson zu erzählen.

»Ich habe heute Morgen deinen Halbbruder in seinem Hotel besucht«, sagte sie.

Die Gabel mit dem Stück Landjäger, die gerade unterwegs zu seinem Mund war, blieb mitten in der Luft stehen. Markus starrte sie an.

»Du hast *was?*«

»Deinen Halbbruder besucht«, wiederholte Elisabeth geduldig. »Göran. Dr. Pfleiderer hat ihn im *Pelikan* untergebracht.«

»Ach so?«

Das Stück Landjäger verschwand, und Markus kaute ausgiebig. Offensichtlich hatte er die Absicht, sie zappeln zu lassen. Elisabeth spürte, wie ihr Rücken sich versteifte, und atmete tief durch.

»Ich fand es richtig, dass er unsere Familie von einer anderen Seite kennenlernt«, erklärte sie. »Gestern hat er nur ein Rudel Leute erlebt, die ihn fassungslos anstarren – und einen Kerl, der ihn und seine Mutter übel beschimpft hat.«

»Verstehe.« Markus legte die Gabel hin. »Und da hast du es zu deiner Mission gemacht, ihm die … äh … sanfteren Aspekte der Sippe nahezubringen?«

»Vielleicht.« Elisabeth seufzte. »Außerdem hab ich in Traugotts Schreibtisch ein Kästchen mit Briefen aus Schweden und einem Foto entdeckt. Ich dachte, es wäre eine gute Idee, ihm diese Sachen zu zeigen.«

»Dachtest du.« Markus griff zu seinem Weinglas und nahm einen Schluck. »Auf die Idee, sie zuerst *mir* zu zeigen, bist du wohl nicht gekommen.«

»Die Briefe waren auf Schwedisch«, sagte Elisabeth, die allmählich das unangenehme Gefühl hatte, abgekanzelt zu werden wie ein Schulmädchen. »Und du sprichst genauso wenig Schwedisch wie ich. Göran konnte mir immerhin sagen, was in den Briefen steht. Die hat nämlich seine Mutter geschrieben, und das Foto war ein Bild von ihr. Traugott hat das Kästchen all die Jahre aufbewahrt.«

»Wie rührend.« Markus räusperte sich. »Wo ist dieses Kästchen jetzt?«

»Wieder in Traugotts Schreibtisch.« Elisabeth schaute ihm geradewegs in die Augen. »Nach dem Frühstück habe ich mit Göran einen kleinen Spaziergang durch die Altstadt gemacht. Ich glaube, er war ganz froh, nicht die ganze Zeit allein in seinem Hotelzimmer herumsitzen zu müssen.«

Markus schürzte die Lippen.

»Wie schön, dass du dich allezeit aufopferungsvoll um die Bedürfnisse deiner Mitmenschen kümmerst«, meinte er. Der Sarkasmus in seinem Tonfall war kaum zu überhören. »Sogar dann, wenn du den besagten Mitmenschen eigentlich überhaupt nicht kennst.«

»Aber Papa ... Dr. Pfleiderer sagt doch, er ist dein Bruder«, warf Vivien ein, die den Austausch stumm und sehr aufmerksam verfolgt hatte. »Und Göran hat angeboten, einen Test zu machen, um das zu beweisen. Außerdem hat er gesagt ›without any demands‹ – das klang nicht so, als ob er unbedingt an Opas Geld will.«

»Er ist überhaupt nicht wegen des Geldes hier«, antwortete Elisabeth; sie war ihrer Tochter für das Stichwort ausgesprochen dankbar. »Eigentlich wollte er bloß seine deutsche Familie kennenlernen. Das Erbe ist ihm gar nicht wichtig.«

»Und das hast du ihm natürlich abgekauft.« Markus verdrehte die Augen. »So was sagt sich leicht, wenn man schon weiß, dass man demnächst mit schätzungsweise 250 000 Euro wieder nach Hause fliegen darf. Ich würde sagen, der Mann hat dich sauber eingewickelt.«

»Es muss ungeheuer anstrengend sein, von Berufs wegen bei jedem automatisch das Schlimmste zu vermuten.« Elisabeth schluckte den Ärger hinunter, der in ihr aufstieg. »Aber Göran kann nichts für Traugotts Geheimniskrämerei. Åsa hat ihm nur Gutes über seinen Vater erzählt und ihm gleichzeitig davon abgeraten, ihn zu besuchen. Sie hat gefürchtet, dass er in unserer Familie für Aufruhr sorgen würde. Deswegen wollte sie übrigens auch nicht, dass Traugott sich scheiden lässt – sie fand, sie hätte kein Recht dazu, seine Ehe zu zerstören.«

»Das hat mein Vater auch ganz ohne ihre Hilfe hinbekommen«, gab Markus bitter zurück. »Sich in ein wildfremdes Schwedenmädel zu vergucken, ihr ein Kind zu machen, über vierzig Jahre heimlich ihre Liebesbriefe im Schreibtisch zu horten und gleichzeitig von seiner Umgebung moralisch untadeliges Benehmen zu erwarten – so viel Chuzpe muss man erst mal haben.«

»Das waren keine Liebesbriefe«, antwortete Elisabeth leise. »Göran hat sie für mich übersetzt. Seine Mutter wollte deinen Vater niemals heiraten und hielt die Trennung für richtig. Und Traugott hat sich immer sehr um uns alle gekümmert. Er hat dich geliebt, Markus. Es tut mir leid, wenn du das nicht gemerkt hast.«

Markus goss sich Wein nach; sein Gesicht wirkte blass und müde.

»Ich weiß, wie sehr er Vivien geliebt hat«, sagte er. »Und dich auch, Lisa. Vielleicht sollte ich dankbar dafür sein, dass ich für ihn wenigstens kein Totalausfall war, so wie mein Bruder.«

Vivien stand rasch auf und ging zu ihm hinüber. Sie umarmte ihn von hinten und küsste ihn zärtlich auf die Wange.

»Du bist absolut kein Totalausfall«, sagte sie. »Und ich bin unheimlich froh darüber, dass ich *dich* als Papa abgekriegt hab und nicht Onkel Julius. Sonst wäre Tante Fiona meine Mutter, und ich müsste womöglich dauernd mit ihr shoppen gehen.«

Markus entspannte sich sichtlich und lächelte. Elisabeth griff quer über den Tisch nach seiner Hand und registrierte erleichtert, dass er ihren sanften Händedruck erwiderte.

»Shoppen mit deiner Tante wäre tatsächlich ein echtes Problem«, sagte Markus. »Ihr passt modisch gesehen kein bisschen zusammen.«

Vivien hatte bei der Wahl ihrer Kleidung und ihrer sonstigen Besitztümer einen ziemlich eigenwilligen Geschmack. Bei offiziellen Anlässen machte sie sich zwar immer stilsicher zurecht, aber privat bevorzugte sie ausgebleichte Jeans mit Löchern in den Knien, flatternde Baumwollkleider und bestickte Blusen im Hippielook. Was sie anzog, fand sie überwiegend auf Flohmärkten, und Schuhe hätte am liebsten gar keine getragen. Das bunte Sammelsurium stand ihr ausgezeichnet – auch wenn Fiona das gänzlich anders sah. Für sie gehörte alles, was nicht aus einer teuren Boutique stammte, in die Altkleidersammlung.

Mit der kleinen Hippiebraut kann man sich doch nirgendwo sehen lassen!, hatte sie einmal geschimpft. Worauf ihr von Vivien so höflich wie deutlich klargemacht wurde, dass sie sowieso nicht die Absicht hatte, sich mit ihrer Tante irgendwo sehen zu lassen, wenn es nicht unbedingt notwendig war. Diesem Auftritt war eine wochenlange beleidigte Funkstille gefolgt, die erst endete, als Traugott seiner Schwiegertochter erklärte, er würde Viviens Gesellschaft auch dann noch genießen, wenn sie in einem staubigen Mehlsack steckte. Er erinnerte Fiona außerdem sanft daran, wer ihre letzte ausufernde Moderechnung bezahlt hatte … und der fragile Burgfriede war fürs Erste wiederhergestellt.

Die Welt der Gebhards war wohl weder vor Traugotts Fehltritt noch danach wirklich »heil« gewesen, dachte Elisabeth. Und sie fand es unfair, Åsas Sohn dafür bezahlen zu lassen.

»Möchtest du denn, dass Göran den DNA-Test macht?«, fragte sie.

Markus sah sie an.

»Wenn die Briefe von Åsa Lund so authentisch sind wie der von Vater«, sagte er langsam, »dann ist das eigentlich nicht mehr nötig. Jedenfalls für mich. Aber ich bin sicher, Julius sieht das vollkommen anders. Vielleicht wäre es tatsächlich besser, mein schwedischer Überraschungsbruder lässt sich ein bisschen Blut abzapfen oder liefert eine Speichelprobe – damit wieder Ruhe einkehrt.« Er grinste schwach. »Bis wir das Ergebnis haben, dauert es zwar ein paar Wochen, aber wenn der gute Mann so wenig auf das Geld aus ist, wie du behauptest, Lisa – dann macht es ihm bestimmt nichts aus, so lange zu warten.«

»Aber er muss nicht die ganze Zeit im Hotel hocken, bis er einen Termin beim Arzt bekommt, oder?«, meldete sich Vivien energisch zu Wort. »Mama und ich, wir können ihm doch zeigen, wo Opa gelebt hat. Mir fallen auf Anhieb mindestens ein Dutzend Ausflugsziele ein, die ihm bestimmt Spaß machen.«

»Einverstanden«, antwortete Markus. »Solange deine Vorbereitungen für das Abitur nicht darunter leiden – und solange ich nicht dabei sein muss.«

»Göran würde dich sehr gerne näher kennenlernen, glaube ich«, sagte Elisabeth.

»Mag sein.« Markus' Lippen wurden schmal. »Aber ob *ich* das will … also gut, ich versprech dir, ich denk darüber nach. Reicht dir das?«

Sie hob seine Hand hoch, die sie immer noch festhielt, und drückte sachte einen Kuss auf die Fingerknöchel.

»Voll und ganz.«

***

Göran staunte am nächsten Morgen nicht schlecht, als Elisabeth ihn anrief und ihn zu einem Ausflug am selben Nachmittag einlud.

»Und Markus ist damit einverstanden?«, fragte er.

»Ja.« Elisabeth lächelte. »Er denkt übrigens, dass ein Gentest keine schlechte Idee wäre … und sei es nur, um Julius ein für alle Mal das Maul zu stopfen.«

Am anderen Ende der Leitung blieb es eine Weile still.

»Er selbst braucht diesen Test nicht?«

»Nein«, sagte Elisabeth ruhig. »Er hält Traugotts Brief für ausreichend … vor allem jetzt, nachdem ich ihm auch noch die Briefe von Åsa gezeigt habe. Obwohl ich vermute, dass sein ›innerer Anwalt‹ erfreut wäre, wenn auch das letzte Puzzleteilchen passt.«

»Kann ich ihm nicht wirklich verdenken.« Sie hörte ihn seufzen. »Holst du mich ab oder soll ich irgendwo hinkommen? Ich bin gestern stundenlang durch die Altstadt gelaufen, und jetzt kenn ich mich schon ein bisschen aus, glaube ich.«

»Ich hol dich ab. Und Vivien möchte gern mitkommen.«

»Die coole Vivien!« Sein Ton wurde sofort leichter. »Schön! Ich freu mich!«

Vivien tat an diesem Nachmittag alles, um ihre ausgezeichneten Englisch- und Geschichtsnoten zu rechtfertigen. Sie machte mit ihrem neuen Onkel die »Türmetour« und versorgte ihn mit reichlich Informationen, die Göran offensichtlich sehr unterhaltsam fand. Er staunte angemessen darüber, dass der Fünfknopfturm mit seinen aus der Steinsäule herausragenden Giebeln bis vor fünfzehn Jahren bewohnt gewesen war. Er hörte sich am Königsturm Viviens (nicht ganz ernst gemeinte) Gruselgeschichten über das Frauengefängnis im Untergeschoss an, in dem in früheren Jahrhunderten Hexen eingekerkert worden waren, und nahm auch noch den Schmiedturm, den Faulturm und den Wasserturm mit, ohne nennenswerte Ermüdungserscheinungen zu zeigen.

Erst nachdem er danach im Heilig-Kreuz-Münster den Sippenaltar in der Sebalduskapelle bewundert hatte, entschied Elisabeth, dass es höchste Zeit für eine Stärkung war. Sie wählte ein kleines Restaurant mit schwäbischen Spezialitäten, und Vivien hatte wenig Mühe, Göran zu einer großen Portion Kässpätzle mit grünem Salat zu überreden. Für sich und Elisabeth bestellte sie dasselbe, und sie aßen alle drei mit Appetit.

»Nächstes Jahr im Sommer musst du wiederkommen«, sagte Vivien, nachdem sie mit dem Inhalt ihres Tellers kurzen Prozess gemacht hatte. »Da wird hier die Staufersaga aufgeführt. Es wäre ein Jammer, wenn du die verpasst.«

Göran blickte interessiert von seiner Salatschüssel auf. »Was ist denn das?«

»Ein Riesen-Open-Air-Spektakel«, erklärte Elisabeth. »Es erzählt die Geschichte der Staufer – ein Adelsgeschlecht aus dieser Gegend, das zwischen dem 11. und dem 13. Jahrhundert mehrere

Herzöge, Könige und Kaiser hervorgebracht hat. Ein Gmünder Autor und Regisseur hat das Stück geschrieben und vor sechs Jahren zum ersten Mal aufgeführt. Im selben Jahr ist er dann leider an einer schweren Krankheit gestorben, aber er hat eine ganz große Sache angestoßen. Es gibt einen umtriebigen Verein, Staufersaga e.V., der von Waffen über Kleider bis zum Kopfputz fast alles selbst herstellt. Die Gewandmeisterei hat inzwischen einen Fundus von mehr als tausend Kostümen, und in der Rüstmeisterei werden Kettenhemden gefertigt. Man kann in dem Stück zum Beispiel als Bogenschütze mitmachen und das Bogenschießen auch gleich lernen, wenn man mag. Nächstes Jahr im Sommer wird das Stück wieder gespielt. Dazu gibt es dann einen Mittelaltermarkt und eine Art Turnier.«

»Klingt spannend.« Göran nickte beeindruckt. »Seid ihr auch in diesem Verein?«

»Ich bin dabei.« Elisabeth lächelte ein wenig verlegen. »In der Hutgruppe, genauer gesagt.«

Görans Augenbrauen wanderten in die Höhe. »Hutgruppe?«

»Wir treffen uns regelmäßig dienstags in der Gewandmeisterei«, erklärte Elisabeth. »Die reichen Damen des Mittelalters trugen kostbare und aufwendige Kopfbedeckungen, manche mit Schleiern, Borten und Perlen. All das wird von Hand gefertigt, und mir macht so was Spaß. Wir haben auch schon Barockperücken für einen Umzug auf der Landesgartenschau genäht, die vor ein paar Jahren hier in Gmünd stattgefunden hat. Traugott hat mir damals vorgeschlagen, mitzumachen. Er war bei der Erstaufführung des Stücks mit Begeisterung dabei und ist als Edelmann am Hof des Königs aufgetreten.«

Göran schüttelte den Kopf. »Je mehr ich über meinen Vater erfahre, desto mehr Gründe finde ich zum Staunen. Jetzt war er auch noch Schauspieler.«

»Opa war eine ganze Menge Dinge«, sagte Vivien. »Aber vor allem war er unheimlich lieb. Und er fand es spannend, immer wieder etwas Neues auszuprobieren. Er war zwar schon siebzig – aber so alt ist er mir eigentlich nie vorgekommen.«

Sie blickte auf ihren leeren Teller hinunter.

»Ich wünschte, er wäre noch da«, sagte sie leise.

»Ich auch.« Elisabeth nahm ihre Hand, und Göran lächelte sie an.

»Da sind wir schon drei.«

***

Abends erzählte Vivien begeistert von der Stadtrunde; Markus hörte sich alles mit einer Miene an, die nicht verriet, was er dachte.

»Was meinst du, Mama – sollen wir Göran morgen zur Rechbergruine mitnehmen?«

»Nur, wenn er wirklich will«, erwiderte Elisabeth. »Ich möchte nicht, dass er das Gefühl bekommt, von uns durch die Gegend gescheucht zu werden.«

»Wenn ich meiner Tochter glauben darf«, sagte Markus, »dann hat er eure private Führung heute durchaus genossen.«

»Onkel Göran ist echt nett«, verkündete Vivien. »Meinst du nicht, wir sollten ihn mal hierher einladen? Sonst bekommt er doch nie das Gefühl, dass er zu uns gehört.«

Markus verschluckte sich fast an der Salzbrezel, die er sich gerade in den Mund gesteckt hatte. Es dauerte einen Moment, bis er antworten konnte.

»Euren Enthusiasmus für das neue Familienmitglied in allen Ehren, aber ich würde nur ungern schlafende Hunde wecken«, sagte er. »Wenn ihr durch euer Besuchsprogramm dafür sorgt, dass der Mann sich nicht mehr so fremd vorkommt, ist das eine Sache. Ihn hierher ins Haus zu bringen heißt, in gewisser Weise … Tatsachen zu schaffen. Und dafür ist es mir einfach noch ein bisschen zu früh.«

Viviens Mundwinkel kräuselten sich nach oben.

»Also wirklich, Papa … du sollst ihn doch nicht feierlichst in die Familie aufnehmen oder so! Lass einfach Frau Hinderer was Leckeres kochen, dann lernen wir ihn ein bisschen besser kennen und er uns auch. Vielleicht kann er sogar hier übernachten, zum

Beispiel in Opas Schlafzimmer – darüber würde er sich bestimmt riesig freuen! Und wenn wir hier oben bei uns essen und nicht unten im Speisezimmer, dann kriegen Onkel Julius und Tante Fiona ihn gar nicht erst zu Gesicht, und wir sparen uns neuen Ärger.«

Markus grinste unwillkürlich. »Willst du ihn heimlich in die Villa schmuggeln?«

»Au ja!« Vivien grinste zurück. »Wir rollen ihn wie Kleopatra in einen Teppich und tragen ihn die Hintertreppe hinauf – und am nächsten Morgen schaffen wir ihn auf dem gleichen Weg wieder nach draußen. Aber dann müssen wir schon den Perserteppich aus dem Wohnzimmer nehmen; Onkel Göran ist noch ein bisschen größer als du.«

»Müssen die Wikinger-Gene sein«, meinte Markus trocken. Er nickte seiner Tochter zu. »Also schön – wenn du möchtest, kann er am Freitag zum Abendessen kommen.«

»Klasse!« Vivien strahlte.

***

Kurz bevor Elisabeth am nächsten Tag mit ihrer Tochter zum Hotel aufbrechen wollte, sorgte Viviens beste Freundin (mit der sie sich seit Monaten auf die Abiturprüfungen vorbereitete) mit einem hektischen telefonischen SOS dafür, dass Vivien als Ausflugsbegleitung diesmal ausfiel.

»Bella hat immer Angst, dass sie durchrasselt«, seufzte Vivien. »Und sie behauptet steif und fest, ohne mich begreift sie den Mathestoff nicht. Gestern hat sie die Formelsammlung für die Schriftliche allein durchgearbeitet und sich in eine Panikattacke hineingesteigert. Wenn ich nicht zu ihr rübergehe, verfällt sie demnächst in Schnappatmung.«

»Ach je.« Elisabeth küsste ihre Tochter auf die Schläfe. »Geh ruhig – ich komm bestimmt einen Nachmittag lang allein mit Onkel Göran klar.«

Vivien öffnete den Mund.

»Und ich werde ihm sagen, dass er morgen zum Essen kommen soll«, beeilte Elisabeth sich hinzuzufügen. »Versprochen.«

Vivien schnaufte erleichtert, schnappte sich ihre Jacke und war im nächsten Moment verschwunden. Elisabeth schmunzelte, holte ein warmes Wollcape aus dem Schrank und folgte ihr in gemächlicherem Tempo die Treppe hinunter.

***

»Heute keine Burg?«, fragte Göran, als Elisabeth den Twingo nach einer halben Stunde Fahrt über die Bundesstraße und durch waldige Serpentinen auf einem Parkplatz am Waldrand abstellte. »Wo sind wir denn hier?«

»Hinter den Bäumen da vorne liegt der Ebnisee«, erklärte Elisabeth. »Einer der vielen Ausflugs- und Badeseen im Schwäbisch-Fränkischen Wald. Im Sommer ist hier unheimlich viel los; die Leute gehen schwimmen und Boot fahren, und der Weg hierher ist eine beliebte Strecke für Motorradfahrer. Aber jetzt im Februar liegt die Gegend noch fast im Winterschlaf. Ich bin sehr gerne hier. Und ich dachte, ein bisschen frische Luft kann nicht schaden.«

Sie gingen den schmalen Pfad entlang zum See hinunter. Es war kalt, und Nebelschwaden trieben über die Wasserfläche. Göran blieb an einer Treppe stehen, die zum Ufer hinunterführte, und atmete tief durch.

»Du hast recht«, sagte er. »Das hab ich jetzt gebraucht.«

Er drehte sich zu ihr um, und sein Mund verzog sich zu dem schrägen Lächeln, das sie schon kannte.

»Du musst mich für ein hoffnungsloses Landei halten.«

»Nein.« Sie stellte sich neben ihn, den Blick auf die Bäume am anderen Ufer gerichtet, deren Kronen im weißen Dunst verschwammen. »Aber solche Menschenaufläufe wie bei uns bist du bestimmt nicht gewohnt. Ich hab mir die Gegend, wo du herkommst, auf der Karte angesehen; ich hab das Gefühl, allein bei uns in Gmünd und Umgebung leben mehr Menschen als in dem ganzen Teil von Schweden, der jenseits des Polarkreises liegt. Und ich wollte nicht, dass du irgendwann an Platzangst leidest.«

»Danke. Gehen wir ein Stück?«

»Wir können um den ganzen See herumlaufen, wenn du möchtest. Und dann kannst du mir von dem Ort erzählen, wo du herkommst. Von Kiruna.«

Sie setzten sich in Bewegung und schlenderten Seite an Seite den asphaltierten Weg entlang.

»Kiruna ist die nördlichste Stadt Schwedens«, sagte Göran. »Bekannt für ihre Erzminen. Die Holzkirche *Kiruna kyrka* gilt als das schönste Gotteshaus Schwedens – für mich ist sie das einzig wirklich Schöne an der ganzen Stadt. Und ein paar Kilometer entfernt liegt der Ort Jukkasjärvi, wo alljährlich das weltberühmte Eishotel gebaut wird. Von dem hast du bestimmt schon mal gehört.« Er lächelte.

»Ich lebe übrigens nicht in Kiruna selbst, sondern in einem Nest namens Laxforsen, nur einen Steinwurf von Jukkasjärvi entfernt … und da gibt es wirklich nur eine Handvoll Menschen und einige wenige kleine Holzhäuser. In einem davon hat meine Urgroßmutter gewohnt; nach ihrem Tod ist meine Mutter mit mir dort eingezogen. Und es ist mein Zuhause geblieben, bis heute.«

»Wolltest du nie woanders hin?«

»Eigentlich nicht.«

Der Weg schlängelte sich durch ein Wäldchen. Göran trat dicht an das Seeufer, hob einen flachen Kiesel auf und ließ ihn über das Wasser tanzen.

»Die Landschaft dort ist … groß. Weit. Unendlich. Im Sommer verwandelt sie sich in ein blühendes Paradies, und es ist rund um die Uhr taghell. Und im Winter ist da nichts als ein leuchtendes, stilles Weiß, das man mit dem Schlitten oder dem Schneescooter durchstreift, auf Schneeschuhen oder auf Skiern. Die Wälder tragen dicke Schneemützen, und im Dezember geht die Sonne ganze zwanzig Tage lang nicht auf. Wenn man Glück hat, sieht man in diesen langen Nächten das Polarlicht. Wie eine Welle aus breiten Regenbögen, die über den Himmel fließt.«

Elisabeth schloss unwillkürlich die Augen und versuchte, sich die fremde Welt vorzustellen, die er mit seinen Worten malte.

»Das klingt schön«, sagte sie leise. »Ich wünschte, ich könnte es sehen.«

»Nimm Markus und Vivien mit und komm mich besuchen.« Er zwinkerte ihr zu. »In meinem Minihaus wird es für vier Leute zwar ein bisschen eng, aber ich kann euch notfalls bei Yngve unterbringen – wenn es euch nichts ausmacht, am Feuer in einer Kåta zu schlafen.«

»Wer ist Yngve? Und was ist eine Kåta?«

»Yngve Sundgren«, erklärte Göran. »Ein guter Freund von mir, genau wie sein Vater Mattis. Die beiden sind Sámi und Rentierzüchter. Aber Yngve verdient sich etwas dazu, indem er Touristen in einer Kåta schlafen lässt – so nennt man die mobilen Behausungen der Sámi-Nomaden. Das können Zelte sein oder zeltähnliche Konstruktionen aus Holz oder Torf, in deren Mitte ein Feuer brennt. Man verbringt die Nacht im Schlafsack auf Rentierfellen, zu essen gibt es Rentiergeschnetzeltes, und den Kaffee braut man sich direkt im Feuer. Nirgendwo anders ist er so gut.«

Elisabeth lächelte. »Markus müssten wir das mit den Rentierfellen und dem Schlafsack wahrscheinlich erst schmackhaft machen. Aber Vivien wäre sofort dabei.«

»Vivien ist großartig«, sagte Göran. »Ein wirklich feines Mädchen. Sie spricht genauso gut Englisch wie du … und viel besser als ich.«

»Das liegt an meiner Mutter«, erklärte Elisabeth. »Sie stammte aus Oxford; mein Vater hat sie dort beim Studium kennengelernt. Sie kam mit ihm nach Deutschland und hat in Stuttgart an der Uni Anglistik gelehrt. Ich bin zweisprachig aufgewachsen … und Vivien dann auch.«

Göran betrachtete sie nachdenklich. »Leben deine Eltern noch?«

»Nein.« Elisabeth schüttelte den Kopf. »Meine Mutter starb, als ich sechzehn war – bei einer Blinddarmoperation. Sie hat die Narkose nicht vertragen und ist einfach nicht mehr zu sich gekommen.«

Die Sonne brach durch den Nebel, und die Oberfläche des Sees funkelte plötzlich wie Gold.

»Wie kam dein Vater damit klar?«, fragte Göran.

»Er hat seine Trauer verdrängt«, erwiderte Elisabeth sachlich. »Er hat sich in seine Arbeit gestürzt und darauf gebaut, dass ich in Mamas Fußstapfen trete. Und dann bin ich ein halbes Jahr vor dem Abitur schwanger geworden. Den Abschluss hab ich noch gemacht, aber ein Studium kam nicht infrage … das heißt, vielleicht hätte ich es ja hingekriegt, mit etwas mehr Willenskraft. Aber irgendwie wurde nichts daraus. Ich hatte damals überhaupt keinen Ehrgeiz – ich wollte nichts, als endlich irgendwo anzukommen und zu Hause zu sein. Bei meinem Vater gab es kein Zuhause mehr.«

Zu ihrer Bestürzung stiegen ihr plötzlich Tränen in die Augen. Ufer und See zerflossen zu goldgelbem Nebel, und sie wandte sich von Göran ab. *Das war mehr als peinlich.*

Seine Hand hielt ihr ein Taschentuch hin; sie nahm es und wischte sich dankbar das Gesicht.

»Du warst sehr jung«, sagte Göran. »Aber du *bist* angekommen, und dann hast du dir Aufgaben gesucht. Inzwischen hast du eine wunderbare Tochter zur Welt gebracht und großgezogen, und du hast meinem Vater all die Jahre sehr geholfen, glaube ich. Oder nicht?«

»Doch. Das stimmt.«

Sie sah ihn an und brachte es fertig, zu lächeln.

»Danke. Tut mir schrecklich leid … ich hab ganz bestimmt nicht die Absicht gehabt, zu jammern.«

»Macht doch nichts. Kann man hier irgendwo einen Kaffee trinken?«

»Am Ende vom Rundweg ist ein Gasthaus«, sagte sie. »Obwohl der Kaffee da wahrscheinlich nicht so gut schmeckt wie in dieser Kåta.«

»Oh, ich bin sicher, er ist trinkbar.« Er erwiderte ihr Lächeln. »Ich lade dich ein. Wollen wir?«

»Sehr gerne.«

Plötzlich fiel ihr ein, was sie Vivien versprochen hatte.

»Apropos einladen – wir würden uns sehr freuen, wenn du morgen zu uns zum Abendessen kommst. Wir haben auch ein Gästezimmer für dich, und am nächsten Morgen gibt es Frühstück … nur mit Markus, Vivien und mir. Julius und Fiona sind morgen Abend auf irgendeinem Society-Event; die werden am Tag danach sicher erst gegen Mittag im Frühstückszimmer aufkreuzen, wenn wir schon wieder weg sind.«

»Wie schön.« Er grinste demonstrativ erleichtert, dann wurde er wieder ernst und musterte sie prüfend. »Wem hab ich das denn zu verdanken – deiner Tochter oder dir?«

»Vivien«, antwortete Elisabeth ehrlich. »Aber Markus hat sich nicht wirklich dagegen gewehrt.«

Sie schaute in das klare Gesicht mit den grünen Augen.

»Gib ihm eine Chance, dich kennenzulernen. Ich finde, es wird höchste Zeit.«

Paukenschlag

Wenn jemand Göran später irgendwann gefragt hätte, was für ihn an jenem Freitagabend in der Villa seines Vaters die größte Überraschung gewesen war, dann hätte er nicht lange nachdenken müssen. Gut, die Rindsrouladen mit Serviettenknödeln und Apfelrotkraut waren ausgesucht köstlich gewesen (und der Gesichtsausdruck der Haushälterin, als er sich hinterher gewohnheitsgemäß mit »*Tack för maten!*« für das Essen bedankte, unbezahlbar). Und die Begegnung mit Markus war angenehmer verlaufen, als Göran zu hoffen gewagt hatte ... auch wenn sein Halbbruder die Konversation auf ein Minimum beschränkt hatte. Immerhin, es hatte keinen Streit gegeben, und das war angesichts des völlig missglückten Starts in der Anwaltskanzlei bereits ein echter Fortschritt.

Aber die größte Überraschung für ihn war, dass das »Gästezimmer«, das Markus' Frau ihm für die Nacht in Aussicht gestellt hatte, sich als das Schlafzimmer des verstorbenen Traugott Gebhard entpuppte.

»Wir dachten, es würde dir vielleicht Freude machen«, hatte Elisabeth erklärt, als sie ihn in das Zimmer führte. »Hier kannst du deinem Vater richtig nahe sein.«

»*Wir?*«, hatte Göran verblüfft erwidert. »Heißt das etwa, *Markus* wollte, dass ich hier schlafe?«

Elisabeths Mundwinkel kräuselten sich nach oben.

»Eher Vivien und ich«, erläuterte sie. »Aber Markus hatte nichts dagegen. Die Tür da drüben neben dem Bücherregal führt in Traugotts Badezimmer. Handtücher liegen bereit. Brauchst du sonst noch etwas?«

Er schüttelte den Kopf, sie wünschten einander eine gute Nacht, und seitdem befand er sich nun alleine in dem Raum, in dem zuletzt sein Vater geschlafen hatte. *Sein Vater, dem er niemals begegnet war.*

Selten in seinem Leben hatte er sich so fremd gefühlt. Jeder Gedanke, eines der offensichtlich mehrere Jahrzehnte alten noblen

Möbelstücke aus dunklem, glatt poliertem Holz auch nur zu berühren, erschien ihm völlig abwegig, und mehr als einmal war er kurz davor, die Flucht zu ergreifen und in der riesigen Villa nach einem einsamen Sofa zu suchen, auf dem er die Nacht verbringen konnte.

Aber andererseits – Elisabeth hatte recht. Näher als hier war er seinem Vater noch nie gewesen.

Er betrachtete das Bett an der Stirnseite des Raumes, das sehr eindeutig neueren Datums war als der Rest des Mobiliars. Es war aus etwas hellerem Holz und auch nur für eine einzelne Person gedacht. Offenbar hatte Traugott nach dem Tod seiner Frau das Ehe- durch ein Einzelbett ersetzt. *Oder es gab irgendwo in dieser Villa noch ein seit Jahren verlassenes Schlafzimmer mit Doppelbett.*

Sein Blick glitt über den Ohrensessel, der neben einer altmodischen Stehlampe in der Ecke stand, und blieb an dem gut gefüllten Bücherregal hängen. *Seine Mutter hatte auch viel und gerne gelesen.*

Er trat näher und studierte die Buchrücken. Die meisten der Titel kannte er nicht, nur wenige Namen wie Goethe, Schiller und Hesse waren ihm zumindest vom Klang her vertraut. Dann aber hielt er verblüfft inne, als er »Mårbacka« las und gleich daneben »Gösta Berlings saga«. Er holte beide Bände aus dem Regal – ja, Traugott Gebhard hatte die Klassiker von Selma Lagerlöf tatsächlich auf Schwedisch gelesen!

Jetzt war sein Interesse geweckt. Neben den Auswanderer-Romanen von Vilhelm Moberg und einem Lyrikband von Tomas Tranströmer fand er ein halbes Dutzend Krimis von Camilla Läckberg und Håkan Nesser und zahlreiche Werke von Henning Mankell. Ein Lächeln glitt über sein Gesicht. *Henning Mankell war der Lieblingsautor von Åsa Lund gewesen.*

Am Ende der Buchreihe entdeckte er eine ziemlich abgegriffene Ausgabe von Astrid Lindgrens »Emil i Lönneberga«. Spontan zog er das Buch heraus und schlug es auf.

Eine Widmung, geschrieben mit einer nach rechts geneigten Schrift, stach ihm ins Auge.

Jul 1982. Tack så mycket för din hjälp. Och jag lovar dig att din son alltid kommer att få samma moderskärlek som lille Emil får. Åsa.

Göran runzelte die Stirn. *Weihnachten 1982.* Offenbar hatte seine Mutter sich mit diesem Buch bei Traugott Gebhard für die finanzielle Hilfe bedankt – und sie hatte ihm zugleich versprochen, dass sein Sohn immer ebenso viel Mutterliebe bekommen würde wie der kleine Emil in Lönneberga. *Emil, der in Deutschland – das hatte morsan ihm irgendwann einmal erzählt – den Namen Michel bekommen hatte, weil man Verwechslungen mit einem anderen Emil vermeiden wollte … einer Kinderbuchfigur von einem bekannten deutschen Autor. Keine Ahnung, warum ihm das jetzt einfiel.*

Aber da stand noch etwas – unter Åsas Versprechen und in einer anderen Handschrift.

Hans far älskar honom också.

Er starrte auf die fünf mit dunkelblauer Tinte geschriebenen Worte. Dann berührte er sie ganz behutsam mit den Fingerspitzen.

Sein Vater liebt ihn auch.

Ein Klopfen riss ihn aus seinen Gedanken. Er klappte das Buch rasch zu.

»Ja, bitte?«

Die Tür öffnete sich einen Spalt, und er erblickte Vivien. *Seine Nichte.* Dass er jetzt plötzlich eine Nichte hatte, verblüffte ihn immer noch. Sie trug eine Tasse vor sich her, aus der es dampfte; es roch nach Pfefferminze.

»Stör ich dich?«

»Überhaupt nicht.« Er stellte fest, dass er lächelte. »Komm ruhig rein – wenn das in Ordnung für dich ist. Es könnte ja irgendwer auf komische Ideen kommen.«

»Das wär dann aber ziemlich dämlich«, sagte Vivien trocken. Sie ging an ihm vorbei ins Zimmer und stellte die Tasse auf dem Nachttisch ab. »Als Opa noch … *da* war, da hat er abends vor dem Schlafengehen immer einen Tee getrunken. Manchmal hat Mama ihm den gebracht, manchmal ich. Dann haben wir jedes Mal noch ein bisschen zusammengesessen und geredet. Und ich dachte … du möchtest vielleicht auch einen Tee. Wenn nicht, ist es auch nicht schlimm. Dann geh ich wieder und trink ihn einfach selbst.«

»Tee vor dem Schlafengehen?« Göran betrachtete die Tasse. »Auf die Idee bin ich ehrlich gesagt noch nie gekommen. Interessant. Vielleicht sollte ich es mal probieren.« Er sah Vivien an. »Das mit dem Zusammensitzen ist aber in jedem Fall eine gute Idee. Es sei denn, du bist schon müde … oder du weißt nicht, worüber du mit diesem alten Onkel reden sollst.«

Vivien grinste. »So alt bist du doch gar nicht … Moment, wie alt bist du denn eigentlich? Ein bisschen jünger als Papa, oder? Das hab ich bei der Testamentseröffnung nicht ganz mitgekriegt.«

»Ich werde demnächst vierzig«, antwortete Göran. »Am 5. Mai, um genau zu sein. Dein Vater ist nur ein paar Monate älter, glaube ich.«

»Stimmt«, bestätigte Vivien. »Papa hat seinen Vierzigsten am 6. Februar gefeiert. Das war ein Riesenfest, mit der ganzen Firma und der Kanzlei.«

»Kann ich mir denken.« Göran sah sich um. »Willst du den Sessel? Dann setz ich mich auf das Bett.«

»Gerne.«

Gleich darauf hatten beide es sich gemütlich gemacht, und Göran nippte vorsichtig an dem duftenden Tee.

»Schmeckt gut«, stellte er fest. »Danke.«

Er sah nachdenklich in die Tasse hinein.

»Drei Monate älter … das heißt, Markus war schon unterwegs, als sein Vater ein letztes Mal fremdgegangen ist. Das macht die Sache für ihn wahrscheinlich noch schlimmer. Kein Wunder, dass er über mich nicht sonderlich glücklich ist und sich wahrscheinlich wünscht, ich würde nach wie vor in meiner Hütte sitzen und ihr hättet nie von mir erfahren.«

»Du wohnst in einer Hütte?«

Unwillkürlich grinste er. »Klingt nach Bretterverschlag, was? Gut, es ist schon ein Haus … ein Holzhaus, um exakt zu sein. Aber es ist eben nicht sonderlich groß – zwei Zimmer, Küche und ein kleines Bad. Verglichen mit eurer Villa ist es tatsächlich nur eine Hütte.«

»Ist es so rot wie die Häuser in den Michel-Filmen?« Vivien war sichtlich interessiert.

»Ja.« Göran schmunzelte. »Als Kind habe ich meiner Mutter mal den verwegenen Vorschlag gemacht, es blau und gelb zu streichen. Aber da hab ich bei ihr auf Granit gebissen. Zum Glück.«

Vivien kicherte. »Blau und gelb? Wie die schwedische Flagge?«

»Ganz genau. Warst du denn schon einmal in Schweden?«

»Nein, noch nie. Papa sagt, da ist es ihm zu kalt. Er fliegt lieber nach Süden. Wir waren schon in Griechenland, in Spanien und in der Dominikanischen Republik. Und dieses Jahr will er mit uns Ferien in Kenia machen.«

»Klingt spannend.« Göran trank einen Schluck von seinem Tee. »Hoffentlich geht ihr dann auch auf Safari – oder gehört er zu denen, die den lieben langen Tag nur am Swimmingpool liegen?«

Vivien war anzusehen, dass sie überlegte, ob sie ihren Vater jetzt tapfer verteidigen musste.

»Na ja …«, sagte sie endlich. »So eine Safari macht er schon mit, aber nur, wenn er dabei nicht allzu viel durch die Gegend laufen und in einem Zelt schlafen muss. Er arbeitet sehr viel, und er findet, im Urlaub soll man sich erholen.«

»Womit er natürlich nicht unrecht hat«, meinte Göran. »Aber ein bisschen Abenteuer gehört doch auch dazu!«

»Für mich schon.« Vivien nickte. »Und ich krieg dieses Jahr nach dem Abi jede Menge davon. Wenn wir aus Kenia zurück sind, dann dauert es nur eine Woche, bis ich gleich wieder die Koffer packen darf. Dann fahr ich nämlich für zwei Monate nach Neuseeland. Cool, oder?«

»Obercool.« Göran grinste. »Einfach nur zum Sightseeing, oder machst du dort ein Praktikum?«

»Ich hab da eine Facebook-Freundin«, erklärte Vivien. »Die lebt mit ihrer Familie auf der Südinsel, auf einer Schaffarm. Bei denen bleib ich eine Woche, und dann mach ich eine Rundreise und schau mir alles an.«

»Toll«, nickte Göran beeindruckt. »Schickst du mir dann ein paar Bilder?«

»Klar, mach ich.«

»Danke.« Göran stellte seine leer getrunkene Tasse auf dem Nachttisch ab. »Und danach studierst du?«

»Ja, Jura«, antwortete Vivien. »In Tübingen.«

»Alle Achtung«, entgegnete Göran. »Das hätte meiner Mutter gefallen; ich glaube, sie hat es mir nie so ganz verziehen, dass ich die Jahre für das Abitur nicht noch drangehängt habe. Aber ich hatte nach neun Jahren einfach genug von der Schule.«

»Meine Mutter wollte eigentlich auch studieren«, sagte Vivien. »Aber sie hat gerade mal ihr Abitur geschafft ... und dann kam ich. Ich war nicht wirklich geplant, weißt du.« Sie grinste.

»Tja – manchmal kommen Kinder eben gänzlich ungeplant und überraschend.« Er grinste ebenfalls. »So gesehen haben wir beide auf jeden Fall etwas gemeinsam.«

»Stimmt.« Vivien stand auf und nahm die Teetasse. »Und jetzt geh ich und lass dich in Ruhe. Aber weißt du was?«

»Was denn?«

»Ich find es toll, dass du gekommen bist. Wirklich.«

Er betrachtete das junge, hübsche Mädchen, das ihn offen anlächelte. Er dachte an Elisabeth, die nach der verunglückten Familienbegegnung in der Kanzlei den ersten Schritt auf ihn zu gemacht und ihn freundlich willkommen geheißen hatte. Und er dachte an Markus, der an diesem Tag immerhin so weit über seinen Schatten gesprungen war, dass er seinen jüngeren Halbbruder in sein Haus eingeladen hatte.

Er atmete tief durch, schwang die Beine aus dem Bett und erhob sich.

»Inzwischen freu ich mich auch darüber«, sagte er. »Danke, Vivien – für den Tee und für die nette Unterhaltung.«

»Gern geschehen.« Vivien ging zur Tür und wandte sich dort noch einmal um. »Was heißt eigentlich Onkel auf Schwedisch?«

»Entweder *farbror* oder *morbror*«, erklärte Göran. »Je nachdem, ob es der Bruder deines Vaters oder deiner Mutter ist.«

»Also der Bruder des Vaters ist der *farbror*?«

»Ja.«

»Aha.« Vivien lächelte. »Also dann – gute Nacht, *farbror* Göran.«

Er gluckste leise.

»*God natt, kära brorsdotter*«, antwortete er. »Schlaf gut.«

***

Am nächsten Morgen um neun Uhr versammelten sich Elisabeth, Vivien, Markus und Göran um die Tafel im Frühstückszimmer. Frau Hinderer hatte Kaffee und Tee gekocht, es gab frische, knusprige Brötchen, Wurst und Käse, dazu Spiegeleier und Obstsäfte. Auf dem Tisch standen außerdem Cerealien, Naturjoghurt und eine Schüssel mit Äpfeln. Die Idee dazu stammte von Elisabeth; sie hatte sich gemerkt, was Göran morgens gerne aß.

Markus sprach nicht viel, aber er wünschte seinem Halbbruder immerhin freundlich einen guten Morgen, bevor er sich ein Spiegelei und ein Brötchen mit Schwarzwälder Schinken einverleibte und anschließend hinter der Wochenendausgabe der Stuttgarter Zeitung verschwand. Göran schien das nicht zu stören; Elisabeth und Vivien waren es nicht anders gewohnt und hielten ein angenehmes Tischgespräch in Gang.

Zwischendurch warf Elisabeth einen raschen Blick auf die Standuhr in der Ecke. Es war kurz vor zehn. Gleich waren sie fertig, dann konnten sie planen – vielleicht war heute ein guter Tag für die Burgruine auf dem Rechberg, eventuell sogar gemeinsam mit Markus. Jedenfalls, wenn der sich hinter seiner Zeitung hervorlocken ließ und tatsächlich Lust dazu hatte … und Göran auch.

Plötzlich näherten sich draußen im Flur Schritte. Im nächsten Moment öffnete sich die Tür, und Julius kam herein, seine Frau im Schlepptau.

Die Stuttgarter Zeitung senkte sich, und Markus' Gesicht erschien.

»Guten Morgen, ihr beiden«, sagte er gelassen. »So früh schon wach?«

»Wieso das denn?« Julius gähnte. Er war zwar angezogen, aber noch nicht rasiert, und auch Fiona wirkte unter ihrem mit der gewohnten Sorgfalt gemalten Make-Up rechtschaffen müde. Offenbar hatte das geheimnisvolle Event vom vergangenen Abend ziemlich lange gedauert.

»Weil man euch samstags normalerweise vor zwölf nicht zu sehen bekommt.« Die Zeitung raschelte. »Wir haben übrigens einen Gast.«

Julius blickte sich um – und sein Blick blieb an Göran hängen. Er öffnete den Mund, aber Markus kam ihm zuvor.

»Setzt euch doch«, sagte er. Die sanfte Einladung hatte einen Kern aus Stahl, der kaum zu überhören war. »Ich finde es ausgesprochen … ungemütlich, wie ihr da an der Tür herumsteht.«

Elisabeth sah aus den Augenwinkeln, dass Göran sich einen Apfel aus der Schüssel nahm und den Blick auf die Neuankömmlinge richtete.

»Guten Morgen«, sagte er höflich – in dem gleichen sorgfältigen Deutsch, mit dem er schon am Vorabend Markus begrüßt hatte. Dann biss er herzhaft in den Apfel.

Julius war für den Moment offenbar sprachlos – eine Tatsache, die Elisabeth zutiefst erleichterte. Er setzte sich, teilte ein Brötchen in zwei Hälften und fing an zu essen. Fiona nahm sich lediglich einen Kaffee. *Wahrscheinlich macht sie wieder mal eine Diät*, dachte Elisabeth und schüttelte innerlich den Kopf; es war unglaublich, mit welch grimmiger Inbrunst Fiona jedes überflüssige Pfund bekämpfte … zumal es bei ihrer wirklich guten Figur eigentlich gar nichts zu bekämpfen gab.

Eine sehr schweigsame Viertelstunde später war Julius' Brötchen verschwunden, gefolgt von Orangensaft und einem frischen Spiegelei, das Frau Hinderer aus der Küche brachte. Fiona hatte ihren Kaffee ausgetrunken, und Elisabeth gestattete sich bereits die zaghafte Hoffnung, dass der Familienkrach, den sie instinktiv die ganze Zeit über befürchtet hatte, ihnen auch weiterhin erspart blieb.

Dann aber wandte sich Fiona mit einem süßen Lächeln an ihren neuen Schwager.

»Der Ebnisee ist schön, nicht wahr? Es sah so aus, als hätte es dir da sehr gefallen.«

Sie sprach Deutsch, und das so übertrieben langsam und laut, dass es auf Elisabeth wie eine gezielte Provokation Görans wirkte. *Was es vermutlich auch war.*

Göran sah Fiona verwundert an, ließ sich jedoch nicht beirren und mobilisierte erneut seine deutschen Sprachkenntnisse.

»Ja, es ist … sehr schön dort«, antwortete er. »Warum?«

»Na ja …« Fiona griff nach einem Apfel und ließ ihn müßig an seinem Stiel herumwirbeln. »Ich hab mit meinen Mädels im Hotel Ebnisee gegessen, nach einem Tennisturnier. Und als wir uns hinterher ein bisschen die Beine vertreten haben, da haben wir dich gesehen.« Sie schenkte Elisabeth ein strahlendes Lächeln. »Und dich auch. Euch beide.«

»Warum habt ihr euch denn nicht bemerkbar gemacht?«, sagte Elisabeth. »Wir waren dort spazieren. Ein kleiner Ausflug an der frischen Luft.«

»Wie aufmerksam von dir.« Fiona lächelte immer noch. »Kein Wunder – sonst muss sich der arme Mann hier in Schwaben ja furchtbar einsam fühlen, nicht? Und du hast schließlich Zeit, ihm Gesellschaft zu leisten.«

»Elisabeth hat üblicherweise weit mehr zu tun als du«, warf Markus ein. »Und ich war damit einverstanden, dass sie für Göran ein bisschen den Fremdenführer spielt.«

»Sehr großzügig«, ließ Julius sich vernehmen. »Vor allem, wo wir doch noch gar nicht wissen, ob der Wikinger wirklich zur Familie gehört.«

Elisabeth verspürte ein zunehmend flaues Gefühl in der Magengrube.

»Julius, *bitte!«,* sagte sie leise. »Hast du vergessen, dass dein Halbbruder dich sehr gut verstehen kann?«

»Nenn ihn nicht meinen Halbbruder!«, fuhr Julius sie an. »Oder hast du inzwischen Beweise dafür?«

»Noch nicht, aber bald«, gab Elisabeth zurück. »Gestern früh hat Göran sich bei unserem Hausarzt Blut für den Gentest entnehmen lassen.«

»Wie *schön.*« Julius klang ausgesprochen sarkastisch. »Aber bis das Labor da zu Potte kommt, hat der Kerl an unserem Frühstückstisch nichts verloren! Wer ist überhaupt auf diese hirnrissige Idee gekommen – du? Fehlt bloß noch, dass er auch noch hier übernachtet hat!«

»Hat er.« Das war Vivien, im voll aufgedrehten Teeniezicken-Modus. *Und Elisabeth konnte es ihr beim besten Willen nicht übel nehmen.* »In Opas Zimmer.«

»*Wie bitte?*« Julius warf Markus einen entsetzten Blick zu. »Und du machst das mit?«

»Ich war einverstanden.« Markus faltete die Zeitung zusammen und legte sie weg.

Göran hatte die Szene aufmerksam verfolgt. Nun erhob er sich plötzlich.

»I'll better go now«, meinte er. »Danke für die Einladung, und für das Frühstück.«

»Möglicherweise wäre das wirklich besser«, erwiderte Markus. »Vor allem, wenn mein kleiner Bruder heute Morgen so gar keine Lust hat, sich zu benehmen.«

»Wieso das denn?« Julius stand ebenfalls auf. »Du bist doch freundlich genug für uns beide, findest du nicht? Und großzügig obendrein.«

Markus betrachtete ihn stirnrunzelnd. »Warum? Weil er eine Nacht im Zimmer seines Vaters verbringen durfte?«

»Der vielleicht gar nicht sein Vater ist!«, konterte Julius verärgert. »Wer weiß, was er sich heute Nacht hier alles heimlich eingesackt hat! Und dann lässt du auch noch deine Frau allein mit ihm durch die Gegend ziehen! Das ist doch verrückt!«

Aus Görans Richtung kam ein unterdrücktes Zischen, das sich für Elisabeth wie ein handfester schwedischer Fluch anhörte.

»Ihr zwei kommt außerordentlich gut miteinander klar, oder?«, mischte Fiona sich ein und legte den Apfel in die Schüssel zurück. Sie setzte ihr strahlendes Lächeln wieder auf, und Elisabeth wurde übel. *Das hier entwickelte sich zu einer Katastrophe, die alle ihre Befürchtungen übertraf.* »Ein hübsches Pärchen habt ihr abgegeben, so dicht nebeneinander am Seeufer. Richtig niedlich … fanden meine Mädels übrigens auch. Die haben förmlich darauf gewartet, dass ihr euch in die Arme sinkt.«

»*Shut up!*«, fuhr Göran sie an; mit einem Mal klang er wieder so kalt und zornig wie bei seinem Abgang aus Dr. Pfleiderers Kanzlei, und das nicht nur, weil er jetzt wieder wie damals Englisch sprach. »Es reicht. Ich habe euch schon einmal gesagt: Über mich könnt ihr denken, was ihr wollt – aber hört endlich auf, andere mit in den Dreck zu ziehen. Sei es meine Mutter oder … oder Elisabeth.«

Er bedachte Julius und Fiona mit einem verächtlichen Blick und wandte sich an Markus.

»Du hast immer Bescheid gewusst, wenn deine Frau und ich in den vergangenen Tagen miteinander unterwegs waren. Du warst damit einverstanden. Und es ist *nichts* dabei geschehen, weswegen sich Elisabeth vor dir rechtfertigen müsste.«

Markus musterte ihn lange schweigend.

»Die Ausflüge waren mit mir abgesprochen«, sagte er endlich – demonstrativ auf Deutsch. »Bei diesem speziellen … Spaziergang sind Fionas Tennisfreundinnen wohl vom Augenschein ausgegangen und haben die Lage missverstanden. Nehme ich jedenfalls an.«

Elisabeth starrte ihren Mann an. Jetzt war ihr nicht mehr übel, sie war zutiefst erschrocken.

»Nimmst du jedenfalls an?« Sie verfluchte die Tatsache, dass ihre Stimme heftig zitterte. »Es gab weit und breit keinen Augenschein und auch nichts misszuverstehen! Was soll denn das, Markus?«

»Also echt, Papa!« Vivien taxierte ihren Vater, als zweifelte sie an seinem Verstand. »Die beiden waren doch bloß spazieren!«

»Für die Mädels und mich hat es aber ganz anders ausgesehen«, entgegnete Fiona, die das Chaos, das sie angerichtet hatte, eindeutig in vollen Zügen genoss.

»Dann brauchen du und deine Mädels offenbar allesamt Brillen«, schnappte Vivien. »Und ein bisschen Hirn wäre auch nicht schlecht, wo wir schon davon reden.«

»Werd bloß nicht unverschämt!«, zischte Fiona. »Warst du denn dabei?«

»Nein, war ich nicht.« Viviens Augen schossen Blitze. »Aber soll ich dir was sagen? Ich war gestern nach dem Abendessen noch bei Onkel Göran in seinem Zimmer. Fällt dir dazu vielleicht auch noch was Unanständiges ein?«

»Schau an!« Julius stieß ein bellendes kleines Lachen aus. »So wie's aussieht, haben manche Mitglieder unserer Familie eine echte Schwäche für alles, was aus diesem speziellen Stall kommt. Und umgekehrt genauso. Wie die Mutter, so der Sohn.«

In diesem Moment landete Görans Faust mit einem lauten Krachen auf der Tischplatte. Sein Gesicht war weiß vor Zorn.

»Das war's«, sagte er kalt, ohne sich die geringste Mühe zu geben, noch einmal zum Deutschen zurückzukehren. »Meine Mutter hatte vollkommen recht: Ich hätte mich von dieser Familie fernhalten sollen. Es war ein Fehler, hierherzukommen. Ein gewaltiger Fehler.«

Er gab ein verachtungsvolles Schnauben von sich.

»Ich hole nur schnell meine Sachen, dann verschwinde ich von hier«, verkündete er finster. »Keine Angst, es ist nichts von eurem kostbaren Eigentum dabei. Ich will kein Stück von dem, was euch gehört.«

Mit entschlossenen Schritten ging er zur Tür. Dort drehte er sich noch einmal um.

»Und ich will auch nichts von eurem verdammten Geld. Steckt es euch an den Hut, genauso wie das Ergebnis von diesem dummen Gentest. Ich verzichte auf meinen Erbanteil … und auf euch auch. *Ha det bra!*«

Er verließ den Raum und schlug die Tür mit einem wütenden Knall hinter sich zu.

Abgebrochene Brücken

Der Winter hatte ganz Lappland fest im Griff. Die dichte, glitzernde Schneedecke, die schon seit Monaten über den unendlichen Wäldern und den zugefrorenen Flüssen und Seen lag, machte noch immer keine Anstalten, sich zurückzuziehen, obwohl die Sonne inzwischen von Tag zu Tag merklich länger und höher über den Horizont stieg. Um die eisige Macht der Minustemperaturen zu brechen, fehlte ihr jedoch vorerst noch die Kraft.

Göran Åsasson störte das wenig. Er kannte es nicht anders; er hatte sein ganzes Leben nördlich des Polarkreises verbracht und wusste nur zu gut, dass es in ganz harten Jahren sogar bis in den Juni hinein dauern konnte, bis auch die letzten Schneereste weggetaut waren. Dies war ein völlig normaler Winter, so wie er ihn liebte – mit viel Schnee und einem klirrenden, herrlich trockenen Frost. Er dachte an den unangenehmen grauen und nasskalten Nieselregen, den er am Tag zuvor in Deutschland hinter sich gelassen hatte, und spürte, wie sein Mund sich zu einem Lächeln verzog, während die kleine Maschine, mit der er soeben aus Stockholm angekommen war, allmählich zum Stehen kam.

Wenig später verließ er das Flugzeug und stieg die Treppe hinunter auf das Rollfeld des Kiruna Airport. Dort atmete er tief die frische, kalte Luft ein und blinzelte in die Nachmittagssonne, die ihn von einem sanftblauen Winterhimmel herab begrüßte. *Es war gut, wieder zu Hause zu sein.*

Um ihn herum hasteten Scharen von frierenden Fluggästen auf das kleine, lang gestreckte Flughafengebäude zu. Die Eishotel-Saison in Jukkasjärvi war noch immer in vollem Gange, und vermutlich war die kunstvoll aus Schnee und Eis gefertigte Attraktion auch an diesem Tag wieder restlos ausgebucht. Göran hatte sich im Laufe der Zeit an die winterlichen Touristeninvasionen gewöhnt, zumal er letzten Endes auch von ihnen profitierte; als Fahrer für die *Taxi Kiruna AB* mangelte es ihm in diesen Monaten nur selten an Fahrgästen. Bus- oder Bahnverbindungen vom Flughafen nach Kiruna oder gar nach Jukkasjärvi gab es nicht; wer von hier aus weiterkommen wollte, musste ein Taxi nehmen. Am liebsten jedoch befuhr er die langen Strecken nach Abisko und Björkliden, nach Nikkaluokta oder nach Gällivare. Stundenlange Autofahrten durch die weiten, fast menschenleeren Landschaften hatten für ihn etwas Meditatives; und auch wenn diese Tätigkeit ihn niemals reich machen würde – er liebte seinen Beruf.

Kurz vor dem Ausgang des Flughafengebäudes erspähte er die drahtige Gestalt seines Freundes Yngve Sundgren, der ihm am Vorabend versprochen hatte, ihn abzuholen. Er winkte ihm zu.

»Hej Yngve!«

Auch Yngve hatte ihn entdeckt, kam auf ihn zu und versetzte ihm einen freundschaftlichen Schlag auf die Schulter.

»Hej – willkommen zu Hause, alter Junge! Wie war der Flug?«

»Alles bestens«, antwortete Göran. »Danke, dass du mich abholst.«

»Ist doch Ehrensache«, erwiderte Yngve und steuerte zielstrebig auf den Ausgang zu. »Ich muss dann nur ganz schnell wieder weiter; ein paar Touristen haben eine Tour mit dem Rentierschlitten gebucht. Willst du mitkommen? Signe kocht heute Abend Elcheintopf.«

»Nett von dir, aber nein, danke«, sagte Göran. »Mir ist nachher eher nach einem schönen Spaziergang mit Jukka, und danach will ich nur noch die Beine hochlegen und meine Ruhe haben. Aber ich schau dieser Tage auf jeden Fall bei euch vorbei.«

»Tu das«, entgegnete Yngve. »Und dann erzählst du uns, wie's da unten gelaufen ist. Was hast du denn jetzt geerbt von deinem alten Herrn?«

Göran biss sich auf die Lippen und schwieg eine Weile. Sie hatten mittlerweile das Gebäude verlassen; unter ihren Füßen knirschte der platt getretene Schnee.

»Auf jeden Fall die Gewissheit, dass er mich geliebt hat.«

Yngve betrachtete ihn verwundert. Aber zu Görans ungeheurer Erleichterung gab er sich fürs Erste mit dieser Antwort zufrieden, und während der knapp viertelstündigen Fahrt nach Laxforsen stellte er keine weiteren Fragen.

***

Die Sonne näherte sich langsam dem Horizont und sandte lange, goldene Strahlen durch das verschneite Waldstück am Ufer des Flusses Torne älv und zu den wenigen kleinen Einfamilienhäusern, die dort fast versteckt zwischen den Bäumen standen. In einem dieser Holzhäuser stand Margareta Nyström am Herd und löffelte grob gemahlenes Kaffeepulver in das Wasser, das in einem alten Kaffeekessel kochte. Neben ihr lag ein bildschöner sibirischer Husky mit strahlend blauen Augen auf dem Küchenfußboden.

»Jetzt dauert es nicht mehr lange, bis dein *husse* wieder da ist«, sagte Margareta Nyström zu dem großen Hund, und ein freundliches Lächeln erschien in ihrem runzligen Gesicht. »Stig heizt gerade drüben bei euch ordentlich ein, damit ihr nachher nicht frieren müsst.«

Sie ließ den Kaffee einmal aufkochen. Dann nahm sie den Kessel vom Herd und stellte ihn auf den abgenutzten Küchentisch, auf dem bereits drei kleine Tassen, ein Tetrapak Milch, eine Kupferbüchse mit Würfelzucker und eine Blechdose mit selbst gebackenen Schokoladenkeksen standen. Gleichzeitig hörte sie, wie die Haustür geöffnet wurde; an den stapfenden Schritten im Flur erkannte sie ihren Ehemann.

»Margareta? Göran kommt gleich; Yngve hat ihn gerade vor seiner Haustür abgeliefert. Machst du Kaffee?«

»Ist schon fertig.«

Gleich darauf erschien die kleine, hagere Gestalt von Stig Nyström in der Küchentür. Er war zweiundachtzig, drei Jahre älter als seine Frau, und lebte wie sie schon seit seiner Geburt in Laxforsen. Ihr Haus lag nur einen Steinwurf entfernt von dem Häuschen, das einst Astrid Lund gehört hatte und in dem heutzutage ihr Urenkel Göran Åsasson wohnte. Die beiden Rentner mochten Göran sehr; er war stets zur Stelle, wenn es bei ihnen etwas zu reparieren gab oder um Besorgungen in Kiruna für sie zu erledigen. Dafür waren sie wiederum gerne bereit, sich bei Bedarf um seinen Husky Jukka zu kümmern, und seit Görans Abreise nach Deutschland war Stig jeden Tag hinübergegangen, um dafür zu sorgen, dass das Feuer in Görans Heizungsanlage nicht ausging und keine Leitungen einfroren.

Nun ließ er sich mit einem wohligen Seufzer am Küchentisch nieder.

»Danke. Krieg ich schon eine Tasse?«

»Schenk dir ruhig ein, damit dir warm wird«, antwortete Margareta. »Nein, Jukka, du magst keine Schokoladenkekse; für dich hab ich was anderes.«

Stig goss Kaffee in seine Tasse, rührte Milch hinein und steckte sich ein Stück Würfelzucker in den Mund, bevor er genussvoll den Inhalt der Tasse schlürfte. Währenddessen holte Margareta eine Packung Hundekuchen aus dem Küchenschrank. Mit einem freudigen Schwanzwedeln nahm Jukka die Leckerei entgegen, die sie ihm hinhielt.

»Ja, du bist ein feiner Kerl«, sagte Margareta und kraulte ihn zwischen den Ohren. »Du hast wirklich Glück, dass du bei unserem Göran gelandet bist, mein Schöner!«

Sie betrachtete den Husky, der sich beglückt seinem Hundekuchen widmete. Bis vor einem Jahr war er noch Leithund in dem bei Touristen sehr beliebten Schlittenhundegespann von Ole Partapuoli gewesen. Dann aber war Ole bei einem Rennen mit seinem Gespann verunglückt; er selbst war mit ein paar Schrammen davongekommen, aber Jukka hatte sich in den Leinen verheddert und einen komplizierten Bruch im rechten Vorderbein erlitten. Göran, der mit Ole befreundet war und ihn ab und an besuchte, wurde eines Tages auf den traurigen Husky mit dem steifen Bein aufmerksam, der meist allein im Zwinger saß, und schlug vor, ihn zu sich zu nehmen. Seitdem lebte Jukka bei Göran in Laxforsen, machte trotz seiner Behinderung jeden Tag Spaziergänge mit ihm und betete seinen *husse* hingebungsvoll an.

»Er kommt«, sagte Stig mit Blick durch das Küchenfenster und legte sich ein weiteres Stück Würfelzucker auf die Zunge. Gleich darauf klopfte es, und die Haustür wurde geöffnet. Jukka spitzte die Ohren, sauste in den Flur und stieß ein lautes Freudengebell aus, noch bevor der Neuankömmling sich mit einem »*Hej, hej!*« bemerkbar machen konnte.

»Ja, ist ja schon gut, Großer… Langsam, du wirfst mich ja um!«

Margareta ging zur Küchentür und betrachtete schmunzelnd Göran, der in die Hocke gegangen war und es sich gefallen ließ, dass Jukka ihm begeistert das Gesicht ableckte.

»Willkommen zu Hause, Göran. Jukka hat dich schon schwer vermisst.«

Göran blickte auf und strahlte. Seine Hand strich immer wieder sanft über das Fell des Huskys.

»Ich hab ihn genauso vermisst«, sagte er. »Und euch auch. Danke, dass ihr euch um ihn gekümmert habt.«

»Jetzt komm erst mal rein«, erwiderte Margareta energisch. »Möchtest du Kaffee?«

»Danke, aber eigentlich wollte ich noch …«

»Red nicht lang rum, rein mit dir«, ertönte Stigs barsche Stimme aus der Küche. »Sonst ess ich dir die ganzen Schokoladenkekse vor der Nase weg!«

Margareta und Göran wechselten einen belustigten Blick.

»Träum weiter«, rief Göran grinsend zurück und tätschelte Jukkas Kopf. »Okay, Großer – nur schnell eine Tasse Kaffee, und dann gehen wir noch ein bisschen spazieren, ja?«

Jukka folgte Göran und Margareta in die Küche und ließ sich zufrieden neben dem Stuhl nieder, auf dem Göran Platz nahm. *Husse war zurück. Seine Welt war wieder in Ordnung.*

***

Auch am nächsten Tag ging die Sonne an einem wolkenlosen Himmel auf. Während Göran seinen Morgenkaffee trank, rief er seinen Vorgesetzten bei der *Taxi Kiruna AB* an, um sich zurückzumelden, und erfuhr, dass er erst am nächsten Tag wieder zum Dienst anzutreten brauchte. Das gab ihm die Gelegenheit, in aller

Ruhe nach Jukkasjärvi zu fahren und Lebensmittel einzukaufen, und nachdem er zu Hause alles ausgeladen und verstaut hatte, öffnete er die hinteren Wagentüren erneut und pfiff nach Jukka.

»Na komm, Großer – wir fahren Yngve und seine Familie besuchen!«

Bereitwillig trabte Jukka zu dem Volvo, und Göran half ihm beim Einsteigen. Nach Poikkijärvi auf der anderen Seite des Torne älv, wo die Sundgrens lebten, waren es zwar nur wenige Kilometer, aber Göran wollte Jukka nicht überfordern; wenn sie zu Fuß gingen, würde es dem Husky auf dem Heimweg möglicherweise zu viel werden.

Sämtliche Straßen und Feldwege lagen unter einer dicken, weißen Schicht aus festgewalztem Schnee; dennoch erreichte Göran problemlos das kleine Anwesen der Sundgrens unweit des Flusses. Als er mit Jukka aus dem Wagen stieg, wurde die Tür des gelben Holzhauses von innen geöffnet, und Yngves Frau Signe erschien auf der Schwelle; sie trug ein typisch samisches Kleid aus blauem Stoff, mit grünen, gelben und roten Borten verziert. Ihre braunen Haare waren zu einem Zopf geflochten, ihr hübsches Gesicht besorgt.

»Göran! Dem Himmel sei Dank, du kommst wie gerufen!«

»Warum – ist was passiert?«, fragte Göran alarmiert.

»Ja, aber so Gott will, nichts Schlimmes«, antwortete Signe. »Johan ist heute früh die Treppe hinuntergestürzt, und sein Knöchel ist derart geschwollen, dass Yngve vorhin mit ihm zum Arzt nach Kiruna gefahren ist, um sicherzugehen, dass er sich nichts gebrochen hat. Das Problem ist, er wollte eigentlich Mattis abholen … der hat in unserer Kåta übernachtet und wartet jetzt auf ihn, und du weißt ja, er hat kein Handy. Ich hatte schon überlegt, ob ich es riskiere, Nils mit dem Rentierschlitten loszuschicken, aber er ist doch erst elf …«

»Schon gut, ganz ruhig, Signe«, fiel Göran ihr ins Wort. »Ich hol ihn. Kann ich Jukka so lange bei euch lassen?«

»Aber sicher!« Die Erleichterung in Signes Stimme war unüberhörbar. »Bleibst du hinterher zum Essen? Es gibt Lachssuppe – und ein Rest Elcheintopf ist auch noch da.«

»Lass ich mir beides nicht entgehen!«, lachte Göran. »Also, Jukka, sei schön brav. *Husse* ist bald wieder da, versprochen.«

»Nimm den Schlitten«, schlug Signe vor. »Das Eis auf dem Fluss ist noch immer dick genug, und für heute haben sich keine Touristen angemeldet.«

»Dann sollte ich das wohl ausnutzen. Vorausgesetzt, ihr habt ein paar Thermoklamotten für mich.«

Signes dunkle Augen blitzten. »Daran soll's nicht scheitern.«

***

Wenig später glitt der große, mit Rentierfellen ausgepolsterte Holzschlitten der Sundgrens über den zugefrorenen Torne älv. Göran hielt die Zügel in der Hand und lenkte das kräftige Zugrentier Sverre mit wenigen, aber sicheren Kommandos. Er hatte schon von klein auf gelernt, mit Rentieren umzugehen. Yngve war sein ältester und bester Schulfreund, und Göran war in seiner Familie stets willkommen gewesen. Mattis, Yngves Vater und alteingesessener Rentierzüchter, hatte Göran wie einen zweiten Sohn unter seine Fittiche genommen und war mit den beiden Jungen oft in die Wildnis gegangen, um sie das Leben in und mit der Natur zu lehren. Er brachte ihnen bei, mit dem Samenmesser umzugehen und Rentiere mit dem Lasso einzufangen; später durften sie Mattis im Sommer zur Kälbermarkierung und im Herbst zur Schlachtung begleiten. Auch nach dem Ende ihrer Schulzeit ging Göran weiterhin regelmäßig bei den Sundgrens ein und aus. Er war Trauzeuge, als Yngve mit dreiundzwanzig seine Signe heiratete, und für ihre drei Kinder Johan, Siri und Nils war er ein gern gesehener Onkel, der jederzeit mit anpackte, wenn es galt, Rentiere zusammenzutreiben oder Touristen einen Einblick in Leben und Traditionen der Sámi zu geben.

Er genoss den schneidend kalten Fahrtwind in seinem Gesicht und die Einsamkeit in der weiten, stillen Winterlandschaft. Zum wiederholten Mal seit seiner Heimkehr am Vortag ertappte er sich bei dem Gedanken, dass all dies nie seine Welt geworden wäre, wenn seine Mutter damals beschlossen hätte, dem Mann, den sie bei einer Konferenz in Stockholm kennengelernt hatte, nach Deutschland zu folgen. Seine Lippen verzogen sich zu einem schrägen Lächeln. *Tack, morsan – danke, dass ich hier leben darf.*

Nach einer knappen halben Stunde hatte er sein Ziel erreicht. Er lenkte das Rentier zu einem flachen Uferstück am Fuße eines großen, bewaldeten Hügels, wuchtete den Schlitten an Land und schirrte Sverre aus, der sofort eifrig begann, im Schnee nach Nahrung zu scharren. Göran band ihn mit einer langen Leine an einem Baum fest; dann holte er aus dem Schlitten den Sack mit getrockneten Flechten, den er vorsorglich mitgenommen hatte, und schüttete den Inhalt vor Sverres Nase auf die Schneedecke.

»Guten Appetit, alter Knabe«, sagte er. »Bis nachher.«

Während Sverre sich über seine Mahlzeit hermachte, begann Göran, in seinen Rentierfellstiefeln den Hügel hochzustapfen. Am höchsten Punkt stand auf einer Lichtung die Kåta der Sundgrens – ein großes, rundes Zelt, aus dem oben durch das Loch dichter Rauch in den klarblauen Himmel stieg. Göran blieb stehen und atmete tief durch; die Sonne schien inzwischen doch überraschend warm, und kurzerhand streifte er den Thermooverall, die Mütze und die Handschuhe ab.

»Mattis?«

»Göran, bist du das? Buorre beavvi!«

Göran lächelte. Trotz aller Sympathie für alles, was mit den Sámi zu tun hatte, war er mit ihrer Sprache nie richtig warm geworden. Aber für *Guten Tag* reichte es allemal, und es war alte Tradition zwischen Mattis und ihm, dass sie sich zumindest auf Samisch begrüßten.

»Ja, ich bin's. *Buorre beavvi*, Mattis!«

Er schlug den Zelteingang beiseite und betrat die traditionelle samische Behausung. In der Mitte flackerte auf einer blanken Felsplatte ein Feuer; ringsherum war der Boden dick mit Reisig bedeckt und mit Rentierfellen ausgelegt. Gegenüber dem Eingang auf der anderen Seite des Feuers befand sich der Küchenbereich, der, so hatte Göran es gelernt, einst den Göttinnen geweiht und bis heute üblicherweise den Frauen vorbehalten war – und durch den man auch nicht einfach hindurchspazieren durfte. Wollte man von einer Seite der Kåta auf die andere wechseln, dann musste man das im Eingangsbereich tun.

Rechts von dem Feuer saß ein älterer Mann in samischer Tracht – Hose und Oberteil waren aus einem ähnlichen blauen Stoff wie das Kleid von Signe, mit den gleichen Borten besetzt und zudem noch mit Ornamenten aus silbernem Zinndraht verziert. An seinem mit kleinen, silbernen Reliefs geschmückten Gürtel hingen zwei Beutel aus geschmeidigem hellem Leder und eine Scheide, in der ein Messer mit Birkenholzschaft und Messingbeschlag steckte. In dem wind- und wettergegerbten Gesicht des Mannes leuchteten unter einem dunkelblonden, von nur ganz wenig Grau durchzogenen Haarschopf wache, blaue Augen, die Göran mit freundlicher Neugier musterten.

»Ich bin heute das Abholkommando«, beantwortete Göran die unausgesprochene Frage. »Johan hat sich den Knöchel verletzt, und Yngve ist mit ihm zum Arzt gefahren. Deshalb hab ich Sverre eingespannt und bin hergekommen, damit du dir keine Sorgen machen musst.«

»*Giitu* – danke, Göran«, erwiderte Mattis.

Göran nickte leicht und ließ sich Mattis gegenüber nieder. Er sah zu, wie der Mann nach einem Stecken griff und damit einen alten, rußgeschwärzten Kessel aus dem Feuer angelte. Offensichtlich hatte er darin Wasser zum Kochen gebracht, denn nun nahm er einen der beiden Lederbeutel vom Gürtel und schüttete daraus einen ordentlichen Schwung grobes Kaffeepulver in den Kessel, bevor er ihn wieder zurück in das Feuer schob.

Eine Weile war nichts zu hören als das Prasseln der Flammen. Erst als der Kaffee fertig war, erhob sich Mattis, öffnete die Kiste im Küchenbereich und beförderte zwei handgeschnitzte Holztassen zutage, dazu eine Schale, in die er aus seinem zweiten Lederbeutel eine Handvoll kleine, feste, dunkle Fleischfetzen gleiten ließ. Dann goss er Kaffee in die beiden Tassen und reichte wortlos eine davon zusammen mit der Schale zu Göran hinüber.

»*Giitu*, Mattis.«

Göran nahm einen Schluck von dem heißen Gebräu und bediente sich an dem geräucherten und getrockneten Rentierfleisch, von dem Mattis stets einen kleinen Vorrat bei sich trug. Mit einem Mal erinnerte er sich daran, wie er Elisabeth bei dem Spaziergang am Ebnisee von genau diesem im Feuer gekochten Kaffee erzählt hatte, und ertappte sich bei dem Gedanken, dass er sie jetzt gerne neben sich gehabt hätte, damit sie ihn kosten konnte.

Nein. Schluss damit. Elisabeth war Vergangenheit, so wie die gesamte Gebhard-Sippschaft.

Mattis musterte ihn prüfend.

»Willst du darüber reden?«, fragte er unvermittelt.

Resignierend blickte Göran in die Flammen. *Wie immer. Mattis las in ihm wie in einem offenen Buch.*

»Wenn du wissen willst, was in dem Testament meines Vaters gestanden hat«, begann er schließlich langsam, »er hat in einem Extrazusatz erwähnt, dass und warum es mich gibt. Und er hat sein Barvermögen zu gleichen Teilen seinen Söhnen vermacht – das heißt, für mich wären etwa 250 000 Euro rausgesprungen.«

Er beugte sich vor und schob eines der Holzscheite etwas weiter in die Glut. Eine rötliche Flamme loderte jäh empor.

»Aber ich hab das Erbe ausgeschlagen.«

Erneut herrschte eine Weile Schweigen.

»Wahrscheinlich dumm von mir, was?« Göran blickte auf. »Ich hätte endlich die vorsintflutliche Heizanlage in meinem Haus erneuern können; ich hätte mir auch keine Gedanken mehr machen müssen, ob ich mir einen neuen Wagen leisten kann, wenn meine alte Kiste demnächst schlappmacht … und es wäre noch genug übrig geblieben, um etwas für die Ausbildung von Johan, Siri und Nils beiseitezulegen.«

Ohne hinzusehen angelte er ein weiteres getrocknetes Fleischstückchen aus der Schale.

»Aber es ging nicht. Diese Familie … ich will nichts, was mich in irgendeiner Form mit ihr verbindet. Wenn ich das Geld genommen hätte, dann wäre ich gewissermaßen ein Teil von ihnen geworden. Und darauf kann ich sehr gut verzichten.«

»Ein Teil von ihnen bist du aber trotzdem«, warf Mattis ruhig ein. »Das kannst du nicht mehr ändern.«

»Das ist mir klar.« Göran schnaubte leise. »Aber je weniger ich mit ihnen zu tun habe, desto besser. Wer weiß, was dieser dumme Julius und seine Fiona sich noch alles einfallen lassen würden, um mich … nein. Lieber ein sauberer Schnitt, bevor es ständig kracht.«

Er schob sich das Fleischstück in den Mund und zerkaute es energisch.

»Und das willst du dir nicht noch einmal überlegen?« Mattis' Stimme war unverändert sachlich.

»Nein.« Göran schüttelte entschlossen den Kopf. »Außerdem hab ich sowieso gleich Nägel mit Köpfen gemacht; der Notar hat meine Verzichtserklärung bereits schriftlich. Die Angelegenheit Gebhard ist gegessen. Ein für alle Mal.« Wie zur Bekräftigung trank er den restlichen Kaffee auf einen Zug aus.

»Aber gern tust du es nicht, nicht wahr?« Mattis betrachtete ihn aufmerksam.

Göran seufzte und richtete den Blick über das Feuer hinweg auf den Mann, der in all den Jahren seit seiner Kindheit zu einem Ersatzvater für ihn geworden war.

»Gut, ich geb zu … um ein paar von ihnen tut es mir leid. Elisabeth und Vivien … die beiden waren großartig, mit ihnen hatte ich keine Probleme. Auch Markus, mein älterer Bruder, war eigentlich ganz in Ordnung, obwohl …«

Er erinnerte sich an Markus' Reaktion auf Fionas Ebnisee-Lügenmärchen und an Elisabeths fassungsloses Gesicht. Dann schüttelte er den Kopf und atmete tief durch.

»Insgesamt hat es einfach nicht gepasst. Und ich weiß, es ist richtig, dass ich die Brücken abgebrochen habe.«

»Das weißt du?«

»Ja.«

Mattis nickte sachte.

»Gut. Wenn dein Herz dir das sagt, dann musst du ihm folgen.«

Damit war das Thema für ihn offenbar erledigt, und sie blieben schweigend sitzen, während das Feuer allmählich niederbrannte. Göran spürte, wie er immer mehr zur Ruhe kam. *All dies ist mein Zuhause*, zitierte er plötzlich in seinem Inneren seinen Lieblingsdichter Nils-Aslak Valkeapää, *diese Fjorde, Flüsse, Seen, die Kälte, das Licht, das strenge Wetter, der Weiten Nacht und Sonnenseite … All dies ist mein Zuhause, und ich trage es in meinem Herzen.*

Schließlich züngelten nur noch wenige kleine Flammen in der Glut.

»Gehen wir«, sagte Mattis.

Sie überließen die rot glühende Asche sich selbst und stiegen hinaus ins Freie, wo die Sonnenstrahlen den Schnee ringsum wie Millionen kleine Diamanten aufglitzern ließen. Göran merkte, wie Mattis neben ihn trat.

»Göran?«

»Ja?«

»Wende dein Gesicht der Sonne zu, und die Schatten fallen hinter dich.«

Göran nickte wortlos, ohne Mattis anzusehen. Dann machten sie sich auf den Weg den Hügel hinab zum Flussufer, wo Sverre sie satt und zufrieden erwartete.

Post nach Schweden

In Schwäbisch Gmünd machte in diesem Jahr ein launischer April seinem Ruf alle Ehre. Alles ging seinen gewohnten Gang ... abgesehen davon, dass Elisabeth das Gefühl nicht loswurde, aus dem Tritt geraten zu sein.

Die Familie bemühte sich krampfhaft, das Drama zu vergessen, das zu Göran Åsassons überstürzter Abreise geführt hatte. Sogar Vivien, die mehrfach versucht hatte, das Thema zur Sprache zu bringen, musste feststellen, dass ihr Vater jedes Mal in undurchdringliches Schweigen verfiel, wenn sie ihren Onkel aus Schweden auch nur erwähnte. Also vermied sie es nach ein, zwei Wochen genauso wie ihre Eltern ganz, über ihn zu reden.

Elisabeth spürte, wie sehr ihre Tochter die Sache beschäftigte. Aber die Erinnerung an das Desaster bei Görans Besuch in der Villa schmerzte sie auch selbst immer noch ... zu sehr, um an die wunde Stelle zu rühren.

Als sie an einem verregneten Nachmittag an Traugotts Arbeitszimmer vorbeiging, sah sie, dass die Tür halb offen stand. Sie betrat den Raum und schaute sich um. Er war leer ... aber von irgendwoher kam ein leises Rascheln.

»Hallo? Ist da jemand?«

»*Mama?*«

Die Stimme kam von nebenan, und im nächsten Moment stand Vivien im Türrahmen, die Hände hinter dem Rücken, als wollte sie etwas verstecken.

»Was machst du denn da drin?«, fragte Elisabeth.

»Ich hab etwas gesucht«, gestand Vivien. »Das hier.«

Sie hielt Elisabeth ein Buch entgegen – eine abgegriffene Ausgabe von Astrid Lindgrens »Emil i Lönneberga«.

Elisabeth betrachtete Buch und Tochter gleichermaßen verwirrt.

»Willst du das etwa lesen? Hast du einen Schwedisch-Crashkurs hinter dir, von dem ich nichts weiß?«

Vivien schüttelte den Kopf. »Nein, das nicht. Aber … als Onkel Göran hier übernachtet hat, da hab ich ihm doch einen Tee gebracht und noch ein Weilchen mit ihm geredet. Dabei hat er die ganze Zeit dieses Buch in der Hand gehalten. Und ich glaube, ich weiß jetzt, warum.« Sie schlug die Titelseite auf. »Schau mal hier!«

Elisabeth erkannte sofort die schräg nach rechts geneigte Handschrift aus Åsa Lunds Briefen.

Jul 1982. Tack så mycket för din hjälp. Och jag lovar dig att din son alltid kommer att få samma moderskärlek som lille Emil får. Åsa.

»Was heißt das?«

»Ich hab's mit dem Google-Übersetzer probiert«, antwortete Vivien. »Da steht, dass sie Opa für seine Hilfe dankt und dass sie seinen Sohn genauso lieb hat, wie Michels Mama ihren Sohn lieb hatte. Jedenfalls so ungefähr.«

Elisabeths Blick wanderte weiter und fand den einzelnen Satz, der darunter stand – eindeutig in der Handschrift von Traugott.

»Und das hier? Was bedeutet das?«

»Das bedeutet: *Sein Vater liebt ihn auch*«, sagte Vivien leise.

Elisabeth nahm das Buch an sich und betrachtete den Satz, den ihr Schwiegervater für seinen unbekannten Sohn geschrieben hatte. Plötzlich war sie müde und sehr traurig. Die Sehnsucht in diesen wenigen Worten war überdeutlich, und sie schnitt ihr ins Herz.

»Mama?«

»Ja, Schatz?«

»Ich hab gedacht … ich meine … an dem Abend hat er mir erzählt, dass er am 5. Mai Geburtstag hat. Ich würde ihm dieses Buch gerne schicken. Ich bin sicher, er hat den Satz von Opa auch gelesen und sich furchtbar darüber gefreut. Vielleicht wollte er das Buch deswegen die ganze Zeit nicht aus der Hand geben. Meinst du, das ist eine gute Idee?«

Elisabeth sah sie an.

»Eine ganz hervorragende Idee ist das«, sagte sie. »Und wir packen auch noch die Kassette mit den Briefen und dem Foto von Åsa mit dazu. Göran soll sie haben, er hat ein Recht darauf.

Dazu schreibe ich ihm einen Brief – es sei denn, du möchtest das gern selbst tun.«

»Nein!« Vivien schaute erschrocken drein. »Nach allem, was passiert ist, wüsste ich gar nicht, was ich ihm schreiben soll. Aber … ich würde ihn gern nach seiner Mailadresse fragen. Oder ob er einen Account auf Instagram oder Facebook hat. Ich hab ihm nämlich versprochen, dass ich ihm im Sommer Bilder aus Neuseeland schicke.«

»Dann kannst du ja noch ein P.S. daruntersetzen, wenn ich fertig bin«, entschied Elisabeth. Sie setzte sich an den verwaisten Schreibtisch und zog einen Briefbogen aus der Schublade. Dann griff sie nach Traugotts Montblanc-Füllfederhalter, schraubte ihn auf und machte sich ans Werk … rasch, damit alles fertig war, bevor der Mut sie wieder verließ.

Lieber Göran,

ich weiß nicht, was ich sagen und wie ich mich für das entschuldigen soll, was du hier in unserem Haus mitgemacht hast. Aber ich kann dir versichern, es tut mir furchtbar leid, und Vivien sieht das haargenau wie ich. (Außerdem bin ich sicher, Markus ist die Sache ebenfalls schrecklich peinlich – aber er tut sich schwer damit, darüber zu reden. Sei ihm nicht böse. Er ist dir so weit entgegengekommen, wie er nur konnte.)

Sie hielt inne und setzte dann erneut an.

Vivien hat mir erzählt, dass du in ein paar Tagen Geburtstag hast. Von ihr stammt der Einfall, dir das Buch von Astrid Lindgren zu schicken, in das deine Eltern beide etwas geschrieben haben – unabhängig voneinander, aber ich glaube, das ist egal. Was zählt, ist die Liebe zu dir, die man so deutlich spüren kann, wenn man diese Worte liest. Wir wünschen uns, dass du das Buch als Andenken behältst, und ich habe beschlossen, dass die Briefe deiner Mutter und das Foto von ihr ebenfalls dir gehören. Ich hoffe, wir machen dir eine Freude damit und dass du wenigstens ab und zu lächeln kannst, wenn du an uns denkst … auch wenn wir uns nach Lage der Dinge wohl nicht so bald wiedersehen. Was ich ausgesprochen schade finde.

Herzliche Grüße
Elisabeth

Sie stand auf und machte Vivien Platz. Ihre Tochter las rasch durch, was sie geschrieben hatte, warf ihr lächelnd einen Handkuss zu und dann ein paar kurze Worte auf das Papier, schräg und schwungvoll hingekritzelt unter Elisabeths Namen.

P.S.: Hallo farbror Göran! Kann ich bitte deine Mailadresse haben? Sonst wird das nämlich nichts mit den Bildern aus Neuseeland. (Und denen aus Kenia, denn da mach ich bestimmt auch welche.) Meine Mailadresse ist: vivieng@gmail.de. (Und die von Mama ist bettygrace@gmail.com, falls du die auch haben möchtest.)

Bis bald! Deine brorsdotter Vivien (Ich glaub, ich muss doch Schwedisch lernen …)

Elisabeth lachte.

»Wenn du mir jetzt von Frau Hinderer einen Karton holst«, sagte sie, »dann packen wir alles ein, und ich fahr das Paket gleich zur Post. Zum Glück hat mir dein Onkel noch vor dem großen Krach seine Adresse gegeben.«

***

Elisabeth schaffte es gerade noch rechtzeitig in die Postfiliale, bevor sie an diesem Abend zumachte; als sie das Gebäude verließ, hatte sie zum ersten Mal seit Wochen das Gefühl, dass die Dinge langsam wieder ins Lot kamen.

Sie hatte keine Ahnung, wie lange der Versand eines Päckchens nach Schweden dauerte, beschloss aber, sich vorsichtshalber in Geduld zu üben. Selbst wenn Göran ihre Geschenke pünktlich an seinem Geburtstag in den Händen hielt, musste das nicht zwangsläufig bedeuten, dass er sofort reagierte. Sie selbst hatte Wochen gebraucht, um etwas zu unternehmen. Und vielleicht zog er es ja auch vor, die abgebrochenen Brücken nicht wieder aufzubauen, und meldete sich überhaupt nicht mehr.

Aber als sie spät am Abend des 5. Mai ihren E-Mail-Account vor dem Schlafengehen noch einmal öffnete, fand sie eine Nachricht vor, deren Absender dafür sorgte, dass ihr kurz der Atem stockte: *goran78@telia.com*. Sie wartete einen Moment, bevor sie die Mail öffnete … vielleicht irrte sie sich ja, das Ganze stellte sich als Spam heraus, und die Aufregung war umsonst.

Aber zum Glück war es kein Irrtum.

Hej Elisabeth,

vielen Dank für dieses großzügige, freundliche Geschenk. Es bedeutet mir mehr, als ich sagen kann. Und mir tut es auch leid, wie alles gelaufen ist. Mag sein, dass es noch lange dauert, aber ich bin sicher, eines Tages sehen wir uns wieder. Menschen wie dir und deiner Tochter möchte man im Leben nicht nur einmal begegnen.

Alles Gute!

Göran

Im selben Moment flog die Tür auf; Vivien kam hereingestürmt und wedelte mit einem Blatt Papier wie mit einer Siegesfahne.

»Guck mal, Mama!«

Sie drückte Elisabeth das Blatt in die Hand. Es war ein ausgedrucktes Foto von einem kleinen Holzhaus mit den für Schweden so typischen roten Wänden und weißen Fensterrahmen. Auf dem Dach und auf der Erde rings um das Haus lag Schnee. Vor der Haustür saß ein großer, schöner Husky, der mit leuchtend blauen Augen aufmerksam in die Kamera blickte.

»Onkel Göran hat einen Hund!«

Vivien klang so entzückt wie ehrfürchtig. Sie hatte immer davon geträumt, einen Hund zu besitzen, aber Markus hatte sich eisern dagegen gesperrt. Frau Hinderer litt an einer heftigen Hundehaarallergie, und er hatte ihr nicht zumuten wollen, ihre Dienstzeit in der Gebhard-Villa niesend und mit verstopfter Nase zuzubringen. Das sah Vivien ein; dennoch verfolgte sie nach wie vor jeden Hund mit sehnsüchtigen Blicken.

»Ist der nicht toll?« Ihre Augen strahlten. »Das ist Onkel Görans Haus, und das Bild hat er gestern gemacht. Die haben immer noch Winter da oben!«

Elisabeth lächelte und gab ihrer Tochter das Blatt zurück.

»Häng es dir doch an die Wand, wie ein Poster«, sagte sie. »Dann hast du zwar immer noch keinen Hund zum Streicheln, aber doch wenigstens einen zum Anschauen.«

Als Vivien gegangen war, blieb Elisabeth noch eine Weile vor ihrem Laptop sitzen und las die E-Mail ein zweites und ein drittes Mal. Es tat ihr unendlich gut, festzustellen, dass Göran ihr nichts nachtrug und dass er sich vorstellen konnte, wenigstens sie und Vivien wiederzutreffen. Markus hatte er nicht erwähnt … aber das war trotz der Mühe, die sein Halbbruder sich immerhin gemacht hatte, um ihm ein wenig den Weg zu ebnen, vielleicht auch zu viel verlangt.

Der Gedanke an Markus sorgte dafür, dass ein Teil von Elisabeths Hochstimmung sich wieder verflüchtigte.

Sie fuhr den Laptop herunter, schlüpfte aus den Kleidern und in ihr Nachthemd und legte sich hin. Markus war seit zwei Tagen dienstlich unterwegs und würde erst morgen zurückkommen. Er war als Anwalt inzwischen sehr erfolgreich, was jedoch zur Folge hatte, dass er immer häufiger Termine außerhalb von Gmünd wahrnehmen musste. Elisabeth gewöhnte sich allmählich daran, ohne seinen ruhigen Atem neben sich einzuschlafen … was nicht hieß, dass es ihr gefiel. Sie vermisste die Zeiten, als sie noch jede Nacht gemeinsam in einem Bett verbracht hatten. Markus war kein sonderlich leidenschaftlicher Liebhaber, aber er wusste, wie man eine Frau glücklich machte. Elisabeth hatte jedenfalls nie einen Grund gesehen, sich zu beschweren.

Sie löschte das Licht, und während sie noch die Tage zählte, die vergangen waren, seit sie und Markus sich das letzte Mal geliebt hatten (eindeutig zu viele), fielen ihr die Augen zu.

***

Am nächsten Tag berichtete Elisabeth Markus nach dessen Heimkehr von dem Päckchen, das sie und Vivien nach Schweden geschickt hatten, und von Görans Reaktion.

Markus nahm die Information kommentarlos zur Kenntnis. Erst bei einem späten Abendessen kam sein Halbbruder noch einmal zur Sprache. Denn nach einem Teller voller Kalbsgulasch mit Spätzle stand er plötzlich auf und holte einen Briefumschlag aus seiner Aktentasche.

»Ist heute aus der Kanzlei von Dr. Pfleiderer gekommen«, sagte er. »Das Ergebnis des DNA-Tests ist da: Göran ist tatsächlich Vaters Sohn.«

Er lächelte schief.

»Ich bin sicher, das ist eine Erleichterung für dich. Damit hast du deine freundliche Zuwendung wenigstens nicht an einen Erbschleicher verschwendet.«

Es klang erstaunlich herablassend.

»Ich habe nie geglaubt, dass er es auf Traugotts Erbe abgesehen hatte«, erwiderte Elisabeth. »Aber das weißt du, oder?«

»Das weiß ich.« Markus nickte und trank einen Schluck Wein. »Es hätte mir nur leidgetan, wenn dein kindliches Zutrauen enttäuscht worden wäre.«

»Manchmal glaube ich, du hältst mich tatsächlich noch für ein Kind.« Elisabeth legte ihr Besteck auf den leeren Teller.

»Ein bezauberndes Kind«, sagte Markus beschwichtigend. »Dass du so offen auf andere Menschen zugehst, macht ja gerade deinen Charme aus, Lisa, mein Schatz. Ich fürchte nur manchmal, dass du damit eines Tages auf die Nase fällst. Und davor würde ich dich gern bewahren. Verstehst du das?«

Sie antwortete nicht sofort. Ein Teil von ihr verstand es wirklich … der Teil, an den sie sich bei dem Spaziergang am Ebnisee zum ersten Mal wieder erinnert und von dem sie Göran erzählt hatte. *Das junge, schwangere Mädchen, das nach dem Tod seiner Mutter so verzweifelt nach einem Halt suchte und ihn zu Hause nicht mehr fand.* Markus hatte ihr beigestanden und ihr Leben in den nächsten achtzehn Jahren ebenso geformt und bestimmt wie sein Vater. Allerdings hatte Traugott es wesentlich behutsamer angefangen und ihr immer das Gefühl gegeben, dass sie sich auch anders entscheiden und ihren eigenen Weg gehen könnte. Bei Markus war sie sich da plötzlich nicht so sicher. *Nicht mehr.*

»Das klingt, als wäre Vertrauen etwas, das man den Menschen unbedingt abgewöhnen muss«, erwiderte sie endlich. »Und ganz ehrlich … wenn ich bei jeder Begegnung erst genau kalkulieren muss, wie viel Gefühl und wie viel Wärme ich investieren darf, dann bin ich wie Julius, bei dem nichts einen Wert hat, das er nicht auf Euro und Cent genau berechnen kann.«

Sie seufzte.

»Du bist Anwalt, Markus. Und du wartest schon von Berufs wegen darauf, dass die Gegenseite alles tut, um dich über den Tisch zu ziehen. Aber wenn du diese Maxime ständig auch im Privatleben anwendest, dann endest du eines Tages als sehr einsamer, verbitterter Mann. Und davor würde *ich* dich gern bewahren.«

Er musterte sie so überrascht, als wüsste er einen Moment lang nicht, wen er vor sich hatte. Aus irgendeinem Grund machte ihr das Mut, fortzufahren.

»Du hast mir gefehlt, Markus«, sagte sie. »Ich hab gestern Abend nachgezählt – du warst in den letzten drei Wochen genau zwölf Tage weg, und wir haben seit zwanzig Tagen nicht mehr miteinander geschlafen. Ich … ich hab Sehnsucht nach dir.«

Wortlos erhob er sich und kam zu ihr herüber. Als er sie in die Arme nahm und küsste, schmiegte sich Elisabeth an ihn, und ihr Mund verzog sich unter seinen Lippen zu einem erleichterten Lächeln.

Urlaubspläne

Der Frühling verging, der Sommer kam näher. Vivien hatte ihr Abitur mit Traumnoten bestanden. Auf dem Abiball stahl sie allen ihren Mitschülerinnen die Show – mit einem ihrer flatternden Spitzengewänder vom Flohmarkt, das eine der Kostümnäherinnen aus dem Staufersaga-Verein für sie mit Seidenstoff gefüttert hatte und das Vivien mit größerer Begeisterung trug als jede noch so teure Designerrobe (die sie freiwillig sowieso nicht angezogen hätte).

Der Abflug in den Familienurlaub nach Kenia war für das Ende der ersten Juniwoche geplant, und Elisabeth begann, Listen für alles aufzustellen, was sie für die Reise nach Afrika brauchte. Sie erfuhr von ihrem Hausarzt, dass eine Impfung gegen Gelbfieber und Hepatitis nicht nötig war, da es sich um eine minutiös organisierte Reise handelte, bei der das Risiko einer Infektion kaum bestand. Er verordnete ihr allerdings Tabletten zur Malaria-Prophylaxe, die sie in der Apotheke besorgen musste.

Julius und Fiona bekam sie in dieser Zeit kaum zu Gesicht. Elisabeth war froh darüber; sie konnte die gehässigen Bemerkungen, die seinerzeit zu Görans Abreise geführt hatten, nicht vergessen. Julius hatte den ungeminderten Geldsegen, der ihm durch Görans Verzicht in den Schoß gefallen war, dazu genutzt, um für Fiona ein neues Ladenlokal in der Gmünder Altstadt anzumieten. Es lag in einer Seitengasse unweit vom Marktplatz, und Fiona war wochenlang vollauf damit beschäftigt gewesen, Farben, Accessoires und Bodenbeläge für die Renovierung auszusuchen und reichlich Ware zu ordern.

Elisabeth stellte fest, dass sie sich immer mehr auf den Urlaub freute – vor allem deswegen, weil er ihr hoffentlich die Möglichkeit bot, kostbare, ungestörte Zeit mit ihrem Mann und ihrer Tochter zu verbringen. Dafür war sie auch bereit, sich nach der Safari eine Woche lang am Diani Beach unter einen Sonnenschirm zu legen. Sie hatte sich längst damit abgefunden, dass Markus mit Bildungs- und Städtereisen nicht zu locken war.

Wenn sie aus Kenia zurückkamen, blieb Vivien gerade noch eine Woche, um sich auf den nächsten Flug vorzubereiten. Elisabeth wusste, wie sehr ihre Tochter der Zeit in Neuseeland entgegenfieberte, und gönnte ihr das Abenteuer von ganzem Herzen … auch wenn sie sich ein wenig vor der Lücke fürchtete, die Vivien hinterlassen würde. In Oktober begann das Wintersemester in Tübingen und für Vivien damit das erste Jura-Semester; besser, sie gewöhnte sich daran, dass Viviens Zimmer leer stand.

Fünf Tage vor dem Urlaub ging Elisabeth die Reiseunterlagen noch einmal durch und stellte fest, dass ihr eine Information fehlte. Sie griff zum Telefon und rief im Reisebüro an.

»Reisebüro Häfele, Schmieder, Grüß Gott!«

Elisabeth kannte Frau Schmieder; sie hatte nicht nur bei Familienferien, sondern auch bei Firmenausflügen, für deren Planung sie im Laufe der Jahre verantwortlich gewesen war, schon öfter mit der netten, sehr patenten Dame zusammengearbeitet.

»Elisabeth Gebhard hier«, sagte sie. »Hallo, Frau Schmieder. Ich hab noch eine Frage zu unserer Kenia-Reise. Wir landen um 17 Uhr Ortszeit in Mombasa, und ich finde in der Bestätigung nichts über unseren Transfer vom Flughafen ins Hotel.«

»Des hemmir glei.« Sie hörte, dass Frau Schmieder etwas auf einer Computertastatur eintippte. Dann sprach sie wieder, diesmal deutlich leiser. »Wo isch denn … was isch denn *des* …?«

Eine Pause, die sich beunruhigend hinzog.

»Wartet Sie emol en Moment, Frau Gebhard? I muss da g'schwind ebbes abklära.«

»Ja, natürlich.«

Es piepste in der Leitung; gleich darauf setzte das sanfte, eintönige Synthesizergedudel der Warteschleife ein. Die Pause zog sich hin – eine Minute, zwei, drei. Dann:

»Frau Gebhard?« Die Stimme von Frau Schmieder klang rechtschaffen nervös. »I woiß garet, wie i Ihne des beibringe soll … aber die Reise isch schtorniert worde. Heute früh.«

»*Was?*« Elisabeth wurde schlagartig kalt. »Aber wieso … das ist doch nicht möglich!«

»I war net da, i war beim Arzt. So wie des ausschaut, hat ebber von der Kanzlei heute morga bei meirer Kollegin ag'rufa ond die Reise schtorniert … med älle Gebühra. Die Flüge, die Safari, die Woch am Diani Beach … älles. Des ganze Paket. Die Kollegin sagt, des isch eine Frau Voss g'wäse.«

Diana Voss. Markus' Sekretärin. Vor vier Jahren eingestellt, hübsch und tüchtig. Blonder Pagenkopf, schwarze Nerdbrille. Abgebrochenes Literaturstudium.

Elisabeth holte tief Luft und rang um Beherrschung. Sie musste ein paar Sekunden warten, bis sie ihrer Stimme wieder traute und nicht länger fürchtete, sich vor der freundlichen Frau am anderen Ende der Leitung unsterblich zu blamieren.

»Stimmt – das ist die Sekretärin meines Mannes. Und da sie wohl kaum auf eigene Faust unsere Urlaubsreisen absagt, hat das sicher seine Richtigkeit. Mein Mann, er … er ist im Moment äußerst … *eingespannt*. Wahrscheinlich ist kurzfristig etwas dazwischengekommen.«

Eine Pause, in der sich Frau Schmieder deutlich hörbar eine ganze Reihe von Kommentaren verkniff.

»Also, wenn des so isch …« Das Mitgefühl tropfte förmlich aus dem Hörer. »Dann hoff i, dass es beim nächschten Mal besser klappt. Ade, Frau Gebhard.«

Ein Knacken in der Leitung.

Elisabeth legte das Telefon behutsam auf dem Schreibtisch ab. Ihre Hände zitterten. Sie wagte nicht, ihrem ersten Impuls zu folgen und Markus im Büro anzurufen – die Gefahr war zu groß, dass sie in Tränen ausbrach und Dinge sagte, die sich nicht so einfach zurücknehmen ließen. Sie konnte kaum einen klaren Gedanken fassen.

Vivien war seit dem frühen Nachmittag bei ihrer Busenfreundin Bella und schlief auch dort. Elisabeth dankte dem Himmel dafür. Sie warf einen Blick auf die Uhr. Kurz vor sechs … es dauerte noch mindestens eine Stunde, bis Markus nach Hause kam. Und sie war viel zu aufgewühlt und fassungslos, um sich mit irgendeiner Arbeit abzulenken.

Sie ging zum Bett hinüber, legte sich hin und zog die gefütterte Tagesdecke über sich. Dann schloss sie die Augen und wartete auf ihren Mann.

***

Sie wachte auf und stellte fest, dass der Raum von rosigem Dämmerlicht erfüllt war. Als sie sich aufsetzte, hörte sie, wie draußen die Wohnungstür ging … und gleich darauf stand Markus auf der Schwelle zum Schlafzimmer.

»Lisa?« Er betrachtete sie leicht irritiert. »Was ist denn los? Wieso schläfst du?«

Die Spinnweben wichen aus ihrem Kopf, und ihr fiel das Telefonat mit dem Reisebüro wieder ein. *Am besten, sie kam ohne Umschweife zum Thema.*

»Ich hab heute Frau Schmieder im Reisebüro angerufen«, sagte sie. »Ich wollte wissen, wann wir nächste Woche in Kenia am Flughafen abgeholt und ins Hotel gefahren werden. Stell dir meine Überraschung vor, als ich herausgefunden habe, dass deine Sekretärin die Reise abgesagt hat!«

Er blickte peinlich berührt drein – und gleichzeitig verärgert. Sie wusste genau, wie sehr es ihm gegen den Strich ging, von ihr kritisiert zu werden. Aber dieses eine Mal konnte sie nicht um des lieben Friedens willen den Mund halten.

»Ich muss in drei Tagen nach England«, sagte er. »Es geht um einen wichtigen Klienten der Kanzlei. Ich kann von Glück sagen, wenn ich rechtzeitig wieder zurück bin, um Vivien zu verabschieden, bevor sie nach Neuseeland fliegt.«

»Das ist ja nun wirklich nicht das erste Mal.« Elisabeth fuhr sich mit der Hand über das Gesicht. »Von sechzehn Urlaubsreisen, die du mit der Familie geplant hast, haben wir bisher nur jede zweite wirklich gemeinsam angetreten. Aber bislang hast du wenigstens nie vergessen, mir sofort Bescheid zu sagen, wenn dir etwas dazwischengekommen ist. Und du hast auch noch nie einen Urlaub einfach so storniert.«

Ohne zu antworten hängte Markus seine Anzugjacke auf einen Bügel, löste den Krawattenknoten und öffnete die oberen Hemdknöpfe. Er sah aus, als wäre er mit seiner Entscheidung vollkommen im Reinen. Vermutlich begriff er überhaupt nicht, wieso sie sich aufregte.

»Hast du denn wenigstens einen Ausweichtermin, damit wir die Reise in diesem Jahr noch nachholen können?«, bohrte Elisabeth nach.

»Schwierig«, meinte Markus. »Vivien fängt ihr Studium gerade erst an, sie wird vor Weihnachten keine Semesterferien mehr haben. Und ich bin dieses Jahr wahrscheinlich nicht zum letzten Mal in England gewesen. Also mach dir besser keine allzu großen Hoffnungen, Lisa.«

»Ich soll mir keine Hoffnungen machen? Na großartig.«

Elisabeth stand auf. Die Tagesdecke rutschte zu Boden, und sie widerstand dem Impuls, sie aufzuheben und sauber zusammenzufalten. Sie verschränkte die Arme vor der Brust.

»Ist dir eigentlich keinen Moment in den Sinn gekommen, nachzufragen, was *ich* möchte? Ich wäre weiß Gott lieber gemeinsam mit dir nach Afrika geflogen als ohne dich, aber die Safari hätte mir bestimmt Spaß gemacht. Und Vivien auch.«

»Also bitte, Lisa! Wir reden hier nicht von einer Tour nach Spanien, Italien oder Südfrankreich«, erwiderte Markus. Seine Stimme hatte den geduldigen Tonfall, den er immer benutzte, wenn er ihre Argumente unvernünftig oder anstrengend fand. »Wir reden von Afrika. Und der Gedanke, meine Frau und meine Tochter allein und ohne meine Begleitung dort herumreisen zu lassen, gefällt mir nicht.«

Elisabeth schnaubte ungläubig.

»Es wäre eine perfekt durchorganisierte Fahrt mit deutschsprachiger Reiseleitung gewesen«, sagte sie. »Du tust gerade so, als hätten wir eine gefährliche Expedition in unerforschtes Gebiet vorgehabt – Raubtiere und Kannibalen inklusive.«

»Für mich war eine Absage die bessere Alternative.« Es war ihm deutlich anzumerken, dass ihm die Diskussion langsam auf die Nerven ging. »Aber wenn es dich tröstet – wir finden bestimmt ein paar Tage im Herbst, an denen wir beide zusammen wegfahren können. Wenn du das willst.«

»Ich weiß nicht mehr, was ich will.« Bitterkeit quoll in Elisabeths Kehle hoch. »Du hast einfach über meinen Kopf hinweg entschieden, du hast es nicht für nötig befunden, mich nach meiner Meinung zu fragen. Und jetzt wirfst du mir die vage Aussicht auf ein Wochenende hin … wie dem Hund unter dem Tisch einen Knochen, damit er endlich mit dem lästigen Gebell aufhört.«

»Lisa, *bitte!*« Er schüttelte den Kopf. »Es sieht dir überhaupt nicht ähnlich, so furchtbar melodramatisch zu sein.«

»Ich bin nicht melodramatisch!« Elisabeths Stimme war scharf. »Ich bin traurig. Ich bin enttäuscht! Ich habe es satt, dass ich auf der Liste deiner Prioritäten immer weiter nach hinten rutsche … und dass du mich dann auch noch behandelst, als wäre ich ein begriffsstutziges, unselbstständiges Kind.«

»Weil du dich genauso aufführst.« Markus zog eine ärgerliche Grimasse. »Vivien ist bei Weitem vernünftiger als du.«

»Vivien liebt dich«, sagte Elisabeth. »Aber sie ist deine Tochter, nicht deine Frau. Ich dagegen *bin* deine Frau … und ich habe es satt, in deinem Leben nur die dritte oder vierte Geige zu spielen. Traugott hat mir wenigstens immer das Gefühl vermittelt, dass ich ihm eine Hilfe bin, und er hat es mir auch gesagt. Du machst weder das eine noch das andere.«

»Mein Vater hat gewusst, dass es dir nicht guttut, mit den Händen im Schoß herumzusitzen«, gab Markus zurück. »Ein einziges Kind zu erziehen ist ja nun wirklich nicht gerade abendfüllend. Also dachte er, es wäre klüger, dir eine Beschäftigung zu geben.«

»Als Therapie gegen Langeweile, oder wie?« Elisabeth starrte ihn entgeistert an. »Lass dir gesagt sein: Einen Empfang für dreihundert Gäste mitsamt einem mehrtägigen Besuchsprogramm zu planen, das ist Schwerstarbeit. Seit ich in diesem Haus lebe, habe ich für deinen Vater ausnahmslos jedes Event, jedes Fest und jeden noch so kleinen Ausflug organisiert und ihm damit den Rücken freigehalten. Auch sonst hatte ich zu viel zu tun, um – wie hast du das ausgedrückt – mit den Händen im Schoß herumzusitzen. Und jetzt meinst du, das wäre eine reine Beschäftigungstherapie gewesen? Und kannst dir nicht vorstellen, dass ich einen Urlaub in Afrika ohne dich überlebe? Das ist doch nicht zu fassen!«

Sie nahm ihr Nachthemd vom Bett und ging mit raschen Schritten zur Tür.

»Ich schlafe heute Nacht in Traugotts Zimmer«, sagte sie. »Falls du Hunger hast, findest du unten im Kühlschrank bestimmt irgendwas, das du dir aufwärmen kannst.«

»Lisa!« Er stieß sich vom Schrank ab und kam auf sie zu. »Jetzt lass doch bitte dieses Theater, meine Güte! Alles, was ich von dir verlange, ist ein bisschen Verständnis und Geduld …«

»… und das hast du beides reichlich von mir bekommen. Jahrelang.« Elisabeth öffnete die Tür. »Hast du das denn nicht gemerkt, Markus? Oder warst du insgeheim davon überzeugt, es stünde dir selbstverständlich zu – nachdem du mich seinerzeit aus lauter Herzensgüte geheiratet hast, bevor mein runder Bauch auffallen und ganz Gmünd anfangen konnte, über mich zu tratschen?«

Er öffnete den Mund und schloss ihn wieder. Sie sah ihm in die Augen und begriff, dass sie einen Nerv getroffen hatte. Ohne auf seine Antwort zu warten drehte sie sich um und ging hinaus.

***

Sie schlief kaum in dieser Nacht. Sie ließ sich in Traugotts Sessel nieder, den Blick auf sein Bücherregal gerichtet. In einem Fach ganz unten entdeckte sie einen schmalen Reiseführer für Stockholm, der ihr bisher noch nie aufgefallen war … voller Bilder, Besichtigungstipps und Straßenkarten, die sich mit der Erinnerung an Traugotts Erzählungen vermischten und ihr in die Träume hinein folgten, als sie endlich einschlief.

Sie stand mit Traugott an Bord eines Schiffes, das bei klarem Sonnenschein über einen Meeresarm kreuzte. Vor ihr breitete sich eine wunderschöne, vieltürmige Häuserkulisse aus, die Sonne glitzerte auf dem Wasser, und die Luft roch nach Salz.

»Glei sen mir in d'r Gamla Schtan«, ertönte seine vertraute Stimme neben ihr. *»Ond dann zeig i dir die schönschte Stadt, die es gibt …«*

Sie schrak in dem Sessel hoch. Das Zimmer war taghell, und draußen klopfte es an der Tür.

»Frau Gebhard? Send Sie wach?«

Elisabeth rieb sich die Augen. Sie wollte sich lieber nicht vorstellen, was die würdige Haushälterin wohl über die Wahl ihres Nachtquartieres dachte.

»Guten Morgen, Frau Hinderer. Ist mein Mann noch da?«

»Der isch vor oiner Schtond ganga, ond er moint, Sie hen no nix gessa.«

»Ich hab wohl ordentlich verschlafen.« Elisabeth seufzte lautlos. »Ich bin gleich da.«

Als sie eine Viertelstunde später im Bademantel und mit nassen Haaren aus dem Badezimmer kam, fiel ihr Blick auf die Reiseunterlagen für Kenia, die noch auf ihrem Schreibtisch lagen. Sie öffnete die oberste Schublade, ließ den Papierstapel hineinfallen und schob sie rasch wieder zu.

Kein Familienurlaub. Keine Zeit mit Markus und Vivien, bevor ihre Tochter erst für zwei Monate nach Neuseeland verschwand und dann nach Tübingen zog. Obendrein lag ihr der Streit mit Markus schwer im Magen. Ihr Mann konnte nach Auseinandersetzungen, bei denen er sich im Recht sah, fürchterlich nachtragend sein. Über eine quälend lange Zeit wurde jedes Gespräch zu einem Eiertanz aus Worten, um die gerade erst verschorften Wunden nicht wieder aufzureißen. Dieses Mal konnte Elisabeth sich die Mühe allerdings größtenteils sparen; Markus flog in zwei Tagen nach England und würde wahrscheinlich gerade noch rechtzeitig wieder hier sein, um Vivien zu verabschieden. Und das bedeutete, sie würde ihn mehr als drei Wochen überhaupt nicht zu Gesicht bekommen.

Elisabeth föhnte sich das Haar trocken und zog sich an. Als sie kurz darauf ins Frühstückszimmer kam, stellte sie fest, dass Vivien bereits da war; sie saß vor einem schon ziemlich abgegrasten Teller mit Spiegelei und schlürfte genießerisch einen Becher Schokolade.

»Hallo, Mama!«, sagte sie fröhlich. »Ich bin von Bella abgehauen. Die lebt morgens gerade bloß von Gemüsesmoothies und Kleie, und mir ist bei dem bloßen Anblick schlecht geworden.«

Elisabeth spürte, wie sich ihr Gesicht unwillkürlich zu einem Lächeln verzog.

»Morgen, mein Schatz.« Sie ließ sich an ihrem üblichen Platz nieder und goss sich einen Kaffee ein. »Hast du Papa noch angetroffen?«

»Nein, wieso?«

Elisabeth erzählte ihr von der Absage der Reise, wobei sie es sorgsam vermied, Markus irgendwelche Vorwürfe für seine Eigenmächtigkeit zu machen. Zum Glück trug ihre Tochter die Sache mit Fassung; sie gewann ihr sogar eine gute Seite ab.

»Nächste Woche fliegt Bella mit ihren Eltern für vierzehn Tage nach Mallorca; ihr Vater hat sich dort eine wunderschöne Finca mit Pool gekauft. Und er hat mich eingeladen, mitzukommen – als Belohnung, weil Bella, wie er sagt, das Abi ohne meine Hilfe nie überstanden hätte. Ich hab natürlich dankend abgelehnt, weil wir ja zusammen nach Kenia wollten. Aber jetzt … was meinst du, soll ich noch mal nachfragen?«

»Aber sicher!« Elisabeth nickte ihr aufmunternd zu. »Dann kannst du richtig viel Zeit mit deiner besten Freundin verbringen, bevor ihr euch zwei Monate nicht mehr sehen könnt. Am besten rufst du Bella gleich an.«

Vivien langte nach dem Handy in ihrer Hosentasche, aber dann verdüsterte sich ihr strahlendes Gesicht.

»Und was ist mit dir?«, sagte sie betrübt. »Du hast dich doch auch auf den Urlaub gefreut! Was machst du denn solange, wenn Papa nach England fliegt und ich nach Spanien?«

Elisabeth strich ihr zärtlich über die Wange.

»Die Bücher, die ich mir für Kenia gekauft hab, kann ich auch bei uns im Garten lesen«, sagte sie. »Vielleicht bin ich ja ganz risikofreudig und gondele ein bisschen durch den Schwarzwald; das steht auch schon ewig auf meiner Wunschliste.«

Das Strahlen auf Viviens Gesicht kehrte im Triumph zurück.

»Was hältst du davon, wenn ich mitkomme?«, fragte sie. »Bis zum Flug nach Mallorca sind ja noch ein paar Tage Zeit. Wir bringen Papa übermorgen zum Flughafen, dann packen wir uns einen kleinen Koffer und düsen einfach los. Wir fahren zum Titisee, und ich kauf mir eine Kuckucksuhr. So eine will ich schon lange haben; die sind so kitschig, das ist schon wieder Kult. Zum Übernachten such ich uns was im Internet, und mittags setzen wir uns irgendwo in den Wald und futtern Holzofenbrot und Schwarzwälder Schinken. Was meinst du?«

Elisabeth schaute sie an, schon halb verführt. »Bist du sicher? Hast du wirklich nichts Besseres zu tun?«

Viviens Blick wurde weich. »Ganz bestimmt nicht. Zwei, drei Tage, nur wir beide. Wär das nicht toll?«

Elisabeth nickte. *Es war nicht nur toll, es war wunderbar.*

»Und jetzt«, verkündete Vivien, »ruf ich Bella an. Die wird *ausflippen!*«

Sie stopfte sich das letzte Stück Spiegelei in den Mund, kippte die Schokolade aus ihrer Tasse hinterher und sauste Richtung Tür, während sie gleichzeitig bereits das Smartphone zückte.

***

Markus flog am Mittwoch nach London. Er und Elisabeth gaben sich gleichermaßen Mühe, ihren noch immer schwelenden Streit zu ignorieren, und nahmen angemessen freundlich Abschied voneinander.

Danach wurde Viviens Plan tatsächlich in die Tat umgesetzt. Elisabeth verbrachte drei herrliche Tage mit ihr im Schwarzwald; sie wanderten um den Titisee und nächtigten in einer gemütlichen Pension in Hinterzarten. In ihrem gemeinsamen Zimmer befand sich ein grüner Kachelofen, und Vivien beschloss auf der Stelle, im Winter wiederzukommen, damit sie sich nach einem Schneespaziergang daran aufwärmen konnte. Am letzten Tag machten sie einen Abstecher nach Triberg, wo Vivien sich eine Kuckucksuhr im Chaletstil zulegte, die zur halben Stunde eine Melodie spielte und auf der sich während des Kuckucksrufs zur vollen Stunde ein Wasserrad drehte.

Sie kamen am Samstagabend zurück; den Sonntag verbrachte Vivien damit, ihre Reisetasche neu zu befüllen, diesmal mit Sonnenmilch, Bikinis und bunter Strandmode. Vermutlich würde, wie schon des Öfteren, auch auf Mallorca wieder irgendein netter Junge rettungslos ihrem lieblichen Gesicht, ihren leuchtend grauen, langwimprigen Augen und ihrer Schneewittchenmähne verfallen. Vivien flirtete ausgesprochen gern, hatte ihr Herz aber noch nie wirklich verschenkt; Elisabeth wusste schon seit Jahren nicht so genau, ob sie diesen schicksalhaften Moment herbeisehnen oder sich davor fürchten sollte.

Am Montag flog Vivien mit Bella und deren Eltern nach Mallorca. Julius war mit Fiona in Italien, wo die beiden Urlaub machten und gleichzeitig Ware für die Boutique in Augenschein nahmen. Elisabeth gönnte sich nun lange Tage und Nächte mit ihren Büchern auf dem Sofa und verzichtete auf den Wecker. Um nicht allein essen zu müssen, setzte sie sich für ihre Mahlzeiten zu Frau Hinderer in die Küche. Bei den Obstbauern rings um Gmünd konnte man auf den Feldern Erdbeeren pflücken; Elisabeth kam eines Abends mit vier Kilo frischen Früchten und schmerzendem Rücken nach Hause. Sie nahm ein Bad für die verspannten Muskeln und kochte tags darauf gemeinsam mit der Haushälterin Erdbeer-Gsälz mit reichlich Vanille.

Dann waren auch diese vierzehn Tage vorbei, und sie holte Vivien vom Flughafen ab. Die hatte einen ganzen Handyspeicher voller Bilder von der Finca und der Insel mitgebracht. Es waren auch ein paar Fotos von einem gewissen Alexander dabei, einem flachsblonden jungen Mann aus Kiel, den Vivien »wahnsinnig süß« fand – aber richtig verliebt hatte sie sich wieder einmal nicht.

Markus kehrte am Mittwoch darauf aus England zurück. Er hatte sich mindestens jeden zweiten Tag telefonisch nach Elisabeths Wohlergehen erkundigt; ein sicheres Zeichen dafür, dass ihm der Streit inzwischen leidtat, auch wenn er ihn mit keinem

Wort erwähnte. Er brachte ihr eine Goldkette mit, an der ein Herzanhänger mit einem runden, himbeerroten Rubin funkelte. Das Schmuckstück sah sehr teuer aus und war es wahrscheinlich auch gewesen. Elisabeth bedankte sich mit einem Kuss für das Versöhnungsgeschenk und freute sich ehrlich darüber, an diesem Abend wieder mit ihrem Mann und Vivien beim Essen an einem Tisch zu sitzen. Sie machte sich allerdings nichts vor – ein Blick in Markus' Terminkalender bewies, dass er in den nächsten Wochen zwar nicht im Ausland, aber dennoch kaum weniger unterwegs sein würde als bisher. Und damit würden sie bis auf weiteres keine Chance haben, die Dinge zwischen ihnen zu klären.

Am Tag von Viviens Abreise nach Neuseeland brachten sie ihre Tochter gemeinsam zum Stuttgarter Flughafen – mitsamt einem Riesentrolley und einem robusten Rucksack. Bevor sie sich von ihnen in Richtung Sicherheitskontrolle verabschiedete, klingelte Markus' Handy, und er ging ein paar Schritte außer Hörweite, um den (zweifellos geschäftlichen) Anruf zu beantworten.

Elisabeth umarmte ihre Tochter und hielt sie einen langen Moment hindurch ganz fest.

»Hab eine gute Zeit, mein Schatz«, sagte sie. »Und pass auf dich auf.«

Vivien trat einen Schritt zurück und musterte sie überraschend ernst.

»Weißt du was, Mama? Ich wünschte, du würdest die nächsten zwei Monate nicht bloß bei uns zu Hause in der Villa herumsitzen oder sonst irgendwo in Gmünd. Wenn ich allein wegfliegen kann – wieso tust du das nicht auch?«

Elisabeth blinzelte. »Nach Neuseeland?«

»Egal wohin!« Vivien schüttelte energisch ihre ebenholzdunkle Haarmähne. »Irgendwohin, wo du noch nie gewesen bist. Damit du etwas Neues entdeckst … etwas Aufregendes, ganz für dich allein.«

Sie küsste ihre Mutter auf die Wange.

»Versprichst du mir, dass du es tust? Bald?«

Elisabeth nahm Viviens Gesicht in beide Hände.

»Ich versprech's.«

Markus kam zurück, und Vivien fiel ihm um den Hals. Dann hängte sie sich den Rucksack über die Schulter, setzte sich in Bewegung und winkte ihren Eltern noch einmal zu. Gleich darauf war sie verschwunden.

***

Auf der Heimfahrt waren weder Elisabeth noch Markus sonderlich gesprächig; er setzte sie in Gmünd an der Villa ab und entschuldigte sich, weil er noch einmal in die Kanzlei musste, um ein paar Unterlagen zu holen.

»Darf ich dich nachher zum Essen einladen?«, fragte er vorsichtig. »Ich kann einen Tisch bei deinem Lieblingsitaliener bestellen, wenn du möchtest. Um halb acht?«

»Gern«, erwiderte Elisabeth. »Danke, Markus.«

Sie stieg aus dem Wagen und ging hinein, um sich für den Restaurantbesuch umzuziehen. Im Schlafzimmer fiel ihr Blick auf den kleinen Stockholm-Reiseführer, den sie vor ein paar Tagen aus Traugotts Zimmer mitgenommen und im Bett studiert hatte. Sie nahm ihn vom Nachttisch und blätterte ihn gedankenverloren durch.

Was hatte Vivien vorhin zu ihr gesagt? *Wenn ich allein wegfliegen kann – wieso tust du das nicht auch? Irgendwohin, wo du noch nie gewesen bist. Damit du etwas Neues entdeckst … etwas Aufregendes, ganz für dich allein.*

Sie warf einen Blick auf die Uhr. Viertel vor sechs am Samstag – da hatte kein Reisebüro mehr offen. Schon gar nicht in Gmünd.

Kurz entschlossen klappte sie ihren Laptop auf und fuhr ihn hoch. Als sich die Seite der Suchmaschine öffnete, ließ sie ihre Hand einen Moment lang zögernd auf der Tastatur ruhen. Dann gab sie sich einen Ruck und tippte:

städtereise angebot stockholm

Neuland

Es war ein Sommertag wie gemalt. Die Sonne stand hoch am stahlblauen, wolkenlosen Himmel und schien warm und hell auf den Stortorget herab, den Marktplatz im Herzen der Stockholmer Altstadt Gamla Stan. Überall herrschte reges Treiben; unzählige Touristen durchstöberten die Andenkenläden, Reisegruppen aus aller Herren Länder scharten sich um ihre Guides, und die Straßencafés waren bestens gefüllt mit gut gelaunten Menschen, die sich entweder angeregt miteinander unterhielten oder einfach nur entspannt den herrlichen Julitag genossen.

An einem der kleinen Tische vor dem *Kaffekoppen* hatte Elisabeth Gebhard einen freien Platz erwischt; sie hatte sich eine Tasse Kaffee und eine Zimtschnecke genehmigt und danach noch ein Mineralwasser bestellt – in erster Linie, um den gemütlichen Platz an der Sonne nicht gleich wieder räumen zu müssen. Sie hatte an diesem Vormittag die Domkirche *Storkyrkan* besucht und eine Führung durch das Stockholmer Stadtschloss mitsamt Abstecher in ein Kuriositätenkabinett namens *Livrustkammaren* im Keller mitgemacht und war nun froh, die Füße ausstrecken und zur Abwechslung mal einfach nur faul sein zu können.

Dabei hatte sie eigentlich gar keine Zeit dafür. Ihre drei Tage Aufenthalt in der Hauptstadt Schwedens neigten sich unbarmherzig dem Ende entgegen, und sie hatte noch nicht annähernd alles gesehen, was das »Venedig des Nordens« zu bieten hatte. Sie hatte das Nordische Museum, das Vasamuseum und das Freilichtmuseum Skansen besichtigt und eine Sightseeing-Bootsfahrt zwischen den vierzehn Inseln unternommen, auf denen Stockholm erbaut war. Dies war nun ihr letzter Nachmittag hier – aber im Moment fühlte sie sich auf dem sonnenüberfluteten Stortorget viel zu wohl, um sich noch einmal ins Touristengetümmel zu stürzen. Vielleicht sollte sie nachher einfach nur noch in aller Ruhe ein wenig durch die malerischen Gassen der Altstadt bummeln und danach den Tag mit einem schönen Essen ausklingen lassen.

Aber würde sie sich später dann nicht ärgern, wenn sie wieder zu Hause war und an all die Sehenswürdigkeiten dachte, die ihr entgangen waren?

Elisabeth seufzte. Der Gedanke, bei ihrer Heimkehr von Markus mit einem Ich-hab's-dir-doch-gesagt-Blick empfangen zu werden, verfolgte sie bereits seit ihrer Abreise. Bei der Ankunft am Stockholm Arlanda Airport hatte sie sich erst besser gefühlt, als sie nach minutenlangem Warten ihren marineblauen Reisetrolley auf dem Förderband der Gepäckausgabe erspähte; und als sie mit ihrer Kreditkarte eine Rechnung bezahlte, wartete sie jeden Moment darauf, dass man ihre Karte für ungültig erklärte und sie ihren Mann schmählich um Errettung aus finanzieller Misere bitten musste. Sie hatte sein gutmütig-spöttisches *ich wusste doch gleich, dass man dich nicht allein verreisen lassen darf* bereits im Ohr, und an die Reaktionen von Julius und Fiona mochte sie gar nicht erst denken.

Aber bislang war alles gut gegangen. Kein Reisedokument und kein Gepäckstück war verloren gegangen, sie hatte sich noch nirgends verirrt, und niemand hatte sie überfallen. Im Moment konnte ihr wohl wirklich nur noch passieren, dass man sie fragte, warum sie von dieser Stadt nicht noch mehr gesehen hatte.

»Excuse me, Madam?«

Elisabeth blickte auf. Vor ihrem Tisch stand ein Herr, offensichtlich ein Geschäftsmann – etwa Anfang sechzig, in einem tadellosen dunkelgrauen Anzug und mit gepflegtem Englisch. Sie seufzte erneut, wenn auch diesmal unterdrückt, und wartete auf die unvermeidliche Frage, ob er sich auf den freien Platz an ihrem Tisch setzen durfte … dabei war ihr eigentlich nicht wirklich nach fremder Gesellschaft.

»Yes?«

»Darf ich fragen … kann es sein … Mrs Gebhard?«

Elisabeth war zu verblüfft, um sofort zu antworten. Sie betrachtete den Mann genauer und stellte überrascht fest, dass ihr das glatt rasierte Gesicht unter dem graumelierten Haarschopf und mit den blaugrauen Augen hinter einer dicken Hornbrille tatsächlich irgendwie bekannt vorkam. *Nur woher?*

»Ja, das bin ich«, antwortete sie vorsichtig in der Hoffnung, dass der Mann seinen Namen selber nennen und ihr damit aus ihrer Verlegenheit heraushelfen würde.

»Wusst ich's doch!« Der Mann strahlte breit. »Erinnern Sie sich an mich? Tore Glenmark, stellvertretender Direktor von *Stockholm TräLek*. Wir haben uns vor ein paar Jahren kennengelernt in … in *Schwäbisch Gmünd*.«

Bei seinem nicht gerade geglückten Versuch, den Namen ihrer Heimatstadt korrekt auszusprechen, musste Elisabeth unwillkürlich lachen – zumal in diesem Moment auch bei ihr der Groschen fiel.

»Aber natürlich!« Sie erhob sich und streckte dem Mann die Hand entgegen. »Es freut mich, Sie wiederzusehen, Mr Glenmark!«

»Nennen Sie mich ruhig Tore.« Der Mann schüttelte ihr mit einem herzlichen Lächeln die Hand. »Was für ein Zufall! Sind Sie geschäftlich hier in Stockholm?«

»Nein«, antwortete Elisabeth. »Ich mache bloß ein paar Tage Sightseeing, um diese wunderschöne Stadt kennenzulernen.«

»Und dabei landen Sie gleich zielsicher im Lieblingscafé von Traugott«, schmunzelte Tore Glenmark. Im nächsten Moment wurde sein Gesicht sehr ernst. »Verzeihung, ich vergaß … Meine aufrichtige Anteilnahme! Viele in unserer Firma haben Traugott persönlich gekannt, und er war ein hochgeschätzter Geschäftspartner. Sein Tod hat uns tief getroffen.«

»Vielen Dank«, erwiderte Elisabeth. »Er hat auch immer gern mit Ihnen zusammengearbeitet.«

»Das ist schön zu hören«, meinte Tore und sah auf seine Armbanduhr. »Ich bin zwar eigentlich auf dem Weg in die Firma, aber für einen Kaffee würde es noch reichen. Das heißt, wenn es Ihnen recht ist – ich weiß ja nicht, was Sie noch vorhaben, und ich möchte Sie natürlich nicht aufhalten.«

»Im Moment genieße ich einfach nur das schöne Wetter«, sagte Elisabeth und wies auf den freien Stuhl an ihrem Tisch. »Und eine zweite Tasse Kaffee ist keine schlechte Idee; dann habe ich wenigstens einen Grund, mir noch einmal eine dieser sündhaft leckeren Zimtschnecken zu genehmigen.«

»*En kaffe och en bulle*«, lachte Tore. »Damit konnte man Traugott auch jedes Mal glücklich machen. Setzen Sie sich schon mal, ich bestelle – und selbstverständlich lade ich Sie ein.«

***

»Und, wie lange bleiben Sie nun in unserem schönen Stockholm?«, fragte Tore, als sie wenige Minuten später vor zwei großen Tassen Kaffee und zwei duftenden *Kanelbullar* saßen.

»Leider nur noch heute«, meinte Elisabeth bedauernd. »Morgen fliege ich wieder zurück.«

»Ach, wie schade.« Tore griff nach seiner Zimtschnecke. »Und wie lange sind Sie schon hier?«

»Seit drei Tagen.«

Die Hand mit der Zimtschnecke sackte schlagartig nach unten.

»Drei Tage?« Er schüttelte mit einem Ausdruck ungläubiger Fassungslosigkeit den Kopf. »Nur drei Tage für Stockholm? Das ist nicht Ihr Ernst!«

»Es war eine Paketreise«, erklärte Elisabeth verlegen. »Sozusagen eine Schnuppertour zum Kennenlernen.«

»In drei Tagen lernt man Stockholm nicht kennen«, versetzte Tore energisch. »Das würde Ihnen auch Traugott versichern, wenn er jetzt bei uns wäre.«

Elisabeth nippte an ihrem Kaffee. Tore Glenmark schien Traugott Gebhard ziemlich gut gekannt zu haben. *Wusste er womöglich auch etwas über Åsa Lund?*

»Darf ich Sie etwas fragen, Tore?«, fragte sie plötzlich. »Wie lange kannten Sie meinen Schwiegervater eigentlich schon?«

»Seit den Anfängen unserer Geschäftsbeziehung«, antwortete Tore. »Damals war ich noch Assistent unseres alten Direktors. Traugott war stets ein angenehmer Verhandlungspartner, und wir haben ihn alle dafür bewundert, wie mühelos er Schwedisch gelernt hat – schon bei seinem ersten Besuch konnte er ein paar

Worte, und bald darauf hat er unsere Sprache nahezu fließend gesprochen. Absolut bemerkenswert.«

»Er hat immer von diesem Land geschwärmt«, erklärte Elisabeth. »Manchmal hatte ich das Gefühl, er wäre gerne ganz hier geblieben.«

»Das dachte ich damals auch, als …«, begann Tore, brach dann jedoch jäh ab und sah verlegen auf die Tischplatte hinunter.

Elisabeth beschloss, ihr Glück zu riskieren. »Als er Åsa Lund kennenlernte, nicht wahr?«

Tore blickte überrascht auf. »Sie wissen von Åsa?«

Bingo.

»Nicht viel«, erwiderte Elisabeth vorsichtig und beschloss, Göran vorerst unerwähnt zu lassen. »Aber wir haben in Traugotts Hinterlassenschaft ein Foto von ihr gefunden, und ein paar Briefe. Und die lassen … gewisse Schlussfolgerungen zu.«

Tore schwieg eine Weile.

»Åsa«, begann er schließlich. »Sie hatte damals gerade erst bei *TräLek* angefangen. Sie stammte aus Kiruna in Lappland und wollte weg von dort, in eine Großstadt, wo mehr los war. Deshalb kam sie allein und auf gut Glück hierher; irgendwann Anfang der Siebziger war das. Sie ergatterte einen Aushilfsjob bei uns und erwies sich schnell als sehr tüchtig. Deshalb bat ich sie, einzuspringen, als meine Kollegin, die bei den Besprechungen mit der Delegation von der Spielzeugfabrik Gebhard das Protokoll führen sollte, kurzfristig erkrankte. So kam es, dass sie dabei war, als wir Traugott kennenlernten.«

Er sah Elisabeth an.

»Als sie sich die Hand gaben, konnte ich die Funken zwischen ihnen förmlich sprühen sehen. Ich hab mir Sorgen gemacht, dass das womöglich Ärger gibt. Am Tag nach dem Vertragsabschluss zwischen unseren Firmen kam Åsa zu mir und gestand, dass die beiden sich verliebt hatten. Allerdings sollte ich mir keine Sorgen machen; ihr sei völlig klar, dass daraus nichts Ernstes werden könnte, da Traugott ja verheiratet war. Und sie würde die Firma keinesfalls in Verlegenheit bringen.«

»Und haben Sie ihr das geglaubt?«, fragte Elisabeth.

»Ich hatte keinen Grund, es nicht zu tun«, antwortete Tore. »Als Traugott kurz vor Weihnachten noch einmal für zwei Tage auf Geschäftsbesuch kam, verhielten die beiden sich absolut unauffällig. Nach seiner Abreise jedoch bemerkte ich eine Veränderung bei Åsa; sie war ernster geworden, verschlossener. Und bei Traugotts drittem Besuch drei Monate später meldete sie sich sogar krank. Als wollte sie ihn nicht sehen.«

Elisabeth nickte nachdenklich. *Traugotts zweiter Besuch, nach dem sich Åsa so verändert gezeigt hatte, war also im Dezember 1976 gewesen; aus dieser Zeit stammte der Brief, in dem Åsa betonte, dass das zwischen ihr und Traugott für sie nur eine Urlaubsliebe war und mehr nicht. Hatte Traugott damals womöglich eine Andeutung gemacht, dass er sich eine Zukunft mit ihr wünschte – und Åsa damit so erschreckt, dass sie ihm bei der nächsten Gelegenheit lieber aus dem Weg ging?*

»Haben sie sich danach noch einmal wiedergesehen?«, fragte sie.

»In der Firma nicht«, meinte Tore. »Traugott kam zwar im Sommer kurz vorbei, aber da war Åsa bereits im Urlaub bei ihrer Familie im Norden. Allerdings weiß ich, dass er anschließend noch nach Kiruna geflogen ist; gut möglich, dass sie sich da getroffen haben. Wie es dann weitergegangen ist, kann ich Ihnen jedoch nicht mehr sagen – wenige Monate später reichte Åsa ihre Kündigung ein und zog zurück zu ihren Eltern. Danach haben wir nichts mehr von ihr gehört, und auch Traugott hat sich nie wieder nach ihr erkundigt.«

»Wahrscheinlich haben sie ihre Beziehung beendet.« Elisabeth wählte ihre Worte sehr sorgfältig. »Die Briefe, die wir gefunden haben, stammen aus den Siebzigern; aus späteren Zeiten gibt es keine. Und es wusste auch niemand in der Familie etwas von Åsa.«

So wie bei Stockholm TräLek offenbar niemand etwas von Göran wusste. Vermutlich hatte Åsa gekündigt, als sie merkte, dass sie nach ihrer letzten Begegnung mit Traugott schwanger war. Weil sie die Firma nicht in Verlegenheit bringen wollte.

In diesem Moment bedauerte Elisabeth mehr denn je, Åsa Lund niemals kennengelernt zu haben.

»Es war anscheinend wirklich nur eine kurzlebige Sache«, mutmaßte Tore. »Und deshalb sah Traugott wohl auch keinen Grund, seiner Familie diesen Seitensprung zu beichten. Ich hoffe, dass diese Entdeckung ihn bei Ihnen zu Hause nicht in ein schlechtes Licht gerückt hat. Nach vierzig Jahren könnte man schließlich fast schon von einer verjährten Jugendsünde sprechen.«

Nichts ist verjährt, dachte Elisabeth bitter. *Nicht, solange da oben in Laxforsen ein Mann lebt, der jetzt den Preis für diese Jugendsünde bezahlt.*

»Keine Sorge«, gab sie zurück und bemühte sich um einen möglichst unbefangenen Tonfall. »Wir alle wissen, was wir an unserem Patriarchen gehabt haben. Wegen dieser alten Geschichte regt sich niemand auf.«

Mochte Göran ihr diese Lüge vergeben.

»Dann ist es ja gut.« Wie zur Bekräftigung wechselte Tore das Thema. »Und Sie wollen jetzt tatsächlich nach nur drei Tagen ›Beauty on Water‹ heimfliegen? Können Sie Ihren Aufenthalt nicht ein wenig verlängern?«

»Nein«, erwiderte Elisabeth. »Das Hotelzimmer ist nur bis morgen gebucht, und das Rückflugticket habe ich auch schon.«

»Das lässt sich alles umbuchen«, meinte Tore lapidar. »Die Frage ist, ob Sie noch ein paar Tage Zeit haben. Wenn's *daran* scheitert, kann man natürlich nichts machen.«

Angesichts von so viel Spontaneität war Elisabeth für ein paar Sekunden unsicher und ratlos. Sie nahm einen Schluck von ihrem Kaffee, um Zeit zu gewinnen.

Warum eigentlich nicht?

Vivien war in Neuseeland und Markus in den nächsten Wochen fast pausenlos dienstlich unterwegs. Warum sollte sie nicht noch ein, zwei Tage dranhängen? Das konnte ihr Mann ihr ja wohl kaum übel nehmen.

Und wenn doch? Was, wenn sie mit ein paar Tagen Extraurlaub unnötig für neuen Zündstoff sorgte?

Sie stellte, noch immer unschlüssig, die Tasse zurück auf den Tisch.

»Denken Sie in Ruhe darüber nach«, mischte sich Tores Stimme in ihre Gedanken. »Ich will Sie nicht drängen. Aber wenn Sie verlängern wollen, dann wenden Sie sich vertrauensvoll an mich; ich helfe Ihnen gerne beim Umbuchen.«

»Ja, bitte tun Sie das!«

Sie wusste nicht, was sie in diesem Moment mehr überraschte – ihre Antwort oder die Tatsache, wie entschlossen ihre Stimme klang.

»Ich meine ... wenn es Ihnen wirklich nichts ausmacht«, fügte sie hastig hinzu.

»Aber natürlich nicht!«, versicherte Tore mit einem erfreuten Lächeln. »Für die Schwiegertochter von unserem Traugott mach ich das doch gerne. Wie viele Tage würden Sie denn dranhängen?«

»Ich weiß nicht ...«, meinte Elisabeth zögernd. »Zwei vielleicht?«

»Besser als nichts«, sagte Tore. »Und in welchem Hotel wohnen Sie?«

»Im *Lord Nelson.*«

»Gut. Geben Sie mir eine Stunde, ich rufe Sie dann an. Haben Sie vielleicht eine Karte mit Ihrer Handynummer für mich? Ah, danke schön; hier haben Sie die meine. So, und jetzt muss ich wirklich los, bevor meine Vorzimmerdame ungnädig wird. Hejdå!«

Er erhob sich, deutete eine Gentleman-Verbeugung der alten Schule an und verschwand im Gewimmel der Menschen auf dem Stortorget.

***

Und so verbrachte Elisabeth zwei weitere wunderbare Tage in der schwedischen Hauptstadt. Auf Tores ausdrückliche Empfehlung hin unternahm sie eine ausgedehnte Bootsfahrt durch die Inselwelt des Stockholmer Schärengartens und nahm sich viel Zeit für einen Ausflug nach Drottningholm. Dort besichtigte sie das königliche Schloss, spazierte durch den weitläufigen Park zu dem hübschen China-Schloss hinüber und machte zuletzt noch eine Führung durch das kleine barocke Schlosstheater mit, das noch immer mit der gleichen Bühnenmaschinerie betrieben wurde wie zur Zeit seiner Erbauung im 18. Jahrhundert. *I hab in dem Theater einmal einen Figaro sähe derfa,* hatte Traugott ihr erzählt. *Da hasch du wirklich jeden Moment glaubt, d'r Mozart persönlich schtoht mit seirer Puderperücke vorm Orcheschter ond schwengt d'r Taktschtock.*

Alle diese Eindrücke wirkten in Elisabeth nach, als sie später am Nachmittag noch einmal durch Gamla Stan schlenderte. In einer der unzähligen Gassen der Altstadt klingelte das Handy in ihrer Tasche. Sie holte es hervor, las Markus' Namen auf dem Display und nahm den Anruf entgegen.

»Hallo, Markus – was gibt's?«

»Hallo, Lisa! Ich wollte mich eigentlich nur erkundigen, ob du morgen wirklich zurückfliegst – oder ob du noch länger krampfhaft beweisen musst, dass du ohne mich nicht unter die Räder kommst.«

Elisabeth schluckte die scharfe Antwort hinunter, die ihr auf der Zunge lag. Als sie ihren Mann vor zwei Tagen angerufen hatte, um ihm von der Begegnung mit Tore Glenmark zu erzählen und um zugleich anzukündigen, dass sie noch etwas länger bleiben würde, da hatte sie lediglich lakonisch zur Antwort bekommen: *Bloß gut, dass ein Direktoriumsmitglied dieser Stockholmer Firma sich um dich kümmert, dann brauch ich mir wenigstens keine Sorgen um dich zu machen.* Es hatte gerade herablassend genug geklungen, um auf Elisabeth zu wirken wie ein verletzender Nadelstich. Zu Hause in Gmünd war sie es, die seit Jahren den Laden am Laufen hielt, Entscheidungen traf und dafür sorgte, dass alles reibungslos lief. Sobald sie jedoch den Dunstkreis von Familienvilla und Spielzeugfabrik verließ, war sie plötzlich ein kleines Kind, auf das man aufpassen musste. *Jedenfalls war das der Eindruck, den Markus ihr vermittelte.*

»Wie lange muss ich denn wegbleiben, damit es als Beweis ausreicht?«, gab sie zurück.

»Mach, was du willst«, erwiderte Markus gelassen. »Ich hab im Moment weiß Gott genug anderes zu tun.«

Elisabeth holte tief Luft und zählte im Geiste bis zehn. Am Telefon mit Markus zu streiten kam ihr schrecklich kindisch vor. Ganz abgesehen davon, dass es vollkommen nutzlos war.

»Verstehe«, erwiderte sie knapp. »Im Moment gehe ich aber noch davon aus, dass ich mich morgen in den Flieger Richtung Heimat setze.«

»Dann hol ich dich am Flughafen ab. Bis morgen.«

»Bis morgen, Markus.«

Sie beendete das Gespräch und biss sich auf die Lippen. Ihre Lust, nach Hause zurückzufliegen, war auf den Nullpunkt gesunken.

Und in diesem Moment fiel ihr Blick auf ein Schaufenster auf der anderen Straßenseite. Es gehörte zu einem Reisebüro und war fast vollständig mit kleinen Postern und bunten Plakaten zugepflastert. Eines davon stach ihr ins Auge.

Flyg till Kiruna.

Sie zögerte nur eine Sekunde. Dann überquerte sie mit raschen Schritten die Straße und blieb vor dem Schaufenster stehen.

Kiruna. Die Stadt, aus der Åsa Lund stammte und in der Göran seine ersten Lebensjahre verbracht hatte, bis seine Mutter mit ihm in das kleine Haus ihrer Großmutter in Laxforsen zog – in sein Zuhause, wo er glücklich und zufrieden war und von wo er nicht wegwollte. *Nicht einmal für eine Viertelmillion Euro.*

Zwei Sekunden später öffnete Elisabeth die Tür und betrat das Reisebüro.

***

Es war am Nachmittag des darauffolgenden Tages, als Elisabeth in Kiruna ankam.

Schon als sie die Maschine verließ, hatte sie das Gefühl, in einer für sie völlig neuen Welt gelandet zu sein. Sie war schon oft gereist, erst mit ihren Eltern, dann mit Markus, und sie kannte viele Flughäfen – große Airports mit mehreren Terminals, riesigen Schalter- und Gepäckausgabehallen und Einkaufspassagen voller Boutiquen und Duty-Free-Shops. Ein Flughafengebäude wie dieses hier – klein, übersichtlich und mit nur einer Schalter- und Wartehalle – hatte sie noch nie erlebt.

Während sie an dem einzigen Gepäckband auf ihren Trolley wartete, versuchte sie zu begreifen, dass sie ihren so verblüffenden wie spontanen Entschluss vom Vortag gerade tatsächlich in die Tat umsetzte. Sie hatte in dem Reisebüro in Stockholm ein Flugticket nach Kiruna gebucht, und auf ihre Bitte hin hatte man ihr eine Unterkunft im Hotel *Scandic Ferrum* verschafft. Als sie, die Buchungsunterlagen noch immer ungläubig in der Hand, das Reisebüro verließ, fiel ihr als Erstes überraschenderweise nicht etwa Markus ein, sondern ihr Trolley, der ursprünglich für nur drei Tage gepackt worden war. Und so hatte sie eines der großen Warenhäuser auf Norrmalm aufgesucht und sich zwei neue Blusen, eine Hose und etwas Wäsche gekauft. Erst als sie danach wieder im Hotel *Nelson* angekommen war, ihre Tüten abgestellt und die Füße hochgelegt hatte, informierte sie Markus darüber, dass sie doch noch etwas länger bleiben würde. *Um eine Schifffahrt auf dem Göta-Kanal von Stockholm nach Göteborg zu machen.*

Sie schüttelte leise den Kopf, während das Gepäckband sich mit einem Ruck in Bewegung setzte und die ersten Koffer zum Vorschein kamen. Es war ihr ganz und gar nicht leichtgefallen, ihrem Mann eine faustdicke Lüge aufzutischen – aber ihm die Wahrheit zu sagen, hätte mit Sicherheit zu viele Fragen heraufbeschworen, auf die sie keine Antwort fand. Sie konnte ihm wohl kaum erzählen, dass sich ihr vom eigenen Wagemut der Kopf drehte und dass sie eigentlich keine Ahnung hatte, was sie da tat … Ganz zu schweigen von der Tatsache, dass sie sich in die Gefilde seines ungeliebten Halbbruders begab. Da war es auf alle Fälle besser, er vermutete sie in den nächsten sechs Tagen sicher aufgehoben an Bord eines Kanalschiffs, mit einem geregelten Fahrplan und Reisebetreuung rund um die Uhr.

Ihr Trolley kam herangefahren. Sie wuchtete ihn vom Band und machte sich auf den Weg nach draußen. Im Reisebüro hatte man ihr gesagt, dass sie vom Flughafen aus ein Taxi in die Stadt nehmen musste. Das Hinweisschild zu dem Taxistand fand sie mühelos – und sie lachte unwillkürlich, als sie direkt dahinter an einem Zaun ein weiteres Schild entdeckte, das den Weg zu einem Hundeschlittenparkplatz wies. Ja, hier war sie definitiv in einer ganz anderen Welt als der, die sie kannte.

Sie atmete tief durch und genoss die intensive Wärme der hoch am Himmel stehenden Sonne. Dann ging sie mit ihrem Trolley zu dem Taxistand und blieb bei einem der Wagen stehen. Die Fenster waren heruntergekurbelt, und der Fahrer vergrub die Nase in einer Zeitung.

»Excuse me, would you please …«

Der Mann ließ die Zeitung sinken, wandte ihr das Gesicht zu – und ihr blieb buchstäblich die Luft weg.

»Göran?«

Holz und Licht

Elisabeth ließ den Griff ihres Trolleys los, und der Koffer kippte um.

»Was machst *du* denn hier? Und wieso fährst du Taxi?«

»Die erste Frage müsste ich ja wohl eher *dir* stellen.« Göran sah mindestens so erstaunt aus, wie sie sich fühlte. »Was in aller Welt tust du in Kiruna?«

»Ich …« Sie bückte sich nach dem Koffer und versuchte, die Fassung wiederzugewinnen. »Ich … ach, was soll's. Ich hab eigentlich gar keine Ahnung, was ich hier mache. Ich hab ein Angebot gesehen, im Schaufenster eines Reisebüros in Stockholm. *Flüge nach Kiruna.* Ich bin in den Laden marschiert und hab nachgefragt – und als ich wieder rausging, hatte ich das Flugticket und eine Hotelreservierung in der Hand.«

»In Stockholm.« Sein Tonfall verriet deutlich, dass er noch nicht wirklich klüger war als zuvor. »Aha. Also in jedem Fall: *Välkommen till Kiruna!*« Er öffnete die Tür seines Wagens und stieg aus. »Und jetzt möchtest du zu deinem Hotel gebracht werden, ja?«

»Sehr gern.« Elisabeth konnte nicht anders, sie musste lachen. »Ich fasse es immer noch nicht, dass du hier Taxi fährst. Das ist ein komplett verrückter Zufall. Aber ganz bestimmt nicht der erste in den letzten paar Tagen.«

»Dir ist schon klar, dass du mich jetzt neugierig machst?« Göran verfrachtete den Trolley in den Kofferraum. »Ich hoffe doch, dass du hier zwischendurch mal ein Stündchen Zeit für mich findest, damit wir irgendwo einen Kaffee trinken können.«

Sie sah ihn an und spürte das Lachen immer noch in sich wie einen Springbrunnen, der jeden Moment erneut hochsprudeln konnte.

»Keine Sorge. So viel Zeit wie jetzt gerade hab ich noch nie gehabt.«

Sein Blick wurde prüfend.

»Muss ich mir Sorgen machen? Ich meine … ist alles in Ordnung bei euch zu Hause?«

Von einem Moment zum anderen war das Lachen versiegt. Elisabeth hatte keine Ahnung, wie sie diese Frage beantworten sollte.

»Markus musste außerplanmäßig nach England«, sagte sie nach einer kleinen Pause. »Dadurch ist dummerweise unser Familienurlaub in Kenia ins Wasser gefallen. Bevor Vivien nach Neuseeland abgeflogen ist, hat sie mir den Rat gegeben, endlich mal etwas ganz allein für mich zu tun. Und da hab ich mich spontan zu einer Sightseeingtour in Stockholm entschieden.«

»Verstehe.« Göran umrundete sein Taxi und öffnete die Beifahrertür. »Schweden statt Kenia, Elche und Rentiere statt Löwen und Giraffen. Nicht die schlechteste Alternative. Also, wohin darf ich dich bringen?«

»Ich hab ein Zimmer im *Scandic Ferrum* gebucht. Du weißt doch bestimmt, wo das ist.«

»Klar weiß ich das.« Er nickte, aber sie sah, dass seine Miene nachdenklich wurde. Anstatt in den Wagen zu steigen, blieb sie stehen.

»Ist das kein gutes Hotel?«

»Doch, natürlich. Aber … ich überlege nur … also, wenn du möchtest, dann kannst du auch gerne bei mir wohnen und dir die Hotelkosten sparen. Das *Scandic Ferrum* ist ziemlich teuer.«

»Macht nichts«, versicherte Elisabeth. »Markus war mit seinem Zuschuss zu meinen Reisekosten ausgesprochen großzügig.«

Um sich von seinem schlechten Gewissen freizukaufen … aber das konnte sie Göran nicht erzählen. Nicht ohne ihren Mann vor seinem Halbbruder bloßzustellen.

»Na dann.« Er wies mit einer einladenden Geste auf den Beifahrersitz. »Und wenn ich dir als Fremdenführer dienen kann, ruf mich einfach an, ja? Dann kann ich mich ein bisschen revanchieren dafür, dass du mir Gmünd und seine Umgebung gezeigt hast.«

»Das wäre schön.« Sie setzte sich in das Taxi und schnallte sich an. »Ich möchte das Land gerne kennenlernen, in dem deine

Mutter gelebt hat. Und in dem du lebst. Vivien hat den Ausdruck von dem Foto, das du ihr geschickt hast, in ihrem Zimmer an die Wand gehängt. Sie war total begeistert, dass du einen Hund hast.«

Sein Gesicht hellte sich auf. »Und du? Magst du Hunde auch?«

»Ich hatte nie einen«, erwiderte Elisabeth. »Aber ich hab keine Angst vor Hunden.«

»Dann steht einem gelegentlichen Besuch in meiner Hütte ja nichts im Wege.« Mit einem Mal war das schräge Lächeln wieder da, das sie noch so gut in Erinnerung hatte. »Also dann – einmal *Scandic Ferrum*, bitte sehr, gnädige Frau!«

Er schloss die Beifahrertür, stieg auf der anderen Seite ein und ließ den Motor an.

***

Die Fahrt in die Stadt war nur kurz; schon nach wenigen Minuten erhob sich unmittelbar vor ihnen ein lang gestreckter Berg, der aussah, als hätte man über seine gesamte Flanke sorgfältig eine Terrassenstufe nach der anderen eingegraben.

»Der Kirunavaara«, erläuterte Göran. »Einer der beiden Erzberge Kirunas. Dem Eisenerz darunter verdanken wir, dass Kiruna derzeit umziehen muss – weil man sich unter Tage immer weiter in Richtung Stadt vorsprengt und dadurch Risse entstehen, die langsam, aber sicher Leitungen, Kabel und Straßen gefährden.«

»Davon habe ich mal etwas gelesen«, sagte Elisabeth. »Irgendwie eine völlig verrückte Vorstellung – eine ganze Stadt an einen anderen Ort zu versetzen!«

»Tja, aber die einzige Alternative wäre, den Erzabbau einzustellen«, erwiderte Göran trocken. »Und dann könnte die Stadt erst recht einpacken. Ohne das Erz gibt's auch kein Kiruna mehr. So einfach ist das.«

Er bog von der großen Hauptstraße nach rechts ab.

»Schau, da vorne, auf dem Hügel – das ist die *Kiruna kyrka*, von der ich dir erzählt habe. Die möchte ich dir morgen auf jeden Fall zeigen … ansonsten gibt es hier nicht allzu viel zu sehen. Es sei denn, du möchtest eine Touristenführung durch die Erzgruben mitmachen.«

»Ist die denn empfehlenswert?«

Göran prustete leise. »Ansichtssache. Gut, 400 Kilometer Straßenlabyrinth unter der Erde sind keine schlechte Leistung, und immerhin erlebt man ein paar Meter davon bei der Busfahrt hinunter zur Besuchermine. Da gibt's dann Museum, Café und alles, was das Touristenherz begehrt. Am Schluss bekommt man sogar eine Handvoll Erzkügelchen als Souvenir geschenkt.« Er grinste. »Was immer man hinterher damit anstellt. Als malerische Deko ins Regal stellen kann man sie ja wohl schlecht.«

»Es sei denn, man füllt sie in einen Kristallpokal«, meinte Elisabeth amüsiert. »Oder arrangiert sie geschmackvoll in einer Fayenceschale.«

»Tu dir keinen Zwang an«, gab Göran trocken zurück und brachte sein Taxi an einer roten Ampel zum Stehen. »Solches Zeug habt ihr in eurer Nobelvilla ja wohl reichlich.«

Elisabeth schluckte. Ihre gute Laune war schlagartig verflogen.

»Du bist immer noch wütend, oder?«

Er wandte den Kopf zur Seite und sah sie an.

»Nein«, sagte er. »Nicht wütend. Nur enttäuscht. Aber da kannst du nichts dafür.«

Während Elisabeth noch nach einer Antwort suchte, schaltete die Ampel auf Grün, und Göran fuhr weiter.

»Du kannst ja morgen Vormittag eine solche Führung mitmachen, wenn's dich interessiert«, meinte er leichthin, als hätte er diese kurze, bittere Erinnerung schon wieder vergessen. »Ich bin morgen für eine Langstreckenfahrt nach Abisko gebucht, deswegen steh ich dir sowieso erst am Nachmittag zur Verfügung. Wenn es dir recht ist, meine ich.«

»Unbedingt.« Sie spürte, wie das kurzzeitig aufgestiegene Unbehagen wieder verflog. »Ich freu mich drauf.«

Er antwortete nicht sofort, weil er gerade in diesem Moment in einen Parkplatz einschwenkte. Erst als der Wagen stillstand und das Motorengeräusch verebbte, wandte er sich ihr zu.

»Ich mich auch. Ich ruf dich an, sobald ich wieder in der Stadt bin und frei habe.«

Er wies auf ein großes, mehrstöckiges Gebäude in einem kräftigen Rostrot.

»Das *Scandic Ferrum*. Ich wünsche dir einen angenehmen Aufenthalt.«

Er stieg aus. Elisabeth zögerte kurz, dann verließ sie das Taxi ebenfalls und sah, wie er ihren Trolley aus dem Kofferraum hob.

»Danke. Was bin ich dir schuldig?«

Er schüttelte leicht den Kopf und drückte ihr den Griff des Trolleys in die Hand.

»Gar nichts. Familienrabatt. Schönen Tag noch, Elisabeth.«

Sie versuchte zu protestieren, aber er winkte bloß ab und ließ sich wieder auf den Fahrersitz gleiten. Ohne nachzudenken legte sie die Hand oben auf den Rahmen der Tür und verhinderte damit, dass er sie zuzog. Verwundert sah er zu ihr hoch.

»Ist noch was?«

»Nein, ich …« Sie räusperte sich. »Hör mal, ich hab zu Hause niemandem gesagt, dass ich nach Kiruna fliege, und ich möchte nicht, dass … dass …«

Sie verstummte und schaute verlegen zu Boden. Dann spürte sie, wie seine Hand sich über ihre legte.

»Keine Gefahr.« Er klang fast belustigt. »Ich werde Vivien nicht verraten, was ihre Mutter mit ihrem Urlaub anfängt – und zum Rest der Familie habe ich sowieso keinen Kontakt.«

Sie hob den Kopf, sah sein schräges Lächeln – und mit einem Mal schien es ihr das Normalste der Welt zu sein, dass sie hier hundertfünfzig Kilometer nördlich des Polarkreises in einem kleinen Ort namens Kiruna stand und sich mit Göran Åsasson unterhielt.

»Danke«, sagte sie und zog ihre Hand unter der seinen hervor. »Bis morgen Nachmittag dann.«

»Bis morgen.«

Er nickte ihr zu, zog die Tür zu, manövrierte den Wagen aus der Parklücke und fuhr davon. Elisabeth sah ihm nach, bis das

Taxi ihrem Blickfeld entschwunden war; dann machte sie sich mit ihrem Trolley auf den Weg zum Hoteleingang.

***

Ihre erste Nacht in Kiruna war die bis dahin vielleicht außergewöhnlichste in Elisabeths Leben. Aus dem einfachen Grund, weil es nicht einmal ansatzweise Nacht wurde.

Dass zu dieser Zeit des Jahres die Sonne nördlich des Polarkreises einige Wochen lang nicht unterging, war ihr bekannt gewesen – aber sie hatte dennoch zumindest mit irgendeiner Form von Dämmerung in den späten Abendstunden gerechnet. Aber der Himmel blieb unverändert strahlend blau wie schon den ganzen Nachmittag über, und Elisabeth verlor jegliches Zeitgefühl. Dass ihr Handydisplay ihr zwei Uhr morgens anzeigte, während vor ihrem Fenster noch immer heller Tag war, erschien ihr vollkommen unwirklich. So wie dieser gesamte plötzliche Trip in den äußersten Norden von Schweden.

Viel Schlaf fand sie nicht. Dennoch fühlte sie sich erstaunlich ausgeruht, als sie einige Stunden später den Frühstücksraum des Hotels betrat. Der Ausblick auf die Bergwelt rund um Kiruna, der sich ihr dort von den Fenstern aus bot, war beeindruckend, und eine freundliche Bedienung erklärte ihr, dass sie von hier aus sogar den höchsten Berg Schwedens sehen konnte – den Kebnekaise. Erst eine Tasse Kaffee später fiel Elisabeth ein, woher sie diesen Namen kannte. *Akka von Kebnekaise. Natürlich.* Als Kind hatte sie die Geschichte von Nils Holgerssons wunderbarer Reise gelesen. Und nun war sie also auf ihrer eigenen wunderbaren Reise in der Heimat der weisen Anführerin der Wildgänse angelangt.

Nach dem Frühstück spazierte sie zu dem nur wenige Hundert Meter entfernt gelegenen alten *Stadshus* hinüber. Der dunkelbraune Klotz war architektonisch nicht sonderlich ansprechend, die darin ausgestellte Kunstsammlung aber durchaus interessant. Anschließend schlenderte sie eine Weile ziellos durch die Gegend und schließlich durch einen Park, der vom Stadthaus aus hinab in eine von Eisenbahnschienen durchzogene Senke führte. Dahinter erhob sich groß und mächtig der Kirunavaara.

Während sie den Erzberg betrachtete, klingelte in ihrer Tasche das Handy.

»Hej Elisabeth! Ich bin wieder da und hab jetzt frei. Wo bist du?«

»Im *Järnvägsparken*. Unten bei den Gleisen.«

»Ich bin in ein paar Minuten bei dir.«

Wenig später sah sie Göran auf sich zukommen. Er trug Jeans und ein verwaschenes T-Shirt mit einer Aufschrift, die sie erst entziffern konnte, als er schon fast vor ihr stand: *500 million mosquitos can't be wrong: Kiruna is best!* Daneben prangte eine große Mücke, die ausgesprochen blutrünstig dreinschaute. Elisabeth lachte laut auf.

»500 Millionen Mücken? Im Ernst? Ich hab noch keine einzige gesehen.«

»Warte nur, bis du mal aus der Stadt raus bist und mir in die schwedische Wildnis folgst«, grinste Göran. »Da hat's mehr als genug von diesen Biestern. Als Kind hab ich mir immer vorgestellt, dass der liebe Gott eines Tages Besuch von einem Engel bekommen hat, der ihn fragte: *Sag mal, Gott, ich dachte, du hättest die Menschen aus dem Paradies vertrieben? – Ja,* sagte Gott, *hab ich auch, wieso? – Ja, dann schau mal da unten*, erwiderte der Engel und deutete auf die Erde. *Siehst du? Schweden … wunderschöne Natur, klares Wasser, Ruhe und Frieden; das reinste Paradies, in dem die Menschen da leben. – Stimmt,* sagte Gott mit zerfurchter Stirn. *Das geht gar nicht.* – Und noch am gleichen Tag hat er die Mücken nach Schweden geschickt.«

»Um den Menschen dort das Paradies zu vermiesen?« Elisabeth gluckste leise.

»Genau«, bestätigte Göran. »Seitdem hat unser Paradies einen kleinen, blutsaugenden Haken. Aber wir haben gelernt, damit zu leben. Das ist der Preis dafür, dass wir es behalten dürfen.«

Er blickte auf die leeren Eisenbahngleise hinunter.

»Tja, hier lag einmal der Bahnhof von Kiruna. Der wurde mit

als Erstes verlegt, er liegt jetzt ein gutes Stück weiter nordwestlich, in der Nähe des Luossavaara – das ist der zweite Erzberg Kirunas, aber dort wird schon seit Mitte der Achtziger kein Erz mehr abgebaut. Also keine Gefahr, dass auch da der Boden irgendwann wegbricht.«

»Wie lange wird es denn dauern, bis der gesamte Umzug der Stadt über die Bühne gegangen ist?«, erkundigte sich Elisabeth interessiert.

»Schwer zu sagen«, meinte Göran. »Ursprünglich war mal von 2025 die Rede, aber man ist schon jetzt mit den Planungen im Verzug. Ich tippe derzeit auf irgendwann in den Dreißigern. Na ja, Hauptsache, sie bringen die *Kiruna kyrka* heil und sicher an ihren neuen Platz.«

»An der liegt dir viel, was?«

»Ja«, nickte Göran. »Nicht weil ich ein besonders religiöser Mensch wäre, aber ich liebe diese Kirche. Komm, lass uns hingehen.«

Unterwegs erzählte Göran, der Architekt der *Kiruna kyrka* habe seinerzeit den Auftrag bekommen, sich bei seinen Entwürfen an einer samischen Kåta zu orientieren. »Und das ist ihm wunderbar gelungen«, meinte er. »Ich hab dir im Februar ja erzählt, was eine Kåta ist – ein Zelt oder ein zeltartiger Bau, das einzige Licht kommt durch das Rauchloch von oben. Genau das wurde in dieser Kirche umgesetzt. Jemand hat sie deshalb sogar einmal das *Heiligtum des Nomadenvolkes* genannt.«

Sie hatten den Eingang zu einem weiteren kleinen Park erreicht. Ein schmaler Weg führte zwischen Birken und Ebereschen einen flachen Hügel hinauf. Links schimmerte durch das grüne Laub der Bäume ein zeltartiger Bau hindurch, rechts ragte über den Baumwipfeln eine fein geschwungene Turmspitze empor; beide in dem gleichen markanten Rot gestrichen wie so viele Häuser in diesem Land.

»Das ist ein frei stehender Glockenturm, ein sogenannter *klockstapel*«, erklärte Göran. »Das findest du oft bei alten Holzkirchen in Schweden, dass der Turm nicht mit dem Kirchengebäude verbunden ist, sondern ein Stück davon entfernt steht.«

Sie betraten den Vorplatz der Kirche. Auf den steinernen Stufen tummelte sich etwa ein Dutzend gurrender Tauben. Elisabeth suchte sich ihren Weg an ihnen vorbei, und Göran hielt ihr das Tor auf.

»Danke.«

Und dann stand sie im Inneren des hohen, lichtdurchfluteten Kirchenraums und hielt vor Bewunderung den Atem an.

Robust und filigran zugleich wirkende Säulen und Bögen aus dunkelbraunem Holz teilten den Raum ringsum in zwei Etagen, und die Balkenkonstruktionen schwangen sich auch noch bis in die höchsten Ecken der spitz zulaufenden holzverkleideten Decken empor. Durch große Fensterfronten in den Giebeln strömte helles Tageslicht und kontrastierte auf faszinierende Weise mit dem Holz, das jede Dunkelheit und Schwere zu verlieren schien. Überall in die Säulen, die Wandverkleidungen und die Bankreihen waren kunstvoll geschnitzte Ornamente und Verzierungen eingearbeitet. Und der ebenfalls aus Holz gefertigte Altar wurde gekrönt von einem Gemälde, das wie ein überdimensionales Aquarell wirkte: Aus einem hellblauen Wolkenhimmel fielen Lichtstrahlen auf eine kleine Baumgruppe und brachten die Wiesen und Felder rings um sie zum Leuchten.

»Mein Gott, ist das schön!«, flüsterte Elisabeth. »Dieses Bild – es ist so schlicht, aber man möchte gar nicht mehr wegsehen.«

»Das ist ein Werk von Prinz Eugen«, gab Göran ebenso leise zurück. »Ein Urgroßonkel unseres jetzigen Königs. Er war schon zu seinen Lebzeiten als der ›Malerprinz‹ bekannt.«

Sie nahm in einer der Bankreihen Platz, den Blick immer noch unverwandt auf das Bild gerichtet. *Traugott,* dachte sie, *stell dir vor, ich bin in Kiruna. Und neben mir steht dein Sohn.* Sie seufzte. *Ich wünschte, ich wüsste, ob du uns sehen kannst.*

Göran störte sie nicht; er lehnte wortlos an der Wand und wartete geduldig, bis sie sich endlich wieder erhob und zu ihm trat.

»Danke, dass du mich hergebracht hast.«

»Nichts zu danken.« Er lächelte leicht. »Möchtest du noch ein wenig bleiben?«

Sie sah sich noch einmal um, nahm den Frieden und die Harmonie in sich auf, die der hohe Raum atmete.

»Nein«, beschloss sie. »Es ist gut so.«

Sie verließen die Kirche.

»Und was nun?«, fragte Göran. »Hast du Hunger oder Lust auf einen Kaffee?«

»Eigentlich nicht«, antwortete Elisabeth. »Ich würde lieber gerne noch ein bisschen spazieren gehen und das schöne Wetter genießen.«

Sie bummelten durch die kleinen Straßen in Richtung Zentrum. Vor einem Schaufenster blieb Elisabeth plötzlich stehen. Auf dunkelblauen Samttüchern war dort wunderschöner Silberschmuck ausgestellt: Armreifen, Anhänger und Ohrringe, vorwiegend mit samischen Motiven, wie Elisabeth sie erstmals auf Traugotts Holzkästchen gesehen hatte und die ihr seit ihrer Ankunft in Kiruna schon des Öfteren begegnet waren.

»Möchtest du hineingehen?«, fragte Göran neben ihr. »Ich kenne den Besitzer des Ladens; der Mann macht diese Schmuckstücke alle noch selbst. Das ist echte Wertarbeit.«

Ihr Blick fiel auf den Schriftzug über der Ladentür.

»*Ripan Galleri*«, las sie laut. »Ist das sein Name – Ripan?«

»Nein.« Er klang eindeutig belustigt. »*Ripan* ist das schwedische Wort für Schneehuhn. Auf Samisch übrigens *giron*, daher auch der Name Kiruna. Das Schneehuhn-Motiv findet sich hier überall; das hast du bestimmt schon gemerkt.«

»Hab ich.« Sie zögerte kurz. »Also, ich würde mich tatsächlich gern da drinnen umsehen – wenn's dir nichts ausmacht.«

»Überhaupt nicht.«

Ein feines Glockenspiel klingelte, als er die Türe öffnete und ihr den Vortritt ließ. Sie trat ein in einen kleinen Verkaufsraum mit einer Theke aus hellem Holz, eingerahmt von zwei Vitrinen; rechts und links waren auf Augenhöhe weitere lampenerhellte Glaskästen in die Wände eingelassen worden.

Hinter der Theke stand ein mittelgroßer Mann, grauhaarig und schmal. Er trug Jeans und ein weißes Stehkragenhemd mit aufgerollten Ärmeln. Als er hinter ihr Göran entdeckte, leuchteten seine Augen auf.

»Nämen Göran, hejsan, hur är läget? Har du äntligen skaffat dig en flickvän?«

Göran lachte, machte eine abwehrende Handbewegung und wechselte schnell ein paar Worte auf Schwedisch mit dem Mann. Dieser hörte ihm aufmerksam zu und wandte sich dann an Elisabeth.

»Göran sagt, Sie sind eine Bekannte von ihm, aus Deutschland, und machen hier Urlaub«, sagte er in gut verständlichem Englisch. »Willkommen, ich bin Isku Ranttila.«

»Angenehm – Elisabeth Gebhard«, erwiderte sie. »Ich habe gerade den Schmuck in Ihrem Schaufenster bewundert und würde mich gerne etwas umsehen.«

»Nur zu!« Er wies auf die Vitrinen. »Und wenn Sie Fragen haben, stehe ich Ihnen zur Verfügung.«

Sie nickte und fing an, den Inhalt der Glaskästen in Augenschein zu nehmen. Ringe, Ohrschmuck und Anhänger aus Silber, dazu ein paar Lederarmbänder mit Kordeln aus geflochtenem silbernem Zinndraht, so wie Göran eines trug. Alles gleichzeitig üppig, schlicht und wunderbar anzuschauen. Ihr Blick blieb an einem breiten Silberring hängen, eindeutig handgeschmiedet, glatt poliert und mit einer kleinen Öse am oberen Rand, von dem ein rundes, filigranes Element baumelte. Ein Kreis, der eine Blume umschloss … oder war es ein Bild der Sonne? Das Schildchen darunter nannte keinen Preis, stattdessen stand dort ein Wort, das sie nicht kannte: *Muohta.*

Sie wandte den Kopf. »Entschuldigen Sie?«

Isku Ranttila kam zu ihr, und sie deutete auf das Schild. »Was bedeutet das – *Muohta?*«

»Das ist ein Sámi-Wort für Schnee«, sagte er. »Gefällt Ihnen der Ring?«

»Sehr.«

Er betrachtete das schlichte, schöne Schmuckstück mit dem Stolz eines Handwerkers; sie musste nicht fragen, ob er ihn selbst geschmiedet hatte, sie konnte es sehen. Erinnerungen stürmten auf sie ein, Bilder einer Werkstatt voller kleiner Werkzeuge, mit matten Ringrohlingen in einer Schachtel, dem allgegenwärtigen Geruch nach heißem Metall und dem hohen Sirren der Schleifscheibe. *Die Goldschmiedewerkstatt ihres Großonkels Colin Grace in London.*

»Möchten Sie noch mehr sehen?«

Elisabeth zögerte, dann nahm sie ihren Mut zusammen. »Um ehrlich zu sein – ich würde schrecklich gerne einen Blick in Ihre Werkstatt werfen.«

»Meine Werkstatt?« Iskus Augenbrauen wanderten nach oben bis unter seinen grauen Haaransatz. »Darf ich fragen, warum? Sind Sie vom Fach?«

Elisabeth räusperte sich verlegen.

»Mein Großonkel Colin in London … er war Goldschmied«, erklärte sie. »Als Kind hab ich ihn oft besucht. Wenn meine Mutter in Oxford war, hab ich meistens bei ihm und seiner Frau übernachtet, und dann durfte ich ihm beim Arbeiten über die Schulter schauen. Er hat mir gezeigt, wie man mit den Werkzeugen umgeht. Ich hab natürlich keine richtige Ausbildung, aber er meinte, ich wäre ziemlich begabt. Als ich fünfzehn war, hab ich mit einem Ring angefangen … aber dann mussten wir zu früh zurück nach Deutschland. Er ist leider nie fertig geworden.«

Isku legte den Kopf schräg. »Und das möchten Sie jetzt gern nachholen?«

»Ich … weiß nicht«, entgegnete Elisabeth ein wenig unsicher. »Vielleicht ist es bloß ein Anfall von Nostalgie.«

Der Silberschmied lächelte; dann nickte er plötzlich, als hätte er einen Entschluss gefasst.

»Heute hab ich keine Zeit«, sagte er. »Aber wie wär's, wenn Sie morgen und übermorgen wiederkommen? Dann ist meine Tochter hier und kann sich um den Laden kümmern, und Sie dürfen alles unter die Lupe nehmen. Wenn Sie Lust haben, können Sie sich auch an einem Werkstück versuchen. Eigentlich geb ich zwar keine Kurse mehr, aber für eine Freundin von Göran würde ich schon mal eine Ausnahme machen.«

»Wirklich?« Elisabeth spürte, wie ihr Gesicht vor lauter Freude warm wurde. »Das würden Sie tun?«

»Das würde ich.« Isku lächelte. »Morgen um zehn?«

»Morgen um zehn.« Elisabeth schüttelte ihm die Hand. »Ich danke Ihnen!«

Sie ging beschwingten Schrittes aus dem Laden, Göran hinter sich. Während die Tür unter dem Klingeln der Glöckchen zufiel, blieb sie stehen und blinzelte in die helle Sonne.

»Erst fliege ich einfach so allein nach Schweden«, sagte sie. »Dann buche ich Hals über Kopf einen Flug nach Kiruna, und du stehst am Flughafen, als hättest du auf mich gewartet. Und jetzt darf ich plötzlich etwas tun, was ich schon als junges Mädchen tun wollte. Was hab ich gestern über verrückte Zufälle gesagt?«

Göran betrachtete sie nachdenklich.

»Vielleicht gibt es ja gar keine Zufälle«, antwortete er endlich. »Weißt du was? Jetzt lad ich dich zum Abendessen ein; ich weiß, wo es die beste Shiitakesuppe der Stadt gibt, aus Pilzen, die hier in der Erzgrube gezüchtet werden – das kriegst du nicht jeden Tag. Morgen und übermorgen gehst du zu Isku … dann würde ich sagen, am Tag danach nehm ich mir frei und zeige dir Jukkasjärvi. Und danach …« Er hielt inne und lächelte sie an. »Danach können wir bei mir zu Hause Kaffee trinken, wenn du willst, und du lernst Jukka kennen. Meinen Hund.«

»Einverstanden.«

Plötzlich fühlte sich Elisabeth unglaublich leicht und unbeschwert.

»Ich freu mich auf den Silberschmiedekurs, Göran«, sagte sie. »Und auf Jukkasjärvi, auf dein Haus und auf deinen Hund. Ich kann es kaum erwarten.«

Kunst und Natur

An diesem Abend versuchte Elisabeth gar nicht erst, zur gewohnten Zeit schlafen zu gehen. Als sie sich irgendwann in den frühen Morgenstunden endlich ins Bett legte, tat sie ihr Bestes, sich daran zu erinnern, was Onkel Colin ihr beigebracht hatte … und sie verspürte eine plötzliche Panik, als ihr klar wurde, wie weit seine praktischen Lektionen zurücklagen und wie viel sie inzwischen nicht mehr wusste. *Hoffentlich hatte sie den Mund nicht zu voll genommen, sonst würde sie sich unter den scharfen Augen des Silberschmiedes unsterblich blamieren.* Noch während sie darüber nachgrübelte, was alles schiefgehen konnte, fielen ihr die Augen zu.

Zum Glück war sie klug genug gewesen, den Weckdienst zu beauftragen. Um acht Uhr morgens wurde sie angerufen und von einer freundlichen Männerstimme daran erinnert, dass sie aufstehen wollte. Sie schlüpfte in die Twillhose und die unempfindliche dunkle Baumwollbluse mit halblangen Ärmeln, die sie sich in Stockholm zugelegt hatte, und flocht das Haar zu einem festen Zopf. Obwohl sie ziemlich müde war, trank sie lieber nichts von dem guten, starken *Fairtrade*-Kaffee, der zum Frühstück serviert wurde. Sie war schon nervös genug, und sie würde in Iskus Werkstatt ruhige Hände brauchen.

Eine Viertelstunde vor dem Termin machte sie sich auf den Weg. Es war nicht mehr als ein Spaziergang und fast zu kurz für Elisabeths Geschmack; schon vor zehn Uhr klingelten die Glöckchen, als sie die Tür zur *Ripan Galleri* aufstieß.

Hinter dem Tresen stand eine junge Frau, so blond wie hübsch. Sie trug einen azurblauen Rock und ein passendes Oberteil im Sámi-Stil, das mit den typischen bunten Borten dekoriert war.

»Bist du Elisabeth?«, fragte sie. »Hej, ich bin Iina Ranttila. Du kannst gern nach hinten durchgehen. Mein Vater wartet schon auf dich.«

Elisabeth nickte und wurde in ein kleines Büro hinter dem Laden dirigiert. Zwischen unzähligen deckenhohen Regalen voller

Aktenordnern entdeckte sie eine weitere Tür. Als sie die öffnete, sah sie die Werkstatt vor sich.

Licht flutete durch eine breite Fensterfront herein, und mitten im Raum thronte ein großes Goldschmiede-Werkbrett. Vor der Aussparung mit dem Feilnagel und dem Lederbeutel für die wertvollen Metallreste, die während der Bearbeitung der Werkstücke hinunterfielen, stand ein niedriger, dreibeiniger Hocker mit Rollen. Bei diesem Anblick fühlte sich Elisabeth unmittelbar in die Vergangenheit zurückversetzt. Der Hocker von Onkel Colin vor seinem Werkbrett in London hatte genauso ausgesehen, und als kleines Mädchen war es ihr liebster Zeitvertreib gewesen, sich darauf so schnell und so lange zu drehen, bis ihr schwindelig wurde.

»*God morgon*, Elisabeth!«, sagte Isku, als er sie erblickte. »Möchtest du Kaffee?«

»Lieber nicht«, erwiderte Elisabeth. »Danke, Herr Ranttila, aber ich bin sowieso schon ein bisschen nervös, und von zu viel Koffein zittern mir die Finger.«

»Du bist einfach noch nicht lange genug in Schweden«, sagte Isku Ranttila, goss sich aus einer großen Thermoskanne einen Becher voll und löffelte großzügig Zucker hinterher. »Verbring mal ein paar Jahre hier, dann trinkst du Kaffee zu jeder Tages- und Nachtzeit. Übrigens nennt man sich hier in Schweden beim Vornamen, und alle duzen einander. Also vergiss den Herrn Ranttila; ich bin Isku. Hast du dich schon entschieden, was du machen möchtest?«

»Einen Ring.«

Elisabeth holte ein zusammengefaltetes Papier aus der Tasche. Sie hatte den Entwurf irgendwann gegen zwei Uhr morgens gezeichnet, in dem klaren, nordischen Licht, das die Sommernacht von Kiruna erhellte.

Isku betrachtete die breite Ringschiene mit dem schraffierten Muster, die runde Zarge und den skizzierten Stein. »Möchtest du die Schiene gravieren?«

»Nein, bloß hämmern und anschließend polieren«, erwiderte Elisabeth. »Ich kann nicht genug für eine Gravur. Die Zarge soll schmal sein und ganz glatt, aber sie muss nicht so rund bleiben wie auf dem Entwurf. Die Form hängt von dem Stein ab.«

»Was für einen Stein hattest du dir denn vorgestellt?«

»Ich hab keine Ahnung.«

»Facetten oder Cabochon?«

»Wenn ich das wüsste!« Elisabeth zuckte ein wenig hilflos die Achseln.

Isku Ranttila zeigte keinerlei Ungeduld.

»Das kenne ich«, sagte er gelassen. »Manchmal weiß ich erst, was ich machen will, wenn ich das Material vor mir sehe. Moment.«

Er zog eine Schublade unter dem Feilnagel auf, stellte eine schlichte Holzkiste auf das Werkbrett und hob den Deckel. Elisabeth hielt unwillkürlich den Atem an. Die Kiste war in kleine, mit Samt ausgeschlagene Fächer aufgeteilt. In jedem Fach lag ein Edelstein – manche facettiert, manche rund und glatt wie Flusskiesel, bunt und vielfältig wie ein kostbarer Regenbogen.

»Keine Sorge.« Der Juwelier deutete ihren Blick richtig und lächelte. »Da drin sind hauptsächlich Halbedelsteine, Achate und Turmaline. Denk jetzt nicht an den Preis. Schau sie dir an. Nimm sie in die Hand. Irgendwann hast du den Stein, der in deinen Ring gehört.« Er trat zur Seite und machte eine einladende Geste zu dem Hocker. »Setz dich.«

Sie tat, wie ihr geheißen, und griff behutsam in die kleine Holzkiste. Ein Blautopas, glatt poliert, klar und durchsichtig wie ein Wassertropfen. *Nein.* Ein Amethyst, facettiert und rund, der purpurne Funken sprühte. *Wunderschön ... aber nein.* Ein Malachit, glatt und seidig auf ihrer Handfläche, durchzogen von dunklen Wellenlinien. *Fast.*

Ein tiefgrüner, etwa acht Millimeter langer Tropfen, der von innen heraus golden leuchtete. Er erinnerte Elisabeth an Sonnenschein, der von den glatt gewaschenen Kieseln auf dem Grund eines tiefen Teiches reflektiert wurde, intensiv, warm und kraftvoll.

»Diesen hier«, sagte sie leise und entschieden.

Isku nickte anerkennend. »Sehr gut. Das ist ein Turmalin, noch dazu ein richtig schöner. Und wenn du die Ringschiene hämmern möchtest, ist ein glatter Cabochon ohne Facetten genau die richtige Wahl.«

Sie reichte ihm den Stein; er legte ihn beiseite und stellte die Holzkiste zurück. Dann öffnete er eine weitere Schublade, holte einen weichen Stoffbeutel heraus und schüttete einige matte Silberstücke in seine Handfläche. Er ließ sie auf den kleinen Amboss gleiten und hielt ihr einen schmalen Hammer hin.

»Schmieden mit der Finne …«, begann er.

» … und glätten mit der Bahn«, erwiderte Elisabeth wie aus der Pistole geschossen. Sie schnappte nach Luft. Offenbar erinnerte sie sich doch noch an mehr, als sie gedacht hatte.

»Ich bin sehr gespannt auf deinen Ring.« Isku Ranttila schaltete die starke Arbeitsleuchte über dem Werkbrett ein.

Elisabeth setzte die keilförmig zulaufende Finne des Hammerkopfes auf eines der Silberstücke, holte aus und schlug zu. Eine glänzende Kerbe erschien auf der matten Oberfläche.

»Ich auch«, sagte sie.

***

Spät an diesem Abend schrieb Elisabeth Vivien eine lange E-Mail, in der sie von Stockholm erzählte. Danach versuchte sie, Markus zu erreichen. Aber sein Handy war offenbar abgeschaltet. Keine Chance, ihm endlich zu sagen, dass sie nicht etwa eine Fahrt auf dem Göta-Kanal machte, sondern in Kiruna mit Göran Åsasson Taxi fuhr und Kirchen besichtigte, und dass sie seit Neuestem bei einem Silberschmied am Werkbrett saß.

Vielleicht muss ich ihm ja erst einmal gar nichts davon erzählen, dachte sie plötzlich. *Jedenfalls nicht gleich. Wenn ich wieder zu Hause bin und er sieht, dass ich hervorragend allein zurechtgekommen bin … dann erzähle ich ihm von meinem spontanen Flug nach Norden und von Göran. Dann hab ich auch den Mut dazu, denn dann ist es ein für alle Mal vorbei mit dem Märchen, dass ich ohne ihn untergehe.*

Um halb eins holte sie sich einen frisch gebrühten Kaffee aus dem Shop, der im Hotel Tag und Nacht hausgemachte Snacks für die Gäste bereithielt, setzte sich an das Fenster ihres Zimmers und trank ihn Schluck für Schluck. Danach fühlte sie sich zu ihrer Überraschung angenehm bettschwer. Sie legte sich hin und dämmerte fast sofort ein.

Der Weckdienst riss sie am nächsten Morgen aus dem Tiefschlaf. Elisabeth war wunderbar ausgeruht; ihr war zumute, als könnte sie Bäume ausreißen. Sie nahm eine warme Dusche, gönnte sich ein ausgiebiges Frühstück (diesmal mit Kaffee) und kehrte wieder in die Werkstatt zurück, wo Isku und der bereits fertig auf ihre Größe geschmiedete Rohling auf sie warteten.

Elisabeth hatte der Oberfläche des Ringes ein Muster verliehen, das an die eingegrabenen Wellenspuren auf einem Strand bei Ebbe erinnerte. Jetzt brachte sie mit einer weichen Schleifscheibe die erhabenen Partien zum Glänzen, während die Vertiefungen matt blieben. Als Nächstes musste sie die Zargenfassung genau dem Edelsteintropfen anpassen und auf den Kopf der Ringschiene löten. Isku ließ ihr – abgesehen von einigen Hilfestellungen ganz zu Anfang – fast vollkommen freie Hand, half ihr aber geduldig, wenn sie ihn darum bat.

Mittags brachte Iina Ranttila einen Imbiss aus gewürztem Knäckebrot, salziger Butter und einem weichen, milden Käse. Während Elisabeth aß, setzte Isku den Turmalin ein und bog die Zarge behutsam so nach innen, dass sie den Stein sicher in seiner schlichten Fassung festhielt. Der Ring wurde mit einer Punze versehen, nochmals gereinigt und poliert. Dann steckte Elisabeth ihn sich das erste Mal an den Finger.

Er war vielleicht nicht perfekt – aber er kam dem Bild, das sie sich im Geiste davon gemacht hatte, während sie den Entwurf zeichnete, erstaunlich nahe.

»Gut«, sagte Isku. »Du hast Talent, Elisabeth, wirklich. Die Ringschiene sieht aus wie ein See, den eine Brise kräuselt. Und der glatte Stein ist der perfekte Gegensatz dazu – auf dem kommen Blick und Design gleichermaßen zur Ruhe. Bemerkenswert, und wirklich sauber gearbeitet. Man sollte nicht glauben, dass es einundzwanzig Jahre her ist, seit du das letzte Mal an einem Werkbrett gesessen hast.«

»Ja, aber da war ich erst fünfzehn«, gab Elisabeth zu bedenken, »und ich muss noch viel lernen. Das hab ich heute gemerkt.«

»Natürlich musst du das.« Isku nickte. »Ich lerne auch noch jeden Tag dazu. Dir fehlen viele handwerkliche Grundlagen, aber das lässt sich nachholen. Du könntest aus deiner Begabung einen Beruf machen. Vielleicht wirst du nicht reich damit, aber eine Arbeit, die einem Freude macht, ist unbezahlbar.«

Er hatte recht. Sie hatte sich in den letzten vier Monaten niemals so ausgefüllt und zufrieden gefühlt wie in diesen letzten zwei Tagen hier in seiner Werkstatt.

Sie sah ihn an. »Was bin ich dir eigentlich schuldig? Für den Stein und das Material?«

Isku dachte nach.

»Ich hab eine Idee«, sagte er endlich. »Du überlässt mir die Skizze, und ich mache – wenn ich Zeit habe – ein paar Kopien von dem Ring. Sollten die sich verkaufen, dann bekommst du … sagen wir … fünfzig Prozent vom Profit. Auf diese Weise haben wir beide was davon. Und in diesem Fall sind das Silber und der Stein für das Original natürlich kostenlos. Was denkst du? Deal?«

Sie schaute wieder auf die schimmernde Ringschiene hinunter, auf den Tropfen, der ihr tiefgrün entgegenleuchtete … und musste lächeln.

»Deal.«

***

Das schöne, warme Sommerwetter hielt auch am darauffolgenden Tag an. Wie verabredet holte Göran Elisabeth am Vormittag vor dem *Scandic Ferrum* ab; diesmal kam er allerdings nicht mit dem Taxi, sondern mit einem graublauen Kastenwagen älteren Baujahrs, der eindeutig schon eine Menge mitgemacht hatte.

»Ja, ich weiß, er ist keine Schönheit«, meinte Göran gelassen, als er sah, wie Elisabeth den Wagen musterte. »Und schon fast ein Oldtimer. Aber noch läuft er, und er hat viel Platz für Jukka. Das ist das Wichtigste. Wie war's bei Isku?«

»Wunderbar«, erwiderte Elisabeth. »Aber das erzähl ich dir später in aller Ruhe bei dir zu Hause.«

Sie stiegen ein, und Göran lenkte den Wagen mit geübter Hand aus der Stadt hinaus. Fasziniert betrachtete Elisabeth die weite Landschaft aus sanft geschwungenen Bergrücken und herrlich grünen Wäldern, die rechts und links an ihr vorüberzog. Kurz vor einer Brücke, die über einen breiten Fluss führte, drosselte Göran das Tempo.

»Das ist Laxforsen«, sagte er , und wies nach rechts auf ein Waldstück. Zwischen den Bäumen leuchtete das Rot einer Handvoll kleiner Häuser. »Wenn wir nachher bei mir Kaffee trinken, bekommen wir dazu frisch gebackene Zimtschnecken von meiner Nachbarin Margareta; sie hat mir versprochen, ein paar vorbeizubringen.« Er gab wieder Gas und grinste. »Natürlich ist sie vor allem neugierig auf *dich*. Aber ich hab ihr schon gesagt, dass du verheiratet bist und dass sie sich keine Hoffnung zu machen braucht, eine potenzielle *Fru Åsasson* kennenzulernen.«

»Weiß sie denn, dass mein Mann dein Halbbruder ist?«, fragte Elisabeth.

»Ja«, nickte Göran. »Margareta und ihr Mann Stig wissen Bescheid, ebenso mein Freund Yngve und seine Familie. Aber ansonsten hab ich die Sache mit Vaters Tod und dem Testament nicht an die große Glocke gehängt. Isku zum Beispiel weiß nichts davon.«

»Ach, deshalb hast du mich ihm als eine Bekannte vorgestellt, ja?«

»Ganz genau.« Erneut verzog sein Gesicht sich zu einem Grinsen, das diesmal reichlich ironisch ausfiel. »Und der Arme hatte schon geglaubt, ich hätte mir endlich eine Freundin angelacht. Darauf wartet er schon seit meiner Pubertät.«

»Hattest du denn nie eine Freundin?«

Die Frage war Elisabeth unwillkürlich herausgerutscht, und ihre Wangen brannten vor Verlegenheit. *Was zum Teufel ging sie das an?*

Aber Göran schien die Frage nicht zu stören.

»Nein«, antwortete er. »Ich hab mit Anfang zwanzig zwar mal ein Auge auf Signe geworfen, aber Yngve war damals schneller als ich. Und danach ist mir nie wieder eine Frau begegnet, mit der ich mir ein Zusammenleben hätte vorstellen können. Aber ich komme auch allein ganz gut zurecht.«

Vor ihnen tauchte ein Schild mit der Aufschrift *Välkommen till Jukkasjärvi* auf, und nur wenig später hielt Göran vor einer kleinen Kirche an, die offensichtlich den Abschluss des Ortes bildete; jedenfalls ging die Straße an dieser Stelle nicht mehr weiter.

»Ja, größer ist Jukkasjärvi nicht«, kam es wie zur Bestätigung von Göran. »Die Kirche hier ist Lapplands älteste Holzkirche; du musst dir unbedingt die Orgel ansehen, sie ist ein ganz besonderes Kunstwerk. Rechts hinter uns liegt der *Hembygdsgård*, ein kleines Freilichtmuseum mit alten Gebäuden. Und da links, wo *Sámi Siida* über dem Eingang steht – das ist ein Besucherzentrum, wo es zahme Rentiere gibt und Informationen über die Geschichte und den Lebensstil der Sámi. Wobei ich dir auch einiges erzählen kann; schließlich habe ich von klein auf einen Großteil meines Lebens bei Sámi verbracht. Und wenn du noch ein paar Tage bleibst, dann könnten wir Mattis besuchen – dann erfährst du alles sozusagen aus erster Hand.«

Elisabeth fahndete kurz in ihrem Gedächtnis. *Mattis … ja, am Ebnisee hatte Göran ihr von ihm erzählt. Rentierzüchter, Vater seines Freundes Yngve.*

»Wenn das möglich ist …«

»Natürlich ist es das«, sagte Göran bestimmt. »Mattis freut sich immer, wenn er anderen Menschen die Kultur seines Volkes näherbringen kann. So wie er *mir* alles über die Traditionen seiner Ahnen beigebracht hat.«

Sie machten einen Rundgang durch das Freilichtmuseum und gingen danach zu der Kirche hinüber. Durch zwei Tore in dem frei stehenden Turm gelangten sie in einen Garten. Das Gebäude vor ihnen wirkte von außen wie ein ganz normales rotes Holzhaus; innen erwartete sie jedoch ein heller, holzverkleideter Kirchenraum.

»Wie gesagt: Hier musst du dir vor allem die Orgel ansehen«, meinte Göran und drehte sich um. »Schau!«

Er wies nach oben, und Elisabeth folgte seinem Blick.

»Aber – das ist ja eine Schamanentrommel!«, entfuhr es ihr verblüfft.

In der Mitte der Orgelpfeifen, die in der Form gezackter Berggipfel vor einem stilisierten Himmel angeordnet waren, prangte eine große ovale Holzscheibe mit der plastischen Darstellung einer hellen Sonne. Rahmen aus wunderbar verziertem hellem Holz umschlossen die einzelnen Sektionen des Instruments.

»Ja«, nickte Göran. »Würde man nicht erwarten in der Kirche einer Religion, die einst den alten Götterglauben der Sámi bekämpft und Schamanentrommeln als heidnisches Zauberzeug verbrannt hat. Diese Orgel ist für mich eine Verbeugung vor einem Volk, dem über Jahrhunderte hinweg und zum Teil heute noch bitteres Unrecht zugefügt wurde und wird. Der Künstler – Lars-Levi Sunna – hat dafür die natürlichsten Materialien verwendet, die wir hier haben: Birkenholz, Rentierhorn und Rentierleder. All die hellen Teile, die du da siehst, auch die Sonnenstrahlen, sind aus Rentiergeweih, in das samische Muster eingraviert worden sind. Eine komplizierte Arbeit; ich weiß das, weil ich selbst hin und wieder mit diesem Material arbeite. Mattis hat es mir beigebracht.«

Überrascht sah Elisabeth ihn an. Dass Göran sich mit samischem Kunsthandwerk befasste, hatte er bislang mit keinem Wort erwähnt.

»In die Mitte der Sonne hat Sunna aber kein samisches Symbol eingefügt, sondern ein christliches Kreuz«, fuhr Göran fort, den Blick unverwandt auf die Orgel gerichtet. »Siehst du es? Eine schöne Geste der Aussöhnung zwischen samischem Volksglauben und Christentum, wenn man mich fragt.«

Wortlos betrachteten beide die gelungene Harmonie aus Natur und Kunst. Dann verließen sie – immer noch schweigend – die kleine Kirche.

Wunderbare Welt

Eine halbe Stunde später überquerten sie den Torne älv und bogen nach links in das Waldstück ein, in dem Görans »Hütte« lag. Als er den Kastenwagen in einem Unterstand neben dem kleinen roten Holzhaus parkte, war von draußen bereits lautes, anhaltendes Hundegebell zu hören.

»Jukka«, meinte Göran und sah Elisabeth mit seinem schrägen Lächeln an. »Der merkt genau, dass ich diesmal nicht allein komme.«

Er stieg aus, und Elisabeth folgte ihm um das Haus herum zu einem geräumigen Hundezwinger, in dem der Husky, den sie von Viviens Foto her bereits kannte, aufgeregt und schwanzwedelnd auf den Hinterbeinen stand und an dem verschlossenen Gatter kratzte.

»Ist ja schon gut, alter Junge.« Göran schob den Riegel beiseite. »Ich hab uns Besuch mitgebracht – das ist Elisabeth.«

Er öffnete das Gatter und hinderte den Husky sanft, aber bestimmt daran, sich sofort begeistert auf Elisabeth zu stürzen.

»Ganz ruhig, Jukka«, sagte er und kraulte ihn zwischen den Ohren. »Die Dame muss dich erst mal genauso beschnuppern wie du sie.«

»Lass ihn ruhig los«, sagte Elisabeth, die den schönen Hund mit den strahlend blauen Augen entzückt betrachtete. »Er ist doch bloß neugierig.«

Göran zog die Hand zurück, und gleich darauf stupste eine kühle Nase erst gegen ihren Arm, dann gegen ihre Brust. Als der Husky sich schließlich auf die Hinterbeine stellte, beide Pfoten auf ihre Brust legte und ihr einmal kräftig über das Kinn leckte, fing sie an zu lachen.

»Bist du ein wunderbarer Kerl!«, sagte sie und kraulte den Hals mit dem dichten, weichen Pelz. »So ein Schatz! Und ich freu mich auch, dich kennenzulernen!«

»Jukka, *sitt!*«, sagte Göran leise, und der Husky wich gehorsam zurück und setzte sich ins Gras. Es war ihm aber deutlich anzusehen, dass er es kaum erwarten konnte, sich noch mehr Streicheleinheiten abzuholen.

»Ich glaube, du hast eine Eroberung gemacht«, stellte Göran fest.

»Ach was!« Elisabeth lachte. »Dein Hund hat *mich* erobert. Jukka ist ein ganz, ganz Lieber. Wollen wir hineingehen?«

»Natürlich. Komm, Jukka!«

Göran bildete die Vorhut, Elisabeth folgte ihm mit dem Husky, der ihr nicht von der Seite wich und sie immer wieder anstupste, als wollte er dafür sorgen, dass seine neue Freundin ihn nicht vergaß. Als Göran die Haustür öffnete, bemerkte er es und lächelte in sich hinein.

»Also dann – herzlich willkommen!«

Sie betraten einen kleinen Flur mit Garderobenhaken und einem Schuhregal. Jukka schlüpfte sofort durch die geöffnete Tür links, die in die Küche führte, und ließ sich neben dem Küchentisch nieder.

»Alter Gauner – er weiß genau, dass die Chancen auf eine außerplanmäßige Leckerei gut stehen, wenn ich Besuch habe«, schmunzelte Göran. »Hier geradeaus durch geht es zu Bad und Toilette – und durch die Tür rechts kommst du ins Wohnzimmer. Dahinter liegt dann das Schlafzimmer. Schau dich ruhig um, ich setz schon mal Kaffee auf. Fühl dich wie zu Hause.«

Er ging in die Küche, und Elisabeth hörte Geschirrklappern. Sie zögerte einen Moment, dann öffnete sie entschlossen die Wohnzimmertür.

Der Raum war erstaunlich klein. An einer Wand stand ein Sofa mit mehreren bunten Kissen, davor ein kleiner Tisch mit einer Kristallschale voller Geleehimbeeren. Auf der anderen Seite sah sie mehrere Bücherregale. Dazu gab es einen bequemen Sessel und eine Kommode mit einem Fernseher. Die Möbel wirkten ziemlich alt und mitgenommen. Nur die zahlreichen Topfpflanzen, die sich auf der Fensterbank aneinanderreihten, und die bunten Flickenteppiche auf dem Dielenboden sorgten für Behaglichkeit.

Auch das Schlafzimmer war eher spartanisch eingerichtet: ein Bett, ein Nachttisch, eine Truhe, ein Kleiderschrank. Unwillkürlich dachte Elisabeth an die große Gebhard-Villa in Schwäbisch Gmünd. *Wahrscheinlich hatte sich Göran darin genau wie der Fremdkörper gefühlt, den seine Verwandten in ihm sahen.*

Sie wollte den Raum bereits wieder verlassen, als ihr Blick das Buch streifte, das auf dem Nachttisch lag. *Emil i Lönneberga.*

Sie nahm es in die Hand und schlug es auf.

Hans far älskar honom också.

»Das war eine wunderbare Idee von euch«, hörte sie hinter sich eine tiefe, sanfte Stimme. »Ein schöneres Geschenk hättet ihr mir nicht machen können.«

Sie fuhr herum. Im Türrahmen stand Göran und sah sie lächelnd an. Elisabeth lächelte zurück.

»Vivien … als sie dir damals in der Villa den Tee gebracht hat, ist ihr aufgefallen, dass du das Buch die ganze Zeit in der Hand gehalten hast. Später wollte sie nachschauen, was daran so besonders war, und hat die Widmung entdeckt. Es war ihre Idee, es dir zu schicken. Ich hab bloß das Holzkästchen dazugepackt.«

»Das mir genauso viel bedeutet«, erwiderte er. »Und deine Tochter ist großartig. Wir schicken uns oft gegenseitig kleine Nachrichten, und im Moment versorgt sie mich ausgiebig mit Neuseeland-Bildern.«

Er nahm ihr das Buch aus der Hand und strich flüchtig über das Cover.

»Der Kaffee ist gleich so weit. Und ich glaube, Jukka hat Sehnsucht nach dir.«

Elisabeth folgte ihm in die Küche. Der Husky hob bei ihrem Anblick erfreut den Kopf und gab ein leises, aufforderndes Winseln von sich.

»Setz dich«, sagte Göran und wies auf den Küchentisch, auf dem bereits zwei Keramikbecher standen. »Nimmst du Milch oder Zucker?«

»Beides.«

Sie ließ sich auf einer Truhenbank mit schön geschnitzter

Rückenlehne nieder und strich Jukka sanft über den Kopf; der rückte prompt noch ein bisschen näher und schmiegte sich zufrieden an ihr Bein. Die Küche war sehr viel größer und heller als der Rest des Hauses; die Möbel waren aus hellgrau lasiertem Holz, und der große Tisch lud dazu ein, gemütlich mit Gästen zusammenzusitzen. Auch hier standen viele Topfpflanzen auf den Fensterbänken, und quer durch den Raum erstreckte sich ein gewebter, etwa drei Meter langer Läufer in verschiedenen Blautönen.

Göran stellte eine Kupferdose mit Würfelzucker auf den Tisch, holte eine Packung Milch aus dem Kühlschrank und goss dann etwas kaltes Wasser in den Kaffeekessel, der auf dem Herd stand.

»Damit sich das Kaffeepulver schneller am Boden absetzt«, erklärte er. »Ich koch meinen Kaffee noch ganz altmodisch auf dem Herd. Aber ich hoffe, er schmeckt dir.« Er sah zum Fenster hinaus. »Und da kommt auch schon unser Kaffeebrot.«

Gleich darauf hörte Elisabeth, wie die Haustür geöffnet wurde. *Offenbar war es hier nicht üblich, zu klopfen oder zu klingeln … zumindest nicht bei Leuten, die man kannte.*

Eine weibliche Stimme rief »*Hej, hej!*«, und dann stand eine alte Frau in der Küchentür und lachte Elisabeth fröhlich an.

»So, du bist also Elisabeth?« sagte sie. »Willkommen! Ich bin Margareta, Görans Nachbarin. Ich hab euch ein paar *Kanelbullar* gebracht.«

Sie stellte eine Schüssel, die mit einem karierten Tuch zugedeckt war, auf den Tisch.

»Bitte schön«, sagte sie. »Lasst sie euch schmecken. Und komm uns gerne mal besuchen, Stig und mich, solange du hier bist.«

»Ich weiß noch nicht genau, wann ich wieder zurückfliege, aber ich schau ganz bestimmt vorbei«, versprach Elisabeth. »Vielen Dank!«

»Du bist jederzeit willkommen.« Margareta nickte ihr zu, wechselte noch ein paar Worte auf Schwedisch mit Göran und verabschiedete sich dann. »Bis bald!«

Damit verließ sie das Haus, und Göran begann, den Kaffee einzuschenken.

»Du weißt noch nicht, wann du wieder zurückfliegst?«, meinte er beiläufig und setzte sich auf einen Stuhl ihr gegenüber. »Wirst du zu Hause denn nicht erwartet?«

»Eigentlich schon.« Elisabeth ließ zwei Zuckerwürfel in ihren Kaffee gleiten und goss Milch hinterher. Der erste Schluck rann ihr süß und stark die Kehle hinunter und schmeckte hervorragend. »Oder auch nicht. Nicht wirklich.«

Göran musterte sie prüfend, sagte jedoch nichts. Offenbar überließ er es ihr, wie viel Information sie für richtig hielt.

»Vivien kommt erst in gut sechs Wochen aus Neuseeland zurück. Und Markus' Terminkalender ist voll bis obenhin«, sagte sie langsam. »Er wird mich erst wieder vermissen, wenn er mehr Zeit hat. Und ich fürchte, das dauert wahrscheinlich auch noch Wochen.«

»Bist du sicher, dass du das nicht zu pessimistisch siehst?« Göran stellte seinen Kaffeebecher ab. »Ich meine, ich kann verstehen, dass du ihm die geplatzte Kenia-Reise übel nimmst, aber das heißt doch nicht, dass dein Mann dich nicht braucht. Auch wenn eure tüchtige Haushälterin sicher dafür sorgt, dass er nicht verhungert – aber du bist seine Frau. Und die kann niemand ersetzen.«

»Ich weiß.« Elisabeth nippte wieder an ihrem Kaffee. »Lieb, dass du das sagst. Aber … manchmal sind die Dinge nicht so einfach. Können wir bitte das Thema wechseln?«

»Selbstverständlich. Tut mir leid, dass ich damit angefangen habe.«

»Schon gut.« Elisabeth spürte, wie sich Jukkas Nase zärtlich gegen ihre Hand drückte … als hätte der Hund ihren Gefühlsaufruhr gespürt und versuchte, sie zu trösten. »Sag mal, was ich dich immer schon mal fragen wollte: Wieso heißt du eigentlich Åsasson – und nicht Lund, so wie deine Mutter?«

»Ich hab meinen Nachnamen vor einigen Jahren geändert«, antwortete Göran. »Das ist hier in Schweden ohne größere Komplikationen möglich. Und ich hab als Kind unter meinem Namen gelitten – weil ›Göran Lund‹ so ähnlich klingt wie ›Gröna Lund‹, und das ist ein großer Vergnügungspark in Stockholm. Die Kinder haben mich ständig damit aufgezogen. Und als vor ein paar Jahren sogar ein offizielles Schreiben von einer Versicherung bei mir eintraf, das an ›Gröna Lund‹ adressiert war, hatte ich die Nase endgültig voll. Seitdem heiße ich offiziell Åsasson. Also ›Sohn der Åsa‹.« Er lächelte. »Ein Tribut an meine Mutter.«

»Die ihn bestimmt verdient hatte«, sagte Elisabeth. »Und ich spreche ihn richtig aus, ja? Das A mit dem Ringelchen wie das O in ›Ofen‹? Allmählich lerne ich es … so wie ich inzwischen auch gemerkt habe, dass man deinen Vornamen ›Jöran‹ ausspricht.«

»Und du hast es dir bereits perfekt angewöhnt«, lächelte Göran.

Elisabeth lächelte zurück; dann erinnerte sie sich plötzlich an das Gespräch mit Tore Glenmark.

»Übrigens – in Stockholm hab ich zufällig einen reizenden alten Herrn getroffen. Aus der Firma, in der deine Mutter damals gearbeitet hat. Und er war dabei, als sie und Traugott sich kennengelernt haben.«

»Tatsächlich?« Göran richtete sich kerzengerade auf. »Hat er dir davon erzählt?«

»Ja. Sie ist damals bei den Verhandlungen mit Traugotts Firma für eine kranke Kollegin eingesprungen. Und als sie sich gegenüberstanden, muss es sofort gefunkt haben.«

»Sofort?«, fragte Göran interessiert. »Also so richtig Liebe auf den ersten Blick?«

»So richtig.« Elisabeth nickte. »Und sie ist zumindest in der ersten Zeit offenbar sehr glücklich mit Traugott gewesen.«

»Aber dann ging die Beziehung irgendwie in die Brüche«, meinte Göran nachdenklich. »Wusste der Mann dazu auch etwas?«

»Nicht viel. Nur dass sie irgendwann sehr überstürzt gekündigt hat und nach Hause zurückgekehrt ist«, antwortete Elisabeth. »Wahrscheinlich weil sie gemerkt hatte, dass sie schwanger war.«

Göran blickte auf die Tischplatte, das Gesicht ernst und unbewegt.

»Und dann bin ich in Kiruna zur Welt gekommen und hier aufgewachsen«, sagte er leise. »Und hab meinen Vater nie kennengelernt.«

Elisabeth streckte instinktiv die Hand aus und legte sie über seine.

»Ich wünschte mir, es wäre anders gekommen«, erwiderte sie. »Nicht nur das mit deinem Vater, sondern auch alles andere.«

Göran hob den Kopf und sah sie an.

»Wenigstens kenne ich jetzt dich«, sagte er ruhig.

Elisabeth schluckte. Zum Glück erinnerte sie sich in dem Moment an die kleine Schachtel in ihrer Jackentasche. Sie holte sie heraus und öffnete sie.

»Du wolltest doch wissen, was ich in den letzten zwei Tagen in Iskus Werkstatt gemacht habe«, sagte sie. »Das hier.«

In dem Sonnenlicht, das auf den Tisch fiel, leuchtete der Turmalin in sanftem, grünem Feuer. Göran nahm den Ring aus dem Samtbett, drehte ihn hin und her und strich behutsam über das weiche Wellenmuster der Schiene. Elisabeth wartete mit angehaltenem Atem auf sein Urteil. Iskus professionelle Meinung war entscheidend gewesen, und sie wusste, dass sie gute Arbeit geleistet hatte. Aber aus irgendeinem Grund, den sie nicht wirklich verstand, war es Görans Meinung, die am schwersten wog.

»Das ist … ganz wunderbar«, sagte er endlich. »So ein schönes Schmuckstück hab ich noch nie gesehen.«

Wieder sah er sie an, und die ehrliche, staunende Anerkennung in seinem Blick war so wohltuend, dass Elisabeth die Kehle eng wurde.

»Ich möchte sehen, wie du ihn trägst.«

Er nahm ihre linke Hand, hob sie hoch und ließ den Ring zielsicher auf den Mittelfinger gleiten. Er hatte nicht einmal gefragt, wohin er gehörte … aber es kam Elisabeth vollkommen natürlich vor, dass er es wusste.

»Großartig gemacht«, sagte er. »Du darfst stolz auf dich sein.«

Elisabeth lächelte. »Das bin ich«, erwiderte sie.

Und sie begriff verwundert, dass es die Wahrheit war.

***

Die darauffolgenden Tage verdichteten sich später in Elisabeths Erinnerung zu einem einzigen, überwältigend schönen Panorama: weite, menschenleere Landschaften, sanft geschwungene Bergrücken, sonnenglitzernde Seen, endlose grüne Wälder, Tundragebiete, bewachsen mit unzähligen kleinen Birken. Leuchtende Farben, klare Luft, intensives Licht. Und über allem eine Stille, als hätte jemand die Zeit angehalten. *Oder als würden sich die Zeiger der Uhren hier zumindest langsamer drehen als anderswo.*

Göran hatte sich eine Woche lang frei genommen. Er unternahm mit ihr Ausflüge nach Nikkaluokta in der Nähe des Kebnekaise und nach Abisko, wo sich vor dem hellblauen Himmel das markante, wie ein breites U geformte Felsmassiv *Lapporten* erhob. Von dort aus fuhr er dann sogar noch ein Stück weiter über die nahe gelegene Grenze, so dass Elisabeth fasziniert die gewaltige, raue Bergwelt Norwegens bewundern konnte.

Wenn sie dann wieder zurück in Laxforsen waren, begleitete sie Göran gerne auf seinen Spaziergängen mit Jukka. Dabei nahm er jedes Mal einen kleinen Rucksack mit, in dem er eine Thermosflasche mit Kaffee, belegte Brote und ein paar Snacks für den Hund verstaut hatte. Und immer fand er zielsicher einen besonders schönen Platz auf einer Waldlichtung, auf einem Hügel mit Blick auf den Torne älv oder am Ufer eines kleinen Sees, wo sie sich niederlassen und eine Kaffeepause einlegen konnten. Die Ruhe, die sie dabei umgab, erschien Elisabeth fast so unwirklich wie das klare, taghelle Licht der langen Sommernächte. Die fremde Welt, in die sie so unvermutet geraten war, zog sie mehr und mehr in ihren Bann … und sie spürte, dass sie dabei war, etwas zu finden, wovon sie bisher nicht einmal gewusst hatte, dass sie danach suchte. Auch wenn sie noch nicht genau sagen konnte, was es war.

An diesem Tag hatte Göran für ihre Rast eine Stelle an einem Waldrand direkt am See ausgewählt. Kaum hatte Elisabeth sich auf einen der glatten Granitfelsen gesetzt, als Jukka sich auch schon neben ihr niederließ und erwartungsvoll zu ihr aufsah.

»Er wird dich ganz schön vermissen, wenn du wieder abreist«, bemerkte Göran, während er die Thermosflasche aufschraubte. »Er betrachtet dich scheinbar schon ganz und gar als seine *matte.*«

»*Matte?*«, fragte Elisabeth verständnislos.

»Sein Frauchen«, erklärte Göran lächelnd. »Ich bin sein *husse*, und du bist seine *matte*. Dummerweise kann ich ihm kaum so leicht wie meinen Mitmenschen klarmachen, dass du *nicht* meine zukünftige bessere Hälfte bist.«

Der Husky schmiegte sich an Elisabeths Knie, während sie ihn streichelte. Am Abend zuvor waren sie bei Margareta und Stig Nyström zum Essen eingeladen gewesen; die beiden hatten ihr zwei, drei freundliche Fragen zu ihrer Familie gestellt, ansonsten aber das Thema nicht weiter vertieft – vermutlich in erster Linie Göran zuliebe. Was Elisabeth sehr recht war; solange die Dinge zwischen ihr und ihrer eigenen »besseren Hälfte« noch immer nicht wieder wirklich im Reinen waren, war es ihr lieber, wenn sie mit anderen Menschen nicht über Markus reden musste.

An diesem Morgen hatte ihr Mann sie angerufen und ihr erzählt, dass ein Päckchen aus Neuseeland für sie angekommen war – *wahrscheinlich ein Geschenk zu deinem morgigen Geburtstag, Schatz.* In diesem Moment war ihr zum ersten Mal bewusst geworden, dass sie ihren Geburtstag diesmal nicht mit ihrer Familie verbringen würde, und ein paar Sekunden lang war sie versucht gewesen, den Koffer zu packen und Hals über Kopf nach Hause zu fliegen. Bis Markus ihr gelassen schilderte, wie viel Arbeit am nächsten Tag auf ihn wartete … *Insofern ist es ganz praktisch, dass wir diesmal nachfeiern müssen. Zumal dann auch Vivien wieder da ist, dann sind wir alle zusammen. Aber gönn dir morgen was Schönes da oben, Lisa, ja? Ich überweis dir heute noch einen Vorschuss auf dein Geburtstagsgeschenk.*

Damit war die Sache erledigt gewesen. Und Elisabeth hatte einmal mehr einen kleinen Stich verspürt, weil sie Markus nach wie vor verschwieg, wo sie sich gerade befand. *Auch morgen an ihrem Geburtstag – was hier allerdings niemand wusste.*

»Elisabeth?«

Sie erwachte jäh aus ihren Gedanken. Göran reichte ihr einen Becher Kaffee und sah sie prüfend an.

»Ist alles in Ordnung?«

»Ja, ja – danke.« Sie nahm den Becher entgegen. »Ich … ich hab nur ein bisschen nachgedacht.«

Er nickte sachte und verzichtete einmal mehr auf jede weitere Nachfrage. Stattdessen schenkte er sich ebenfalls Kaffee ein, trank einen Schluck und blickte wortlos auf den spiegelglatten See hinaus. Es war bereits später Nachmittag; über ihnen wölbte sich der leicht bewölkte Himmel in zarten Pastelltönen, und um sie herum duftete es nach Gras, Wasser und sonnengewärmtem Holz.

»Wunderschön!«, sagte sie leise.

Göran wandte sich ihr zu. Seine grünen Augen leuchteten.

»Ja, das ist es«, erwiderte er. »Ich lebe gerne hier. Ich liebe es, draußen in der Natur zu sein und die Stille zu hören. Und das Leben um mich herum zu spüren. Solange ich das habe, brauche ich nichts anderes.«

Elisabeth nickte. Die vergangenen Tage hatten sie gelehrt, dass Göran mit seinem einfachen Dasein tatsächlich voll und ganz zufrieden war. Er besaß nicht viel, aber dieses Wenige genügte ihm. Und auch wenn er als Taxifahrer sicher nicht allzu viel verdiente – zum Leben reichte es, und das war entscheidend. *Es ist allemal besser, als in einem Büro zu sitzen*, hatte er auf der Fahrt nach Nikkaluokta gesagt. *Oder als Bergmann in den Erzgruben zu arbeiten. Da bin ich lieber hier draußen in Freiheit. Das ist den einen oder anderen Abstrich wert.*

»Ich dachte, wir könnten morgen früh zum Blaubeerpflücken gehen«, sagte Göran mitten in ihre Erinnerungen hinein. »Die Wälder sind derzeit voll davon. Und danach sind wir bei Yngve und seiner Familie eingeladen. Wenn's dir recht ist.«

»Sehr.«

Jukka hatte mittlerweile offenbar genug vom Ausruhen. Er sprang auf, schüttelte sich und machte sich auf den Weg zu dem See. Gleich darauf stand er mit allen vieren im Wasser und trank ausgiebig; dann wandte er sich um und gab ein aufforderndes Bellen von sich.

»Entschuldige mich einen Moment; mein Typ wird verlangt«, schmunzelte Göran. Er erhob sich, krempelte die Beine seiner Jeans hoch, streifte sein Hemd ab und watete in den See hinein, wo Jukka ihn begeistert mit hochspritzenden Wasserfontänen empfing.

Elisabeth zauderte. Schon als Kind war sie zum Schwimmen grundsätzlich lieber in eine gut gepflegte Badeanstalt gefahren als zu einem Baggersee. Aber die Stelle hier war flach, und sie trug die bequemen, wasserfesten Outdoorsandalen, die sie sich auf Empfehlung von Göran in Kiruna gekauft hatte. Sie würde also nicht einmal barfuß auf glitschige Steine oder Wasserpflanzen treten müssen.

Entschlossen krempelte sie ebenfalls ihre Hosenbeine hoch, stand auf und machte vorsichtig ein paar Schritte in das Wasser hinein. Es war kälter, als sie gedacht hatte, und für einen Moment hielt sie zögernd inne. Aber da hatte Jukka sie schon entdeckt, kläffte entzückt und schoss wie eine Rakete auf sie zu. Instinktiv machte Elisabeth einen Schritt zur Seite und zugleich eine halbe Drehung, was Jukka offenbar als Aufforderung zum Tanzen auffasste. Ausgelassen fegte er durch das Wasser um sie herum; sie wich ihm immer wieder spielerisch aus und spritzte ihn lachend nass. Jukka prustete, nahm einen neuen Anlauf und trieb sie rückwärts auf eine kleine Landzunge zu.

»Vorsicht, Elisabeth!« Görans Stimme hatte eine jähe, erschrockene Schärfe. »Da drüben ist es …«

Mehr hörte sie nicht; im gleichen Moment trat sie ins Leere, verlor den Halt und versank in dem kalten Wasser. Zum Glück fand sie sofort wieder festen Boden unter den Füßen, stieß sich nach oben ab und tauchte auf. Sie schnappte nach Luft – und da war auch schon Göran bei ihr, griff nach ihrem Arm und zog sie zurück zu der flacheren Stelle, wo sie sicher stehen konnte.

»Ist alles in Ordnung? Hast du dich verletzt?«

Sie blickte zu ihm auf. Er hielt sie an den Schultern fest und sah sie an; in seinen Augen spiegelten sich Besorgnis und Schuldbewusstsein.

»Nein – alles gut, mir fehlt nichts.«

»Es tut mir so leid!«, sagte er. »Ich hab dich einfach zu spät vor der tiefen Stelle gewarnt.«

»Schon gut. Es ist nicht deine Schuld. Es ist doch gar nichts passiert.«

Aber erschreckt hatte sie sich trotzdem, und zwar sehr. Tropfen rieselten ihr aus den Haaren und über das Gesicht, der Stoff der dünnen Baumwollbluse klebte an ihrer Haut. Sie konnte nicht verhindern, dass ihr die Knie zitterten, suchte nach Halt und schloss instinktiv beide Hände um seine Unterarme. Seine Jeans war nicht weniger nass als ihre Hose, ebenso wie sein nackter Oberkörper. Allerdings schien er überhaupt nicht zu frieren. Als Kind dieses Landes war er den Gegensatz von Sommerhitze und Wasserkälte offensichtlich gewohnt.

Sie hob den Kopf. Ihre Augen begegneten einander … Und für einen kurzen Moment blieb ihr die Luft weg. Sie wusste nicht, wie ihr geschah … Es war, als könnte sie unter ihren Handflächen den Blutkreislauf in seinen Adern spüren, der wie ein lebendiger Strom warm aus seinem Körper in den ihren hineinfloss, einfach dadurch, dass sie ihn berührte. Ihr Herzschlag geriet ins Stolpern und fiel dann sachte mit dem seinen in den gleichen Takt. *Eine kleine Bewegung, kaum einen halben Schritt näher, und sie konnte die Stirn gegen seine Brust lehnen und ihn einatmen.* Der Drang, genau das zu tun, war so übermächtig, dass ihr schwindelte.

Sie wandte den Blick ab, blinzelte und wich zurück. Ihr ganzes Gesicht brannte.

»Komm!«, sagte er plötzlich mit rauer Stimme, nahm sie bei der Hand und half ihr aus dem Wasser. »Zieh das nasse Zeug aus, bevor du dich erkältest.« Er ging zu der Stelle, wo er sein Hemd liegen gelassen hatte, hob es auf und hielt es ihr entgegen. »Hier, nimm das. Keine Angst, ich schau nicht hin. *Jukka!* Hierher!«

Jukka spitzte die Ohren, folgte der Stimme seines *husse* und schüttelte sich an Land erst einmal ordentlich. Während Göran damit begann, die Thermosflasche und die Brotbox in seinem Rucksack zu verstauen, flüchtete Elisabeth ein paar Schritte in den Wald hinein, schälte sich aus der nassen Bluse, hakte den BH auf und wrang sich das Wasser aus den Haaren. Dann schlüpfte sie in das Hemd, das ihr bis über die Hüften reichte. Sie zog es vor ihrer Brust zusammen, spürte den weichen Stoff auf ihrer feuchten Haut und schloss die Augen. Es fühlte sich gut an. Es roch nach Sonne und Gras … und nach Göran.

Hastig knöpfte sie das Hemd zu, sammelte ihre Kleidungsstücke auf und kehrte zu Göran zurück. Er saß mit dem Rücken zu ihr auf einem Felsen.

»Ich bin so weit.«

Er sah sich zu ihr um; dann stand er auf und nahm den Rucksack über die Schulter.

»Gut. Dann lass uns zusehen, dass wir nach Hause kommen. Dort nimmst du eine warme Dusche, ich mach dir was Heißes zu trinken und such dir was zum Anziehen. Die Sachen hier häng ich bei mir zum Trocknen auf, die bekommst du morgen wieder. Also los, gehen wir. Komm, Jukka!«

Elisabeth zögerte. Bislang hatte sie sich immer auf die Abende mit Göran gefreut; nach ihren Ausflügen hatten sie jedes Mal noch gemütlich in der Küche seines Hauses in Laxforsen zusammengesessen. Sie hatte aber auch gemerkt, dass es ihr von Mal zu Mal schwerer gefallen war, sich anschließend von ihm zurück nach Kiruna fahren zu lassen und ihm vor dem *Scandic Ferrum* gute Nacht zu sagen.

Entschlossen straffte sie die Schultern.

»Ich kann auch im Hotel duschen«, sagte sie. »Und mir etwas Frisches zum Anziehen aus dem Koffer holen. Fährst du mich bitte direkt hin?«

Das Zögern war so kurz, dass man es kaum bemerkte.

»Ja, sicher. Ganz wie du möchtest.«

Als sie wenig später vor dem großen, roten Hotelgebäude aus dem Wagen stieg und die Tür schloss, beugte er sich über den Beifahrersitz und sah sie durch das offene Wagenfenster an.

»Bleibt es beim Blaubeerpflücken und bei dem Besuch morgen? Bei Yngve und seiner Familie?«

Die Besorgnis war seit ihrem Sturz in den See nicht mehr aus seinen Augen gewichen; jetzt verstärkte sie sich noch. Auf einmal war Elisabeth zornig auf sich selbst. *Sie war gerade drauf und dran, ihm den Rest ihrer gemeinsamen Zeit zu verderben.*

»Natürlich bleibt es dabei«, sagte sie und lächelte ihn an. »Ich freu mich darauf.«

Sein Gesicht entspannte sich. »Ich freu mich auch. Hejdå, Elisabeth.«

Sie ging mit raschen Schritten davon. Als sie sich hinter der Glastür des *Scandic Ferrum* noch einmal umdrehte, war der Wagen verschwunden.

Geburtstag

Als Elisabeth am nächsten Morgen auf ihrem Smartphone eine Glückwunsch-SMS von Markus und eine sehr herzliche Mail von Vivien vorfand, waren die beklemmenden Gefühle des Vortags schon fast wieder vergessen. Umso mehr fiel ihr auf, wie zurückhaltend Göran sie begrüßte, als er sie wie üblich nach dem Frühstück abholte. Auch als sie beide wenig später, jeder mit einem Blecheimer bewaffnet, durch ein Waldgebiet voll reifer Blaubeeren streiften, hielt Göran spürbar Abstand zu ihr. Eine Weile sah Elisabeth sich das schweigend an, dann beschloss sie, den Stier bei den Hörnern zu packen.

»Göran?«

Er richtete sich auf und wandte sich ihr zu. »Ja?«

»Was ist los mit dir? Bist du böse auf mich – wegen gestern?«

»Um Himmels willen, warum sollte ich denn böse auf dich sein? Unsinn.«

Es klang ein wenig gezwungen, und sie kannte ihn inzwischen gut genug, um es zu merken. Sie stellte ihren Eimer ab, trat auf ihn zu und sah ihn an.

»Göran – wir waren bis jetzt doch immer ehrlich zueinander. Bitte!«

Er zögerte kurz, dann atmete er tief durch und erwiderte ihren Blick.

»Elisabeth … du weißt, ich mag dich sehr gern. Du bist ein ganz besonderer Mensch, das hast du schon im Februar in Gmünd bewiesen. Und es hat mir große Freude gemacht, mich hier für deine Freundlichkeit und Gastfreundschaft zu revanchieren. Aber gestern … gestern hatte ich einen Moment lang den Eindruck, dass irgendetwas zwischen uns aus dem Gleichgewicht geraten ist. Und das will ich nicht.«

Für eine Sekunde setzte Elisabeths Herzschlag aus. *Beruhte das, was sie gestern empfunden hatte, am Ende auf Gegenseitigkeit? Ging es ihm genauso wie ihr?*

Am liebsten hätte sie ihm diese Frage laut gestellt, um es genau zu wissen. Nur die Angst vor der Antwort hielt sie zurück.

»Das will ich auch nicht«, erwiderte sie rasch. »Mach dir keine Sorgen, Göran. Ich bin nicht hierhergekommen, um meine Familie in die Wüste zu schicken – und ich weiß genau, dass du das auch nicht willst.«

Seine Erleichterung war fast mit Händen zu greifen.

»Nein«, sagte er. »Das wollte schon meine Mutter nicht … und ich …« Mit einem Mal stiegen seine Mundwinkel nach oben. »Ich bin aus dem gleichen *speziellen Stall.*«

Elisabeth prustete laut.

»Das hast du dir tatsächlich gemerkt?«

»Manche Dinge bleiben einem im Gedächtnis hängen, selbst wenn man es nicht wirklich will«, gab Göran trocken zurück. »Wollen wir jetzt weiterpflücken? Margareta wartet schon auf unsere Ausbeute – das machen wir immer so. Ich bring ihr die Beeren, sie kocht ihre wunderbare Marmelade daraus, und ich bekomme meinen Anteil. Den wir uns diesmal natürlich gerecht teilen; dann hast du gleich ein Mitbringsel für deine Familie.«

»Sogar für Julius?« Sie konnte sich die Frage nicht verkneifen.

»Der kriegt sogar noch ein Paket Knäckebrot dazu. Aus dem *Knäckebrotland.*« In seinen Augen funkelte der Schalk.

Unwillkürlich fing Elisabeth an zu kichern, und dann lachten sie beide. Der Bann war gebrochen.

Fürs Erste jedenfalls.

***

Zu Hause kochte Göran Kaffee und servierte dazu den herrlich weichen Zuckerkuchen, den Margareta ihnen im Austausch für ihre beiden randvollen Eimer mitgegeben hatte. Jukka lag neben Elisabeth auf dem Küchenfußboden und genoss es sichtlich, dass nicht nur *husse*, sondern auch *matte* bei ihm waren.

Göran steckte dem Husky einen Hundekeks zu; dann griff er in seine Hosentasche und räusperte sich.

»Ich hab da was für dich«, sagte er. »Nur eine Kleinigkeit, aber ich hoffe, es gefällt dir.«

Er zog ein Päckchen hervor und reichte es ihr.

»*Grattis på födelsedagen* – alles Gute zum Geburtstag!«

Überrascht blickte sie abwechselnd auf ihn und auf das Päckchen. »Woher weißt du, dass ich heute Geburtstag habe?«

»Vivien.« Das schräge Lächeln blitzte auf. »Vor ein paar Tagen hat sie mir wieder ein Bild geschickt und dabei deinen bevorstehenden Ehrentag erwähnt. Und ich dachte mir, ein Glas Blaubeermarmelade ist vielleicht etwas arg dürftig als Geschenk – deshalb bekommst du das hier noch dazu. Es ist gerade noch rechtzeitig fertig geworden.«

Das Päckchen enthielt einen ovalen, etwa vier Zentimeter hohen Anhänger, der an eine weiche Lederschnur geknotet war. Das Material war hell und grau schattiert – ganz eindeutig eine Rentierhorn-Scheibe, in die mit dünnen, schwarz eingefärbten Linien das samische Sonnenmotiv eingraviert worden war.

Vorsichtig strich sie mit der Fingerkuppe über die raue Oberfläche des Anhängers.

»Der ist wunderschön. Hast du den gemacht?«

»Ja.«

Sie erinnerte sich an die unverhohlene Anerkennung, mit der er ihren selbst geschmiedeten Silberring begutachtet hatte. *Du darfst stolz auf dich sein*, hatte er gesagt. Jetzt, da sie einen Beweis für seine eigene Kunstfertigkeit in ihren Händen hielt, wog dieses Lob noch schwerer.

Sie entrollte die lange, hellbraune Lederschnur und hängte sich ihr Geschenk um den Hals.

»Vielen Dank, Göran.«

Seine Augen leuchteten auf, ganz offensichtlich vor Freude darüber, dass sein Werk Gefallen fand.

»Keine Ursache. Wollen wir uns dann auf den Weg machen?«

***

Selten hatte Elisabeth sich bei Fremden auf Anhieb so wohlgefühlt wie bei den Sundgrens. Görans Freund Yngve und seine Frau Signe empfingen sie mit einer Herzlichkeit, als gehörte sie schon seit Jahren zur Familie, und die drei Kinder Johan, Siri und Nils begegneten ihr mit lebhaftem Interesse. Das Haus war hell und freundlich eingerichtet. In der Küche – wo sich in Schweden, wie Elisabeth inzwischen wusste, das meiste Leben abspielte – war ein einladender Kaffeetisch gedeckt, mit einer Vase voll bunter Wildblumen und einer riesigen Sahnetorte. Und mit kleinen Geschenkpäckchen.

»Göran hat uns zum Glück rechtzeitig gesteckt, dass du heute Geburtstag hast«, erklärte Signe lächelnd, als sie Elisabeths verblüfften Blick bemerkte. »Also dann … Yngve, wo bleibt denn dein Vater?«

»Ich bin schon da.«

Elisabeth wandte sich in die Richtung, aus der die Stimme gekommen war. In der Küchentür war ein älterer Mann erschienen – ebenso dunkelblond wie Yngve und in eine Samentracht in den typischen, leuchtenden Farben Blau, Rot, Gelb und Grün gekleidet. *Ein Same wie aus dem Bilderbuch*, dachte Elisabeth. Interessiert betrachtete sie das Gesicht mit den wachen blauen Augen, das heiter, ja fast verschmitzt wirkte und zugleich eine Würde ausstrahlte, die sie auf der Stelle in ihren Bann zog. Das also war Mattis, Yngves Vater – und Görans Ersatzvater. Vor ein paar Tagen hatte Göran ihr mit sehr viel Liebe von dem Mann erzählt, der hier Traugotts Stelle für ihn eingenommen hatte. Er war ihr auf Anhieb sympathisch.

Nun trat er auf sie zu und streckte ihr lächelnd die Hand entgegen.

»Herzlich willkommen, Elisabeth. Schön, dich kennenzulernen. Ich bin Mattis.«

»Ich freu mich auch.« Sie schüttelte ihm die Hand. »Vielen Dank für die Einladung.«

»Nichts zu danken.« Er wandte sich an die Familie, die sich inzwischen vollzählig in der Küche versammelt hatte. »Wer zündet die Kerzen an?«

Erst jetzt bemerkte Elisabeth die drei winzigen bunten Kerzlein in der Sahnetorte mit der dicken Schicht aus bernsteingolden glänzender Marmelade. *Hjortronsylt*, wusste sie sofort. Sie hatte diese Multbeermarmelade bereits in Stockholm zum ersten Mal probiert, und der süß-nussige Geschmack, der an eine Mischung aus Pflaumen und Honig erinnerte, hatte sie sofort für das köstliche »Gold des Nordlands« eingenommen.

Johan, das älteste von Yngves und Signes Kindern, entzündete die Geburtstagskerzen.

»Bitte schön, Bettan!«, sagte er. »Jetzt kannst du sie auspusten!«

»Bettan?«, fragte Elisabeth verwirrt.

»Das ist hier in Schweden eine gängige Koseform für Elisabeth«, erklärte Göran. »Viele Frauen mit deinem Namen werden bei uns *Bettan* genannt.«

»Aber wenn du das nicht möchtest, dann sag es«, fügte Yngve hastig hinzu.

»Nein, nein«, versicherte Elisabeth. »Es gefällt mir.«

Sie trat an den Tisch und blickte in die leise flackernden Flammen.

»Wünsch dir was!«, hörte sie hinter sich die Stimme von Siri.

Ein warmes Glücksgefühl durchflutete Elisabeth.

Danke für diese Zeit in Schweden und bei Göran, dachte sie. *Danke für all das Neue, das ich hier kennenlernen durfte. Und ich wünsche mir, dass ich den Mut aufbringe, einiges zu ändern, wenn ich wieder zu Hause bin.*

Dann holte sie tief Luft und blies die Kerzen aus.

***

Nach dem Kaffee brachen die drei Kinder zu einem Spaziergang mit Jukka auf. Yngve schlug ihnen vor, Elisabeth mitzunehmen und ihr die Rentiere zu zeigen. »Der Großteil unserer Herde zieht natürlich frei durchs Land«, erklärte er ihr, »aber ein paar Tiere haben wir das ganze Jahr über hier, für die Touristen. In gut zwei

Stunden kommen welche, aber bis dahin habt ihr die Rentiere für euch allein, und du kannst sie dir in Ruhe und ganz aus der Nähe ansehen.«

Und so zog Elisabeth mit den Kindern und dem Husky los. Über eine prächtige Blumenwiese gelangten sie zu einem Waldstück, wo auf einer Lichtung eine Art Freigehege errichtet worden war. Darin befanden sich zehn Rentiere. Johan, der von den dreien am besten Englisch sprach, öffnete das Gatter und winkte Elisabeth, ihm zu folgen.

»Keine Sorge, sie sind an Menschen gewöhnt«, sagte er leise. »Es passiert nur ganz selten, dass einer mal schlechte Laune hat. Komm, wir gehen zu Mikkal, der ist der Bravste von allen.«

Er führte Elisabeth zu einem prachtvollen Rentier mit weit ausladendem Geweih.

»Das ist er. Du kannst ihn ruhig streicheln, Bettan.«

Vorsichtig streckte Elisabeth die Hand aus; das Fell auf dem warmen Rücken fühlte sich dicht und leicht rau an. Mikkal blieb seelenruhig stehen und wandte lediglich neugierig den Kopf, um zu sehen, wer ihm da zu Leibe rückte. In diesem Moment hatte Elisabeth das Gefühl, sich mitten in einem Märchen zu befinden … eines, in dem Dinge geschahen, die in ihrer gewohnten Realität vollkommen unmöglich waren. Zum Beispiel, dass sie hier im Norden Schwedens stand und ein Rentier streichelte.

Irgendwann schüttelte Mikkal energisch den Kopf, setzte sich in Bewegung und spazierte gelassen davon. Elisabeth sah ihm nach, dann schaute sie sich suchend um.

»Wo sind denn die anderen?«, fragte sie.

»Nils und Siri sind sicher schon mit Jukka weg«, meinte Johan gleichmütig. »Die wollen ihn am liebsten immer ganz für sich haben. Sollen wir sie suchen?«

Elisabeth überlegte kurz.

»Nein«, sagte sie. »Ich möchte zurückgehen – ich hatte noch kaum Gelegenheit, mich in Ruhe mit deinen Eltern und mit Mattis zu unterhalten.«

»Findest du den Weg, oder soll ich mitkommen?«

»Musst du nicht. Sollte ich mich verlaufen, kann ich immer noch mit dem Handy um Hilfe rufen. Danke, Johan.«

Johan nickte, begleitete sie aus dem Gehege und schloss das Gatter hinter sich. Dann verschwand er im Wald, während Elisabeth sich auf den Weg zurück zu dem Haus der Sundgrens machte. Als sie die sonnenüberflutete Wiese erreichte, überkam sie mit einem Mal eine unbändige Lust, Blumen zu pflücken. In ihrer Hand wuchs ein Strauß aus Glockenblumen, Trollblumen, Frauenmantel und Siebenstern, und sie fühlte sich so glücklich und unbeschwert wie ein Kind.

Als sie sich schließlich wieder aufrichtete, entdeckte sie Mattis. Er kam auf sie zu und runzelte die Stirn.

»Ganz allein, Bettan? Wo sind die Kinder?«

»Die sind mit Jukka ab in die Wildnis.« Elisabeth lächelte. »Aber vorher waren wir bei euren Rentieren. Es ist wunderschön hier bei euch.«

Das heitere Funkeln kehrte in seine Augen zurück.

»Freut mich, dass du dich wohlfühlst«, sagte er. »Hast du Lust, mich ein Stück zu begleiten? Die anderen sind gerade alle beschäftigt; Signe macht das Abendessen, und Yngve und Göran sind im Schuppen und reparieren unseren Geländewagen, der heute früh den Geist aufgegeben hat. Ich hätte nichts gegen nette Gesellschaft.«

»Gerne.«

Sie folgte dem alten Samen zurück in den Wald hinein, wo er noch vor dem Rentier-Gehege nach rechts abbog und einen schmaleren Pfad einschlug. Nach etwa zehn Minuten ließen sie das dichte Gehölz hinter sich und stiegen einen bewaldeten Hügel empor. Die ganze Zeit über sprach er kein Wort; nur das Knacken von Zweigen unter ihren Füßen war zu hören.

Oben angekommen führte Mattis sie zu einer Stelle, wo sich der Wald etwas lichtete, und blieb schließlich regungslos stehen. Elisabeth trat neben ihn, folgte seinem Blick in die Weiten und hielt den Atem an: Vor ihren Augen breitete sich ein überwältigend schönes Panorama aus Wäldern und Bergen aus.

»Setz dich«, hörte sie Mattis' ruhige Stimme. Sie sah, wie er sich auf der Erde niederließ, den Rücken an den Stamm einer Tanne gelehnt; sie setzte sich zu ihm und legte ihren Blumenstrauß vorsichtig ins Gras.

Mit einem Mal begann Mattis leise zu singen. Es waren ungewöhnliche, kehlige Töne … eine schlichte Melodie, die allmählich anschwoll und sich mit den Weiten und der Natur um sie herum zu vereinen schien. Sie klang fremd und zugleich auf eine seltsame Weise vertraut, die Elisabeth sich nicht erklären konnte.

Sie hörte wie gebannt zu, bis Mattis wieder verstummte.

»War das … ein samisches Lied?«, fragte sie.

»Das war ein Jojk«, antwortete Mattis. »Das ist unsere ureigenste Art zu singen. Jojks sind ein Teil der samischen Seele. In den alten Zeiten hat man sich damit in Trance versetzt; heute dient uns der Jojk vor allem zur Kommunikation mit der Natur. Wir werden eins mit ihr und ihren Geschöpfen, den Bergen, den Flüssen, dem Wind. Wir singen mit ihnen – oder wir beschreiben sie, wecken Erinnerungen, erzählen Geschichten.«

»Und wovon hast du eben gesungen?«

Mattis lächelte.

»Ein Jojk kommt direkt aus dem Herzen, Bettan. Wenn ich glücklich bin, oder wenn ich an jemanden denke, dann entsteht ein neuer Jojk ganz von selbst. Ich jojke oft, wenn ich in der freien Natur bin. Wir Sámi betrachten uns als Kinder der Erde und der Sonne. Diese Verbundenheit gibt uns Kraft. Uns allen, Bettan. Man muss sich einfach nur der Natur öffnen und mit ihr leben. Dann wird man mit jedem Tag stärker.«

Elisabeth dachte an die beiden Tage in der Werkstatt von Isku Ranttila, an die Streifzüge durch die schwedische Natur mit Göran und Jukka, und einmal mehr wurde ihr bewusst, dass die Zeit hier oben sie verändert hatte.

»Ja«, sagte sie leise. »Das habe ich auch schon gemerkt.«

Unwillkürlich sah sie zu Mattis hinüber und merkte, dass er sie prüfend musterte.

»Du bist nie zuvor hier gewesen, nicht wahr?«, fragte er.

»Nein. Ich hab Schweden bislang nur aus den Erzählungen meines Schwiegervaters gekannt.«

Sie seufzte.

»Ich wünschte, er und Göran und er könnten jetzt hier sitzen und miteinander reden. Es … es tut mir so leid, dass die beiden sich nie kennengelernt haben. Und jetzt ist es zu spät.«

Mit einem leichten Kopfschütteln legte Mattis sanft seine Hand auf ihren Unterarm.

»Wenn man stirbt, verschwindet man nicht. Die Toten leben weiter in unseren Liedern, in unseren Handlinien, in den Geschichten, die wir über sie erzählen. Und ihre Seelen wachen über uns und grüßen uns aus dem Polarlicht. Göran und sein Vater mögen sich nie persönlich begegnet sein, aber sie kennen einander. Auch du, Bettan, hast sehr dabei geholfen, dass Traugott in Göran lebendig bleibt.«

»Das habe ich gerne getan«, sagte Elisabeth leise. »Göran ist ein wunderbarer Mensch.«

Freundliche Falten kräuselten sich rings um Mattis' Augen.

»Das bist du auch, Bettan«, sagte er. »Und deshalb möchte ich dir meinen Jojk schenken. Von jetzt an gehört er dir.«

Erneut stimmte er den einfachen, urtümlichen Gesang an, der für Elisabeth jetzt längst nicht mehr so fremdartig klang wie beim ersten Mal. *Es war ihr Jojk.* Sie atmete tief durch, überließ sich ganz den Tönen, die sich wie auf weit ausgebreiteten Flügeln über die Berge, Seen und Wälder schwangen, bis sie das Gefühl hatte, mit ihnen zu schweben und eins zu werden mit der Landschaft, die sie umgab.

Als die Melodie schließlich in der weiten Stille verklang, nahm Elisabeth ihren Strauß und reichte ihn Mattis.

»Ich habe nur diese Blumen für dich«, sagte sie. »und die sind bald verwelkt, auch wenn du sie in eine Vase stellst. Aber von dir habe ich etwas bekommen, das werde ich behalten. Für immer.«

***

Als Göran Åsasson an diesem Abend den Kastenwagen in den Unterstand neben seinem Haus in Laxforsen lenkte, stellte er fest, dass er lächelte. *Alles war wieder in Ordnung.*

Dass er da in dem See beinahe eine Grenze überschritten hätte – das musste Elisabeth nicht wissen. Er hatte sich beherrscht, so schwer ihm das auch gefallen war, und es würde nicht wieder geschehen. Die Freundschaft mit dieser Frau bedeutete ihm zu viel, als dass er sie für einen Augenblick der Schwäche aufs Spiel setzen würde. Sie war verheiratet, und das respektierte er, so wie Åsa Lund die Ehe von Traugott Gebhard respektiert hatte.

Nur dass seine Mutter die Grenze dann trotzdem überschritten – und danach die Beziehung zu Traugott abgebrochen hatte. Während es ihm nun hoffentlich vergönnt sein würde, Elisabeth wenigstens als Freundin zu behalten.

Es hatte ihm gutgetan, zuzusehen, wie sehr sie diesen Tag genossen hatte. Sie hatte gestrahlt vor Freude, als sie im Kreis der Sundgren-Familie ihre kleinen Geschenke ausgepackt und die Kerzen auf der Torte ausgepustet hatte. Sie war fröhlich lachend mit den Kindern und Jukka losgezogen und einige Zeit später zusammen mit Mattis wiedergekommen – mit einem Leuchten im Gesicht, wie er es so noch nie bei ihr gesehen hatte. Sie hatte beim Abendessen Signes ausgezeichneten Rentierbraten gerühmt, und als Mattis danach vorschlug, am nächsten Tag mit ihnen einen Ausflug zur Kåta der Sundgrens zu machen und dort zu übernachten, hatte sie die Einladung sofort begeistert angenommen.

Und vor allem: Heute hatte sie ihn nicht darum gebeten, direkt ins Hotel gebracht zu werden. Diesmal würde sie den Abend wieder zusammen mit ihm in Laxforsen ausklingen lassen.

Sie machten es sich in der Küche gemütlich; Göran zündete eine Kerze an und stellte zwei Gläser und die Rotweinflasche auf den Tisch, die er extra für diesen Tag im *Systemet* in Kiruna besorgt hatte.

»Ich hoffe, er schmeckt.« Er sah Elisabeth verlegen an. »Ich versteh nicht viel von Wein, aber man hat mir versichert, dass er was taugt.«

Elisabeth nahm die Flasche in die Hand, studierte das Etikett und lachte.

»Das ist ein kalifornischer Zinfandel«, sagte sie. »Nicht sehr lieblich, aber ausgesprochen trinkbar. Dass er ›Seven Deadly Zins‹ heißt, hast du gesehen, oder?«

»Hab ich.« Göran grinste schwach. »Aber wir waren uns ja einig, dass wir uns wegen irgendwelcher Sünden keine Sorgen machen müssen.«

Er öffnete die Flasche und goss die beiden Gläser jeweils halb voll. Dann stießen sie an; Göran trank einen Schluck und nickte.

»Du hast recht. Der ist gut.«

Er betrachtete Elisabeth. Ihre Haut schimmerte im Kerzenschein golden, ihr Gesicht war entspannt und ihre Augen sanft. *Wie schön sie war.*

»Als Traugott noch lebte«, sagte sie, »da haben wir manchmal abends in seinem Arbeitszimmer noch Wein getrunken und miteinander geredet. Oder einfach nur Musik gehört. Traugott liebte Bach.«

»Meine Mutter auch«, warf Göran ein.

Elisabeth nickte. »Es gibt da ein Stück aus einer Cellosuite von Bach – das Vorspiel, es ist sehr berühmt. In den letzten Wochen seines Lebens hat er es fast täglich laufen lassen. Ich wollte ihn immer fragen, wieso es ihm so wichtig ist, aber ich hab's vergessen. Und jetzt kann er es mir nicht mehr sagen.«

Göran stutzte, dann stand er auf. Jukka, der neben der Küchenbank auf dem Fußboden gedöst hatte, hob neugierig den Kopf und winselte.

»Möglicherweise kann *ich* dir diese Frage beantworten«, sagte Göran. »Bin gleich wieder da.«

Er verließ die Küche und ging in das Schlafzimmer. Dort stand neben seinem Bett eine schlichte Truhe mit Besitztümern seiner Mutter, die wegzugeben er auch nach sieben Jahren noch nicht übers Herz gebracht hatte. Er klappte den schweren Deckel auf, schob eine flauschige Strickjacke und ein Fotoalbum beiseite und entdeckte das Gesuchte.

Gleich darauf war er wieder in der Küche und reichte Elisabeth eine Schallplatte. *Johann Sebastian Bach, Cello Suites 1 & 2* stand in geschwungenen Buchstaben aus den frühen Siebzigern auf dem Cover, und unter dem Schriftzug war eine Frau abgebildet, die ein Cello zwischen den Knien hielt.

Elisabeth hob überrascht den Kopf. »Das ist Jacqueline du Pré!«

»Ich weiß.« Göran nickte. »Meine Mutter hat mir erzählt, dass sie mit einem berühmten Pianisten und Dirigenten verheiratet war und sehr früh mit dem Spielen aufhören musste, weil sie krank wurde.«

Elisabeths Blick hing an dem lieblichen, klaren Gesicht der jungen Cellistin, dem langen, hellblonden Haar und dem offenen Lächeln.

»Sie sieht fast aus wie Åsa«, stellte sie fest.

Göran atmete tief durch. »Das ist mir auch schon aufgefallen. Meine Mutter hat mir nie verraten, wo sie die Platte herhatte; deswegen kann ich nicht mit Sicherheit sagen, ob sie ein Geschenk von Traugott war. Aber sie hat sie oft laufen lassen – bis unser Plattenspieler kaputtging. Das war ein knappes Jahr, bevor sie starb. Ich wollte ihr einen neuen kaufen, aber sie wollte keinen mehr haben. Stattdessen hat sie hier Musik gehört.« Er deutete auf ein kleines Kombigerät aus Radio und CD-Player, das neben dem Fenster auf einem Regalbrett stand. »Viel schwedischen Folk, Mozart, Grieg und Sibelius. Und Bach auch. Aber dieses Stück nicht mehr, jedenfalls nicht, nachdem sie die Diagnose hatte.«

»Woran ist deine Mutter denn gestorben?«, fragte Elisabeth leise.

»Lungenkrebs«, erwiderte Göran sachlich. »Sie hat das damals beinahe komisch gefunden. ›So ein Blödsinn‹, hat sie zu mir gesagt, als sie von ihrem Arzt nach Hause gekommen ist. ›Ich hab in meinem ganzen Leben nie eine Zigarette angefasst. Wieso also ausgerechnet Lungenkrebs?‹ Die Krankheit hat sich in rasendem Tempo ausgebreitet – viel rascher, als sie und der Arzt es zuerst erwartet hatten. Sie hat dann sehr schnell abgebaut. Am Ende war es … nicht schön. Für keinen von uns beiden.« Er nahm sein Glas und leerte es in einem Zug. »Tut mir leid. Ich hoffe, ich hab dir jetzt nicht die Stimmung verdorben.«

»Natürlich nicht.« Elisabeth nahm die Flasche, um sein Glas nachzufüllen – und hielt inne. »Moment … wenn du mich nachher noch zurückfahren willst, müssen wir vielleicht vorsichtig sein. Weil du keinen Wein gewohnt bist, meine ich.«

»Stimmt, ich bin keinen Wein gewohnt.« Einer von Görans Mundwinkeln stieg schräg nach oben. »Und ich hab's auch sonst nicht so mit dem Alkohol – auch wenn wir Schweden den Ruf haben, ziemlich trinkfest zu sein. Aber ich hätte gern trotzdem noch ein Glas.«

Er dachte an ihr Gespräch vom Vormittag. *Einen Versuch war es wert.*

»Du könntest ja diesmal bei mir übernachten. Dann muss ich nicht mehr fahren. Ich schlafe auf dem Wohnzimmersofa, und du bekommst mein Bett … und Jukka gleich mit dazu, denn wenn der nachts im Haus bleiben darf, spielt er mit Vorliebe den Bettvorleger.«

Elisabeth gluckste. »Andere Männer versuchen es mit Schmuck oder Pralinen, du köderst mich mit deinem Hund.« Sie kraulte den Husky hinter den Ohren und lächelte, als der buschige, grauweiße Schweif rhythmisch auf die Holzdielen klopfte.

»Ich will dich nicht ködern«, verteidigte sich Göran. »Ich will es nur noch ein bisschen länger genießen, dich hier zu haben. Ganz ohne Hintergedanken.«

»Das weiß ich doch.«

Elisabeth goss einen Fingerbreit Wein in beide Gläser und reichte Göran seines. Dann hob sie das ihre zu einem Toast.

»Auf einen der schönsten Geburtstage seit Langem«, sagte sie still. »Auf Yngve, Signe und ihre Kinder. Auf Mikkal, das freundliche Rentier. Auf Mattis, der heute einen Jojk gesungen hat, ganz allein für mich. Auf die herrliche Zeit, die du mir bisher geschenkt hast, und auf dein verlockendes Angebot.«

Sie seufzte leise.

»Das ich nicht annehmen werde, und zwar aus folgendem Grund: weil ich Markus, wenn ich wieder in Gmünd bin, erzählen will, wo ich wirklich war. Wenn ich ihm sage, dass ich in deinem Haus übernachtet habe, dann wecke ich vielleicht schlafende Hunde … und die sind dann mit Sicherheit nicht annähernd so liebenswert wie Jukka.«

»Das versteh ich sehr gut.« Göran erwiderte den Toast, trank und schluckte mit dem Zinfandel die Enttäuschung hinunter, die in ihm aufstieg. »Schade, ich hatte mich schon darauf gefreut, morgen mit dir zu frühstücken.«

»Das können wir ja trotzdem.« Elisabeths Gesicht war voller Wärme. »Hol mich diesmal einfach *vor* dem Frühstück ab. Das Hotel verkauft frische Brötchen, Rentierschinken und *Kanelbullar* aus der eigenen Küche. Ich bring alles mit … auch Joghurt und Obst, wenn du möchtest. Dann musst du, wenn wir hier sind, nur noch Kaffee machen.«

»Klingt gut. Aber ich soll dich doch nicht jetzt sofort nach Kiruna bringen, oder?«

»Nein. Unser Abend ist zum Glück noch nicht vorüber.« Elisabeth bediente sich erneut aus der Flasche und zwinkerte ihm ein wenig mutwillig zu. »Du kriegst allerdings keinen Wein mehr. Du musst noch fahren.«

Zwischenspiel

Markus Gebhard saß an einem kalten, regnerischen Julimorgen im Frühstückszimmer der Villa in Gmünd vor einer Tasse Kaffee und warf einen angewiderten Blick aus dem Fenster. Regen lief das Glas hinunter, Wolken hingen tief am Himmel. Die Leute platschten übellaunig durch die Pfützen, ließen ihre Badesachen im Schrank Staub ansetzen und träumten von einer Reise in den Süden. Möglicherweise zahlte ihm das Schicksal auf diese Weise den abgesagten Flug nach Kenia heim … und obendrein hatte Elisabeth in Schweden dem Vernehmen nach viel mehr Glück mit dem Wetter. In dem halben Dutzend E-Mails, die er erhalten hatte, seit sie vor gut zwei Wochen Hals über Kopf Richtung Skandinavien aufgebrochen war, schrieb sie von Kultur, faszinierenden Landschaften und strahlendem Sonnenschein. *Schön für sie,* dachte Markus grollend.

Noch immer begriff er nicht ganz, was seine Frau geritten hatte, plötzlich diese Städtereise nach Stockholm zu buchen. Vor der Rückkehr aus England hatte er bei *Harrods* in London extra ein hübsches Schmuckstück für sie gekauft und sie nach Viviens Abflug zum Essen in ihr Lieblingsrestaurant eingeladen. Und dann hatte sie ihm zwischen Bruschette und Spaghetti Arrabiata eröffnet, dass sie drei Tage später nach Schweden fliegen würde. Ganz allein und auf eigene Faust.

Warum?, hatte er gefragt, verblüfft und ärgerlich zugleich. *Soll das die Retourkutsche dafür sein, dass ich dir den Familienurlaub verdorben habe?*

Ich halte nicht viel von Retourkutschen, hatte sie geantwortet. *Aber ich habe Vivien versprochen, dass ich etwas für mich selbst tue. Also habe ich spontan beschlossen, mich allein auf den Weg zu machen. Ich bin erwachsen, Markus.*

Er hatte sie angestarrt. *Aber das sieht dir überhaupt nicht ähnlich!*

Elisabeth hatte ihm ihr typisches, weiches Lächeln geschenkt; es hatte in diesem Moment merkwürdig distanziert gewirkt. *Das weiß ich,* hatte sie gesagt. *Aber ich denke, es wird höchste Zeit, dass ich endlich etwas tue, das mir überhaupt nicht ähnlich sieht.*

Er hatte noch mehrmals versucht, sie umzustimmen, aber ihr Entschluss stand fest. Sie packte ihre Koffer, tauschte Euro in Kronen und versicherte sich, dass alle Papiere in Ordnung waren. An ihrem Abreisetag brachte er sie auf ihren ausdrücklichen Wunsch nach Schorndorf und setzte sie dort in die S-Bahn zum Flughafen. Als er danach auf die Autobahn fuhr, war er immer noch verärgert.

Markus schaute auf die Uhr. Noch eine halbe Stunde, bevor er in die Kanzlei musste. Und wenn er heute Abend alles abgearbeitet hatte, was während seiner zahlreichen Dienstfahrten in den letzten vierzehn Tagen liegen geblieben war, würde er in eine leere Wohnung zurückkehren. Vivien war in Neuseeland, und Elisabeth war in Schweden. *Ausgerechnet Schweden.* Das Land, wo sein Vater auf Abwege geraten war. Das Land, in dem der Halbbruder lebte, von dem er am liebsten niemals erfahren hätte. *Zum Glück tausend Kilometer von Stockholm entfernt, und noch weiter von diesem Göta-Kanal – er hatte die Entfernung extra gegoogelt.*

Er verdrängte die Erinnerung an Göran, und seine Gedanken wanderten zu Elisabeth zurück.

Er hatte sie kurz vor ihrem achtzehnten Geburtstag geheiratet. Damals war sie schwanger gewesen mit Vivien. Ihre Mutter lebte nicht mehr, ihr Vater war gelinde gesagt entsetzt darüber, dass seine kluge, schöne Tochter sich kurz vor dem Abitur »auf so peinliche Weise in Schwierigkeiten brachte«, wie der verbitterte Professor es ausdrückte. Sie waren erst vier Monate zusammen, und Markus wusste eigentlich noch nicht *wirklich*, ob er es mit Elisabeth ganz ernst meinte oder nicht. Aber sie wurden beide von den Ereignissen überrollt, und bei aller Unentschlossenheit schmeichelte es ihm außerordentlich, dass Lisa ihn als ihren persönlichen Fels in der Brandung betrachtete. Als er sie um ihre Hand bat, hatte er das Gefühl, etwas ganz und gar Richtiges zu tun.

Während seine Mutter schockiert war und ihn unter vier Augen wissen ließ, dass *des Kloine ja vielleicht garet von dir isch, Markus!*, verstand sein Vater sich auf Anhieb wunderbar mit seiner zukünftigen Schwiegertochter. Traugott und Elisabeth waren ein Herz und eine Seele und Vivien zwar kein Wunschkind, aber nichtsdestotrotz Lisas ganzes Glück. Markus – der seine Tochter ehrlich liebte – hatte es vermutlich zu gleichen Teilen Vivien und seinem Vater zu verdanken, dass Elisabeth auch dann noch zu Hause blieb, als die Kleine aus dem Gröbsten heraus war. Dabei wusste er ganz genau, dass sie ihre fehlende Ausbildung als persönlichen Makel betrachtete. Sie sprach immer wieder davon, eine Ausbildung machen zu wollen. Sie hatte ihm sogar einmal erzählt, dass sie gern Goldschmiedin geworden wäre. Das hatte vor allem deshalb nicht funktioniert, weil ihr Vater sich nicht vorstellen konnte, dass sie als Tochter zweier Akademiker nicht ebenfalls studierte … und weil die sanfte, konfliktscheue Elisabeth nicht wagte, ihm zu gestehen, dass sie überhaupt nicht studieren *wollte.*

Der Teil von Markus Gebhard, der ihn mehr als zehn Jahre lang zu einem passablen Ehemann gemacht hatte, fand die Idee mit der Ausbildung durchaus richtig. Elisabeth war nicht nur eine schöne, sondern auch eine intelligente Frau, und dass sie diese Intelligenz ausschließlich dazu nutzte, Traugotts Firmen-Festlichkeiten zu organisieren und ihn, Markus, zu umsorgen, war gelinde gesagt sowohl eine Verschwendung als auch höchst unzeitgemäß. Allerdings hatte der Teil von Markus, der diese Fürsorge seit nunmehr achtzehn Jahren genoss, bisher noch jedes Mal die Oberhand gewonnen und Elisabeth sanft, aber nachdrücklich dazu gebracht, auf etwaige Ambitionen in eine andere Richtung zu verzichten. Je länger ihre Ehe dauerte, desto geschickter war Markus darin geworden, seine Frau zu manipulieren. Bis vor Kurzem hatte er es geschafft, laute Szenen und heftige Auseinandersetzungen dabei größtenteils zu vermeiden. Die beste Strategie war immer die gewesen, an ihr schlechtes Gewissen zu appellieren.

Er wusste genau, dass die Scham darüber, ihren Vater enttäuscht zu haben, tief in Elisabeth noch immer als winziger Feuerherd unter der Asche weiterglühte. Der gestrenge Professor war ein knappes Jahr, nachdem aus Elisabeth Jacoby Elisabeth Gebhard geworden war, an einer plötzlichen Herzattacke gestorben und seine vorwurfsvolle Stimme verstummt – aber man konnte sie erschreckend leicht wieder zum Leben erwecken. Was Markus immer dann tat, wenn Elisabeth einen missliebigen Hang zur Selbstständigkeit zeigte.

Seine Frau fürchtete Auseinandersetzungen, und sie liebte es, die Menschen rings um sich her glücklich zu machen. Er erinnerte sich daran, dass sie in ihrer ersten gemeinsamen Zeit in Jeans, T-Shirt und Sandalen herumgelaufen war, oder in bunt flatternden Baumwollröcken und Blusen, wie Vivien sie heutzutage vorzugsweise trug. Nach der Hochzeit war damit Schluss gewesen … nicht etwa, weil er, Markus, sich über ihre Kleiderwahl mokierte, sondern weil seine Mutter sie gänzlich unpassend gefunden hatte. *Mei Schwiegertochter lauft net umenander wie a Zigeinermädle*, hatte Reinhild Gebhard kurz und bündig verkündet, und nach Schwangerschaft und Stillzeit füllten ausschließlich konservative Kostüme, Röcke und Hosenanzüge in gedeckten Farben und sanften Pastelltönen Elisabeths Kleiderschrank. Sie passten perfekt zu dem Bild von der Frau an der Seite ihres Sohnes, das Reinhild vor Augen hatte. Elisabeth machte niemals den Versuch, sich dagegen aufzulehnen.

In Momenten der Selbsterkenntnis (es gab sie nicht häufig, sie kamen aber durchaus vor) begriff Markus, dass er das fast ängstliche Bedürfnis seiner Frau nach Harmonie schamlos dazu ausnutzte, sie an der Leine zu halten. Er machte ihr stets klar, dass sie *gebraucht* wurde, von ihm und von Vivien; dabei war er zu klug, den Eindruck zu erwecken, dass sie ihn und ihre Tochter im Stich lassen könnte, wenn sie sich mehr Freiheiten herausnahm. Es reichte normalerweise völlig, ihr das Gefühl zu geben, dass es ihn bekümmerte und enttäuschte, wenn sie sich scheinbar von ihrer Familie entfernte. Denn das Letzte, was Elisabeth wollte, war, ihn zu enttäuschen … jedenfalls bis vor Kurzem.

Wahrscheinlich war es der Tod seines Vaters gewesen, der alles verändert hatte. Auch Elisabeth hatte er verändert, sehr zu Markus' Erstaunen und Irritation. Früher hatte sie es meist mit sanfter Resignation hingenommen, wenn er kurzfristig Urlaube absagen musste oder gemeinsame Termine verschob. Er war ein viel beschäftigter Mann, ein gefragter Anwalt, der beste und verlässlichste *Troubleshooter* in der Kanzlei. Sie hatte stets eingesehen, dass das wichtig war. Das machte Markus das Eheleben sehr angenehm; seine Kollegen hielten ihn für einen ausgesprochenen Glückspilz. »Deine Lisa sieht aus wie das Schneewittchen aus dem Märchen«, hatte einer von ihnen während eines geselligen Umtrunks einmal zu ihm gesagt, »und sie behandelt dich nach all der Zeit immer noch wie einen König. Solche Frauen wie sie gibt es eigentlich gar nicht mehr.«

Markus wusste durchaus, was er an Elisabeth hatte ... jedenfalls die meiste Zeit. Er schätzte die Gewissheit, dass er stets zu ihr in ein gemütliches Zuhause kommen konnte, wo es genügend Ruhe zum Abschalten gab, die richtigen Mahlzeiten, wann er sie essen wollte, und eine sanfte, anschmiegsame Geliebte, wann immer ihm der Sinn nach ehelichem Sex stand. Vielleicht hatte er sich in den achtzehn Jahren ein bisschen zu sehr dran gewöhnt und deshalb die Anzeichen, dass plötzlich ein anderer Wind wehte, nicht rechtzeitig bemerkt.

Er wurde aus seinen Gedanken gerissen, als sich die Tür öffnete und Julius hereinkam ... nicht in der »Firmenuniform« mit Anzug und Krawatte, sondern in Jogginghose und Sport-Hoodie. Er war offensichtlich frisch geduscht und rasiert und wirkte entspannt und zufrieden. Kein Wunder, schließlich hatte der reiche Geldsegen aus dem Erbe seines Vaters ihn mit einem Schlag von seinen Finanzproblemen befreit, und die neu eröffnete Boutique lief bislang gut (jedenfalls wenn man den begeisterten Jubelarien Glauben schenkte, die Fiona regelmäßig von sich gab). Das alles war Grund genug dafür, dass Julius sich seit Neuestem auf der Gewinnerseite des Lebens wähnte.

Markus verzichtete darauf, ihm zu widersprechen, obwohl er eine ganz eigene Meinung dazu vertrat; bislang hatte sein Bruder es noch immer fertiggebracht, sein Konto über kurz oder lang unfehlbar in die roten Zahlen zu steuern. Allerdings hatte er bisher noch nicht die Absicht geäußert, ein Haus oder sonst irgendetwas Kostspieliges zu kaufen, von Aktien ließ er seit dem letzten Debakel die Finger, und selbst Fiona würde eine ganze Weile brauchen, bis in ihrem Modeladen die Ausgaben die Einnahmen so weit überstiegen, dass es wieder einmal brenzlig wurde. Also musste sich Markus bis auf Weiteres nicht den Kopf über Julius' Angelegenheiten zerbrechen, und diese Aussicht erleichterte ihn ziemlich.

»Na, Großer, immer noch solo?«, erkundigte sein Bruder sich beiläufig und nahm sich von dem Rührei, das auf einem Stövchen in seiner Schüssel warm gehalten wurde. »Wo ist Elisabeth doch gleich bei ihrem Selbstfindungstrip hingeraten? Auf ein Hausboot in Irland?«

»Schweden«, erwiderte Markus kurz angebunden. »Sie war erst ein paar Tage in Stockholm, dann hat sie spontan eine Kanalfahrt von Stockholm nach Göteborg gebucht, und im Moment reist sie durch Südschweden nach Stockholm zurück. Vermute ich jedenfalls.«

»Das *vermutest* du bloß?« Julius grinste breit. »Soll das heißen, dein dressierter Vogel ist geflüchtet und flattert jetzt ganz allein durch die Weltgeschichte, ohne dich über jeden seiner Schritte zu informieren?«

»Von ›dressiert‹ kann wohl kaum die Rede sein«, entgegnete Markus kühl. »Und es gibt für Lisa auch nichts, wovor sie flüchten müsste.«

»Höchstens davor, dass sie sich hier in der Villa langsam, aber sicher zu Tode langweilt«, konterte Julius gemütlich, schob sich eine Gabel voll Rührei mit Speckwürfeln in den Mund und spülte mit Orangensaft nach. »In zwei Monaten wird Vivien volljährig und geht auf die Uni. Der Job als Partyplaner für Papa ist Geschichte. Hier im Haus schwingt unsere wackere Frau Hinderer das Zepter – was soll also Elisabeth in Zukunft machen? Herumsitzen und darauf warten, dass du nach Hause kommst, damit sie dich umglucken kann? Das ist ja nun wirklich nicht gerade abendfüllend.«

Markus schob den Gedanken beiseite, dass er Elisabeth während des großen Krachs nach der abgesagten Kenia-Reise fast wortwörtlich dasselbe an den Kopf geworfen hatte.

»Ich hatte bisher absolut nicht den Eindruck, dass sie sich langweilt«, sagte er, obwohl er wusste, dass es wahrscheinlich ein Fehler war, auf Julius' Provokation einzugehen. »Anders als deine Frau, mein Lieber. Fiona ist in den letzten paar Jahren nicht gerade durch Überbeschäftigung aufgefallen. Zum Glück hat sie jetzt ja endlich wieder etwas zu tun, nicht?«

»Wenn ich du wäre, würde ich mir um Fiona keine Sorgen machen«, versetzte Julius und goss sich Kaffee ein. »Über kurz oder lang wirst du mit deiner eigenen Frau garantiert genügend Probleme am Hals haben. Weißt du, was ich glaube, großer Bruder?«

»Keine Ahnung.« Markus schob seinen leeren Teller zurück. »Aber ich bin sicher, du wirst mich darüber nicht im Unklaren lassen.«

»Ich glaube, du hast Schiss«, sagte Julius. »Jahrelang hast du alles getan, um es Papa recht zu machen. Der perfekte Sohn und der perfekte Ehemann mit der perfekten Ehefrau. Da kam dir Elisabeth damals gerade recht ... die unschuldige kleine Jungfer, mit der du erst Spaß haben und die du anschließend vor der Schande retten konntest. Wie der Ritter in glänzender Rüstung, stimmt's?«

Schon wieder den Nagel auf den Kopf getroffen. Verdammt noch mal!

»So ein Blödsinn!« Markus wurde allmählich wütend. »Was soll das werden, Julius? Eine Generalabrechnung, weil dir die Tatsache quer im Hals sitzt, dass du Papa ununterbrochen enttäuscht hast und ich nicht?«

Julius grinste. »Mag sein, dass ich nicht gerade der Vorzeigesohn gewesen bin, aber wozu auch? Du hast dich in der Rolle doch sehr wohlgefühlt. Und die Sache mit Elisabeth hätte zwar das Zeug zum Skandal gehabt, aber stattdessen wurde ein glorreiches Happy End daraus. Elisabeth hat Papa wahrscheinlich sogar noch mehr geliebt als dich.«

»Das ist billig«, erwiderte Markus kalt, »sogar für dich. Wenn

Papa nicht mit Fiona klargekommen ist, dann hat das ganz und gar an ihr gelegen.«

»Sagt der, der selbst mit *Papa* nie wirklich klargekommen ist«, konterte Julius. »Und dabei hast du dich so angestrengt, dass er dein Wohlverhalten auch ja mitkriegt. In deinem Windschatten hab ich es ziemlich leicht gehabt, mein eigenes Ding durchzuziehen. Das haben wir beide getan, Fiona und ich, und wir sind ziemlich gut damit gefahren.«

»*Gut?*« Markus starrte ihn an. »Erst verbrennst du ein halbes Vermögen an der Börse, dann wirtschaftet Fiona ihre überkandidelte Mode-Klitsche in den Ruin. Gleich *zweimal.* Ihr seid nicht ›gut gefahren‹ – das war ein glatter Totalschaden, du Idiot. Weswegen du jetzt in der Firma einen Posten hast, wo du garantiert keinen Schaden anrichten kannst.«

»Nicht mehr lange«, sagte Julius. »Was glaubst du wohl, wieso ich den unsäglichen Kuckuckssohn aus Schweden mit diesem Namen, den kein Mensch aussprechen kann, so schnell wie möglich wieder aus der Familie geekelt habe? Hast du etwa gedacht, ich würde tatsächlich Papas Geld mit ihm teilen? Ganz sicher nicht. Und erzähl mir jetzt bloß nicht, dass *du* dazu bereit gewesen wärst. Dir war der Knabe genauso verdächtig und unangenehm wie mir, du hast es bloß besser versteckt. Wahrscheinlich, um vor Vivien und Elisabeth besser dazustehen.«

Er leerte seine Kaffeetasse und beugte sich angriffslustig über den Tisch.

»Vor allem vor Elisabeth, nicht? Die so prächtig mit dem Schweden-Schwager ausgekommen ist, dass die beiden tagelang unzertrennlich waren. Und du hast dabei zugesehen.«

»Es *gab* doch gar nichts zu sehen!«, schnappte Markus. »Fiona hat sich die geschmacklose Geschichte mit der Begegnung am Ebnisee doch bloß aus den Fingern gesogen!«

»Ja, aber du bist trotzdem sofort darauf angesprungen«, schoss Julius zurück. »Einen Moment lang hast du wirklich geglaubt, dass der blonde Wikinger dir jetzt nicht nur bei deinem Vater den Rang abgelaufen hat, sondern auch noch bei deiner Frau. Nicht wahr?

Du hast dein Anwaltsgesicht aufgesetzt, und die ahnungslose Lisa fand sich von einer Sekunde zur anderen auf der Anklagebank wieder – es war wirklich zum Totlachen! Dann hat Papas Bastard obendrein noch den Bettel hingeschmissen und dramatisch auf die Kohle verzichtet. Bingo! Am nächsten Tag hab ich Fiona groß zum Essen ausgeführt, mit Austern, Champagner und allem Drum und Dran. Das hatte sie sich wirklich verdient.«

Markus schob seinen Stuhl zurück und stand auf.

»Dafür ist mir jetzt der Appetit vergangen«, sagte er. »Ich muss in die Kanzlei. Du kannst ja noch ein bisschen hier sitzen bleiben und darüber nachdenken, wie du dein Erbe so schnell wie möglich durchbringst. Wenn man sich auf eines verlassen kann, dann darauf, dass du vollkommen außerstande bist, anständig mit Geld umzugehen.«

Er drehte sich auf dem Absatz um, ging hinaus und schaffte es nur mit Mühe, die Tür nicht hinter sich zuzuschlagen.

***

Es dauerte länger als zwei Stunden, bis Markus nicht mehr den Wunsch verspürte, seinem Bruder den Hals umzudrehen. Als er in der Mittagspause seinen privaten E-Mail-Account öffnete, entdeckte er eine Nachricht von Elisabeth.

Es tut mir unendlich gut, hier zu sein, schrieb sie. *Dass meine vertraute, tägliche Routine Tausende von Kilometern weit weg ist, wirkt erstaunlich befreiend. Schweden ist wunderschön – kein Wunder, dass Traugott sich hier immer so wohlgefühlt hat. Außerhalb der großen Städte ist dieses Land herrlich weit und still. Ich genieße diese Ruhe, mehr, als ich es je für möglich gehalten hätte. Sie hilft mir, nachzudenken und meine Perspektiven zurechtzurücken.*

Ich weiß, du hast einen vollen Terminkalender, und deine Arbeit ist wichtig. Aber wir beide sind es auch. Vieles in unserem Leben ändert die Richtung; ich glaube, ich mache im Augenblick genau dasselbe. Vielleicht liegt es an Schweden … oder daran, dass ich hier endlich einmal die Zeit habe, alles, was ich in den letzten Jahren gedacht, gesagt und getan habe, mit etwas Abstand zu sehen. Ich glaube, ich habe vieles zu einfach hingenommen, und mir hat oft der Mut gefehlt, gegen Dinge zu protestieren, die mir nicht gefallen haben. Auch in unserer Ehe, fürchte ich.

Wir haben die Chance, auch in Zukunft miteinander glücklich zu sein. Aber möglicherweise müssen wir dafür etwas tun. Ich möchte es gern versuchen, wenn ich wieder in Deutschland bin, gemeinsam mit dir.

Bis bald, Markus. In Liebe

Lisa

Die letzten beiden Absätze las Markus wieder und wieder. Dann lehnte er sich in seinem Sessel zurück und schloss die Augen. Das roch genau nach der Sorte von Komplikationen, die er bislang immer vermieden hatte, weil er sie so frustrierend wie anstrengend fand. *Vielleicht liegt es an Schweden*, hatte sie geschrieben. Ganz bestimmt lag es an Schweden – und an diesem albernen Selbstfindungstrip ebenfalls.

Eines wusste er mit Sicherheit: Es war allerhöchste Zeit, dass Lisa wieder nach Hause kam.

Feuer

Elisabeth war strahlender Laune, als sie am Morgen nach ihrem Geburtstag zusammen mit Göran am Frühstückstisch in seinem Haus saß. Sie freute sich auf den Tag, der vor ihr lag; Göran hatte vorgeschlagen, zum Angeln an seinen Lieblingsplatz am Torne älv zu fahren (»im Idealfall fangen wir uns dann gleich unser Dinner«), und danach würden sie den Abend und die helle Sommernacht mit Mattis in der Kåta der Sundgrens verbringen. Ein Abenteuer, ein ganzer Tag in der Wildnis – noch vor wenigen Wochen wäre so etwas für Elisabeth völlig undenkbar gewesen.

Während sie eines der Brötchen, die sie aus dem Hotel mitgebracht hatte, mit geräuchertem Rentierschinken belegte und Göran ihr bereits die zweite Tasse Kaffee einschenkte, ertönte ein dezenter Handy-Klingelton. Göran stellte den Kessel ab, zog sein Smartphone hervor und wechselte einige Sätze auf Schwedisch mit seinem Gesprächspartner. Dabei beobachtete Elisabeth, wie sein Gesichtsausdruck immer unruhiger und besorgter wurde. Mit einem flauen Gefühl im Magen legte sie ihr Brötchen beiseite.

Schließlich beendete Göran das Gespräch, ließ das Smartphone sinken und starrte schweigend auf die Tischplatte.

»Was ist passiert?«, fragte Elisabeth leise.

»Mattis kann heute Abend nicht mitkommen«, antwortete er tonlos. »Ein Cousin von ihm in der Gegend von Kautokeino in Norwegen ist gestorben, und seine Cousine hat ihn gefragt, ob er zu ihr kommen und ihr beistehen kann.«

»Das tut mir sehr leid«, sagte Elisabeth.

Göran nickte leicht. »Dummerweise funktioniert der Geländewagen, an dem wir gestern ewig herumgeschraubt haben, immer noch nicht richtig; der muss wohl in die Werkstatt. Yngve fragt, ob er sich meinen Kastenwagen ausborgen kann, um Mattis nach Kautokeino zu bringen. Er würde uns dann vorher noch zur Kåta fahren. Abholen könnte er uns aber erst morgen früh.«

Er hob den Kopf und sah Elisabeth an.

»Das heißt: Wir beide wären allein in der Kåta, und wir könnten bis morgen Vormittag auch nicht von dort weg. Ich hab Yngve gesagt, dass ich dich da erst fragen muss … vielleicht möchtest du unter diesen Umständen den Ausflug ja lieber verschieben.«

Elisabeth antwortete nicht sofort. Natürlich begriff sie, was ihm durch den Kopf ging. Solange nur wenige Meter von der Kåta entfernt sein Wagen stand, konnte sie jederzeit darum bitten, nach Hause gefahren zu werden, und er würde es auch tun – so wie er sie am Vorabend ohne jeden Einwand zurück nach Kiruna gebracht hatte. Jetzt aber würden sie die ganze Nacht über unwiderruflich in diesem Zelt festsitzen. *Allein. Nur sie beide.*

Andererseits … dass Göran zuallererst daran dachte, was diese neue Situation für *sie* bedeuten könnte, bewies ihr einmal mehr, dass er ihr Vertrauen verdiente. Und im gleichen Moment wusste sie, dass es nur eine Antwort auf seine Bedenken gab.

»Es ist zwar schade, dass Mattis nicht mitkommen kann«, sagte sie, »aber ich bin sicher, es wird trotzdem schön. Außerdem werden wir kaum einen Ersatztermin bekommen; Signe hat mir gestern erzählt, dass sie in den nächsten Tagen schon einige Touristen-Reservierungen für die Kåta hat. Also ruf Yngve an und sag ihm, dass er deinen Wagen haben kann. Im Übrigen« – sie zwinkerte ihm zu – »ganz allein sind wir ja gar nicht. Schließlich haben wir Jukka bei uns.«

Das schräge Lächeln fand in Görans Gesicht zurück.

»Als Anstandswauwau im wahrsten Sinne des Wortes, oder wie?«

Elisabeth gluckste. »Ganz genau. Gibst du mir mal bitte den Käse?«

Göran reichte ihr den Teller und wählte dann auf seinem Smartphone die Nummer von Yngve Sundgren.

***

Gegen vier Uhr nachmittags setzte Yngve Elisabeth, Göran und Jukka am Fuße des Hügels ab, auf dem die Kåta stand. Er hatte eine Kühlbox mit allerlei Lebensmitteln für das Abendessen und das Frühstück mitgebracht und dazu eine Tasche mit mehreren Getränkeflaschen. »Das sollte reichen«, meinte er. »In der Vorratskiste der Kåta sind außerdem noch Kaffee und getrocknetes Rentierfleisch. Und ich hab erst vor drei Tagen ordentlich Holz gehackt, der Schuppen ist voll.«

»Alles klar. Bis morgen, Yngve.«

»Bis morgen. Und noch mal danke fürs Ausleihen!«

Yngve wendete den Kastenwagen und fuhr zurück in Richtung Poikkijärvi. Göran hängte sich den Rucksack über die Schultern, in dem er seine und Elisabeths Sachen für die Nacht verstaut hatte, und griff nach Kühlbox und Getränketasche.

»Ich kann auch was tragen«, bot Elisabeth sofort an.

»Nimm die«, erwiderte Göran und wies auf die blaue Isoliertasche, die noch auf der Erde stand. »Dann geht alles in einem Aufwasch.«

Er begann, den Hügel hochzusteigen. Elisabeth folgte ihm mit Jukka, der die Tasche in ihrer Hand nicht aus den Augen ließ. Sie lächelte in sich hinein bei dem Gedanken an die Äsche und die beiden Forellen, die darin auf Eis lagen, und bei der Erinnerung an die Stunden, die sie gemeinsam mit Göran am Flussufer beim Fischen verbracht hatte. Sie hatte sich früher oft gefragt, was wohl so reizvoll daran sein mochte, stundenlang stumm dazusitzen und zu warten, dass ein Fisch anbiss. Inzwischen wusste sie, was für ein Geschenk es war, die Natur um sich herum ohne jede Ablenkung zu genießen; sie hatte gelernt, wie man dabei klarer als sonst denken oder einfach die Seele baumeln lassen konnte. Elegante Kleidung war ihr plötzlich auch nicht mehr wichtig. Zwei Paar preiswerte Jeans, zwei T-Shirts und eine ausgesprochen hübsche blaue Leinenbluse hatte sie sich in einem kleinen Laden in Kiruna gekauft und trug seit Tagen nichts anderes mehr.

Oben auf dem Hügel angekommen zeigte Göran ihr zuerst einen kleinen, etwas abseits stehenden Schuppen. »Da drin findest du Schlafsäcke, und vor allem ist da das Holz. Wir müssen ein Auge darauf haben, dass uns das Feuer in der Nacht nicht ausgeht.

Nicht dass wir in dieser Jahreszeit erfrieren würden – aber der Rauch des Feuers hält uns die Mücken vom Leib.«

Sie folgte seinem Beispiel und trug einen Armvoll Holzscheite in die Kåta, wo Göran sich an der Feuerstelle mit Spänen, trockener Baumrinde und Zündhölzern zu schaffen machte. Bald züngelten erste kleine Flämmchen; Göran schichtete einige Holzscheite darüber, rotgoldene Flammen loderten empor, und Elisabeth verfolgte mit den Augen den Rauch, der oben durch das Loch in der Kåta abzog.

»Mach's dir gemütlich«, sagte Göran. »Ich hol noch schnell etwas Wasser aus dem Fluss.«

Er griff nach einem leeren Kanister und verließ das Zelt. Elisabeth ließ sich vorsichtig auf einem der vielen Rentierfelle nieder, mit denen der Boden ringsum ausgelegt war. Unter den Fellen knisterte leise das Reisig, das gleichermaßen für Isolierung und Abfederung sorgte. Sonst war außer dem Prasseln der Flammen nichts zu hören. Es war eine ganz einzigartige Stimmung – ein Zauber, der Elisabeth sofort in seinen Bann zog.

Wenig später kam Göran zurück. Neben dem gefüllten Kanister brachte er auch einige lange, dicke Holzstöcke mit, die er offenbar frisch geschnitten hatte.

»Wo ist Jukka?«, fragte Elisabeth.

»Draußen«, antwortete Göran. »Aber keine Sorge; spätestens wenn er nachher den Fisch riecht, kommt er angeschossen wie der Blitz.«

Er legte etwas Holz nach, füllte Flusswasser in einen rußgeschwärzten kleinen Kessel und stellte diesen in die Flammen. Nach einer Weile angelte er ihn mithilfe eines Steckens wieder heraus und schüttete aus einem Lederbeutel grob gemahlenen Kaffee hinein. Elisabeth erinnerte sich an den Spaziergang am Ebnisee, bei dem er ihr erklärt hatte, was eine Kåta war. *Den Kaffee braut man sich direkt im Feuer*, hatte er gesagt. *Nirgendwo anders ist er so gut.* Damals waren das für sie Bilder aus einer anderen Welt gewesen. Und jetzt saß sie mittendrin.

»Wenn dir langweilig ist, dann sag es«, kam es plötzlich von

Göran. »Ich kann stundenlang am Feuer sitzen, ohne auch nur einen Ton zu sagen. Aber wenn du … ich meine …«

»Kein Problem, Göran«, versicherte Elisabeth. »Meinetwegen musst du nicht krampfhaft nach Gesprächsthemen suchen. Ich hab hier gelernt, auf die Stille zu hören – und jetzt fange ich an, sie zu lieben.«

Göran warf ihr ein leises, anerkennendes Lächeln zu. Dann füllte er zwei Holztassen mit dem Kaffee und reichte ihr eine davon, zusammen mit einer Schale voller kleiner, dunkelrostroter Fleischfetzen.

»Tja, bei den Sámi gibt's zum Kaffee keine Kekse, sondern getrocknetes Rentierfleisch oder getrockneten Fisch«, schmunzelte Göran, als er Elisabeths überraschten Blick sah. »Versuch mal.«

Sie nahm eines der Fleischstückchen und biss hinein. Es war fest, fast zäh, aber von einem ausgesprochen aromatischen Geschmack nach Rauch, Salz und magerem Wildbret. Dann nahm sie dazu einen Schluck von dem starken, duftenden Gebräu in ihrer Tasse. *Ein Kaffee, der ohne Leitungswasser und elektrischen Strom zubereitet worden war.*

»Du hast recht gehabt«, sagte sie und lächelte ihn an. »Nirgendwo anders gibt es einen Kaffee wie diesen.«

Sein Gesicht leuchtete im Schein der Flammen. Elisabeth wusste instinktiv, dass nicht nur sie sich in diesem Moment an den Spaziergang am Ebnisee erinnerte.

***

Einige Stunden später verspeisten sie einträchtig die Fische, die sie im Torne älv geangelt hatten. Göran hatte die Äsche und die beiden Forellen bereits am Flussufer mit seinem Samenmesser ausgenommen. Nun hatte er Elisabeth gezeigt, wie man sie auf die Holzstäbe steckte und dort mithilfe von Astgabelungen oder Querverstrebungen aus kleineren Ästen befestigte (»sonst rutschen sie ständig herunter, und du kannst sie nicht drehen«), und wie man die Fische dann in der Gluthitze über dem Feuer garte.

»Und sonst kommt nichts dazu?«, hatte Elisabeth gefragt. »Keine Kräuter, kein Salz?«

»Könnte man natürlich machen«, hatte Göran geantwortet. »Aber du wirst sehen, wie gut diese Lachsfische auch ohne jeden Zusatz schmecken.«

Natürlich hatte er recht. Schon nach dem ersten Bissen vergaß Elisabeth jeden Gedanken an Zitrone oder Kräutersalz und genoss das köstliche Fischfleisch mit den intensiven Aromen von Holz, Rauch und Feuer. Jukka war, wie von Göran prophezeit, vom Fischduft angelockt vor der Kåta erschienen, hatte aber seine Portion draußen serviert bekommen. »Sonst wären wir nachher erst mal damit beschäftigt, überall Fischstückchen aus den Fellen herauszuklauben«, hatte Göran trocken angemerkt.

Am Ende ihrer Mahlzeit sammelte Göran die Fischgräten und Essensreste auf einem Teller und verschwand damit nach draußen. Elisabeth folgte ihm und sah, wie er ein Stück in den Wald hineinging und den Teller dort sorgsam auf die Erde entleerte.

»Alte Sitte bei den Sámi«, erklärte er, als er sich wieder aufrichtete. »Man gibt der Natur zurück, was man sich von ihr genommen hat und selber nicht braucht. Wenn beim Rentierschlachten Innereien übrig bleiben, dann lässt man sie auch einfach liegen. Irgendein Fuchs freut sich mit Sicherheit darüber.«

Jukka, der gerade ein paar Bäume weiter sein Geschäft verrichtet hatte, lief zu ihm, schnupperte kurz an den Resten und entschied dann, dass er kein Fuchs war. Außerdem war er satt; das Einzige, was er jetzt noch brauchte, waren ein paar Streicheleinheiten von Elisabeth als Nachtisch. Also steuerte er schwanzwedelnd auf sie zu und sah mit seinen blauen Augen treuherzig zu ihr hoch.

»Ja? Willst du wieder eine Runde schmusen, mein Schöner?«, lachte Elisabeth, ging in die Hocke und kraulte mit beiden Händen sein Fell.

»Der verzogenste Hund von ganz Lappland.« Göran gluckste amüsiert. »Willst du noch ein bisschen spazieren gehen?«

»Aber – das Feuer?«

»Keine Sorge, das brennt gemütlich nieder, da passiert nichts.«

»Dann gerne.« Elisabeth erhob sich. »Komm, Jukka!«

Jukka bellte begeistert und lief vor ihnen her. Ohne jede Eile schlenderten Elisabeth und Göran hinterdrein. Wie so oft, wenn sie gemeinsam unterwegs waren, sprachen sie wenig. Was Elisabeth nicht störte. Mit Göran zu schweigen hatte nichts Unbehagliches. Und wenn sie dann doch miteinander redeten, schenkte er ihr seine ganze Aufmerksamkeit und brachte ihr ein aufrichtiges Interesse entgegen, das ihr zutiefst wohltat.

Sie wusste nicht, wie lange sie unterwegs gewesen waren und wie spät es war, als sie schließlich wieder bei der Kåta ankamen. Während Jukka sich vor dem Zelt gemütlich zusammenrollte, den Kopf auf den Pfoten, blieben Elisabeth und Göran noch eine Weile stehen und blickten auf die taghelle, verzauberte Landschaft hinaus, die sich vor ihnen unter einem in sanfte Pastellfarben getauchten Himmel ausbreitete.

»*Detta är mitt liv*«, murmelte Göran plötzlich neben ihr. »*Vindar och snörök, solsken och duggregn …*«

»Was sagst du?«

Er unterbrach sich und sah sie an.

»Nichts … nur ein paar Zeilen von Nils-Aslak Valkeapää, die mir gerade durch den Kopf gegangen sind.«

»Wer ist das?«

»Einer der bedeutendsten samischen Dichter. Aus Finnland. Ist vor ein paar Jahren gestorben.«

»Kannst du mir das übersetzen?«

Göran konzentrierte sich kurz; dann begann er, langsam auf Englisch zu rezitieren:

»*Dies ist mein Leben:*
Winde und Schneetreiben,
Sonnenschein und Sprühregen,
Schellengeläut und Hundegebell,
des Blaukehlchens Klang,
umarmt vom Meer der Weiten.
So fällt meines Lebens Regen,

Winde wehen,
Eis grollt,
so pfeifen Stürme über die Weiten …«

Elisabeth lächelte staunend. Sie konnte die Bilder, die Göran durch seine spontane Übersetzung für sie lebendig werden ließ, an ihrem Geist vorüberziehen sehen.

»Dies ist mein Leben:
Ich bin ein Teil der Natur,
das fühle ich, das weiß ich;
des Windes Jojk in der Winde Wehen,
des Vogels Zwitschern in der Sommernacht.«

Göran schwieg, und Elisabeth sah ihn von der Seite an … das ruhige, klare Gesicht, die hohen Wangenknochen, die gerade Nase und den schön geschwungenen Mund.

Ihre Blicke begegneten sich … und hielten einander fest. Die Stille zwischen ihnen wuchs, schwer von ungesagten Worten.

»Wie spät ist es?«, fragte Elisabeth endlich. »Ich hab keine Ahnung; hier draußen verliere ich jedes Zeitgefühl.«

Er sah auf seine Armbanduhr. »Eine halbe Stunde nach Mitternacht. Warum?«

Elisabeth suchte nach Worten … und tat dann, was sie schon die ganze Zeit hatte tun wollen. Sie nahm Görans Hand und war unendlich erleichtert, als er sie nicht zurückzog.

»Als du gestern nach dem Frühstück dein Angelzeug in den Kastenwagen geladen hast«, sagte sie ruhig, »da hab ich meinen Rückflug gebucht. Das funktioniert zum Glück auch mit dem Handy.«

Sie schaute ihm in die Augen.

»Die Maschine geht heute Nachmittag um zwei. Ich muss nach Hause.«

Er atmete tief; sie konnte sehen, wie sich seine breiten Schultern hoben und senkten.

»Wahrscheinlich hast du recht«, antwortete er. »Aber ich wünschte, du würdest nicht gehen.« Der Druck seiner Finger verstärkte sich. »Ich weiß, ich sollte das nicht sagen. Es tut mir leid, Bettan.«

»Dir muss überhaupt nichts leidtun.« Noch immer sah sie ihn unverwandt an. »Denn ich würde am liebsten hierbleiben. *Bei dir.* Ich hab mir noch nie in meinem Leben etwas so sehr gewünscht.«

»Sagst du mir, *warum* du nicht bleiben kannst?« Seine Stimme war ruhig, aber dunkler und rauer als sonst. »Ich denke zwar, ich weiß die Antwort … aber es wird mir leichter fallen, sie zu akzeptieren, wenn ich sie von dir höre.«

»Ich habe vor achtzehn Jahren ein Versprechen gegeben, das ich weder brechen kann noch will«, erwiderte Elisabeth. »Deswegen muss ich zurück.«

Sie senkte den Kopf.

»*Mir* sollte es leidtun«, fuhr sie fort. »Denn jetzt tu ich dir weh, und das wollte ich nie.«

Der Zeigefinger seiner freien Hand wanderte unter ihr Kinn und hob es sanft, aber bestimmt an, sodass sie Göran wieder in die Augen sah. Zu ihrer Überraschung lächelte er.

»Das weiß ich doch«, sagte er. »So wie ich *dir* niemals wehtun möchte.«

Er seufzte, dann nahm er auch noch ihre andere Hand.

»Ich will ehrlich sein«, sagte er leise, »weil dieser Moment keine Lügen verträgt. Ich hab mich immer mit dem begnügt, was das Leben mir geschenkt hat. Aber jetzt auf dich zu verzichten und dich gehen zu lassen … das fällt mir schwer. *Sehr* schwer.«

»So schwer, wie es mir fällt, fortzugehen«, antwortete Elisabeth.

Sie hatte Mühe, die Worte herauszubringen. Ihre Kehle war wie zugeschnürt, und eine plötzliche, wilde Sehnsucht nach ihm überschwemmte sie wie eine Woge aus glühender Hitze und ließ ihr die Knie zittern.

Ich möchte jetzt mit dir in diese Kåta zurückgehen, Göran. Du sollst mich in die Arme nehmen und küssen. Und ich will dir alles ausziehen, was du am Leib hast, und du sollst mit mir dasselbe tun. Und dann will ich, dass du mich liebst. Und ich will das verdammte Rückflugticket zerreißen und herausfinden, wer ich sein könnte, wenn ich mit dir hier leben würde, Tag für Tag. An deiner Seite. Immer.

Sie ließ ihn los und trat zwei Schritte zurück. Am liebsten hätte sie ihm den Rücken zugedreht, vor lauter Angst, dass er ihr den inneren Wirbelsturm vom Gesicht ablesen könnte. Sie war nie besonders gut darin gewesen, ihre Gefühle zu verbergen. Markus behauptete immer, sie sei für ihn ein offenes Buch.

Markus. Und Vivien.

»Aber wir bleiben Freunde, Bettan, ja?«, hörte sie Göran sagen. »Nicht nur Schwager und Schwägerin – sondern *Freunde.*«

Elisabeth nahm sich mit einer gewaltigen Anstrengung zusammen. Für ein paar Sekunden schloss sie die Augen, dann schluckte sie Sehnsucht und Begierde hinunter – zusammen mit dem Schmerz.

»Freunde«, wiederholte sie. »Ich versprech es dir. Und danke für dein Zutrauen in meine Standfestigkeit.« Sie schüttelte den Kopf. »Offenbar kennst du mich besser als ich mich selbst. Hier … hier ist nämlich alles anders. Sogar ich. Und bei so viel Neuland verliert man gern den Boden unter den Füßen.«

»Weißt du was?«, versetzte Göran. »Dann gehen wir jetzt in die Kåta und setzen uns ans Feuer. Ich kenne nichts, was mich besser erdet, als ein paar Stunden lang einfach nur in die Flammen zu schauen. Vielleicht … hilft es dir ja auch, den Boden unter den Füßen wiederzufinden.«

»Das hoffe ich.« Es gelang ihr irgendwie, ihn anzulächeln. »Obwohl ich das Neuland nicht missen möchte. Genauso wenig wie die Zeit mit dir. Wenn ich nach Hause komme, will ich mich daran erinnern und daraus Kraft schöpfen … denn dann muss ich vieles ändern und mich streiten. Und das kann ich so furchtbar schlecht, weißt du?«

Göran gluckste leise.

»Arme Bettan. Ich würde ja gerne mitkommen, als moralische Unterstützung … aber ich fürchte, in diesem Fall wäre das eher kontraproduktiv.«

»Wohl wahr. Machst du uns noch einen Kaffee?«

»Natürlich.«

Er verschwand in der Kåta, und Elisabeth ging zu dem Schuppen hinüber. Sie nahm sich einen der Schlafsäcke, die darin über einer Leine hingen, und saß kurz darauf wieder am Feuer, wo Göran gerade den kleinen eisernen Kessel in die Flammen schob.

Der Rest der Nacht verging langsam und friedlich; Elisabeth behielt Eindrücke davon im Kopf, die sie noch Jahre später hütete wie einen wertvollen Schatz. Den Klang seiner Stimme, wenn er mit ihr sprach. Den Holzbecher mit Kaffee, den er ihr reichte, und sein ruhiges Gesicht, über das der Widerschein der Flammen huschte, die er immer wieder mit Ästen und Zweigen fütterte. Die rosige Glut unter der Asche und das rote und goldene Aufflackern des Feuers, als sie sich irgendwann gegen Morgen auf den Rentierfellen ausstreckte und den ausgebreiteten Schlafsack über sich zog, eingewiegt vom leisen Knistern und Knacken des brennenden Holzes.

Für einem kurzen Moment hoffte sie wider alle Vernunft, Göran würde sich neben sie legen und sie in die Arme nehmen … aber er blieb an der Feuerstelle sitzen. Elisabeth öffnete mehrmals die Augen, halb im Traum. Jedes Mal bevor sie wieder eindämmerte, sah sie, dass er den Blick schweigend und unverwandt auf sie gerichtet hielt … so, als wollte er genau wie sie die Bilder dieser Nacht in seiner Erinnerung speichern, während er ihren Schlaf bewachte.

***

Sie frühstückten dünnes, weiches Fladenbrot mit Käse, Fruchtjoghurt und frischen Kaffee, bevor Yngve um kurz vor zehn am Vormittag auftauchte und mit ihnen zu seinem Haus fuhr. Dort verabschiedete sich Elisabeth von ihm und von Signe, die sie in die Arme nahm und ihr ein Glas mit selbst gemachtem *Hjortronsylt* in die Hand drückte (»damit du den Geschmack von Schweden nicht vergisst«). Elisabeth küsste sie auf die Wange und winkte aus dem Fenster des Kastenwagens, bis das Haus hinter einer Kurve verschwand. Zwanzig Minuten später waren sie in Kiruna, wo Göran sie am *Scandic Ferrum* absetzte.

Viel zu packen gab es nicht mehr. Elisabeth nahm eine letzte Dusche, schlüpfte in eine der Jeans, die der Hotelservice für sie frisch gewaschen hatte, und streifte die blaue Leinenbluse über. Dann zog sie den Reißverschluss ihres Trolleys zu und ging in die Lobby hinunter. Sie hatte bereits in Stockholm einen schweren, gläsernen Briefbeschwerer als Mitbringsel für Markus gekauft; jetzt fand sie in dem Shop in der Hotelhalle noch einen Brieföffner mit einem Griff aus Rentierhorn mit samischen Gravuren. Außerdem suchte sie zwei Armbänder aus hellbraunem und schwarzem Leder mit geflochtenem Zinndraht für Vivien aus. Sie hätte ihrer Tochter lieber Armbänder von Isku Ranttila mitgebracht. Aber dazu reichte die Zeit nicht mehr. Als sie die Einkäufe in ihrem kleinen Rucksack verstaut und die Hotelrechnung beglichen hatte, war halb eins vorbei.

Sie trat ins Freie und sah den vertrauten Kastenwagen am Bordstein warten; als sie die Tür öffnete, entdeckte sie nicht nur Göran, sondern auch Jukka. Sie war Göran dankbar, dass er den Hund mitgebracht hatte; nicht nur, weil sie ihn so noch einmal sehen und ihm Lebewohl sagen konnte, sondern auch, weil seine stürmische Begrüßung sie zum Lachen brachte, obwohl ihr immer weniger zum Lachen zumute war.

Die Fahrt zum Flughafen war viel zu schnell vorbei. Jukka durfte aus dem Auto und nutzte die Chance, sich noch einmal ausgiebig streicheln zu lassen. Als er danach wieder in den Wagen zurückkehren musste, um dort auf *husse* zu warten, bis der ohne Elisabeth wiederkam, fixierten die strahlend blauen Augen *matte* sehnsüchtig durch das Seitenfenster. Während Elisabeth mit Göran das Flughafengebäude betrat, glaubte sie den Husky noch immer betrübt winseln zu hören.

Sie checkte am Schalter ein und gab den Trolley auf. Und dann war der Moment da, vor dem sie sich seit dem Erwachen in der Kåta an diesem Morgen gefürchtet hatte. Sie standen einander gegenüber, und Elisabeth wünschte sich, wortgewandter zu sein, als sie es war. Sie wollte das Richtige sagen … etwas, das ihn ebenso tröstete wie sie. Aber sie brachte kein Wort heraus.

Göran registrierte ihr Dilemma und übernahm die Initiative.

»Leb wohl, Bettan«, sagte er. »Danke, dass du gekommen bist. Es war … wunderschön.«

Eine Lautsprecherstimme rief auf Schwedisch und auf Englisch ihren Flug auf.

»Es war wunderschön, dass du so für mich da warst«, erwiderte Elisabeth. »Du hast mir geholfen – vielleicht wirst du niemals wissen, wie sehr. Ich wünschte, ich könnte …«

Sie verstummte erneut. Es war ihr unmöglich, das laut auszusprechen, was ihr auf der Seele lag. Die Entscheidung, die sie gemeinsam getroffen hatten, hinderte sie daran … und der Gedanke an die Last, die sie ihm ohne jeden Zweifel aufbürdete, wenn sie jetzt von den Gefühlen sprach, die es zwischen ihnen nicht geben durfte.

Sie sah ihm in die Augen. Sie waren fast so grün wie der Turmalin in ihrem Ring. *Vielleicht war ihre Wahl bei Isku Ranttila ja gerade deswegen auf diesen Stein gefallen.*

Ohne nachzudenken streckte sie die Hand aus und legte sie auf seine Wange. Im nächsten Moment machte er eine rasche Bewegung auf sie zu und zog sie an sich. Und dann lag sein Mund auf dem ihren, zärtlich und intensiv. Sie rang nach Luft und nahm für ein paar endlose, schmerzlich schöne Sekunden nichts anderes mehr wahr als *ihn* … seinen Körper dicht an ihrem, seine Wärme und seinen unverwechselbaren Geruch. Gleich darauf trat er zurück und ließ sie los.

»Es tut mir leid«, sagte er leise. »Das hätte ich nicht tun dürfen.«

»Danke, dass du es trotzdem getan hast.« Elisabeth brachte es irgendwie fertig, ihn anzulächeln. »Leb wohl.«

Sie drehte sich um und ging.

Heimkehr

Elisabeths Flug von Kiruna nach Stockholm verlief ebenso reibungslos wie der Anschlussflug von Stockholm nach Stuttgart. Markus wartete bereits auf sie und begrüßte sie – gänzlich untypisch für ihn – mit einer Umarmung und einem Kuss. Zehn Minuten später saßen sie in seinem Wagen. Elisabeth lehnte sich zurück, während ihr Mann in den regnerischen Abend hineinfuhr, schloss die Augen und kam erst eine Dreiviertelstunde später wieder zu sich, den Duft von Holzrauch und getrocknetem Rentierfleisch in der Nase. Der Eindruck war so stark, dass sie auf dem Beifahrersitz hochfuhr … und wieder zurücksank, denn in diesem Moment rollte das Auto in die große Garage. *Sie war zu Hause.*

Markus trug ihren Koffer nach oben und brachte ihn ins Schlafzimmer. Elisabeth blieb im Wohnzimmer stehen. Die Einrichtung – eine Ledercouch von gewaltigen Ausmaßen, zwei Lehnsessel, ein wuchtiges Eichenbuffet mit Schnitzereien – war ihr auf einmal merkwürdig fremd. Die Erinnerung an andere Räume überlagerte das vertraute Bild … die Wohnstube der Sundgrens mit den hellen Möbeln und den bunten Teppichen auf den Kiefernholzdielen, die Stube von Göran mit dem schon leicht durchgesessenen Sofa, in der er sich fast nie aufhielt, weil die Küche um so viel anheimelnder war.

Markus kam zurück, trat hinter sie und legte ihr die Hände auf die Schultern.

»Soll ich uns noch einen Kaffee machen?«, fragte er.

Elisabeth lächelte unwillkürlich. Das letzte Mal hatte ihr Markus auf ihrer Hochzeitsreise in einer Villa in Andalusien einen Kaffee gemacht – mit einer gänzlich ungewohnten Kaffeemaschine. Als Resultat war der Filter übergelaufen, und ein breites Rinnsal aus Kaffeesatz hatte sich über den Küchenschrank bis auf den Fußboden ergossen. Sie hatten sich königlich über das Chaos amüsiert, die Schweinerei gemeinsam beseitigt und anschließend ganz auf das Frühstück verzichtet, um sich stattdessen im Garten zu lieben. *Achtzehn Jahre war das jetzt her.*

»Weißt du noch?« Sie lehnte sich sachte gegen ihn, roch sein vertrautes Aftershave und spürte sein Lachen mehr, als sie es hörte.

»Klar weiß ich das noch.« Seine Lippen streiften ihre Ohrmuschel. »Damals hab ich dich zum ersten Mal seit der Hochzeit wieder lauthals lachen sehen.«

»Wundert dich das?« Sie hielt seine Hand fest, die sich an ihrem Hals entlang in Richtung Brust stahl. »Während der Trauung und der gesamten Feier danach hab ich den misstrauischen Blick deiner Mutter im Rücken gespürt wie eine Dolchspitze. Sie hat Jahre gebraucht, um zu glauben, dass ich dir das Baby nicht untergeschoben habe.«

»Sie wollte mich schützen. Vermute ich jedenfalls.« Anders als sonst, wenn sie – was selten genug vorkam – etwas Kritisches über ihre Schwiegermutter sagte, klang er nicht im Mindesten verärgert.

»Dich und das Familienvermögen«, meinte sie. »Was hältst du von einem Glas Wein?«

»Eine Menge«, entgegnete er. »Ich hab gestern einen Acolon aus dem Remstal aus dem Keller geholt – für alle Fälle. Mach's dir doch schon mal bequem. Ich hol ihn.«

Während Markus in Richtung Küche steuerte, schaute Elisabeth ihm staunend hinterher. Normalerweise war sie es, die sich um solche Dinge kümmerte.

Er kam mit einem Tablett wieder herein, auf dem nicht nur eine Flasche und zwei Gläser standen, sondern auch eine Schale mit Käsegebäck. Er goss beide Gläser halb voll, reichte ihr eines davon und ließ sich in einem der Lehnsessel nieder. Elisabeth setzte sich auf das Sofa und trank einen Schluck.

»So viel Service bin ich von dir gar nicht gewohnt«, bemerkte sie sanft.

»Wie schön, dass es mir noch gelingt, dich zu überraschen«, erwiderte er und hob sein Glas zu einem Toast, bevor er ebenfalls trank. »Aber du hast mich ja auch überrascht. Dass du dich aus heiterem Himmel auf die Reise nach Schweden machst, kam für mich ausgesprochen … unerwartet.«

»Hab ich gemerkt.« Sie lächelte ein wenig ironisch. »Bei unserem letzten Telefonat in Stockholm hatte ich das Gefühl, dass du die Kavallerie in Marsch setzt, wenn ich mich nicht brav von Tore Glenmark an der Hand nehmen lasse.«

Sie wurde ernst und beugte sich leicht vor.

»Ich bin mir vorgekommen wie ein Kleinkind, dem du nicht zutraust, dass es allein auch nur einen Schritt tun kann. Und deswegen hab ich nach unserem Gespräch in Stockholm dann *tatsächlich* etwas Unbedachtes getan.«

Markus runzelte die Stirn. »Muss ich mir jetzt noch nachträglich Sorgen machen?«

»Nein.« Elisabeth nahm noch einen Schluck Wein. *Zeit, mit der Wahrheit herauszurücken … oder wenigstens mit dem größten Teil davon.* »Weißt du – da war dieses kleine Reisebüro, das im Schaufenster Flüge nach Kiruna angeboten hat. Zehn Minuten später hatte ich ein Flugticket in der Tasche.«

»Nach Kiruna?« Markus fuhr leicht zusammen. »Aber wieso …«

Er atmete tief durch.

»Du hast Göran besucht.«

»Ja.« Elisabeth nickte. »Ja, das habe ich. Und bevor du fragst – die Schiffsreise auf dem Göta-Kanal hat es nicht gegeben. Ich hab am Tag danach den Flieger genommen und war von da an die ganze Zeit in Kiruna.«

Markus musterte sie scharf, die Augen zusammengekniffen. »Bei Göran? In seinem Haus?«

»Nicht in seinem Haus«, erwiderte Elisabeth. »Wie kommst du darauf? Ich hatte ein Zimmer im *Scandic Ferrum* – ein schönes, sehr gutes Hotel. Göran lebt etwa zehn Kilometer davon entfernt. Aber nachdem ich ihm am Flughafen von Kiruna begegnet bin, hat er sich freigenommen und mir die Gegend dort oben gezeigt. Dieses Land ist sehr schön, und ich wollte es unbedingt sehen. Das war eigentlich der Hauptgrund, wieso ich dort hingeflogen bin.«

»Ihr seid euch am Flughafen begegnet?« Markus schnaubte unterdrückt. »Das wird ja immer abenteuerlicher.«

»Eigentlich nicht.« Elisabeth spürte ihre erste Nervosität schwinden, trotz seines offensichtlichen Misstrauens; dass sie ihm nichts mehr vormachen musste, tat ihr gut. »Göran arbeitet in Kiruna als Taxifahrer. Das ist jedenfalls *einer* seiner Jobs. Deswegen wartet er oft am Flughafen auf Kundschaft. Als ich in die Stadt fahren wollte, stand er plötzlich mit seinem Wagen da. Er war mindestens so verblüfft wie ich.«

»Kann ich mir vorstellen«, meinte Markus. Seine Augen waren noch immer schmal. »Du sagst ›einer seiner Jobs‹. Was für Jobs hat er denn noch?«

»Reiseführer, zum Beispiel«, sagte Elisabeth. »Er hilft Freunden, die in der Tourismusbranche arbeiten. Bei Touren mit dem Hundeschlitten zum Beispiel, oder mit Schneescootern.«

Markus trank sein Glas in einem Zug fast leer und hob eine Augenbraue. »Fehlt bloß noch, dass er Rentierherden durch die Gegend treibt.«

»Nur knapp daneben.« Ihre Mundwinkel zuckten belustigt. »Sein Freund und dessen Familie sind Sámi – Yngve und Signe Sundgren und ihre drei Kinder. Yngves Vater Mattis ist tatsächlich noch mit den Rentierherden gezogen. Aber heutzutage leben sie nicht mehr in Zelten, sondern in einem Haus … ein sehr schönes Haus übrigens. Die ganze Familie hat ein Geburtstagsfest für mich ausgerichtet, mit Kuchen und Geschenken. Es sind freundliche, liebenswerte Menschen.«

»Und mit denen hast du gefeiert, während ich dachte, du bist allein auf einem Schiff unterwegs«, erwiderte Markus bedächtig. »Göran war auch anwesend, vermute ich?«

»Göran auch, ja.«

Elisabeth war fest entschlossen, sich nicht aus der Ruhe bringen zu lassen. Markus hatte durchaus das Recht auf ein klein wenig Empörung; immerhin hatte sie ihn hinters Licht geführt. Aber weder sie noch Göran hatten etwas getan, das gebeichtet oder vergeben werden musste. *Nicht wirklich.*

»Wie gesagt, die Sundgrens sind seine Freunde. Er gehört dort praktisch zur Familie. Er hatte von Vivien erfahren, dass ich Geburtstag habe, und es ihnen verraten.«

»Von *Vivien?*« Wieder ein scharfer, taxierender Blick. »Was hat Vivien denn damit zu tun?«

»Sie hat ihn um seine E-Mail-Adresse gebeten, um ihm Bilder aus Neuseeland zu schicken. Soweit ich weiß, schreiben die beiden sich schon eine ganze Weile regelmäßig.«

»Na prächtig.« Markus schenkte sich aus der Flasche nach. »Eine rundum glückliche Familie, und so harmonisch. Bloß *ich* war nicht eingeweiht.«

»Vivien hat keine Ahnung, dass ich in Kiruna war«, sagte Elisabeth rasch. »Göran hat es ihr nicht gesagt. Er hat gemerkt, dass zwischen dir und mir irgendetwas nicht ganz in Ordnung ist. Aber als ihm klar wurde, dass ich darüber nicht reden will, hat er das Thema vermieden.«

»Oh.« Markus presste die Lippen aufeinander. »Dann muss ich ihm wohl auch noch dankbar sein für so viel Rücksichtnahme, was?«

»Er war sehr freundlich zu mir«, sagte Elisabeth leise. »Du warst doch immer der Ansicht, dass man auf mich achtgeben muss. Genau das hat dein Bruder getan – auf mich achtgegeben. Aber gleichzeitig hatte ich die Chance, lauter Dinge auszuprobieren, die ich noch nie getan habe. Ich habe Mattis zugehört, als er einen Jojk für mich gesungen hat – das ist eine spezielle Art Lied der Sámi. Ich habe in einer Kåta übernachtet – in einem Zelt, mit Rentierfellen auf dem Boden und einer Feuerstelle in der Mitte. Ich habe ein lebendiges Rentier gestreichelt … und ich hab noch etwas gemacht, das muss ich dir unbedingt zeigen.«

Sie holte die kleine Samtschachtel aus ihrem Rucksack, der noch neben dem Sofa stand, und klappte sie auf. Der Turmalin leuchtete grüngolden, und die Stehlampe ließ weiche Wellen aus Licht über die gehämmerte Ringschiene fließen.

»In Kiruna gibt es einen Silberschmied namens Isku Ranttila«, erklärte sie. »Er hat mich zwei Tage lang in seiner Werkstatt arbeiten lassen, und dieser Ring ist dabei herausgekommen. Mein erstes selbst geschmiedetes Schmuckstück. Gefällt es dir?«

Markus betrachtete den Ring lange schweigend.

»Es ist sehr schön«, antwortete er endlich. »Doch bevor ich deine neu entdeckte Kreativität gebührend bewundere, würde ich gern noch mal auf die Tatsache zurückkommen, dass du mich belogen hast. Wieso durfte ich nicht wissen, dass du nach Kiruna fliegst?«

»Nenn es eine Kurzschlussreaktion, wenn du möchtest«, sagte Elisabeth. »Ich hab den Flug gebucht, ohne wirklich darüber nachzudenken. Aber mir war klar, wie sehr du dich über diese … diese *Eigenmächtigkeit* aufregen würdest. Also hab ich beschlossen, dir erst davon zu erzählen, wenn ich wieder da bin.«

Sie sah ihn an.

»Und jetzt bin ich wieder da. Und ich *hab* dir davon erzählt. Aber natürlich hätte ich das früher tun müssen. Es tut mir wirklich leid, Markus.«

Sie trank ihr Glas aus und stand auf.

»Ich geh jetzt ins Bett. Wenn du meinst, dass es zwischen uns noch etwas zu klären gibt, dann können wir das bestimmt morgen noch tun. Beim Frühstück.«

Damit drehte sie sich um und machte sich langsam auf den Weg in Richtung Schlafzimmer.

»Lisa?«

Sie blieb stehen.

»Hast du mit Göran geschlafen?«

Elisabeth drehte sich um.

»Nein«, sagte sie leise und ruhig. »Nein, das hab ich nicht, Markus.«

Sie betrat das Schlafzimmer. Es war sauber und aufgeräumt, die Decken des breiten Ehebettes zurückgeschlagen. Sie schlüpfte in ein Nachthemd, ging ins Badezimmer, putzte sich die Zähne und kämmte sich die Haare. Die Augen im Spiegel über dem Waschbecken waren müde und traurig. Dann sah sie neben ihrem Spiegelbild Markus, der plötzlich in der Tür stand.

»Es tut mir leid«, sagte er. »Ehrlich, Lisa. – Kommst du?«

»Natürlich.«

Sie lagen nebeneinander, im schwachen Licht des Vollmonds, das durch die heruntergezogenen Jalousien hereindrang. Elisabeth wartete darauf, dass er sie berührte, dass er sie in die Arme nahm. Nach der langen Trennung wäre das nur natürlich gewesen. Aber er tat es nicht … als wäre er sich nicht sicher, ob er das nach der Frage, die er ihr gestellt hatte, noch durfte. Und sie war sich in diesem Moment nicht sicher, ob sie es wollte.

Hast du mit Göran geschlafen?

Sie hörte den ruhigen Atem ihres Mannes neben sich.

Nein, dachte sie. *Aber ich hab es mir gewünscht, Markus. So sehr, dass ich vor der Nacht in der Kåta den Rückflug nach Deutschland gebucht habe. Damit ich nicht schwach werde.*

Sie zog die Decke noch ein Stück höher und schloss die Augen.

***

Zur selben Zeit, als Elisabeth zum ersten Mal seit fast drei Wochen wieder neben ihrem Mann im Ehebett schlief, glitt gut zweitausendzweihundert Kilometer weiter nördlich ein einsames kleines Ruderboot über einen stillen See. Kein Luftzug bewegte die Zweige der Birken und Tannen, die das Ufer ringsum säumten. Rosige Wolkensträhnen durchzogen das weiche Hellblau des Himmels und spiegelten sich auf der blanken Wasseroberfläche.

Leise plätscherte das Wasser, als Göran die Ruder durch die sanften Wellen des Sees zog. Dabei hing sein Blick unentwegt an dem leeren Sitz ihm gegenüber.

Er zog die Ruder ein und ließ das Boot treiben, bis es nur noch ganz sachte vor sich hin schaukelte.

Sein Leben lang hatte er nie ein Problem damit gehabt, allein zu sein. Als Einzelkind ohne Vater aufgewachsen, keine Verwandten außer den Großeltern in Kiruna, die an ihrem Enkel nie auch nur das geringste Interesse zeigten – der Personenkreis um ihn herum war stets überschaubar gewesen, er hatte es nie anders gekannt.

Und auch wenn er die Gesellschaft von guten Freunden wie den Sundgrens oder den Nyströms immer genoss, so machte es ihm doch niemals etwas aus, danach in seine eigenen vier Wände zurückzukehren, in denen ihm außer Jukka niemand Gesellschaft leistete.

An diesem Abend jedoch war er zum ersten Mal aus seinem Haus geflüchtet. Weil er die stumme Leere dort nicht ertrug.

Bettan.

Nie hätte er gedacht, dass sie ihm so sehr fehlen würde. Obwohl er von Anfang an gewusst hatte, dass sie nur für kurze Zeit in Kiruna war und früher oder später wieder nach Deutschland zurückfliegen musste. Da war sie aber auch noch nicht mehr für ihn gewesen als seine Schwägerin – die Frau seines Halbbruders, der traurigerweise genauso wenig etwas von ihm wissen wollte wie seine Großeltern. Und jetzt gab ihm ihre Abwesenheit das Gefühl, als hätte er einen Teil von sich selbst verloren.

Ob seine Mutter wohl die gleiche schmerzhafte Leere empfunden hatte – jedes Mal, wenn sie sich von Traugott trennen musste, und vor allem nach dem endgültigen Ende ihrer Beziehung? In gewisser Weise hatte sie genau dasselbe erlebt wie nun er, als sie ihr Herz an ein verheiratetes Mitglied der Familie Gebhard verlor. Spürte er jetzt zum ersten Mal am eigenen Leib, welchen Preis Åsa Lund dafür bezahlt hatte, dass die Gebhard-Familie intakt bleiben durfte? Oder war sie in diesem Punkt gelassener gewesen als er? Fatalistischer? Nicht ganz so verwundbar?

Er würde es nie erfahren.

Wenigstens warst du danach nicht ganz allein, morsan. Du hattest einen Sohn. Mir bleiben nur meine Erinnerungen.

Er versuchte, sich vorzustellen, wie Bettan vor ihm auf der Sitzbank des Ruderbootes saß … in der hübschen Leinenbluse und den Jeans, die sie sich vor ein paar Tagen in Kiruna gekauft und ihm mit leuchtenden Augen präsentiert hatte – Augen, so wunderbar klarblau wie der See an einem sonnigen Spätsommertag. Das dichte schwarze Haar, das ihr offen den halben Rücken hinunterfiel, hatte sie im Nacken zusammengebunden. Ihre normalerweise eher blasse Haut hatte in der warmen Sommersonne des Nordens Farbe bekommen, und sie strahlte vor Freude. *Bettan.*

Jetzt würde aus ihr wohl wieder *Elisabeth* werden ... die Frau des angesehenen Anwalts Markus Gebhard, die elegante Hosen und Kostüme trug, mit ihrem Mann und ihrer Tochter in einer vornehmen Villa mit Haushälterin lebte und ihr Leben ganz nach ihrer Familie ausrichtete. Deren Welt sich von der seinen so sehr unterschied, dass es ihr fast ein wenig Angst gemacht hatte. *Hier ist alles anders,* hatte sie vor vierundzwanzig Stunden zu ihm gesagt. *Sogar ich.*

Göran schloss die Augen.

Ich wünsche dir, dass du dieses andere Ich, das du hier entdeckt hast, nie wieder verlierst, Bettan. Egal, wie viel du dafür bei dir zu Hause verändern und wie oft du deswegen streiten musst. Tu es, ich bitte dich. Bewahr dir dieses Strahlen, das ich so sehr an dir liebe.

Er seufzte, leise und resignierend.

Auch wenn es nun nicht mehr für mich ist ... sondern für ihn.

Er hob den Kopf und blickte eine Weile in die Ferne. Dann atmete er tief durch und griff wieder nach den Rudern. *Sei's drum.* Das Leben ging weiter. Er würde lernen müssen, mit dieser Leere zu leben. Und ohne Bettan.

Du bist ein Glückspilz, Markus, dachte er, während das Boot sich langsam in Bewegung setzte. *Du hast immer mehr gehabt als ich – und nein, damit meine ich jetzt nicht dieses verdammte Geld, das sei dir vergönnt. Aber erst ist unser Vater bei dir geblieben – und nun auch diese wunderbare Frau. Ich hoffe nur, du weißt zu schätzen, wie reich du beschenkt worden bist.*

Neue Wege

Der August ging vorbei, der September begann sonnig und kühl. Elisabeth schaute regelmäßig auf den Kalender und strich im Geiste die gedruckten Zahlen durch ... noch drei Tage, bis Vivien aus Neuseeland zurückkehrte. Noch zwei. *Noch einer.*

Und dann stand sie wieder im Terminal 1 des Stuttgarter Flughafens und wartete mit klopfendem Herzen darauf, dass ihre Tochter durch die Zollkontrolle kam. Es dauerte nicht lange. Plötzlich hörte sie einen fröhlichen Ruf, und dann rannte eine hübsche junge Frau auf sie zu, in Jeans und einem schwarzen Sweatshirt, auf dem ein Schaf mit Wollmütze und Sonnenbrille abgebildet war.

»*Mama!*«

Vivien fiel ihr um den Hals, und Elisabeth hielt sie überglücklich fest.

»Wo ist Papa?«

»Zu Hause«, sagte Elisabeth. »Er hat es nicht rechtzeitig aus der Kanzlei geschafft. Aber er freut sich sehr auf dich.«

»Ich freu mich auch.« Vivien hakte sich bei ihr unter und musterte sie aufmerksam. »Toll siehst du aus – du hast ja richtig Farbe bekommen! Dass du diesen Trip nach Schweden gemacht hast, finde ich megaklasse. Du musst mir alles erzählen!«

»Später.« Elisabeth lachte. »Schweden ist nicht halb so aufregend wie Neuseeland. Jetzt will ich erst einmal alle *deine* Geschichten hören, ehe du meine zu hören bekommst.«

Während der gesamten Heimfahrt sprudelten die Reiseerlebnisse förmlich aus Vivien heraus. Sie erzählte von der Schaffarm in der Nähe von Auckland, auf der ihre Freundin Deborah mit ihren Eltern lebte, von ihrer Rundreise um die Nordinsel und ihrem Besuch in Matamata, wo ein Teil der berühmten *Herr-der-Ringe*-Trilogie gedreht worden war (»Stell dir vor, ich hab im *Grünen Drachen* einen Cider getrunken und irgendwie darauf gewartet, dass die Tür aufgeht und Bilbo Beutlin hereinkommt!«). Danach war sie auf die Südinsel gewechselt. Deborah hatte sie mit ihrem

Wagen von einer Sehenswürdigkeit zur anderen und durch eine Unzahl märchenhafter Landschaften kutschiert. Vivien hatte sich extra eine Festplatte gekauft, um all die Bilder und Videos darauf zu speichern, die sie geknipst und gedreht hatte.

»Die muss ich euch irgendwann alle zeigen«, bemerkte sie und gähnte. »Aber keine Sorge, ich such vorher die schönsten raus – schließlich will ich euch nicht langweilen.«

»Du langweilst mich nie, und Papa ganz bestimmt genauso wenig.« Elisabeth warf ihr einen liebevollen Blick zu. »Bist du müde, mein Schatz?«

»Ziemlich«, gab Vivien zu. »Meine innere Uhr ist ein bisschen durcheinander; in Auckland ist es jetzt Morgen. Ich hab extra den Nachtflug gebucht, um den Jetlag auszutricksen. Und dann konnte ich vor lauter Aufregung nicht schlafen.«

Sie war bereits weggedämmert, als Elisabeth von der B14 auf die B29 wechselte. Als der Twingo eine gute halbe Stunde später vor der Villa bremste, war sie allerdings sofort wieder hellwach, sprang aus dem Wagen und stürmte Richtung Haustür. Die wurde im richtigen Augenblick geöffnet, und da stand Markus, die Arme ausgebreitet. Vivien warf sich mit einem Jubelschrei an seine Brust, und über ihren Kopf hinweg trafen sich Elisabeths und Markus' Augen. Er lächelte, und in diesem Moment teilten sie genau das gleiche Glück. *Der liebste Vogel war ins Nest zurückgekehrt, und sie würden die Zeit, die ihnen blieb, so gut wie möglich nutzen, ehe er erneut davonflog.*

»Wirf deinen Vater nicht um.« Elisabeth legte ihrer Tochter von hinten die Hand auf die Schulter und küsste sie auf den Scheitel. »Frau Hinderer hat den ganzen Tag in der Küche gestanden und deine sämtlichen Lieblingsgerichte gekocht. Hast du Hunger?«

Vivien wirbelte herum. »Wie ein Bär. Können wir *gleich* essen?«

Das Begrüßungs-Festmahl bestand aus Zwiebelrostbraten mit Spätzle und schwäbischem Kartoffelsalat, und zum Nachtisch gab es selbst gemachtes Vanilleeis mit heißen Himbeeren. Vivien aß mit Appetit und vergaß dabei nicht, noch mehr zu erzählen; der Raum vibrierte von ihrer fröhlichen Stimme und dem gemeinsamen Gelächter. Als der Tisch abgeräumt war, flitzte sie hinaus und war gleich darauf mit einer großen Tüte wieder zurück. Daraus kam ein kuscheliges Cape zum Vorschein, das sie mit großer Geste Frau Hinderer überreichte. Die betrachtete das unverhoffte Geschenk mit großen Augen.

»Des wär doch net needig g'wäse!«, meinte sie und strich bewundernd über das dicke, weiche Tuch. »Isch des echte Wolle?«

»Ganz echt«, versicherte Vivien. »Von lauter neuseeländischen Schafen. Das können Sie im Winter auch als Decke benutzen, wenn Sie nachts mal kalte Füße haben.«

Frau Hinderer bedankte sich vielmals und ging, das Cape sorgsam zusammengefaltet über dem Arm. Als Nächstes tauchte aus der Tüte dasselbe Sweatshirt auf, das Vivien trug, nur größer.

»Für dich, Papa«, sagte sie mit mehr als nur einem Hauch von Augenzwinkern. »Das kannst du anziehen, wenn du demnächst morgens um den Block joggst.«

Markus – der seit Jahren die Absicht kundtat, sich »demnächst« durch regelmäßiges Laufen fit zu halten, dies aber noch nicht ein einziges Mal wirklich hinbekommen hatte – zog eine ironische Grimasse und nahm das Mitbringsel entgegen. »Zählt ein Spaziergang zum Briefkasten auch?«

»Nix da.« Vivien warf ihm einen strengen Blick zu. »Bei uns holt Frau Hinderer die Post rein – schon vergessen? Aber wenn du dieses Wochenende eine Runde drehst, dann lauf ich mit. Versprochen!«

Elisabeth hatte ihre Zweifel, ob ihr viel beschäftigter Mann sich tatsächlich zu dieser Körperertüchtigung würde durchringen können. Zum Glück hatte er sich in achtzehn Jahren Ehe kaum eine Spur Bauch zugelegt, sein dunkelbraunes, welliges Haar war nach wie vor dicht und zeigte noch keinerlei Grau. Mit seinem klugen, energischen Gesicht und den scharfen grauen Augen machte er nicht nur im Gerichtssaal eine gute Figur.

Aber selbst *wenn* er mit seiner Tochter gemeinsam joggen wollte, es blieb ihm kaum noch Gelegenheit dazu. In vierzehn Tagen würde Vivien in Tübingen sein, und als Erstsemester würde sie es wohl nicht allzu oft schaffen, zwischendurch für ein Wochenende nach Hause zu kommen. Markus hatte im Januar eine kleine Wohnung für sie gekauft; in den nächsten Tagen würden sie all die Möbel besorgen, die noch fehlten. Und da Vivien ein begeisterter IKEA-Fan war, hatte sich Elisabeth bereits auf eine Fahrt zur nächstgelegenen Filiale nach Ulm eingerichtet – schwedische *Köttbullar* mit Preiselbeeren im Restaurant inklusive. Sie dachte an Göran, musste unwillkürlich lächeln und verspürte gleichzeitig den winzigen, schmerzhaften Stich, der nach wie vor jeden Gedanken an den Mann in Laxforsen begleitete.

»… das ist für dich.«

Sie fuhr leicht zusammen und sah erst jetzt Viviens Hand, die sich ihr entgegenstreckte. Auf der Handfläche lag eine Brosche aus grün emailliertem Silber, geformt wie ein Blatt mit hell glänzenden Adern und groß genug, um einen Mantel oder ein winterliches Tuch zu schmücken. Elisabeth erkannte sie wieder – sie hatte sie zusammen mit Vivien in den *Herr-der-Ringe*-Filmen gesehen.

»Die hat dir doch immer so gut gefallen«, sagte Vivien ernsthaft. »Und nachdem du mir in deinen E-Mails erzählt hast, wie schön die Natur in Schweden war, dachte ich, das wär genau das Richtige für dich.«

»Hat Mama dir auch erzählt, dass sie einen Großteil ihres Schwedenurlaubs in Kiruna bei deinem Onkel verbracht hat?«, erkundigte Markus sich beiläufig. »Ich bin sicher, der Wikinger lässt dich herzlich grüßen.«

Elisabeth verkniff sich nur mit Mühe einen zornigen Blick in seine Richtung. Falls dieser kleine Seitenhieb jedoch dazu gedacht gewesen war, ihre Tochter zu schockieren, dann verfehlte er sein Ziel vollkommen.

»Was denn, *echt?*« Viviens Augen funkelten vor Begeisterung. »Du warst bei *farbror* Göran? Dann hast du bestimmt seinen Hund Jukka gesehen – kein Wunder, dass er mir nicht gesagt hat, dass du da bist, ich wäre vor lauter Neid bestimmt geplatzt! Wie ist er so – der Hund, meine ich? Ist er lieb? Lässt er sich streicheln?«

»Er ist total anhänglich und verschmust«, antwortete Elisabeth.

»Ich hoffe, du hast bald einmal die Gelegenheit, ihn kennenzulernen. Er freut sich nämlich mindestens ebenso sehr über Familienbesuch wie Göran.«

Immer noch ohne Markus anzusehen, nahm sie Vivien die Brosche aus der Hand.

»Und danke für dein Geschenk. Es ist einfach perfekt.«

***

Anfang Oktober zog Vivien mit dem letzten Koffer voller Sachen, die nicht bereits verpackt und nach Tübingen gekarrt worden waren, endgültig aus. Sie hatte sich gewünscht, dass ihr Vater sie in die neue Wohnung brachte – Markus hatte in den vergangenen beiden Wochen so viele Termine wahrnehmen müssen, dass er keine Gelegenheit gehabt hatte, ihr fertig eingerichtetes Domizil in Augenschein zu nehmen. Jetzt holte er das nach. Obwohl Elisabeth Zeit genug gehabt hatte, sich auf den Abschied von ihrer Tochter vorzubereiten, war ihr zum Heulen zumute. Aber sie riss sich zusammen, schaffte es, Vivien lächelnd zu umarmen, und winkte ihr nach, bis Markus' Mercedes am Ende der stillen Wohnstraße um die Kurve bog und verschwand.

In der Villa herumzusitzen und sich selbst zu bemitleiden fühlte sich nicht an wie eine hilfreiche Option. Vielleicht würde ein Spaziergang in Gmünd ihr guttun. Zehn Minuten später parkte ihr Twingo in der Innenstadt, einen Steinwurf vom Marienbrunnen entfernt. Sie stieg aus dem Wagen, dankbar dafür, dass das Wetter sich nicht ihrer Stimmung anpasste. Feine Wolken trieben an einem hohen, blassblauen Himmel dahin, die Luft war frisch und kühl.

Fast eine Stunde schlenderte sie ziellos durch die Innenstadt, blieb vor den Schaufenstern mit den prächtigen Kostümen des Staufersaga-Vereins stehen und überlegte ernsthaft, sich etwas zum Anziehen zu kaufen. *Offenbar war sie noch verzweifelter, als sie gedacht hatte.*

Sie trat in den mauerüberwölbten Bogengang hinein, der unter dem Torturm vom Marktplatz herunterführte, und ging an den Vitrinen vorbei, wo die Lehrstücke des Berufskollegs für Design und Schmuck ausgestellt waren. Ihr Blick fiel auf ein schönes Collier, das aus gehämmerten runden Silberscheiben bestand, die zur Mitte hin immer größer wurden. Auf der größten Scheibe saß genau in der Mitte ein von einer glatten Zarge gefasster dunkler Granat. Gestaltet hatte das Schmuckstück eine gewisse Janina Schneider, und auch der Name ihrer Ausbilderin wurde auf dem Schildchen neben der Büste mit dem Collier erwähnt: *Stella Adelberg.*

Elisabeth zückte ihr Smartphone und gab den Namen ein. Die Suchmaschine brauchte keine zwei Sekunden, um die gewünschte Information auszuspucken. *Stella Adelberg, Goldschmiede-Meisterin, Atelier und Lehrbetrieb.* Also hatte Stella nach dem Abitur das Ziel erreicht, das auch nur anzustreben Elisabeth damals sowohl die Kraft als auch der Mut gefehlt hatten.

Elisabeth und Stella hatten die gleiche Klasse im Scheffold-Gymnasium besucht und nebeneinander gesessen. Stellas Temperament passte zu ihrem kupferroten Haarschopf; was sie haben wollte, das bekam sie auch, notfalls ohne Rücksicht auf Verluste. Sie war laut, mutig und kreativ, sprudelte über vor Ideen, liebte Kleidung aus Leder und schwere Stiefel und schwatzte ihren Eltern ein Motorrad ab, noch bevor sie achtzehn war. Pünktlich an ihrem Geburtstag hatte sie den Führerschein in der Tasche und fuhr auf ihrer neuen Maschine über die Alpen bis zum Gardasee. Zurück kam sie mit einem Tattoo – einer üppigen, vielblättrigen Rosenranke, die den Ansatz ihrer ebenfalls üppigen Brüste zierte.

Zur Überraschung ihrer Mitschüler schaffte sie das Abitur mit glänzenden Noten, verzichtete danach (zum Schrecken ihrer Mutter, die zu gern eine Ärztin in der Familie gehabt hätte) auf ein Studium und verschwand von der Bildfläche. Elisabeth bekam noch mit, dass sie angeblich in den USA unterwegs war, dann verlor sie Stella endgültig aus den Augen. Aber zu der Zeit war sie auch schon verheiratet, und Stella hatte von Anfang an keinen Hehl daraus gemacht, dass sie Elisabeths Entscheidung für einen Riesenfehler hielt.

»Du bist die geborene Künstlerin, Lady Betty, du hast mehr Talent im kleinen Finger als manche Leute in beiden Händen und Füßen zusammen … und dann lässt du dich von diesem Juristenspießer an die Kette legen und im Kinderzimmer einsperren? Du spinnst doch!«

Elisabeth lächelte in sich hinein. Der Spitzname *Lady Betty* (den auf dem Gymnasium zuletzt sämtliche Mitschüler benutzt hatten) stammte von Stella; Elisabeths feines britisches Englisch hatte ihr mächtig imponiert, und sie war fest davon überzeugt, dass sie ihre glatte 1,0 in Englisch nur dem unermüdlichen Training durch ihre Freundin zu verdanken hatte. Stella war die Erste gewesen, der Elisabeth von ihrer Schwangerschaft erzählt hatte – noch vor Markus, noch vor ihrem Vater.

»Weißt du, was wir tun?«, hatte Stella gesagt. »Wir nehmen uns eine Wohnung zusammen, du sagst deinem Vater, er soll sich deine akademische Karriere in die Haare schmieren, und dann machst du die Goldschmiedelehre, die du so gerne machen möchtest. Nein – noch besser: Wir machen *beide* eine, und meine Mutter passt auf das Baby auf, bis wir damit fertig sind. Ich will keine Kinder, also ist das wahrscheinlich ihre einzige Chance, sich jemals wie eine Großmutter aufführen zu dürfen.«

Elisabeth hatte diesen abenteuerlichen Plan damals als vollkommen hirnrissig verworfen; jetzt fragte sie sich für einen flüchtigen Moment, ob er wohl funktioniert hätte. *Wahrscheinlich nicht … aber nun würde sie es kaum noch herausfinden.*

Sie betrachtete die Informationen auf dem Display ihres Handys. Stellas Werkstatt lag in einem Vorort von Gmünd, aber ein Juwelier in der Ledergasse verkaufte ihre Schmuckstücke in Kommission, und das Geschäft war in fünf Minuten zu Fuß zu erreichen.

Kurz entschlossen machte sich Elisabeth auf den Weg und stand bald darauf vor dem Laden, der von außen sehr stylisch, elegant und teuer wirkte. Sie zögerte und stieß dann die Tür auf.

Ein Mann mit Pferdeschwanz und Brille kam ihr entgegen. »Darf ich Ihnen behilflich sein?«

»Ich würde gern die Designarbeiten von Stella Adelberg sehen«, sagte sie.

»Sehr gern.«

Er führte sie zu einer beleuchteten Tischvitrine, wo ein halbes Dutzend Schmuckstücke auf anthrazitgrauem Samt präsentiert wurden. Sie beugte sich darüber und betrachtete ein Paar ovaler silberner Ohrstecker mit gebürsteter Oberfläche, die mit facettierten Blautopasen besetzt waren. Unter den Steinen mäanderte eine polierte Metallwelle von einem Rand zum anderen. Direkt daneben lag ein runder Anhänger mit einem schlicht skizzierten, geschwärzten Sonnensymbol in der Mitte. Die Ruhe und Schlichtheit dieser Entwürfe gefiel ihr sehr, und sie hätte sich nicht darüber gewundert, sie im Ausstellungsraum von Isku Ranttila vorzufinden.

»Was kosten diese Ohrstecker?«, fragte sie. Hinter ihr ging die Ladentür, aber sie achtete nicht darauf.

»Das sind besonders schöne Einzelstücke«, erklärte der Mann, der offensichtlich ein gutes Geschäft witterte. »Frau Adelberg fertigt sie in Handarbeit in ihrer eigenen Werkstatt an …«

» … klar tu ich das, du Witzbold«, erklang eine kräftige Altstimme. »Wenn ich die Dinger am Fließband herstellen würde, dürftest du deine Wahnsinnspreise nicht nehmen, und wir würden beide längst am Bettelstab gehen. Und erzähl der Dame bloß nicht, das wären Aquamarine.«

Der Juwelier seufzte und verdrehte die Augen.

»Wie du mit diesen desaströsen Manieren überhaupt *irgendwas* verkaufst, weiß der Himmel«, sagte er säuerlich. »Das ist komplett geschäftsschädigend.«

Er wandte sich wieder an Elisabeth.

»Sie haben Glück – ich darf Ihnen die Designerin höchstpersönlich vorstellen. Das ist Stella Adelberg, und sie wird Ihnen alles zu den Schmuckstücken sagen können, was Sie wissen wollen. Immer gesetzt den Fall, sie hat Lust dazu.«

Elisabeth drehte sich um. Vor ihr stand eine schlanke, breitschultrige Frau, fast einen Kopf größer als sie, den Beinsaum der gebleichten Jeans in ein Paar schwarzer Doc-Martens-Stiefel gestopft. Über einem maisgelben Samtshirt hing offen ein dramatisch weit geschnittener, beinahe knöchellanger Mantel aus schwarzem Glattleder, das kupferrot leuchtende Lockenhaar war zu einem losen Knoten zurückgenommen, und als sich ihre Blicke trafen, weiteten sich die haselnussbraunen Augen.

»Was denn … *Lady Betty?* Wo kommst *du* denn auf einmal her?«

»Von hier und da.« Elisabeth lachte. »Keine Sorge, ich kann einen Aquamarin immer noch jederzeit von einem Blautopas unterscheiden. Magst du mit mir einen Kaffee trinken gehen? Ich hab dir viel zu erzählen.«

Entdeckungen

»Du machst *was?*«

Markus beäugte Elisabeth entgeistert über den Rand seines Weinglases hinweg. Sie verspürte leichte Gewissensbisse, dass sie ihn nach einem langen Tag so aus dem Gleichgewicht bringen musste, aber die Neuigkeiten waren einfach zu aufregend, um sie für sich zu behalten.

»Ein Praktikum«, wiederholte sie. »Bei einer Goldschmiedemeisterin. Sie heißt Stella Adelberg, hat hier in Gmünd ein Atelier und ist ziemlich erfolgreich.«

»Irgendwie rührt sich da was in meinem Hinterkopf«, meinte Markus. »Warte mal – so eine rothaarige, vollbusige Sexbombe, ja? Jetzt erinnere ich mich – die hat bei der Hälfte der verheirateten Gäste auf unserer Hochzeit für Stielaugen gesorgt und mich schon während der standesamtlichen Trauung im Prediger angestarrt, als würde sie mich am liebsten umbringen.«

»Sie war nicht damit einverstanden, dass ich dich heirate«, sagte Elisabeth. »Wenn es nach ihr gegangen wäre, hätte ich mit ihr gemeinsam eine Goldschmiedelehre gemacht und obendrein Vivien mit ihr zusammen großgezogen.«

»Na – *der* Kelch ist Gott sei Dank an uns vorübergegangen«, versetzte Markus trocken. »Vielleicht ist sie ja eine Lesbe und war damals einfach bloß eifersüchtig.«

»Beides falsch.« Elisabeth trank einen Schluck Wein. »Seit wir uns kurz nach unserer Hochzeit aus den Augen verloren haben, hat sie zweimal geheiratet. Die eine Ehe hielt bloß ein Jahr, die andere immerhin sieben. Jetzt lebt sie allein und ist mehr oder weniger mit ihrer Arbeit verbandelt.«

»Und wieso hat die dir jetzt ein Praktikum angeboten?«, wollte Markus wissen. »Um der alten Zeiten willen?«

»Du weißt doch, dass ich damals gern Goldschmiedin geworden wäre«, erklärte Elisabeth geduldig. »Und dass die Sache unter anderem daran gescheitert ist, dass ich nicht rechtzeitig den

Mund aufgemacht habe. Aber diese Zeiten sind vorbei. Ich werde bestimmt nicht dem Tennisclub beitreten oder mich durch die Gegend shoppen, wie Fiona es getan hat – und selbst die hat das meiste davon inzwischen an den Nagel gehängt, weil ihre Boutique sie beschäftigt hält. Glaube ich jedenfalls.«

»Das glaube *ich* erst, wenn ich die Bilanzen sehe«, konterte Markus.

»Ich auch, zugegeben.« Sie nahm seine Hand. »Aber was ich damit sagen will, ist: Ich brauche keine Beschäftigungstherapie. Ich möchte wissen, wie kreativ ich wirklich sein kann. Den ersten Schritt in diese Richtung habe ich in einer Werkstatt in Kiruna getan. Jetzt serviert mir Stella die Gelegenheit, den Weg weiterzugehen, quasi auf dem Silbertablett. Meinst du nicht, dass ich da zugreifen muss? Würdest du da *nicht* zugreifen?«

»Du bist die Kreative von uns beiden«, entgegnete Markus langsam. »Meine Gesetzbücher sind ja wohl nicht gerade dazu geeignet, sie künstlerisch auszulegen.«

Elisabeth schnaubte belustigt. »Das sagt ausgerechnet der Anwalt, den man in Justizkreisen den *Meister der Schlupflöcher* nennt.«

»Woher weißt du denn *das?*«

»Einer deiner Kollegen hat diesen Spitznamen mal erwähnt, auf einer dieser unsäglichen Weihnachtsfeiern in der Kanzlei. Ich glaube, er war ziemlich angesäuselt.«

»Das war garantiert Hartmut Spengler. Ehe- und Familienrecht. Auf Firmenfeiern hat er immer ein ausgesprochen inniges Verhältnis zu den Sektcocktails.«

Markus grinste, und sein Gesicht entspannte sich.

»Na schön«, sagte er. »Dann mach dein Praktikum und entdeck deine ›innere Künstlerin‹. Solange du nicht auch noch die Nächte in der Werkstatt verbringst, soll's mir recht sein.«

»Ich bin immer rechtzeitig zum Abendessen zu Hause«, versprach Elisabeth feierlich. »Wobei es dann ganz günstig wäre, wenn du auch rechtzeitig zum Abendessen kämest, meinst du nicht?«

»Klingt fair.« Er beugte sich vor und küsste sie. »Was hältst du davon, wenn wir den Wein und die Gläser mit ins Schlafzimmer nehmen?«

Elisabeth erwiderte den Kuss … erst sanft, dann mit mehr Nachdruck. Markus' Mund öffnete sich unter ihrem, und seine Zungenspitze hinterließ eine kitzelnde Spur an ihrem Lippenrand. Er zog sie an sich; seine Finger schlüpften unter den Saum ihres Pullovers, liebkosten ihren nackten Rücken und machten sich am Verschluss ihres BHs zu schaffen. Sie schloss die Augen.

»Bist du sicher, dass wir nicht einfach hierbleiben wollen?«, murmelte sie. »Das Sofa ist groß genug …«

»Sex im Wohnzimmer? Wie die Teenager, wenn sie plötzlich sturmfreie Bude haben?« Markus lachte unterdrückt. »Ich bin schockiert!«

»Also bitte! So ist Vivien entstanden, erinnerst du dich?«

Der BH war offen, und er streifte ihn ihr kurzerhand mitsamt dem Pullover über den Kopf. Er legte die Hände auf ihre Brüste, und seine Daumen schnippten sachte gegen ihre Brustwarzen. Elisabeth spürte den Schauder, der ihr das Rückgrat hinunterrieselte, und hörte sich leise aufseufzen.

»Und ob ich mich erinnere.« Er ließ sie nach hinten auf die breite Sitzfläche sinken, löste rasch und geschickt ihren Gürtel, zog den Reißverschluss auf und streifte ihr die Hose mitsamt dem Slip ab. »Du warst neugierig und ein bisschen ängstlich. Und ich war unheimlich scharf auf dich.«

Von einem Moment zum anderen waren die bequeme Jeans und der Pullover, in die er nach seiner Heimkehr geschlüpft war, ebenso verschwunden wie ihre Sachen. Er beugte sich über sie, sein Atem ging schwer und die sonst so gelassenen grauen Augen glühten.

»Genauso scharf wie jetzt, in diesem Moment.« Er küsste sie wieder und schob sich zwischen ihre Beine. »Ich hatte ganz vergessen, wie schön du bist. Und wie heiß.«

Mit einem einzigen, kraftvollen Stoß war er tief in ihr. Elisabeth kam seiner Bewegung entgegen und schlang die Arme um ihn.

Hättest du das schon eher getan, dachte sie. *Hättest du mich nicht ständig behandelt wie ein Kind und mir unsere gemeinsamen Nächte nicht nur alle paar Monate gegönnt wie ein seltenes Almosen, ich wäre nie nach Schweden geflogen. Ich wäre nie … ich hätte nicht …* Und dann schwand auch der Rest ihres klaren Denkens, und sie verbannte die Erinnerung an Schweden und Göran in die tiefsten Tiefen ihres Gedächtnisses.

Markus' Hände umklammerten ihre Schultern, er drängte sich gegen sie, zog sich zurück und stieß erneut zu, in einem Rhythmus, der immer schneller wurde … Dann senkte er plötzlich den Kopf, biss die Zähne zusammen und stöhnte laut, während er heftig zusammenschauderte. Er hielt einen Moment vollkommen still, dann spürte sie seine Finger an der Stelle, wo sie miteinander verschmolzen waren. Sie kreisten zielsicher um den kleinen, schwellenden Knoten, von dem ihre Lust ausstrahlte, drückten sanft zu, einmal, zweimal … mehr war nicht nötig. Elisabeth bäumte sich auf, presste das Gesicht gegen seinen Hals und kam mit einem Schrei.

Sie lagen dicht aneinandergeschmiegt, und ihr Atem beruhigte sich langsam.

»Ich glaube, ich sollte in Zukunft wirklich öfter hier sein«, murmelte Markus träge, und seine Lippen strichen über ihre Wange. »Vor allem, wenn ich dabei die Gelegenheit habe, meine eigene Frau auf dem Sofa zu verführen.«

Elisabeth antwortete nicht. *Hauptsache, du bist hier,* dachte sie. *Hier bei mir … damit ich endgültig begreife, dass dir wirklich etwas an mir liegt, auch wenn ich plötzlich Dinge tue, die du nicht verstehst. Und dass es richtig war, dass ich zu dir nach Hause gekommen bin.*

***

Wie erwartet fuhr Vivien am ersten Wochenende nach ihrem Auszug nicht von Tübingen nach Gmünd zurück, aber sie rief an und erinnerte Elisabeth an die Idee, die sie während ihrer gemeinsamen Urlaubstage ausgebrütet hatte.

»Stell dir vor«, meinte sie, »du und ich und Papa in irgendeiner hübschen Pension mitten im Schwarzwald, mit Tannen, Schnee und allem Drum und Dran. Wir nehmen alle Geschenke mit und gehen dort irgendwo in die Mitternachtsmesse. Wär das nicht toll?«

Elisabeth fand es wirklich toll, gab aber zu bedenken, dass die Unterbringung in einer Pension möglicherweise mit Problemen verbunden war.

»Die Leute haben doch bestimmt auch Familie und möchten in Ruhe Weihnachten feiern, ohne sich um Gäste kümmern zu müssen.«

»Dann suchen wir uns eine Ferienwohnung«, schlug Vivien vor, die sich hörbar immer mehr für ihren eigenen Plan erwärmte. »Wir können alles an Lebensmitteln einpacken, was wir brauchen, und Frau Hinderer gibt uns einen Topf mit ihren sagenhaften Rindsrouladen mit … dann musst du am Heiligabend nicht einmal kochen!«

»Vielleicht *möchte* ich ja kochen.«

»Dann koch an den Weihnachtsfeiertagen«, erwiderte Vivien. »Oder später. Wir können ja bis Silvester bleiben und unsere Skier mitnehmen. Jetzt komm schon – suchst du uns die Ferienwohnung oder soll ich?«

Elisabeth gab sich geschlagen. »Ich mach's. Am besten eine mit so viel Komfort wie möglich, damit dein Vater mitspielt.«

»Und mit einem Kachelofen!«

Elisabeth lachte. »Natürlich – wie könnte ich den Kachelofen vergessen. Wird erledigt, mein Schatz.«

Sie legte auf, fuhr ihren Laptop hoch und machte sich auf die Suche. Es dauerte länger, als sie gedacht hatte – die Auswahl war groß, aber viele Häuser, die sie interessiert hätten, waren jetzt, rund zwei Monate vor Weihnachten, bereits belegt. Schließlich wurde sie fündig. Ein Kornspeicher in Fischerbach, erbaut 1608, aber frisch renoviert, reetgedeckt und versehen mit allen Annehmlichkeiten, die man sich nur wünschen konnte (den Kachelofen inklusive). Zum Glück war er noch frei – wenn auch nur, weil eine Familie just ihren Kurzurlaub abgesagt hatte, wie ihr die Besitzerin in breitem Badisch erklärte. Elisabeth reservierte das Haus und versprach hoch und heilig, die Buchung am nächsten Tag zu bestätigen.

Als Markus abends aus der Kanzlei nach Hause kam, trug sie ihm die Idee vor und stieß (wie erwartet) auf Skepsis.

»Ernsthaft, Lisa? Ich kann mir nicht vorstellen, dass ich in einer pittoresken Bauernstube herumsitze und den Ofen mit Holz füttere. Was müsste ich da denn noch machen – die Kühe melken?«

»Auf dem Hof gibt es doch schon seit Ewigkeiten keine Kühe mehr. Dafür eine moderne Küche, Internet-TV und WLAN. Und wenn du magst, kommen sogar die Brötchen zum Frühstück ins Haus, ohne dass einer von uns extra zur nächsten Bäckerei fahren muss.«

Markus überlegte – dann blitzte etwas in seinen Augen auf, und er grinste.

»Ich spiel mit«, sagte er … und hob warnend die Hand, als er ihr freudiges Lächeln sah. »Ich fahr mit euch da hin, von Heiligabend bis Neujahr, ich schnall sogar meine Langlaufskier aufs Dach und riskier ein bis zwei Beinbrüche – aber nur unter einer Bedingung.«

»Was für eine?« Elisabeth schwante Übles.

»Du kommst mit zur Weihnachtsfeier in der Kanzlei. Die letzten drei Jahre hast du dich erfolgreich gedrückt, aber dieses Mal bist du fällig.«

Sie seufzte abgrundtief. »Einverstanden.«

»Und du besorgst dir was Neues zum Anziehen. Irgendwas Spektakuläres, bei dem meinen Kollegen und ihren versnobten Eheweibern vor Neid die Luft wegbleibt.«

»Wie bitte?« Es war ein verzweifelter Klagelaut. »Ich muss Kleider kaufen gehen?«

»*Ein* Kleid.« Markus' Grinsen wurde noch breiter. »Und wenn du dich weiter so anstellst, verdonnere ich dich auch noch zu passenden Schuhen und einem Mantel.«

Noch ein Seufzer. »Na schön. Du kommst dann aber bestimmt mit in den Schwarzwald?«

»Klar«, sagte Markus. »Du gehst shoppen, und bei Erfolg bin ich dabei. Wenn da allerdings irgendwo eine Kuckucksuhr herumhängt, dann nehmen wir sie ab, ja? Was zu viel ist, ist zu viel.«

***

Am nächsten Morgen buchte Elisabeth das Haus und überwies den Mietpreis. Danach fügte sie sich in ihr Schicksal, fuhr in die Innenstadt und fand sofort eine freie Parklücke unweit vom Marktplatz. Sie beschloss, diese erstaunliche Tatsache als gutes Omen zu nehmen, und fing an, die Schaufenster der zahlreichen Boutiquen auf dem Platz und in den Altstadtgassen nach einem Outfit abzuklappern, das nobel genug war, um Markus zufriedenzustellen.

Eigentlich war sie viel zu unsicher, um zu wissen, was ihr wirklich gut stand, geschweige denn gefiel. Im Moment wechselte sie zwischen zwei lässigen Stoffhosen, Jeans und ein paar schlicht geschnittenen Pullovern und Leinen-Oberteilen hin und her, in denen sie sich noch am wohlsten fühlte. Besonders die blaue Bluse aus Kiruna trug sie oft … aber irgendwann würde sie den ganzen Rest loswerden und (was noch bedeutend schlimmer war) ersetzen müssen. Der bloße Gedanke daran ließ sie vor Schreck erschaudern.

Sie bog in die Kornhausstraße ein und warf einen Blick auf ihre Armbanduhr. Sie war erst eine knappe halbe Stunde unterwegs und hatte eigentlich jetzt schon keine Lust mehr. Niedergeschlagen überlegte sie, ob eine Tasse Kaffee und irgendetwas Nahrhaftes mit viel Zucker und Kalorien helfen würden, ihre Motivation zu steigern … und dann sah sie die Tunika.

Sie hing, auf eine Puppe drapiert, in einem Schaufenster, das an diesem trüben Oktobervormittag hell erleuchtet war. Der Stoff war von einem tiefen, wunderschönen Moosgrün, mit dem edlen Schimmer von teurem Samt. Er fiel von einem sanft geschwungenen Herzausschnitt glatt und gerade bis zur Taillenhöhe hinab, wo er in einen asymmetrisch schrägen Saum auslief, der mit einer schmalen Reihe grüner Pailletten bestickt war. Die gleichen Pailletten fanden sich auch an den Ärmelabschlüssen; ansonsten war die Tunika vollkommen schmucklos.

Elisabeth blieb stehen und betrachtete ihre Entdeckung fasziniert. Es war das erste Mal seit Jahren, dass ihr ein Kleidungsstück auf Anhieb so gefiel, dass sie es am liebsten gleich anziehen wollte. Sie suchte nach einem Preisschild, fand aber keines. Am besten ging sie sofort hinein und fragte nach, bevor sie der Mut wieder verließ.

Über der gläsernen Eingangstür ertönte ein melodisches Glockenspiel, als sie eintrat. Das Innere des Geschäfts war in Creme- und Karamelltönen eingerichtet. Auf der linken Seite zog sich eine Regalwand aus hellem Holz entlang, in der sich Pullover und Oberteile in allen Farben stapelten; davor waren verschiedene Shirts auf Büsten dekoriert, mit passenden Tüchern und Schals aus feiner Wolle oder Seide. Gegenüber hingen an zwei in die Wand eingelassenen Garderobenstangen Blusen, Tunikas und Kleider, und in einer kleinen Glasvitrine glitzerte hübscher Modeschmuck auf Samtkissen. Ein großzügig geschnittener langer Mantel mit breitem Revers fiel Elisabeth ins Auge, aus Wolltuch in einem satten Schwarz. Sie hätte am liebsten mit der Hand darübergestrichen, um herauszufinden, ob er sich wohl so weich anfühlte, wie er aussah.

»Kann ich Ihnen behilflich sein?«

Elisabeth wandte den Kopf – und schaute geradewegs in das verblüffte Gesicht ihrer Schwägerin.

»Fiona? Was machst du denn hier?«

»Na, was wohl?« Fiona schnalzte missbilligend mit der Zunge. »Das ist *meine* Boutique. Was du wüsstest, wenn du seit der Eröffnung auch nur einmal hier gewesen wärst. Aber dafür war dir wohl die Zeit zu schade.«

»Nein, ich …«

Sie verstummte. Es war nicht zu leugnen, dass Fiona recht hatte. Elisabeth hatte die mit viel Trara begangene Einweihung des Geschäfts im Frühjahr standhaft ignoriert und nicht einmal nachgefragt, wo es sich befand … was sich jetzt prompt rächte, denn sonst wäre sie wohl kaum ahnungslos mitten hinein gestolpert.

Sie räusperte sich.

»Ich … ich bin auf der Suche nach einem Outfit«, sagte sie. »Markus will mich auf der Weihnachtsparty in der Kanzlei dabeihaben, aber er meint, ich brauche dringend etwas Neues zum Anziehen. Und ich versteh zwar ein bisschen etwas von mittelalterlichen Kopfbedeckungen, aber von moderner Mode habe ich keine Ahnung.«

Fiona lachte; es klang ehrlich amüsiert.

»Zwei Drittel der Frauen, die sich auf dieser Party herumtreiben werden, kenne ich aus dem Tennisclub«, sagte sie. »Wenn du da mit der trutschigen Muttchen-Mode aufkreuzt, zu der Schwiegermama Reinhild dich jahrelang verdonnert hat, dann zerreißen die dich in der Luft.«

Elisabeth hätte gern empört protestiert, sparte sich aber die Mühe. Was ihre Schwägerin da sagte, war nur allzu wahr. Fiona musterte Elisabeth von oben bis unten.

»Was trägst du – 38? Nein, eher eine 36, würde ich sagen. Und was willst du haben? Ein Kleid? Eine Hose mit Oberteil? Bei der Feier da musst du klotzen, nicht kleckern.«

Elisabeth mühte sich, die Tatsache zu verdauen, dass Fiona allen Ernstes bereit zu sein schien, ihr zu helfen. Andererseits – sie war Geschäftsfrau, und sie verdiente ihr Geld damit, Frauen bei der Auswahl ihrer Kleider zu beraten.

»Ich hab in deinem Schaufenster diese Tunika gesehen«, begann sie zögernd. »Die aus grünem Samt …«

Wieder dieser musternde Blick; diesmal war er beinahe ein wenig anerkennend.

»Nicht deine Größe, aber du hast Glück. Ich hab sie noch einmal hinten im Lager. Was trägst du dazu? Hose oder Rock? Ah, ich glaube, ich weiß schon, was ich dir da gebe. Und du brauchst unbedingt einen Gürtel. Wer eine Taille wie deine nicht betont, ist entweder blind oder ein hoffnungsloser Trottel.«

Elisabeth sah zu, wie ihre Schwägerin durch eine kleine, mit Stoff verkleidete Tür in einem hinteren Raum verschwand. Es dauerte keine zwei Minuten, bis sie wieder auftauchte, die grüne

Tunika über dem Arm. Dann trat sie an eine der Garderobenstangen heran, griff zielsicher nach einem Teil und hängte es zusammen mit der Tunika in eine der Umkleidekabinen.

»So«, sagte sie. »Schau mal, ob dir das passt und ob's dir gefällt.«

Elisabeth trat gehorsam in die Umkleide hinein und zog den Vorhang hinter sich zu.

Auf dem Bügel hing eine zweilagige Hose; die untere Lage war eng geschnitten und aus glattem, kühlem Taft, die obere sehr weit und aus einem dünnen Organza genäht. Der hauchfeine Stoff fiel wie ein silbrig grün changierender Schleier über das enge Hosenbein. Elisabeth legte Schuhe, Jeans und Leinenbluse ab und griff nach dem ungewöhnlichen Stück. Der breite Bund ließ sich mühelos in der Taille mit zwei Häkchen und einem Reißverschluss zumachen; die Hose saß wie angegossen, ohne zu kneifen. Gerade als Elisabeth sich auch noch vorsichtig die Tunika über den Kopf streifte, hörte sie von draußen Fionas Stimme.

»Wenn du fertig bist, komm raus – ich hab den passenden Gürtel für dich.«

Sie tat, wie ihr geheißen. Fiona betrachtete sie mit allen Anzeichen großer Zufriedenheit.

»Na, schau mal einer an! Offenbar ist bei dir modisch doch noch nicht alles verloren. Der italienische Hosenrock war genau das Richtige. Lass mal sehen … natürlich sind die Beine eine Spur zu lang, aber das kriegst du mit anständigen Absätzen wieder hin. Und jetzt: der Gürtel!«

Besagter Gürtel war so breit wie Elisabeths Handteller, aus butterweichem, dunkelgrünem Wildleder und mit einer großen, runden Schnalle versehen. Fiona schlang ihn kurzerhand um ihre Mitte, zog ihn zu und rückte ihn zurecht.

»So. Schau dich mal an!«

Sie drehte Elisabeth herum, und die fand sich vor einem mannshohen Spiegel wieder. Der Herzausschnitt ließ den Ansatz ihrer Brüste erahnen, enthüllte ihn aber nicht. Der breite Gürtel machte ihre Taille schmal wie die Mitte einer Sanduhr. Und die Hose ergänzte die trügerische Schlichtheit der Tunika wie ein schillerndes Feengewand. Elisabeth konnte kaum fassen, dass dieses fremde Geschöpf im Spiegel sie selbst sein sollte.

»Kauf dir ein paar schlichte Pumps dazu – obwohl, so was hast du unter Garantie gleich mehrfach zu Hause«, sagte Fiona hinter ihr. »Aber sie sollten nicht zu flach sein, sonst trittst du auf den Hosensaum. Und dann besorgst du dir noch ein paar schöne silberne Chandelier-Ohrhänger mit grünen Steinen und ein passendes Armband dazu, aber bloß keine Kette … sonst siehst du aus wie ein überladener Weihnachtsbaum und nicht wie eine Elfe auf Urlaub. Sehr hübscher Ring übrigens, den du da trägst.«

»Hab ich selbst gemacht«, erklärte Elisabeth. »Bei einem Silberschmied.«

»Tatsächlich? Hätte ich dir gar nicht zugetraut, so was.«

»Das Gefühl kenne ich«, erwiderte Elisabeth. »Ich hätte dir auch nicht zugetraut, dass du mich in eine Elfe auf Urlaub verwandelst. Pass auf: Ich nehm die Hose, die Tunika und den Gürtel gleich mit. Vielen Dank, Fiona. Das hast du großartig gemacht.«

Ihre Blicke trafen sich im Spiegel, und zum ersten Mal, seit sie sich kannten, schenkten sich die beiden Schwiegertöchter von Traugott Gebhard ein ehrliches Lächeln.

***

Elisabeth begann ihr Praktikum im Goldschmiedeatelier von Stella Adelberg in der letzten Oktoberwoche. In der Anfangszeit hatte sie mit Rückenschmerzen zu kämpfen, weil ihr Körper die über das Werkbrett gebeugte Haltung nicht gewohnt war. Daraufhin kaufte Stella das neueste Modell eines ergonomisch vernünftigen Sitzmöbels und verordnete ihr in der Mittagspause Spaziergänge an der frischen Luft.

Marlies Hinderer, die Elisabeths neue Aktivitäten unerhört spannend fand, machte es sich zur Gewohnheit, Lunchpakete mit Sandwiches, Frikadellen, Obst und Salat vorzubereiten. Die fielen so großzügig aus, dass auch Stella etwas davon hatte. Sie ließ es sich schmecken und lobte die Güte der Mahlzeiten, die ihr so unverhofft in den Schoß fielen, in den höchsten Tönen.

»Wenn ich gewusst hätte, dass ich mit meiner Praktikantin auch noch Essen auf Rädern geliefert bekomme«, sagte sie grinsend, »dann hätte ich viel früher eine eingestellt.«

Sie war eine hervorragende Lehrmeisterin, die Elisabeth geduldig auch die Techniken beibrachte, die manche Schmuckdesigner gar nicht mehr beherrschten. Elisabeth lernte das Niellieren, bei dem man einzelne Partien von Silberschmuckstücken schwarz einfärbte, übte sich mit dem Stichel und mit filigranen Gravurmeißeln. Sie schnitt im Licht der starken Arbeitslampe über dem Werkbrett Wellenlinien und strenge, grafische Muster in weiches Edelmetall, arbeitete mit verschiedenen Schleifscheiben und lötete behutsam Schmuckstücke zusammen.

Markus beobachtete das Ganze aus einer gewissen Distanz, aber wenn sie ihm von ihrer Arbeit erzählte, hörte er ihr zu und verkniff sich jeden Spott. Das tat ihr gut, und ihre Beziehung war so harmonisch wie seit Jahren nicht mehr. Elisabeth fühlte sich teilweise an die erste, ausgesprochen glückliche Zeit ihrer Ehe erinnert. Sie ertappte sich bei der Idee, zwei Ringe für ihren neunzehnten Hochzeitstag im Mai des kommenden Jahres zu schmieden, mit einem Steuerrad als plastisches Relief – Symbol dafür, dass sie das Ruder ihrer Beziehung gerade noch rechtzeitig herumgerissen hatten, ehe es zu spät war.

Eigentlich hätte sie rundum zufrieden sein müssen damit, wie die Dinge sich entwickelten … *eigentlich.* Wären da nicht diese hartnäckig wiederkehrenden Momente gewesen, in denen gewisse Erinnerungen sie heimsuchten.

Das Gefühl von Görans Haut unter ihren Händen, nachdem er sie damals aus dem Wasser gezogen hatte. Seine Augen und sein Gesicht im Schein des Feuers, das in der Kåta brannte. Seine tiefe, warme Stimme, die das samische Gedicht von Valkeapää für sie zitierte. Sein Kuss am Flughafen. »Es tut mir leid. Ich weiß, das hätte ich nicht tun dürfen.« – »Danke, dass du es trotzdem getan hast.«

Sie brauchte nicht nur ein Symbol für den Neuanfang mit Markus, sondern auch eines dafür, dass die Sache zwischen ihr und Göran keine Rolle mehr spielte und dass sie bereit war, ihn endgültig loszulassen.

Eines Tages stand sie vor dem kleinen Glasschrank im Atelier, wo Stella die Originale ihrer Designstücke aufbewahrte. Sie betrachtete gerade die Silberscheibe mit dem geschwärzten Sonnensymbol, als Stella neben sie trat.

»Hübsch, nicht?«, meinte Stella. »Einer meiner ersten Entwürfe. Verkauft sich bis heute ziemlich prima.«

»Er erinnert mich an den Schmuck der Sámi«, sagte Elisabeth. »Als ich im Sommer in Schweden war, habe ich die Kunst dieser Menschen kennengelernt. Vieles von dem, was du machst, würde ihnen bestimmt sehr gefallen … und umgekehrt.«

»Glaubst du?« Stella musterte sie von der Seite. »Vielleicht solltest *du* dich davon inspirieren lassen, nachdem sie dich so beeindruckt hat.«

»Vielleicht.« Elisabeth spürte, wie sich vor ihrem inneren Auge ein Bild formte … die Sonne, nicht schwarz, sondern strahlend hell, vor einem körnigen Hintergrund, der den Kontrast nur umso stärker wirken ließ. Eine runde Scheibe, die man an einem Lederband um den Hals tragen konnte.

»Ich möchte ein Schmuckstück machen«, sagte sie. »In den nächsten Wochen, wenn ich zwischendurch etwas Zeit habe. Damit es bis Weihnachten fertig ist.«

»Oh. Für wen soll es denn sein? Für deinen Hausjuristen?« Stella ließ keine Gelegenheit verstreichen, über Markus zu spötteln. »Du könntest ihm ein Paar hübscher, zerbrochener Handschellen schmieden.«

»Nein«, sagte Elisabeth leise. »Keine Handschellen. Ich brauche etwas, das jemanden mit etwas Glück an ein Licht erinnert, das einem den richtigen Weg zeigt. Weil derjenige für mich in einem sehr wichtigen Moment meines Lebens genau so ein Licht gewesen ist.«

»Wer ist es?«, fragte Stella neugierig. »Kenne ich ihn?«

»Nein«, erwiderte Elisabeth. »Aber er ist ein sehr, sehr guter Freund.«

***

An einem nassen, ausgesprochen ungemütlichen Tag im Dezember kam Elisabeth aus Stellas Werkstatt nach Hause. *Noch zehn Tage bis Heiligabend.*

Die Wohnung war sehr still. Ohne nachzudenken schaltete sie den Fernseher ein. Auf einem Regionalsender lief eine zur Jahreszeit passende Sendung über Weihnachtsbräuche.

» … wird am Heiligabend im Kreis um den Baum getanzt«, sagte eine Frauenstimme. »Das gehört in Schweden ebenso dazu wie der Julschinken, der Milchreis und die unzähligen Kerzen.«

Die Kamera machte einen Schwenk über tief verschneite, weihnachtlich beleuchtete Straßen und die Fassade des Stockholmer Stadtschlosses. Elisabeth erinnerte sich daran, wie oft sie während der verzauberten Tage im letzten Sommer an diesem Schloss vorbeigekommen war. Sie erinnerte sich an die Weite des Wassers, die blaue Kuppel des Himmels, die alten Häuser und Türme der Gamla Stan.

Und sie erinnerte sich an Kiruna. Und an Laxforsen.

In ihrem Nachttisch wartete seit fast einer Woche das Paket an Göran darauf, fertig gepackt und abgeschickt zu werden … mit kleinen Geschenken und der Samtschachtel mit dem Sonnenanhänger, der pünktlich zum ersten Advent fertig geworden war. Sie hatte es längst auf die Post bringen wollen. Aber es gehörte unbedingt eine Nachricht dazu. Und die hatte sie bisher nicht geschrieben.

Sie griff nach der Fernbedienung und schaltete den Fernseher ab. Dann holte sie das Paket und ging damit in Traugotts ehemaliges Arbeitszimmer. Sie stellte den Karton ab und setzte sich an den alten Mahagoni-Schreibtisch, die Weihnachtskarte in der Hand, die seit Tagen zwischen den Geschenkpäckchen gesteckt hatte.

Unschlüssig betrachtete sie die noch unbeschriftete Karte,

dann zog sie die Schublade auf, in der sich ein Stapel leerer DIN-A4-Bögen befand. In einer Zeit, in der man twitterte und SMS oder E-Mails verschickte, waren mit der Hand geschriebene und sorgsam vorbereitete Briefe Luxus und gleichzeitig ein Zeichen großer Wertschätzung geworden. Wenn jemand eine solche Geste verdiente, dann war es Traugotts verlorener Sohn. Aber solange sie noch nicht wusste, was sie ihm schreiben sollte, versuchte sie es wohl besser erst mit einem Entwurf.

Lieber Göran …

Sie hielt inne; Traugotts Füllfederhalter schwebte über dem Blatt. Dann setzte sie ihn wieder auf.

… manchmal begreife ich immer noch nicht, dass diese zwei Wochen im vergangenen Sommer alles sind, was wir jemals zusammen haben werden. Und dass sie mich so tief berührt haben, so sehr verändert, dass ich die Frau, die ich vor Kiruna war, trotz aller Mühe nicht mehr wirklich wiederfinde. Ich weiß, ich habe mich entschieden … doch, das habe ich. In dieser Nacht vor Mattis' Kåta, als ich dir gesagt habe, dass ich nach Hause fliege, zurück zu Markus und Vivien. In diesem Moment war ich mir so sicher, wie ich es nur sein konnte. Dass du vor mir gestanden bist, keinen Meter von mir entfernt, hat nichts daran geändert. Ich habe genau gewusst, was ich tue. Ich habe deine Träume zerstört. Es tut mir leid, Göran. Es tut mir furchtbar leid.

Elisabeth schloss die Augen. Sie stellte fest, dass ihre Hand zitterte, und musste einen Moment warten, bis sie sich wieder im Griff hatte.

Das Schlimme daran ist: Ich habe nicht gewusst, was diese Entscheidung wirklich für mich bedeutet. Ich habe unterschätzt, wie sehr ich dich vermissen würde, wie erschreckend fremd mir die Welt geworden ist, in die ich mit den besten Vorsätzen heimgekehrt bin. Markus sagt, ich habe mich verändert, und er hat recht. Aber er weiß nicht, wer der Katalysator für diese Veränderung war. Ich kann ihm nicht sagen, dass du es bist, der mich verwandelt hat. Oder besser – der mir genügend Mut und Kraft verliehen hat, mich selbst zu verwandeln.

Markus hat begriffen, dass sich zwischen uns etwas ändern muss. Vielleicht hat die Tatsache, dass ich bei dir in Kiruna war, ihm zu der Erkenntnis verholfen, dass er mich nicht mehr für selbstverständlich nehmen darf. Er strengt sich sehr an, und wir fühlen uns erstaunlich wohl miteinander. Und trotzdem weiß ich, dass mir etwas fehlt. Du bist in meinen Gedanken, wie eine Melodie, die ununterbrochen weiterklingt, auch wenn ich sie nicht mehr ständig hören kann. Wie ein Licht hinter einem fest verschlossenen, abgedunkelten Fenster.

Ich kann mit ihm nicht über dich reden. Denn ich habe große Angst, dass ich dann von Dingen spreche, die er niemals erfahren darf. Dass es mehr als einen Moment gegeben hat, in dem ich drauf und dran war, meine Familie zu verlassen oder erst gar nicht zu ihr zurückzufliegen. Deinetwegen. Dass es Augenblicke gibt, in denen ich immer noch spüren kann, wie du mich in den Armen hältst und küsst, so wie am letzten Tag auf dem Flughafen in Kiruna. Ich fürchte mich jedes Mal davor, dass dieses Gefühl zurückkommt … weil ich mir dann wünsche, ich wäre noch bei dir. Und dass es unseren Abschied nie gegeben hätte.

Elisabeth ließ den Federhalter sinken und starrte auf die Zeilen hinunter, die sie gerade geschrieben hatte. Ihr wurde gleichzeitig heiß und kalt. Was da stand, führte den Neuanfang, um den sie sich seit ihrer Rückkehr aus Schweden beharrlich bemühte, komplett ad absurdum. Es war nichts weniger als eine Bankrotterklärung ihrer Ehe. Und das durfte sie Göran *nicht* schreiben, unter gar keinen Umständen.

Eine Welle der Scham flutete über sie hinweg. Wenn sie das hier in das Paket nach Schweden steckte, dann machte sie alles, was in den letzten Monaten zwischen ihr und Markus besser geworden war, mit einem Schlag zunichte.

Sie schob Brief und Füllfederhalter beiseite, vergrub das Gesicht in den Händen und spürte, wie ihr jäh die Tränen kamen. Sie ließ sie laufen, sie weinte laut und ungehemmt. Weder Julius noch Fiona noch Markus waren im Haus. Frau Hinderer war in der Küche, wo sie die letzten Handgriffe tat, bevor sie Feierabend machte; die Gefahr, dass sie diesen würdelosen Gefühlsausbruch mitbekam, war gering.

Ein paar endlose Minuten später gab Elisabeth einen elenden Seufzer von sich, wischte sich die Augen, wandte den Kopf und sah die leere Weihnachtskarte. Dann nahm sie den Füllfederhalter und begann noch einmal zu schreiben, langsam, Wort für Wort. Sie war gerade damit fertig, als es an der Tür klopfte.

»Frau Gebhard? Sen Sie da drin?«

Ohne nachzudenken, knüllte Elisabeth den Briefentwurf hastig zusammen und schnippte den kleinen Papierball Richtung Abfallkorb.

»Ja, Frau Hinderer – was ist denn?«

»Ihr Tochter isch am Telefon.«

Elisabeth sprang auf. »Ich komme sofort.«

Sie ging rasch zur Tür, öffnete und nahm den Apparat von Frau Hinderer entgegen.

»Vivien?«

»Hallo, Mama!« Viviens Stimme klang ausgesprochen fröhlich. »Wo hast du denn gesteckt? Ich hab versucht, dich auf dem Handy zu erreichen, aber du bist nicht rangegangen.«

Elisabeth schluckte, aber es gelang ihr zu lächeln.

»Ich war in Opas Arbeitszimmer und hab das Paket für deinen Onkel fertig gepackt«, sagte sie ruhig. »Ich bring es morgen zur Post. Und dann kann Weihnachten kommen.«

Stille Nacht

Elisabeth stand auf dem geschnitzten Holzbalkon des Ferienhauses, in dem sie mit Markus und Vivien die Feiertage und den Jahreswechsel verbringen würde. Die beiden schliefen noch, und sie genoss die Tatsache, dass der Frieden und die Stille ihrer Umgebung eine Weile ganz ihr allein gehörten.

Sie war froh, dass die Adventszeit hinter ihr lag. Auch die Weihnachtsfeier in Markus' Kanzlei war glücklich überstanden. Sie hatte am vergangenen Montag stattgefunden, und Elisabeth musste jetzt noch lächeln, wenn sie an Markus' Gesicht dachte, als er sie das erste Mal in der kompletten Pracht aus Fionas Boutique zu sehen bekommen hatte. Sie hatte sich zuvor extra einen Besuch beim Friseur gegönnt, der ihr glattes Haar in ein glänzendes Lockenmeer verwandelte und mit einer Hochsteckfrisur dafür sorgte, dass die großen, grünen Schmucktropfen an ihren Ohren erst richtig zur Geltung kamen.

Die Seniorpartner hatten eine kleine Band engagiert, es wurde getanzt und Elisabeth immer wieder aufgefordert, bis sie ein gutes Dutzend Foxtrotts, Jives und Walzer mit sämtlichen Kollegen ihres Mannes hinter sich hatte. Während einer hochverdienten Pause saß sie am Rande der kleinen Tanzfläche, genehmigte sich ein Lachs-Kanapee und beobachtete die hochgewachsene, bildhübsche Blondine in schwarzen Marlenehosen aus Seide und einem mit Goldfäden üppig bestickten roten Jäckchen, die mit Markus einen gekonnten Discofox aufs Parkett legte. Als das Stück vorüber war, bekam sie einen flüchtigen Handkuss, lächelte strahlend und verließ nach einem kurzen Seitenblick auf Elisabeth den Saal, während Markus zu seiner Frau zurückkehrte, sich aufatmend neben ihr niederließ und nach einem Glas Eierpunsch griff, der aus einer riesigen Kristall-Bowleschüssel ausgeschenkt wurde.

»Vorsichtig mit dem Zeug!«, sagte Elisabeth. »Zu viel davon, und du bekommst schneller Schlagseite, als dir lieb ist.«

»Rezept von Sozius Spengler«, erwiderte Markus und seufzte. »Ich hab ihn im Verdacht, dass er in der Teeküche noch ein bisschen Brandy extra zugesetzt hat. Wahrscheinlich denkt er, er hat mehr Chancen bei diversen Damen, wenn er sie nur großzügig genug damit abfüllt.«

»Musste deine Sekretärin schon gehen?«, fragte Elisabeth.

»Ihre Eltern wohnen in Norddeutschland«, meinte Markus, »und sie fährt morgen sehr früh los. Ich soll dir übrigens ausrichten, dass ihr dein Outfit sehr gefällt.«

»Sie hat auch großartig ausgesehen«, meinte Elisabeth ehrlich. »Dass sie noch solo ist, kann ich kaum begreifen.«

»Wenn man zu hohe Ansprüche an den Traumprinzen hat, wird es immer schwieriger«, bemerkte Markus leichthin. »Auch für eine Granate wie meine tüchtige Diana Voss. – Wollen wir uns davonmachen?«

Sie hatten sich verabschiedet, waren nach Hause gefahren und hatten den Abend mit einem Glas Wein im Wohnzimmer ausklingen lassen. Und kurz nachdem Markus am nächsten Morgen wieder in die Kanzlei gefahren war, hatte der Postbote ein Päckchen aus Schweden abgeliefert. Elisabeth hatte es zwischen den anderen Geschenken in ihrem Kleiderschrank verstaut und mit einem wehmütigen kleinen Lächeln an das Paket gedacht, das vor einer Woche nach Kiruna abgeschickt worden war. Sie konnte nur hoffen, dass Göran ihr Geschenk gefiel. *Trotz allem.*

Sie zog den Kragen ihrer Winterjacke etwas enger um sich zusammen. Bald würden Vivien und Markus aufwachen, und sie musste Kaffee kochen und das Frühstück vorbereiten. Aber noch konnte sie sich eine Weile ihren Gedanken überlassen.

Hier im Hochschwarzwald war – anders als im Gmünd – tatsächlich etwas vom Winter zu spüren. Eine hauchdünne Schicht aus Schnee überpuderte die waldigen Hügel, und die Luft war frostig kalt. Dass Weihnachten unmittelbar bevorstand, konnte sie sich in dieser Umgebung viel besser vorstellen.

An diesem Abend würde es die Rindsrouladen von Marlies Hinderer geben; Vivien wollte sich um die Klöße kümmern, und der fertig vorgekochte aromatische Rotkohl mit Äpfeln, Zwiebeln und Speck war ebenso wie die Rouladen mit in den Schwarzwald gereist.

»Furchtbar spießig, oder?«, hatte Markus angemerkt, als er die von der Haushälterin sorgsam gepackte Kiste mit den beiden Töpfen in der Küche des Kornspeichers abstellte. »Ich meine … die Familie versammelt sich am Heiligabend um den Tisch, reicht sich die Hände und verspeist nach Absingen von *Lasst uns froh und munter sein* das deutscheste aller Festmähler. Fehlt nur noch die kerzenerleuchtete Messe in der verschneiten Dorfkapelle, damit sich das Ganze endgültig so anfühlt wie ein Werbespot.«

»Die Messe findet keine fünf Kilometer von hier statt«, erwiderte Elisabeth gelassen, während sie den ersten Topf in den Kühlschrank schob. »Pünktlich um Mitternacht. Vivien und ich fahren auf jeden Fall hin. Du kannst natürlich gern hierbleiben, an deinem Computer die Börsenkurse checken und gegen die trauliche Stimmung erbittert Widerstand leisten, *my dear Ebenezer Scrooge.*«

»*Bah Humbug!*« Markus grinste schief. »Keine Sorge – ich fahr euch hin und setz mich brav in die Kirchenbank. Mitgefangen, mitgehangen.«

***

Rund eine Stunde nach Mitternacht kamen sie von der Christmette im Nachbarort zurück. Markus verschwand sofort im Haus, während Elisabeth noch zögerte. Vivien drehte sich um und schaute sie fragend an. Sie hatte den Reißverschluss ihrer warmen Jacke halb aufgezogen, und Elisabeth sah den kleinen runden Pin aus Rentierhorn, der an ihrem schwarzen Shirt aus Neuseeland steckte. Vier dunkle Dreiecke waren darin eingraviert, die Spitzen nach innen und zueinander gerichtet, dazwischen feine Striche wie Sonnenstrahlen. *Das samische Symbol für eine Schneeflocke – Görans handgearbeitetes Weihnachtsgeschenk für seine Nichte.* Markus hatte, sehr zu seiner Verblüffung, ebenfalls etwas von seinem

Halbbruder bekommen: einen Schlüsselanhänger aus weichem Rentierleder mit einem kleinen Zinndraht-Ornament. Er hatte zwei- oder dreimal zu einem Kommentar angesetzt, dann aber nur leicht den Kopf geschüttelt und den Anhänger eingesteckt.

»Einen Moment noch«, sagte Elisabeth. »Ich komm sofort nach.«

Vivien nickte und ging hinein. Elisabeth trat aus dem Schatten des Hauses und schaute zum Himmel. Schneeschwere Wolken verschleierten die Spitzen der Tannen an den Hängen rings um sie her. Kein Mond und keine Sterne waren zu sehen.

Sie berührte die Brosche, die das Revers ihres neuen Mantels zierte … der schwarze Wollmantel, der ihr in Fionas Boutique so gut gefallen hatte. Markus hatte ihr das Geld dafür schon ein paar Tage vor Weihnachten geschenkt, und er wusste immer noch nicht, wo er gekauft worden war. Ebenso wenig, wie er wusste, dass sie diese Brosche in Isku Ranttilas Geschäft in Kiruna entdeckt und sie nur deshalb nicht erworben hatte, weil sie nicht sicher war, ob so ein samischer Trachtenschmuck zu ihr passte. Sie war rund, hatte einen Durchmesser von knapp fünf Zentimetern und bestand aus filigran gearbeitetem Silber mit einem kleinen, saphirblau leuchtenden Stein in der Mitte. Der äußere Rand war mit zwei Reihen vergoldeter, gewölbter Plättchen besetzt, in denen winzige rote und grüne Kristalle schimmerten.

Offenbar hatte Göran keine solchen Bedenken gehabt wie sie und war der Ansicht, dass Bettan ohne Weiteres traditionellen samischen Schmuck tragen durfte. *Bettan* – das hatte auf ihrem Geschenkpäckchen gestanden. Nichts weiter. Während Vivien einen schriftlichen Gruß erhielt, der sich auch an Markus richtete, gab es für Elisabeth nur diesen Namen.

»Danke«, sagte sie. Ihre Stimme klang erstaunlich laut in der tiefen Stille der Weihnachtsnacht. Sie schloss die Augen und spürte die ersten Schneeflocken wie einen federleichten Hauch auf ihren Lidern. »Danke für alles, was du für mich getan hast.« Die nächsten Worte waren nur noch ein Flüstern. »Du fehlst mir.«

Wieder berührte sie die Brosche und spürte den vertrauten

Schmerz, der sie seit dem Sommer fast unablässig begleitete … und der bleiben würde, bis sie ihn eines Tages endlich überwunden hatte. *Hoffentlich.*

»Frohe Weihnachten, Göran Åsasson.«

Sie trat über die Schwelle, und die Tür schloss sich leise hinter ihr.

***

Mitternacht war längst vorüber, als Göran Åsasson mit seinem Taxi zwei so wein- wie redselige Fahrgäste in der Nähe von Årosjokk absetzte. Die beiden, ein Ehepaar in den Dreißigern, hatten den Heiligabend bei Verwandten in Kiruna verbracht und ihm nun während der knapp dreiviertelstündigen Fahrt sämtliche in ihren Augen erwähnenswerten Details des Abends geschildert – von dem geschmacklosen roten Kleid von *kusin Eva-Lena* über *mammas* sensationell leckeren Heringssalat bis zu *farbror Bjarne*, der dem mit Rotwein und reichlich Wodka angesetzten Glögg am meisten zusprach und schließlich im Sitzen einschlief und von der Küchenbank kippte. Immerhin waren sie so gut gelaunt, dass sie neben dem Fahrpreis auch noch ein ordentliches Trinkgeld springen ließen, bevor sie sich schließlich unter lautem und schrägem Geschmetter von *Dotter Sion, fröjda dig* einen Weg durch den tiefen Schnee zu ihrem Haus bahnten.

Erleichtert wendete Göran auf der schneebedeckten Fahrbahn und fuhr zurück in Richtung Kiruna. Er genoss die stille Fahrt durch die Nacht. In den vergangenen Jahren hatte er es sich zur Gewohnheit gemacht, an den Feiertagen freiwillig Dienst zu schieben, damit seine Kollegen, die Familie hatten, so viel Zeit wie möglich zu Hause verbringen konnten. Für ihn war Heiligabend ein Tag wie jeder andere. Seit dem Tod seiner Mutter begnügte er sich damit, im Dezember ihre alten, schön gestalteten Lichterbögen in die Fenster seines Hauses zu stellen.

Dennoch freute er sich jetzt auf zu Hause. *Und auf Jukka.*

Ohne unterwegs auch nur einem anderen Auto zu begegnen,

erreichte er sein Haus in Laxforsen und parkte das Taxi neben seinem Kastenwagen in dem Unterstand. Das war ein Zugeständnis seines Chefs. *Wenn du schon den Bereitschaftsdienst übernimmst*, hatte dieser gesagt, *dann musst du den nicht auch noch in der Zentrale oder im Wagen absitzen. Nimm das Taxi mit nach Hause, mach's dir gemütlich, und wenn jemand anruft und einen Wagen braucht, dann bist du ja in ein paar Minuten da. Danke für deinen Einsatz, Göran – und frohe Weihnachten!*

Er stieg aus und ging über den schmalen Weg, den er nach dem Frühstück freigeschaufelt hatte, zu seinem Hauseingang. In allen Fenstern leuchtete es heimelig und golden – er ließ die Lichterbögen derzeit fast ununterbrochen eingeschaltet. Es war die dunkelste Zeit des Jahres; eine Woche würde die Polarnacht noch andauern, in der die Sonne es nicht über den Horizont schaffte. Aber der Himmel verfärbte sich für mehrere Stunden am Tag zumindest zu einem wunderbaren Lapislazuliblau, das noch weicher wirkte, wenn glitzernder Schnee zusätzliche Helligkeit verbreitete. Göran liebte diesen Farbenzauber in den langen Dämmerungsphasen und den sogenannten ›blauen Stunden‹. Und demnächst würde die Sonne wiederkehren und dem Zauber weitere Farbtöne hinzufügen … ein winterlich schönes Kaleidoskop aus Blau, Gold, Orange und Violett, das zu bestaunen er niemals müde wurde.

Im Flur begrüßte ihn Jukka mit einem freudigen Schwanzwedeln, und Göran kraulte ihm liebevoll das Fell.

»Tut mir leid, dass es so lange gedauert hat, Großer«, sagte er. »Willst du noch mal raus?«

Jukkas Antwort war eindeutig: Er stellte sich auffordernd vor die Haustür, die Göran gerade erst hinter sich zugemacht hatte. Kurz entschlossen setzte Göran sich die dicke Wollmütze, die er bereits abgenommen hatte, wieder auf und streifte ein Paar Rentierfell-Fäustlinge über; in den vergangenen Tagen waren die Temperaturen in den zweistelligen Minusbereich gefallen.

»Also gut … aber leise! Die Leute schlafen sicher alle schon.«

Sie verließen das Haus, und Göran schlug den kurzen Weg durch den Wald zum Flussufer ein. Es war eine sternklare Nacht, die Luft war trocken und eisig kalt. Der Schnee war in diesem Jahr erst spät, dafür dann aber umso reichlicher gefallen. Jukka nutzte die Gelegenheit, um sich ausgiebig in der weißen Pracht zu wälzen, während Göran ein paar Meter durch den Schnee stapfte, bis er den Wald hinter sich ließ und freie Sicht auf den zugefrorenen Torne älv und hinauf zum Himmel hatte. Auf der Heimfahrt hatte er dort schon erste zartgrüne Farbenspiele gesehen; inzwischen hatte das Polarlicht an Intensität zugelegt und waberte wie eine flirrende Girlande über das Firmament.

Stumm betrachtete er das majestätische Naturschauspiel. Er hatte in seinem Leben schon viele Polarlichter gesehen, aber sie faszinierten ihn jedes Mal aufs Neue. *Die Seelen unserer Ahnen wachen von dort aus über uns*, hatte Mattis ihm vor vielen Jahren einmal erzählt. Der Gedanke gefiel Göran, auch wenn er sich schwer damit tat, eine Verbindung zwischen dem geisterhaften Lichterspiel am Himmel und seiner Mutter Åsa herzustellen. Und Traugott Gebhard konnte er sich dort oben erst recht nicht vorstellen. *Wahrscheinlich war seine Mutter ihm zu nahe – und sein Vater zu fern.*

Jukka schloss zu ihm auf und schüttelte sich den Schnee aus dem Fell. Sanft strich Göran ihm über den Kopf und warf dabei noch einmal einen Blick hinauf zu dem prächtigen Polarlicht.

»Komm, Großer. Gehen wir heim.«

***

Wenig später saß Göran in der warmen Küche am Tisch und schenkte sich Kaffee ein. Jukka lag neben der Truhenbank auf einem großen Kissen, den Kopf auf den Pfoten und die Augen geschlossen. Offenbar gedachte er den Rest der Weihnachtsnacht zu verschlafen.

Auf dem Tisch stand das Paket, das vor ein paar Tagen angekommen war. Elisabeth Gebhard hatte es abgeschickt, und vermutlich war auch sie es gewesen, die mit schwungvollen Buchstaben *Nicht vor Weihnachten öffnen!* neben den Adresszettel geschrieben hatte.

Gedankenverloren strichen seine Fingerkuppen über den Karton. Weihnachtsgeschenke waren in seinem Leben immer eine Rarität gewesen; selbst in diesem Punkt hatte Åsa Lund darauf geachtet, ihren Sohn nicht zu sehr zu verwöhnen, und seit ihrem Tod gab es für ihn außer den liebevollen Kleinigkeiten, mit denen die Sundgrens ihn jedes Jahr bedachten, überhaupt nichts mehr auszupacken.

Auch das hatte sich nun also geändert. Wie so manches im vergangenen Jahr.

Er öffnete das Paket. Es enthielt vier Päckchen, alle säuberlich in Geschenkpapier eingewickelt. Aus mehreren schützenden Lagen Blasenfolie schälte er ein großes Marmeladenglas heraus; *Erdbeeren mit Vanille* stand auf dem handgeschriebenen Etikett. An dem zweiten Geschenk baumelte ein Anhänger mit der Aufschrift *Für Jukka von Bettan und Vivien*, und unwillkürlich lächelte Göran, als er eine Schachtel Hundekekse auspackte.

»Siehst du, Großer«, sagte er, zu dem schlafenden Hund gewandt, »auch an dich haben *matte* und ihre Tochter gedacht. Was sind wir beiden doch für Glückspilze, was?«

Wie zur Bestätigung gab Jukka einen leisen Schnarchton von sich, ohne sich in seinem Schlummer stören zu lassen.

Als Nächstes beförderte Göran einen hellbraunen Stoffbeutel mit der Aufschrift *Lord of the Rings* zutage. *Vivien*, erriet er sofort; er erinnerte sich noch gut an ihre begeisterten Urlaubsberichte aus Matamata. Aus dem Beutel glitt ein ovaler grauer Stein, an eine schwarze Lederschnur geknotet, in seine Hand; in den Stein war ein weißer Baum mit einer breiten Krone eingraviert. Außerdem ertastete er in dem Beutel einen zusammengefalteten Zettel, zog ihn hervor und las: *Ich weiß nicht, ob du den »Herrn der Ringe« kennst, aber der Baum Gondors ist in den Filmen und im Buch das Zeichen des Königs, der nach schlimmen Zeiten den Frieden bringt, und der Stein stammt aus einem Fluss in den Alpen auf der Südinsel von Neuseeland. Ich hab den Anhänger gesehen und sofort an dich gedacht. Frohe Weihnachten, farbror Göran.*

Görans Gesicht verzog sich zu einem schrägen Lächeln. *Natürlich kenne ich »Sagan om Ringen«, Vivien*, dachte er. *Nur dass ich kein König bin, und das mit dem Frieden hat ja wohl auch nicht wirklich funktioniert. Aber dieser Baum ist wunderschön, und ich danke dir sehr, dass du an mich gedacht hast.*

Er hängte sich die Lederschnur mit dem Stein um den Hals und griff nach dem letzten Päckchen. *Das würde dann wohl von Bettan sein.*

Lange betrachtete er es, dann löste er behutsam das Geschenkpapier. Eine kleine, flache Schmuckschachtel kam zum Vorschein, und nach kurzem Zögern öffnete er sie.

Auf dunklen Samt gebettet ruhte ein silberner Anhänger: rund, etwa vier Zentimeter im Durchmesser und mit feinen Stichen zu einer körnigen Oberfläche aufgeraut – bis auf die Sonne in der Mitte, deren Strahlen reliefartig gewölbt, glatt und hochglänzend poliert waren. Eine ausgesucht schöne Arbeit, die Göran spontan an den Silberring mit dem weichen Wellenmuster und dem Turmalin denken ließ, den Elisabeth ihm gezeigt hatte – kurz nachdem sie in Jukkasjärvi gemeinsam die Orgel mit der großen Sonne aus Rentierhorn bewundert hatten.

Die Erinnerung übermannte ihn mit einer solchen Heftigkeit, dass er die Schmuckschachtel abstellen musste und sein Gesicht in den Händen verbarg.

Bettan. Mein Gott, wie sehr du mir fehlst.

Langsam ließ er die Hände sinken. In den vergangenen Monaten hatte er gelernt, damit zu leben, dass Elisabeth Gebhard für ihn unerreichbar war; er hatte sich sogar eingebildet, dass der Schmerz nachgelassen und er wieder in seine normalen Lebensbahnen zurückgefunden hatte. Und nun holte ein silberner Anhänger ihn unbarmherzig auf den Boden der Tatsachen zurück.

Er atmete tief durch. *Nein. Er würde jetzt nicht zunichtemachen, was er sich über Monate mühsam erarbeitet hatte. Elisabeth gehörte zu seinem Halbbruder, daran konnte er nichts ändern, also gab es für ihn nur eines: es zu akzeptieren. Punkt.*

Vorsichtig strich er mit den Fingerspitzen über das Sonnenrelief und die aufgeraute Fläche des Anhängers und bewunderte die feine künstlerische Arbeit. Als er das schimmernde Schmuckstück mit beiden Händen aus der Schachtel hob, um es genauer zu betrachten, bemerkte er, dass es an einer dunkelblauen, geflochtenen Lederschnur mit einem massiven Karabinerverschluss aus Silber befestigt war. Ohne noch weiter nachzudenken legte Göran sich auch diese Kette um den Hals. Sie war etwas kürzer als die von Vivien, so dass der Silberanhänger ungestört über dem Stein mit dem weißen Baum ruhte.

Er trank einen Schluck von dem mittlerweile lauwarm gewordenen Kaffee und sammelte das Geschenk- und Zeitungspapier zusammen, um es in das Paket zu legen. Dabei entdeckte er auf dem Boden des Kartons eine Weihnachtskarte, die er bislang übersehen hatte. Er nahm sie heraus; sie zeigte eine honigfarbene brennende Kerze, umgeben von Tannenzweigen, Strohsternen und vergoldeten Nüssen – genau die Art von Weihnachtsromantik, die es bei ihm schon seit Jahren nicht mehr gab, und nie war ihm das so schmerzlich bewusst geworden wie in diesem Moment.

Er drehte die Karte um.

Ich hoffe, du magst Erdbeermarmelade. Ich habe sie selbst eingekocht und die Erdbeeren dafür selbst gepflückt. Und das hier ist das zweite Schmuckstück, das ich je allein geschmiedet habe. Ich hab es für dich gemacht, als Segensgeste und als Abschiedsgeschenk. Es soll nicht bedeuten, dass wir uns nicht wiedersehen … Aber ehe dieser Tag kommt, möchte ich sicher sein, dass wir beide unseren Frieden mit unserer gemeinsamen Entscheidung gemacht haben. Du hast mir Mut und Kraft genug gegeben, nach Hause zu gehen und mein Leben dort ganz neu anzupacken. Dafür werde ich dir immer dankbar sein. Frohes Fest, mein wunderbarer Freund.

So. Nun hatte er es also auch noch schriftlich. *Abschiedsgeschenk*. Und sie dankte ihm dafür, dass er – ganz der Sohn seiner Mutter – sie nicht festgehalten, sondern sie hatte gehen lassen. Offenbar hatte es einfach wirklich so sein sollen.

Er lehnte die Karte an das Marmeladenglas und betrachtete das Kerzenmotiv.

Dir auch ein frohes Fest, meine wunderbare Freundin. Ich wün-

sche dir, dass deine Entscheidung für dich richtig war und du glücklich wirst. Dann war es wenigstens … nicht vergeblich.

Ein unterdrücktes Winseln war aus Jukkas Richtung zu hören, doch als Göran sich zu ihm umwandte, stellte er fest, dass der Husky nach wie vor tief und fest schlief.

»Weißt du was, Großer?«, sagte er mit gedämpfter Stimme. »Ich mach mir jetzt ein bisschen Musik an. Ich hoffe, es stört dich nicht.«

Er wollte das Radio einschalten, doch dann fiel sein Blick auf die CD, die er vor Kurzem zufällig in Kiruna gefunden und spontan gekauft, bislang aber noch nicht angehört hatte. *Vielleicht war jetzt der richtige Zeitpunkt dafür.*

Eine Weile betrachtete er das Cover mit der Frau, die seiner Mutter so erstaunlich ähnlich sah. Dann legte er die Silberscheibe in den Player und drehte den Lautstärkeregler so weit wie möglich herunter, um den Hund nicht zu wecken. Leise Musik erfüllte den Raum; er kannte sie, aber es war ihm, als hörte er sie in diesem Moment zum ersten Mal.

Er schloss die Augen, lauschte dem Klang des Cellos. Er sah seine Mutter, glücklich lachend im Arm seines Vaters, umgeben von sanftgrünem Polarlicht. Er sah Bettan, die mit Traugott abends in dessen Schlafzimmer saß und Tee trank, während im Hintergrund Bachs Präludium in G-Dur aus der Suite Nr. 1 lief. *Das Präludium, das Åsa mit dem Wissen um ihren nahen Tod nicht mehr hatte hören können oder wollen … während es Traugott bis in seine letzten Tage hinein begleitet hatte.*

Erst als er die Augen wieder öffnete, merkte er, dass er weinte.

Böses Spiel

Januar und Februar waren nass, trübe und kalt, und der einzige Winterzauber, von dem Elisabeth zehren konnte, war der, den sie während der Urlaubstage im Schwarzwald erlebt hatte. Sie wartete sehnsüchtig auf den Frühling; zum Glück gab es genügend Dinge, die ihr die Zeit verkürzten. Vivien verbrachte fast drei Wochen ihrer ersten Semesterferien in Schwäbisch Gmünd. Und Stella war so zufrieden mit Elisabeths Fortschritten, dass sie ihr Anfang März anbot, sie richtig in die Lehre zu nehmen.

»Wir können die Zeit, die du hier schon in der Werkstatt gearbeitet hast, auf diese Ausbildung anrechnen lassen«, schlug sie vor. »Ich melde dich sofort im Berufskolleg an, dann gilt das Praktikum als berufliche Vorbildung. Wenn du dich weiter so gut schlägst, dann kannst du in zweieinhalb Jahren dein Gesellenstück machen. Wie findest du das?«

Elisabeth war überglücklich. Als Markus an diesem Abend nach Hause kam, erzählte sie ihm sofort davon. Er zeigte sich beeindruckt und legte zum Feiern eine Flasche Champagner auf Eis.

»Ich hätte nie gedacht, dass du das wirklich durchziehst«, sagte er, als er die Flasche nach dem Essen köpfte. »Aber ich muss wohl ab sofort damit klarkommen, dass ich eine berufstätige Frau mit echten künstlerischen Fähigkeiten habe … was mehr ist, als die meisten meiner Kollegen mitsamt ihren teureren Hälften von sich behaupten können. Immerhin kann ich jetzt mit dir angeben.«

»Immerhin?« Elisabeth hob eine Augenbraue. »Wäre dir ein schmückendes Anhängsel für Firmenpartys wirklich lieber?«

»Das warst du früher auch nie«, gab ihr Mann trocken zurück. »Da warst du Traugotts unheimlich tüchtige Schwiegertochter, und die teureren Hälften fanden dich zum Gähnen.«

Elisabeth nahm ihr volles Champagnerglas entgegen und trank einen Schluck. »Tun sie das jetzt nicht mehr?«

»Nicht seit der Weihnachtsfeier.« Markus grinste. »Sämtliche

Männer aus der Kanzlei – die honorigen genauso wie die nicht so honorigen – waren bei deinem Anblick komplett aus dem Häuschen. Jetzt haben die Weiber dich auf einmal als Konkurrenz auf dem Schirm.«

Sie konnte sehen, dass ihn der Gedanke, eine Frau an seiner Seite zu haben, die seine Kollegen begehrenswert fanden, durchaus befriedigte. Sie war sich nur nicht sicher, ob ihr selbst die Vorstellung gefiel. Außerdem wusste sie, dass ihre persönliche Veränderung viel tiefer ging als bloß bis zu ihrem Styling oder ihrer Kleidung. Beides waren eher Symptome einer Identität, die im letzten Sommer in der Stille des schwedischen Nordens geboren worden war. Und an der Seite eines Mannes, der seit Weihnachten und einem kurzen Dank für ihre Geschenke wieder nichts mehr von sich hören ließ. *Jedenfalls nicht bei ihr.*

Sie wusste, dass Göran und Vivien sich regelmäßig schrieben. Vermutlich hielt er sich mit E-Mails an sie selbst deshalb zurück, um ihnen beiden das Vergessen leichter zu machen. Falls ihm dieses Vergessen nicht sowieso leichter gefallen war als ihr und er die Zeit mit ihr längst abgehakt hatte und nur noch als bittersüße kleine Episode im Gedächtnis behielt.

»Ich muss morgen nach München«, sagte Markus und schreckte sie damit aus ihren Gedanken auf. »Ich bin vier Tage weg. Danach bin ich das Wochenende zu Hause, und am Montag fahre ich nach Luxemburg. Du hast nicht zufällig Lust, mitzukommen?«

Elisabeth starrte ihn an, aufs Äußerste überrascht. In den gesamten nun schon fast neunzehn Jahren ihrer Ehe hatte er sie noch nie gebeten, ihn auf einer Dienstreise zu begleiten.

»Du willst, dass ich mit dir nach Luxemburg fahre?«, fragte sie. »Was ist denn mit deiner tüchtigen Diana Voss?«

»Ich muss für einen Kunden von uns dort einem Finanzberater auf den Zahn fühlen«, sagte er. »Dafür brauche ich wohl kaum eine Sekretärin. Nebenbei hat meine tüchtige Diana Voss im Januar gekündigt.«

»Oh. Das tut mir sehr leid. Hatte sie Ärger mit deinen Kollegen? Oder vielleicht mit dir?«

»Eher nicht.« Markus leerte sein Champagnerglas, und dieses Mal fiel sein Grinsen ein wenig schief aus. »Ihre Mutter ist krank geworden … irgend so etwas ekelhaft Endgültiges wie Multiple Sklerose oder Krebs. Und da will sie wohl lieber in ihrer Nähe sein.«

»Wie traurig.«

Elisabeth fand es ein wenig merkwürdig, dass er nichts Genaueres über die persönliche Katastrophe im Leben der Frau wusste, die immerhin knapp fünf Jahre lang für ihn gearbeitet hatte. Andererseits hatte große Empathie nie zu Markus' Stärken gehört; und der Ärger, eine Sekretärin zu verlieren, mit der er gut zurechtkam, war wahrscheinlich größer als sein Mitgefühl.

»Also – kommst du mit? Nach Luxemburg? Ich hätte auch ein Fünf-Sterne-Hotel zu bieten.«

»Ich kann es dir noch nicht sagen«, antwortete sie. »Stella hat ab nächste Woche eine Ausstellung ihrer neuen Schmuckkollektion im ›Forum Gold und Silber‹.«

»In dem vergoldeten Käse?« Markus grinste; er hatte den modernen Prestigebau des Gmünder Edelmetallverbandes immer schon ein wenig lächerlich gefunden.

»Sie möchte mich gern dabeihaben und ein paar Leuten vorstellen. Aber ich frag sie morgen und sag dir sofort Bescheid, ja?«

»Eine kostenlose Übernachtung im Kingsize-Bett mit einem Luxus-Spa und garantiertem Candlelight-Dinner – und meine Frau muss erst ihre Chefin fragen.« Er stellte sein Glas hin und lächelte ihr zu. »Nimm bloß keine Rücksicht auf mein männliches Ego, du karrieregeiles Weibsbild.«

Sie lächelte zurück. »War das ein Kompliment?«

»Worauf du dich verlassen kannst.«

***

Am nächsten Morgen brach Markus schon um sechs Uhr früh auf. Elisabeth gab es auf, noch einmal einschlafen zu wollen, nahm stattdessen ein ausgiebiges Bad und beschloss, hinunterzugehen und sich etwas Toast zu machen, falls die Haushälterin noch nicht da war.

Ein köstlicher Duft nach frisch gemahlenen Kaffeebohnen kam ihr entgegen, als sie die Küche betrat. Marlies Hinderer lächelte und hielt ihr augenzwinkernd einen dampfenden Becher Kaffee hin.

»I bring Ihne glei Toscht ond Eier«, versprach sie. Elisabeth warf ihr einen Handkuss zu, nahm dankbar den Becher entgegen und schlenderte damit hinüber zum Frühstückszimmer. Auf der Schwelle hielt sie überrascht inne.

Ihre Schwägerin saß mutterseelenallein am Tisch ... allerdings ohne Teller, Tasse oder Besteck. Sie hielt das Gesicht in den Händen vergraben, und ihre Schultern bebten.

Elisabeth schloss die Tür behutsam hinter sich. »Fiona? Fehlt dir was?«

Fionas Kopf zuckte hoch. Ihr Gesicht war bleich, die Augen verschwollen.

Elisabeth stellte den Becher auf den Tisch und ließ sich ihrer Schwägerin gegenüber auf einem Stuhl nieder. »Was ist denn los? Kann ich dir irgendwie helfen?«

»Ich ... ich hab keine Ahnung.« Fiona gab einen schluchzenden Seufzer von sich. »Aber ich k-kann's mir nicht v-vorstellen.«

Seit ihrem ersten Besuch in Fionas Boutique war Elisabeth regelmäßig wiedergekommen – zuerst, um den Mantel zu kaufen, dann, um sich ein wenig umzusehen und ihre Schwägerin besser kennenzulernen. Sie fand die ungewohnt tüchtige Fiona immer noch so verblüffend wie spannend, und Fiona war von Elisabeths neuen Interessen und Fähigkeiten ehrlich fasziniert. Als Elisabeth Anfang Januar eine Reihe breiter, schlichter Ringe mit gebürsteter Oberfläche angefertigt hatte, in die runde, facettierte Halbedelsteine eingelassen waren, war es Fionas Idee gewesen, die Schmuckstücke in ihrer Boutique anzubieten. Elisabeth trug Stella die Sache vor, und die war sofort einverstanden. Mehr noch, sie regte an, dazu passende Anhänger und Ohrringe zu entwerfen. Seither verkaufte Fiona die Schmucksets immer häufiger zusammen mit ausgewählten Modekombinationen.

Elisabeth schob Fiona ihren vollen Kaffeebecher hin, zog ein Taschentuch aus der Strickjacke und legte es daneben. Fiona trank einen kräftigen Schluck und putzte sich dann ebenso kräftig die Nase. In diesem Moment öffnete sich die Tür, und Frau Hinderer kam mit einem Tablett herein, auf dem sich ein Gedeck, ein Körbchen mit frischem Toast, Butter, ein Schälchen Erdbeermarmelade und ein gekochtes Ei befanden. Als sie Fiona entdeckte, blieb sie zögernd stehen.

»Herzlichen Dank«, sagte Elisabeth freundlich. »Ich glaube, wir könnten noch einen Kaffee brauchen. Wären Sie so lieb?«

Frau Hinderer gab sich sehr offensichtlich alle Mühe, das Dutzend neugieriger Fragen, das ihr auf der Zunge lag, hinunterzuschlucken. »Klar … i ben glei wieder da.«

Sie verschwand, kam mit einer Thermoskanne und einem zweiten Becher zurück und war in Windeseile wieder draußen.

Fiona starrte unverwandt auf das Tischtuch. Elisabeth widmete sich in aller Ruhe ihrem Frühstück und hielt weiter den Mund; wenn sie ihrer Schwägerin nur genügend Zeit ließ, würde sie hoffentlich von allein mit dem Problem herausrücken, das ihr auf der Seele lag.

Endlich sagte Fiona etwas.

»Ist in dem Becher Zucker drin?«

Das war nicht ganz das, was Elisabeth erwartet hatte.

»Ja … zwei Löffel. Und Milch auch. Ich trink ihn immer so.«

»Ich trinke Kaffee nie mit Zucker«, murmelte Fiona. *»Nie.«*

»Aber wieso das denn?« Elisabeth schüttelte den Kopf. »Du hast eine wunderbare Figur. Wozu deine ganzen Diäten gut sein sollen, hab ich nie begriffen.«

»Du hast doch keine Ahnung!«, konterte Fiona heftig. »Du mit deiner ewig schlanken Taille! Julius mag keine pummeligen Frauen, also muss ich mich anstrengen.«

Sie verstummte, und Elisabeth sah, dass ihr erneut die Tränen in die Augen stiegen.

»Hast du Ärger mit Julius?«, erkundigte sie sich vorsichtig.

»Er ist ein paar Tage weggefahren.« Erneut putzte Fiona sich die Nase. »Und ich hab keine Ahnung, wohin.«

Sie hob den Kopf und schaute Elisabeth an. Ihre Unterlippe bebte.

»Die Sache ist die: Ich fürchte, ich bin pleite.«

Elisabeth runzelte die Stirn. »Wie das? Selbst wenn die Boutique nicht läuft – und das glaube ich kaum –, dann hast du doch noch die 40 000 in der Hinterhand, die du von Traugott geerbt hast. Die kannst du doch unmöglich schon ausgegeben haben!«

»Hab ich auch nicht«, sagte Fiona. »Das war Julius.«

Und damit fing sie erst richtig an zu weinen.

***

Die Geschichte, die Fiona Elisabeth erzählte, nachdem sie sich ein bisschen beruhigt hatte, war so rätselhaft wie deprimierend. Seit der Eröffnung ihrer Boutique im letzten Frühjahr hatte sie bedacht und behutsam eingekauft, anstatt ihr Warenlager mit allzu extravaganten Stücken zu füllen, für die es in Schwäbisch Gmünd keinen Markt gab. Die Güte ihres Angebots und ihre hervorragende Beratung sprachen sich herum, und plötzlich kamen Kundinnen, die sich früher nie in ihr Geschäft verirrt hätten.

»Julius hat mir versprochen, dass er die Buchhaltung übernimmt«, berichtete Fiona. »Er hätte dafür eine Firma an der Hand, hat er gesagt.«

In den ersten Monaten lief alles wie am Schnürchen. Fiona hatte zwar (immer noch) keine Ahnung von Bilanzen, dafür aber ein Auge für aktuelle Trends und gute Kontakte zu den Modefirmen in Italien und Frankreich, von wo sie ihre Kollektionen bezog. Das Geschäftskonto war stets ausreichend gefüllt, damit sie die Rechnungen der Lieferanten bezahlen konnte, und zum ersten Mal glaubte sie, dass sie es wirklich geschafft hatte.

»Im Oktober ist Julius zu mir gekommen und hat mir gesagt, er will investieren«, sagte Fiona. »In eine Immobiliengruppe in Spanien. *Alhambra Mansions* heißt die, oder so ähnlich. Er meinte, es wäre doch eine gute Idee, sein Kapital mit meinen 40 000 aufzustocken.«

Sie goss sich Kaffee nach und nahm einen großen Schluck von dem heißen Gebräu.

»Ich hab ihm das Geld gegeben. Ich hab mich darauf verlassen, dass er endlich gelernt hat, aufzupassen … so wie ich.«

»Und er hatte es *nicht* gelernt.« Elisabeth sparte sich die Mühe, es wie eine Frage klingen zu lassen.

»Er hat mir was von Ärger mit den spanischen Behörden erzählt. Und von fehlenden Genehmigungen. Da wollte ich mein Geld zurück, aber er hat gemeint, es wäre fest angelegt und ich müsste mich gedulden.«

Ein, zwei Monate später stellte Fiona fest, dass das Geld auf ihrem Geschäftskonto merkwürdigerweise kontinuierlich abnahm. Sie fragte Julius, ob er etwas abgehoben hätte, aber der verneinte empört.

»Ob ich denn glauben würde, dass er mich beklaut, hat er gefragt«, murmelte Fiona. Sie klang müde und elend. »Und wenn ich mich wie beim letzten und beim vorletzten Mal in die Miesen wirtschafte, dann soll ich gefälligst nicht *ihm* die Schuld dafür in die Schuhe schieben.«

»Charmant.« Elisabeth schüttelte den Kopf.

Vor Kurzem hatte Fiona bereits die Waren für die Herbstsaison geordert. Bei den Firmen im Ausland war Vorkasse üblich, aber als sie die Rechnungen bezahlen wollte, stellte sie fest, dass ihre Mittel dazu bei Weitem nicht ausreichten.

»Die Italiener haben sich gestern gemeldet«, erzählte sie unglücklich. »Die haben gesagt, wenn sie das Geld nicht bis Ende der Woche haben, stornieren sie meine Bestellung und verkaufen die Ware an jemand anderen.«

Elisabeth dachte eine ganze Weile nach. Das hier war nicht nur ein drückendes Finanzproblem für Fiona, es war auch eine Familienangelegenheit, und sie hielt es nicht für klug, die Pferde ohne die nötigen Fakten und Beweise zu früh scheu zu machen.

»Weißt du, wo Julius deine Bücher aufbewahrt?«, fragte sie.

»Bei dieser Firma, von der er gesprochen hat, vermute ich«, antwortete Fiona. »Meine Daten sind natürlich noch da; alles andere ist bestimmt auf seinem Laptop, und der steht oben in unserer Wohnung.«

Elisabeth stützte das Kinn auf die gefalteten Hände. »Wir müssen herauskriegen, was er mit deinem Geld angestellt hat … und am besten auch mit seinem eigenen. Als ich noch für Traugott Firmenevents organisiert habe, hatte ich Zugriff auf mehrere Konten. Ich hab mir ein Extradokument mit diesen Daten gemacht, weil ich mir die Kürzel, Passwörter und Zahlen unmöglich alle merken konnte. Mit etwas Glück hat Julius genau das Gleiche getan. Falls es so eine Datei gibt – glaubst du, dass du an die herankommst?«

Fiona starrte sie an. »Du meinst – ich soll hinter Julius herschnüffeln? Wie in einem Spionagefilm?«

»Du hast ihm die Finanzverwaltung deiner Boutique anvertraut«, sagte Elisabeth ruhig. »Obwohl das Geschäft wirklich gut läuft, hast du immer weniger Geld. Julius hat dein Erbe in irgendeine windige Unternehmung gesteckt, und vermutlich bedient er sich seit Monaten von deinem Firmenkonto. Ich glaube, dein Mann plündert dich aus. Und ich wette, er ist überzeugt, dass du nichts davon merkst.«

Fiona erbleichte, erhob aber keinerlei Widerspruch.

»Wie soll ich dir diese Datei geben, ohne dass Julius das mitkriegt?«, fragte sie.

»Du hast doch gesagt, er ist nicht da«, erwiderte Elisabeth. »Das ist die perfekte Gelegenheit. Versuch, sie auf dem Laptop zu finden, und zieh sie auf einen USB-Stick.« Sie grinste unwillkürlich. »Na schön – irgendwie ist es *wirklich* wie in einem Spionagefilm.«

»Und wenn ich dir das Ding auf den Stick kopiert hab«, wollte Fiona wissen, »was machst du dann damit?«

»Ich geb es an jemanden weiter, der etwas damit anfangen kann«, sagte Elisabeth. »Sobald der alles überprüft hat, wissen wir, ob es stimmt, dass Julius dich bestiehlt. Und dann können wir überlegen, wie wir uns dein Geld zurückholen.«

»Wenn es noch da ist.« Fiona seufzte.

»Wenn es noch da ist.« Elisabeth nickte. »Wie viel kosten die Sachen, die du bestellt hast und jetzt nicht bezahlen kannst?«

Fionas Schultern sackten nach unten. Sie zögerte lange, bevor sie eine Summe nannte, die sich knapp im fünfstelligen Bereich befand.

»Gib mir die Kontodaten«, sagte Elisabeth, »dann schick ich das Geld gleich los, und die Händler kriegen einen Screenshot von der Überweisung. Damit sollten deine dringendsten Probleme vom Tisch sein.«

Fiona wurde erst blass, dann rot. Eine steile Falte erschien zwischen ihren Brauen, und sie warf Elisabeth einen misstrauischen Blick zu.

»Wieso tust du das?«, fragte sie. »Du konntest mich jahrelang nicht ausstehen. Wieso hilfst du mir jetzt?«

»Weil du zur Familie gehörst«, erwiderte Elisabeth. Ihre Mundwinkel zuckten nach oben, als sie Fionas vielsagenden Gesichtsausdruck mitbekam. »Okay – das ist *kein* Argument. Julius gehört auch dazu, so sehr ich das bedauere. Aber ich finde, du und ich, wir beide haben in den letzten Monaten Frieden geschlossen. Und du liebst deine Arbeit in der Boutique nicht nur, du machst sie auch noch gut. Zum ersten Mal gibt es ein Geschäft, in das ich mich hineintraue, um mir etwas zum Anziehen zu kaufen. Meinst du, das will ich wieder aufgeben?«

In Fionas rot verschwollene Augen trat ein ironisches Funkeln.

»Stimmt«, gab sie zu. »Das kannst du dir absolut nicht leisten. Wo du doch endlich jemanden gefunden hast, der dir erklären kann, was dir steht.«

»Siehst du?« Elisabeth lachte. »Am besten, du gehst jetzt in Julius' Büro und holst die Daten, die wir brauchen. Ich gebe sie weiter an einen Profi, der sie aufschlüsseln kann. Und bis der uns sagt, was er herausgefunden hat, warten wir erst einmal in Ruhe ab.«

»Ohne dich könnte ich nicht abwarten, und Ruhe hätte ich auch keine mehr«, sagte Fiona langsam. »Wenn ich bedenke, was ich dir letztes Jahr bei diesem Frühstück alles an den Kopf geworfen habe …«

Elisabeth sah ihr in die Augen.

»Jetzt mal ganz ehrlich, Fiona: Damals, am Ebnisee – hast du uns da wirklich gesehen? Göran und mich?«

Fiona zögerte, dann nickte sie. »Ja. Aber ihr seid bloß spazieren gegangen und habt euch unterhalten.«

»Und warum hast du dann die andere Version verbreitet?«

Fiona verzog das Gesicht. »Julius hat gemeint, es könnte nicht schaden, Markus ein paar Flausen in den Kopf zu setzen. Er wollte diesen Schweden unbedingt vom Hals haben. Dass du deinen Mann *tatsächlich* betrügst, hat er übrigens keine Sekunde lang geglaubt.«

»Nein?« Elisabeth verspürte einen Stich echter Neugier. »Wieso denn nicht?«

»Er denkt, du bist viel zu prüde und zu verklemmt für einen Seitensprung.« Fiona lächelte schwach. »Es tut mir leid, ehrlich. Ich hätte dieses Spielchen niemals mitmachen sollen.«

»Von jetzt an spielen wir keine Spielchen mehr«, sagte Elisabeth ernst. »Wir finden lieber heraus, was Julius sich für ein Spiel mit *dir* ausgedacht hat. Und wer weiß, vielleicht können wir ja eines Tages Freundschaft schließen.«

»Meinst du?« Fiona schaute fast sehnsüchtig drein.

»Natürlich.« Elisabeths Gesicht entspannte sich in einem Lächeln. »Es sind schon weit merkwürdigere Dinge passiert als das.«

***

Markus Gebhard klappte seinen Schalenkoffer zu und hob ihn von dem breiten Doppelbett herunter. Das Hotel, in dem er heute die letzte Nacht vor der Heimreise verbringen würde, lag mitten in Schwabing, aber er verspürte wenig Lust, noch um die Häuser zu ziehen – schon gar nicht allein. Sein Blick fiel auf den Prospekt der hoteleigenen Bar. Zu Abend gegessen hatte er bereits, aber ein Whisky Sour konnte nicht schaden.

Fünf Minuten später saß er in einem gemütlichen Sessel am Fenster der Bar. Vor ihm auf dem kleinen Tisch standen der

Whisky Sour und ein Schälchen mit Nüssen und Käsegebäck. Er nahm einen Schluck und wollte gerade sein Handy zücken, um Elisabeth anzurufen, als ein weiterer Gast die Bar betrat. Markus blickte auf – und erkannte verblüfft seinen Bruder.

Julius bestellte sich einen Drink, nahm ihn lächelnd entgegen und steuerte damit geradewegs auf Markus zu. Der hätte sein eigenes Getränk am liebsten mit einem Schluck hinuntergegossen und die Flucht ergriffen, besann sich aber gerade noch rechtzeitig auf seine Manieren.

»Was bringt dich denn hierher?«, fragte er, während Julius den Sessel ihm gegenüber mit Beschlag belegte.

»Ich bin geschäftlich unterwegs«, versetzte Julius lässig, »genau wie du.« Er nippte an seinem Drink, der aussah wie ein Mojito.

»Du hast Geschäftspartner in München?« Markus hob eine Augenbraue. »Das ist mir neu.«

»Du weißt relativ wenig über mich, Bruderherz«, meinte Julius, langte in die Snackschale und steckte sich ein paar gesalzene Cashewkerne in den Mund. »Dafür weiß ich umso mehr über *dich.*«

»Muss ich mir jetzt etwa Sorgen machen?« Markus' Ton war milde.

»Das hängt davon ab, wie gut wir uns verständigen.« Julius grinste. »Genau genommen sind *wir* die Geschäftspartner, weißt du? Ich bin nämlich hier, weil ich die Absicht habe, mit dir ein Geschäft abzuschließen.«

»Was für ein Geschäft soll das denn sein?«

»Ich möchte, dass du mir von deinem Erbteil 250 000 Euro überschreibst.« Julius lehnte sich entspannt in seinem Sessel zurück. »Falls du es noch nicht angerührt hast – und davon geh ich aus –, dann bleiben dir immer noch 130 000. Damit bist du ziemlich gut bedient, finde ich.«

»*Wie bitte?*« Markus starrte seinen Bruder an, als wäre diesem unversehens eine zweite Nase gewachsen. »Ich bin ja einiges von dir gewohnt – aber jetzt langt's.«

Er erhob sich aus dem Sessel.

»Ich denke, ich geh besser ... bevor ich dir sage, was ich von dieser traurigen Nummer halte. Wobei mich eines ja tatsächlich interessiert: Wieso sollte ich so viel Geld an dich verschleudern?«

»Weil ich dich in der Hand habe«, sagte Julius. Sein Lächeln wurde ausgesprochen tückisch. »Wenn du dich weigerst, mein großzügiges Angebot anzunehmen, wirst du zu Hause die Konsequenzen tragen müssen.«

Nur die Tatsache, dass der Barkeeper bereits einen leicht nervösen Blick in ihre Richtung geworfen hatte, hielt Markus davon ab, Julius eine saftige Ohrfeige zu geben. Er setzte sich wieder hin.

»Was für Konsequenzen?«

»Ganz einfach.« Es war deutlich zu erkennen, wie sehr sein Bruder die Situation genoss. »Du zahlst und hast deine Ruhe. Du zahlst *nicht* – und ich erzähle deiner schönen, ahnungslosen Frau, wie oft du in den letzten vier Jahren deine scharfe Sekretärin gebumst hast. Ich bin sicher, Elisabeth wird sehr überrascht sein, das zu hören.«

Erdrutsch

In den nächsten Tagen gingen Elisabeth und Fiona durch ein Wechselbad der Gefühle.

Zunächst musste Fiona feststellen, dass sie an die Daten auf Julius' Laptop nicht so leicht herankam, wie sie und Elisabeth es gehofft hatten. Er war mit einem Passwort geschützt, das seiner Frau zu verraten Julius sich begreiflicherweise nicht die Mühe gemacht hatte. Allerdings hatte er sie unterschätzt; sie war weit davon entfernt, kampflos aufzugeben. Sie fand zwar nichts in seinem Schreibtisch, aber als sie die Suche methodisch ausdehnte, entdeckte sie gut versteckt ganz hinten in seinem Kleiderschrank einen kleinen Pappkarton mit einer externen Festplatte. Die war *nicht* geschützt – vermutlich hielt Julius es für ausgeschlossen, dass Fiona jemals danach suchen, geschweige denn sie finden würde.

Das war sein erster Fehler. Sein zweiter Fehler war, dass er auf besagter Festplatte ein ebenfalls gänzlich ungeschütztes Dokument gespeichert hatte, das »names« hieß und genau das enthielt, was der Titel versprach. Mit den Usernamen, den Passwörtern und Bankverbindungen, die sich ebenfalls in diesem Dokument befanden, hatten Fiona und Elisabeth uneingeschränkten Zugriff auf seine gesamten E-Mails und Konten.

Elisabeth wandte sich an Ruth Schneider und bat sie um Rat. Ruth empfahl ihr, Johann Bolay anzurufen. Der ehemalige Chefbuchhalter der Firma Gebhard lebte mit seiner Frau in Hussenhofen und war laut Auskunft von Ruth so vertrauenswürdig wie verschwiegen.

Außerdem hatte er offenbar Lust auf ein Abenteuer knapp jenseits der Legalität, denn als Elisabeth ihm ihr Problem erklärte und ihn um Hilfe bat, zögerte er keine Sekunde.

»Klar kann i Ihne helfa, Frau Gebhard«, sagte er. »Bringet Se mir, was Sie g'fonde hen, ond i schau's durch. Ond dann gäb i Ihna B'scheid.«

Elisabeth druckte die Daten aus, die Fiona von der Festplatte heruntergeholt hatte, bevor sie sie wieder im Schrank verstaute. Außerdem lieferte sie die Geschäftsunterlagen ihrer Schwägerin und die Liste der Passwörter bei Johann Bolay ab. Die nächsten zwei Tage verbrachte sie damit, Fiona zu beruhigen, die bei jedem Handyklingeln und bei jeder Tür, die sich in der Villa öffnete, panisch zusammenfuhr, weil sie solche Angst davor hatte, dass Julius zu früh zurückkam.

Aber Julius kam nicht, und er rief auch nicht an. Stattdessen hatte Elisabeth am dritten Tag kurz nach dem Frühstück Johann Bolay am Telefon, der sie und ihre Schwägerin zu sich bat, um ihnen seine Erkenntnisse mitzuteilen. Und die waren so erstaunlich wie alarmierend.

Tatsache war, dass Julius' Erbe bis auf einen geringen Schwund von ein paar Tausend Euro noch fast vollkommen unangetastet war. Offenbar hatte er aus seinen persönlichen Finanzdebakeln der vergangenen Jahre doch ein paar Lehren gezogen. Anstatt das Kapital in Aktien zu investieren, hielt er es auf einem Konto versteckt, von dessen Existenz Fiona bislang keine Ahnung gehabt hatte.

»Vielleicht will er irgendebbes kaufa«, meinte Johann Bolay, »ond er mecht, dass des Geld bis dahin in Sicherheit isch.«

Die 40 000 Euro, die Traugott Fiona vererbt hatte, waren allerdings tatsächlich an die spanische Holding *Alhambra Mansions* überwiesen worden. Sie errichtete und verkaufte (angeblich) luxuriöse Wohnsitze in Andalusien. Allerdings hatte Julius dafür lieber das Geld seiner Frau riskiert als sein eigenes. Mehr noch: Die Ausgaben, die er nicht von dem Gehalt bestreiten konnte, das er in der Firma seines Vaters verdiente, waren während der letzten acht Monate mit den Mitteln bezahlt worden, die er regelmäßig von Fionas Geschäftskonto abzog – um sie zunächst auf ein zweites geheimes Konto einzuzahlen, von dem sie ebenfalls nichts gewusst hatte.

»Restaurantbesuche, drei Paar handgenähte Budapester, zwei Maßanzüge und ein halbes Dutzend Maßhemden – auf *meine* Kosten!«, platzte Fiona fassungslos heraus, nachdem Johann Bolay ihr die Sache erklärt hatte. »Das muss man sich mal vorstellen – er hat fast zehnmal so viel geerbt wie ich, und trotzdem nimmt er mich hinter meinem Rücken aus wie eine Weihnachtsgans!«

Die Frau von Johann Bolay servierte ihr zur Beruhigung ein großzügig bemessenes Glas selbst angesetzten Kirschlikörs, der sie genügend stärkte, um auf der Stelle ein neues Geschäftskonto zu eröffnen, an das Julius nicht mehr herankam. Was von ihren Einnahmen noch übrig war, ließ sie auf Elisabeths Rat hin allerdings auf dem alten Konto liegen.

»Deine Rechnungen sind bezahlt«, meinte Elisabeth. »Wenn du den Rest jetzt plötzlich transferierst, ohne dass Julius feststellen kann, wohin, dann wird er zu früh misstrauisch, meinst du nicht?«

Als Nächstes ließ sich Fiona am Tennisclub absetzen, wofür Elisabeth zum ersten Mal vollstes Verständnis hatte. An Fionas Stelle hätte sie genauso liebend gern mit dem Schläger auf irgendetwas eingedroschen; Julius konnte von Glück sagen, dass es bloß der Ball war.

Elisabeth fuhr nach Hause und rief einen der Seniorpartner in Markus' Kanzlei an. Volker Schmitt war der Fachmann des Hauses, wann immer es um Bauvorhaben oder Immobilien ging, ganz besonders im Ausland. Er hatte sich auf Bau- und Besitzrecht in Südeuropa spezialisiert. Sie bat ihn, die Firma *Alhambra Mansions* zu überprüfen und sich bei ihr zu melden, sobald er etwas herausgefunden hatte. Dann suchte sie die abgetragenste Jeans heraus, die sie besaß, schlüpfte in einen alten Pullover und verbrachte die nächsten zwei Stunden damit, in die Beete rings um die Obstbäume im Garten der Villa Primeln zu pflanzen.

Das Handy nahm sie mit, aber der Anruf kam erst, als sie gegen Abend wieder im Haus war. Sie hörte sich an, was Volker Schmitt zu sagen hatte, bedankte sich und legte auf. Wenn man die Information, die sie gerade bekommen hatte, den Fakten hinzufügte, dann ging die Sache in eine Richtung, die ihr ganz und gar nicht gefiel. *Arme Fiona*, dachte sie. *Ich wusste zwar, dass Julius ein krummer Hund ist, aber dass es so schlimm würde, hätte ich doch nicht geglaubt.*

Sie warf einen Blick auf die Uhr. Es wurde höchste Zeit, dass Markus nach Hause kam. Sie musste mit ihm reden … so schnell wie möglich.

***

Während Elisabeth mit Volker Schmitt telefonierte, saß Markus Gebhard zum zweiten Mal innerhalb von vierundzwanzig Stunden in einer Bar und suchte im Geiste verzweifelt nach einer Methode, seinen Bruder so unauffällig wie möglich umzubringen.

Anders als am gestrigen Abend war der Whisky in seinem Glas pur und die Bar nur knapp einen Kilometer von der heimatlichen Villa entfernt. Aber er hatte sich noch nie so einsam und entwurzelt gefühlt wie in diesem Moment.

Das hast du dir selbst eingebrockt, sagte eine leise Stimme. Sie klang resigniert. Markus neigte instinktiv den Kopf leicht nach rechts. Als Junge hatte er einmal eine Fernsehserie gesehen, in der dem Helden auf der rechten Schulter ein Engel und auf der linken ein Teufel saß. Der Teufel trug eine zweizinkige Gabel, mit der er den Helden gerne piekste, während er ihn mit seinen Einflüsterungen vom rechten Weg abbrachte. Der Engel hatte einen leuchtenden Heiligenschein und schaute meist etwas bestürzt drein … vermutlich deswegen, weil sein Schutzbefohlener eine katastrophale Entscheidung nach der anderen traf.

Vor gut vier Jahren hatte Markus sich entschieden, die keineswegs subtilen Signale, die seine neue Sekretärin Diana Voss aussandte, nicht mehr zu ignorieren. Sie war die Nachfolgerin von Frau Wagner, die sich kurz nach seinem dreizehnten Hochzeitstag in den Ruhestand verabschiedet hatte. Nun tauchte Diana auf – hochgewachsen, mit endlos langen Beinen, stets appetitlich in Spitzenwäsche verpackten Brüsten und einem perfekt geschnittenen blonden Pagenkopf. Hinter ihrer schwarzen Brille musterten ihn espressobraune Augen durch einen dichten Wimpernschleier, und sie strahlte eine kühle Erotik aus, bei der ihm sofort das Wasser im Mund zusammenlief.

Vielleicht hätte er sich weit energischer gegen ihre Verführung wehren müssen … kurze, enge Stiftröcke, die schlichten Hemdblusen fast immer einen Knopf tiefer geöffnet, als es notwendig war. Schlanke Hände, die wie zufällig seine Schulter streiften, wenn sie ihm die Briefmappe zum Unterschreiben auf den Schreibtisch legte.

Stattdessen ließ er den Dingen einfach ihren Lauf. Und eines Tages kam Diana kurz vor Feierabend aus dem Vorzimmer in sein Büro und schloss die Tür ab. Sie trat so dicht an ihn heran, dass ihr Haar seine Wange streifte und ihr Duftwasser ihm die Sinne verwirrte wie ein schwindelerregender Nebel.

»Wenn du mir das Höschen ausziehen willst«, flüsterte sie, »und wenn du mich vögeln willst, während ich dabei auf deinem Schreibtisch sitze, dann musst du es doch bloß sagen!«

Worauf sie sich rasch auf seinen Schreibtisch schwang, erst ihre Bluse und dann seine Hose aufknöpfte und sich den Slip selbst abstreifte. Im nächsten Moment hatte er ihre Brüste aus dem schwarzen BH befreit, den sie trug, und sein Mund schloss sich um eine Brustwarze. Sie bog ermutigend den Rücken durch, und dann war er auch schon in sie eingedrungen und nahm sie schnell und hart, während am Rande seiner Wahrnehmung Papiere zu Boden flatterten und ein gläserner Briefbeschwerer von der Schreibtischplatte herunterrollte und zu Bruch ging. Es dauerte nur ein paar kurze Minuten, bis er sich mit einem kehligen Aufkeuchen entlud. Fast gleichzeitig zog sie sich krampfhaft um ihn zusammen und stöhnte, die Augen weit offen, die Hände auf seinen nackten Hinterbacken. Danach küsste sie ihn auf die Wange, als hätten sie gerade höchstens ein wenig geplaudert und eine Tasse Kaffee miteinander getrunken. Sie rutschte vom Schreibtisch, nahm ihren Slip, der auf der Lehne seines Ledersessels gelandet war, und schlüpfte hinein. Im nächsten Moment hatte sie die Bürotür wieder aufgeschlossen und war verschwunden. Markus stand da, die Anzughose in den weichen Knien, und versuchte immer noch, wieder zu Atem zu kommen.

So hatte es angefangen. Als sein Interesse an Elisabeth nach den ersten paar Jahren abgekühlt und die gemeinsame Ehe in seinen

Augen zur Routine geworden war, hatte er sich bereits hin und wieder eine flüchtige Affäre geleistet; Diana war sein erstes längeres Verhältnis. Aus seiner Sicht war sie die perfekte Geliebte. Sie vernachlässigte nie ihre Arbeit und ließ sich in der Öffentlichkeit nicht das Geringste anmerken. Dafür war sie im Bett (oder auf dem Bürosessel, im Aufzug, im Auto oder unter der Dusche …) ausgesprochen einfallsreich, was dazu führte, dass er sich in ihrer Gegenwart sehr potent fühlte und mit der Zeit nach dem nächsten Sex mit ihr so süchtig wurde wie ein starker Raucher nach der nächsten Zigarette.

Aber jetzt sitzt du in der Scheiße, sagte eine verdrießliche Stimme von links. *Weil Julius, dieses bösartige Arschloch, einen Privatdetektiv engagiert hat.*

Dummerweise konnte dieser Privatdetektiv nachweisen, wann und wie oft Markus in den letzten Monaten des vergangenen Jahres mit Diana in denselben Hotelzimmern übernachtet hatte. Er hatte ein paar zweideutige und mindestens zwei höchst eindeutige Fotos. Das letzte stammte von Ende November … danach war Markus immer mehr zu Diana auf Distanz gegangen. Auf der Weihnachtsfeier in der Kanzlei vertröstete er sie nach ihrem einzigen gemeinsamen Tanz bis nach Neujahr, und als er mit Elisabeth und Vivien aus dem Schwarzwald zurückgekommen war, beendete er das Verhältnis vollständig.

Diana nahm die Tatsache, dass er sie nach immerhin vier Jahren so plötzlich abservierte, erstaunlich gefasst auf. Sie musterte ihn lange schweigend und sagte dann: »Deine Lisa hat echt Klasse, weißt du? Ich hoffe, sie hat nie etwas von uns mitgekriegt. Und ich hoffe außerdem, dass sie auch dann nichts mitkriegt, wenn die nächste Frau auftaucht, bei der dich der Hafer sticht. Denn diese nächste Frau wird es geben, das weißt du doch? Es gibt sie immer.« Damit hatte sie sich umgedreht und war gegangen.

Markus stürzte den Rest von seinem Whisky hinunter und bestellte sofort den nächsten.

Falls er Julius die 250 000 Euro überwies, war das noch lange keine Garantie dafür, dass sein Bruder ihm mit demselben Druckmittel nicht irgendwann auch noch den Rest abknöpfte. Und selbst wenn Julius sich dafür entschied, bis auf Weiteres zu schweigen, würde sein geheimes Wissen über Markus' Kopf hängen bleiben wie ein brandgefährliches Damoklesschwert.

Zum ersten Mal seit Jahren hatte Markus Gebhard Angst davor, nach Hause zu gehen.

***

Elisabeth erwachte am nächsten Morgen früh um halb sieben vom Gesang der Vögel. Ihr Mann lag neben ihr und schlief noch tief und fest; er war erst nach Mitternacht heimgekommen. Sie war hochgeschreckt, als er sich den Weg durch das dunkle Schlafzimmer suchte, gegen die Bettkante stieß und unterdrückt fluchte. Dann sank er schwer auf die Matratze, und sie konnte den Alkohol riechen, von dem er eine Menge konsumiert haben musste, um eine derart kräftige Fahne zu haben. Ein Gespräch war unter diesen Umständen natürlich nicht mehr infrage gekommen.

Sie schlüpfte leise aus dem Bett, nahm ihren Laptop mit hinüber ins Wohnzimmer und fuhr ihn hoch. Im Posteingang ihres E-Mail-Accounts fand sie eine Nachricht von *Alhambra Mansions*; sie passte genau zu den Informationen, die Volker Schmitt ihr am Vorabend übermittelt hatte. Sie fragte sich, ob Julius wohl ebenfalls nach Hause gekommen war.

Als sie zwanzig Minuten später hinunter ins Frühstückszimmer kam, war Fiona schon da; sie saß vor einer Tasse schwarzem Kaffee und sah aus, als hätte sie eine sehr unruhige Nacht gehabt.

»Julius ist zurück«, berichtete sie. »Er wollte mir aber nicht sagen, wo er gewesen ist. Ich hab diese Geheimniskrämerei satt bis obenhin; wenn er gleich kommt, leg ich die Karten auf den Tisch.«

»Warte, bis Markus auch da ist«, bat Elisabeth. »Dann müssen wir die ganze unappetitliche Geschichte wenigstens nicht zweimal erzählen.«

Sie ging kurz entschlossen in die Küche, wo Frau Hinderer gerade einen Korb mit frischen Brötchen, ein Schälchen mit gekochten Eiern und eine Aufschnittplatte auf ein großes Tablett lud.

»Ich nehm das mit«, sagte Elisabeth. »Und es wäre gut, wenn Sie in der nächsten Stunde nicht zu uns hereinkommen würden; es wird wahrscheinlich ein bisschen … *stürmisch.*«

Frau Hinderer wiegte den Kopf. »Des han i mir fascht denkt. So wie Sie die ganze Zeit mit d'r Fiona z'sammegschteckt send.«

»Gut beobachtet.« Elisabeth lächelte schwach. »Julius hat seiner Frau übel mitgespielt; ich denke, heute Morgen bekommt er die Quittung dafür.«

Sie ging zurück und stellte fest, dass die beiden Brüder inzwischen eingetroffen waren. Markus war auffallend blass. Genau wie Fiona beschränkte er sich auf schwarzen Kaffee; Elisabeth vermutete, dass der Rest seines Frühstücks an diesem Morgen aus Kopfschmerztabletten bestand.

Julius hingegen hatte offenbar einen gesegneten Appetit. Als sie hereinkam, bediente er sich von dem Tablett, das sie mitgebracht hatte, mit Brötchen, gekochtem Ei und Käse. Er sah geradezu aufreizend gut gelaunt aus. Bei dem Gedanken, was ihm bevorstand, empfand Elisabeth ein Gefühl zorniger Befriedigung.

Sie musterte aus dem Augenwinkel Markus, der schweigend an seiner Tasse nippte. Julius, der gerade sein Ei köpfte, fing ihren Blick auf und grinste.

»Bisschen still hier, oder?«, bemerkte er. »Dabei ist der große Anwalt doch gerade glücklich heimgekehrt zu Weib und Herd! Mir ist echt schleierhaft, wieso du so angegriffen aussiehst, Bruderherz.«

Seine Stimme hatte einen Unterton fröhlicher Bosheit. Markus sah seinen Bruder an, als hätte er ihn gerade dabei ertappt, Gift in seinen Kaffee zu schütten.

»Verschon uns, Julius!«, sagte er kalt. »Ich glaube, wir können heute Morgen sehr gut auf deine Kommentare verzichten.«

Elisabeth starrte ihn an. Es war kein Geheimnis, dass er seinen Bruder nicht leiden konnte, aber normalerweise sorgte seine gute

Kinderstube dafür, dass man das nicht so überdeutlich mitbekam. Julius' Grinsen wurde noch breiter.

»Hoppla!« Er legte den Kopf schräg. »Das klingt ja, als hätte es dir irgendwo in München geschäftlich die Petersilie verhagelt. Wie bedauerlich … wo du doch sonst immer alles richtig machst.«

»Halt den Mund, Julius.« Markus sprach leise und scharf.

»Ich glaube, die Zeiten, als du mir noch den Mund verbieten konntest, sind ein für alle Mal vorbei.«

Fiona starrte schweigend in ihre Tasse; sie war trotz ihrer entschlossenen Ankündigung von vorhin mit der Situation eindeutig überfordert. Elisabeth wusste, dass sie rasch eingreifen musste, bevor es zwischen Kaffee, Aufschnitt und Brötchen womöglich zu einer handfesten Keilerei kam.

»Du solltest besser auf deine Worte achten, Julius«, sagte sie, so ruhig sie konnte. »Dafür hast du dir in letzter Zeit zu viel geleistet.«

Ihr Schwager wandte den Kopf und betrachtete sie so erstaunt, als fiele ihm ihre Anwesenheit erst jetzt richtig auf.

»Schau an, die heilige Elisabeth!« Seine Augenbrauen stiegen hinauf bis zum Haaransatz. »Die sich aus Prinzip nie etwas leisten würde und keine Ahnung davon hat, was ihr Mann sich so alles leistet.« Er lachte leise. »Klär mich doch mal auf, liebe Schwägerin, womit ich deinen Widerwillen erregt habe.«

»Also schön.« Sie atmete tief durch. »Wie würdest du es nennen, wenn jemand sich erst das Erbe seiner Frau zu persönlichen Zwecken aneignet und ihr dann auch noch das Geschäftskonto leer räumt? Ich hab kein Jura studiert wie Markus, aber meiner laienhaften Meinung nach ist das sowohl Diebstahl als auch Betrug.«

Julius blickte genauso verblüfft drein wie Markus, erholte sich aber rasch.

»Vielleicht sollten wir nur fürs Protokoll festhalten, dass du überhaupt nichts studiert hast«, sagte er. »Bei dir hat's doch gerade mal zum Abitur gereicht, nicht? Woher willst du denn wissen, was auf Fionas Geschäftskonto vor sich geht?«

»Das weiß sie von mir.« Fionas Stimme war in der plötzlichen Stille klar und deutlich zu hören. »Hast du wirklich geglaubt, ich bin so blöd, dass ich nicht merke, was du da machst?«

Julius, der feststellen musste, dass unerwarteterweise gleich von zwei Seiten zum Angriff auf ihn geblasen wurde, fuhr leicht zusammen.

»Fiona, Schätzchen … meinst du nicht, dass wir so was besser unter vier Augen klären sollten?«, meinte er schmeichelnd, und Elisabeth fiel nicht zum ersten Mal auf, dass er seinen falschen Charme anknipsen konnte wie andere Leute das Licht einer Stehlampe. Aber Fiona, die diese Fähigkeit noch viel besser kennen musste als sie, verzog bloß den Mund.

»Elisabeth hat recht«, sagte sie. »Du bist ein Gauner – aber zum Glück nicht halb so schlau, wie du gedacht hast. Wenn du nicht willst, dass jemand hinter deine Bankgeheimnisse und Passwörter kommt, solltest du sie nicht bloß im Schrank verstecken. Nimm das nächste Mal lieber den Firmensafe.«

Julius wurde blass. »Du hast meine Sachen durchsucht? Was fällt dir eigentlich ein, verdammt noch mal?«

»Du fragst mich, was *mir* einfällt?« Sie spie die Worte förmlich aus; auf ihren Wangenknochen brannten hochrote Flecken. »Rund 15 000 Euro hast du dir von meinem Geschäftskonto geholt – Anzüge hast du dir davon geleistet, Hemden und Schuhe, und um ein Haar hast du mich damit ruiniert!«

»Als ob!« Julius war eindeutig entschlossen, mit derselben Munition zurückzufeuern. »Du hast deinen Laden gleich zweimal ruiniert – und jetzt soll *ich* dafür verantwortlich sein, dass du es beim dritten Mal wieder tust?«

»Ich weiß, ich hab Fehler gemacht, früher«, sagte Fiona mühsam beherrscht. »Aber inzwischen kann ich es besser. Und auch bei meinen ersten beiden Versuchen ist bestimmt viel von dem Gewinn, der trotz allem da war, nicht in meine Tasche gewandert, sondern in *deine.*«

»Die Zahlen lügen nicht«, warf Elisabeth ein. »Wir können dir auf das Datum genau sagen, was du wo und wann mit Fionas Geld bezahlt hast. Aber jetzt gibt es ein neues Geschäftskonto, und zu dem hast du keinen Zugang mehr.«

Julius sprang auf.

»Ich hab Fiona den Laden gemietet!«, rief er wütend. »Ich hab *alles* bezahlt, vom Veloursteppich bis zu den maßgeschreinerten Regalen! Wieso darf ich dann anschließend nichts davon haben?«

»Ein rechtmäßiger Anteil ist etwas anderes«, sagte Elisabeth. »Was *du* da getan hast, das grenzt an Straßenraub.«

Sie wunderte sich immer mehr, dass Markus sich in den hitzigen verbalen Schlagabtausch noch nicht eingemischt hatte. Er saß weit auf seinem Stuhl zurückgelehnt und hielt den Kopf gesenkt, als wäre er tief in Gedanken.

»Ich will wissen, was du mit meinem Erbe gemacht hast«, kam es jetzt von Fiona. »Was ist mit meinen 40 000 Euro passiert?«

»Hab ich dir doch gesagt«, gab Julius kurz angebunden zurück. »Die sind in Spanien investiert.«

Elisabeth sah ihrem Schwager geradewegs in die Augen.

»In eine nette kleine Villa ein Stück südlich von Malaga, ich weiß«, sagte sie ruhig. »Mit sechs Zimmern, Pool und Blick auf das Meer. Du hast die 40 000 Euro als Anzahlung geleistet, und nächste Woche ist dein restlicher Anteil von 200 000 Euro fällig. Die Villa kostet etwas weniger als eine halbe Million – ein echtes Schnäppchen. Obendrein ist das Haus gerade weit genug von den Spielwiesen der Reichen und Schönen in Malaga entfernt, dass der Preis automatisch noch ein bisschen weiter sinkt, nicht wahr?«

Julius starrte sie an, als hätte sie sich vor seinen Augen von einem harmlosen Kaninchen in eine Schlange verwandelt. Fiona durchbohrte ihren Mann mit ihren Blicken. Und Markus starrte gegen die Wand, als ginge die ganze Angelegenheit komplett an ihm vorbei.

»Der Kaufvertrag lautet nicht auf deinen Namen«, fuhr Elisabeth fort. »Das haben die Leute von *Alhambra Mansions* in ihrer E-Mail erwähnt. Dein Erbe ist nicht groß genug, um die Villa allein bezahlen zu können. Aber wenn eine gewisse Señora Kathrin

Spengler mit dir Halbe-Halbe macht, dann sieht die Sache natürlich schon ganz anders aus.«

Totenstille. Fionas Gesicht, das zuvor schon blass gewesen war, wurde jetzt kreideweiß. Kathrin Spengler war eine ihrer Busenfreundinnen aus dem Tennisclub … und die Ehefrau des Sozius, der bei der Weihnachtsfeier den Eierpunsch noch zusätzlich mit Brandy »gewürzt« hatte. Kathrin war in der Ehe diejenige mit dem Geld, und dass ihr Gatte seinen Minderwertigkeitskomplex mit möglichst vielen Affären kompensierte, war ein offenes Geheimnis.

»380 000 Euro hast du von Vater geerbt und dir 40 000 Euro unter den Nagel gerissen, die dir gar nicht gehören.« Überraschend meldete Markus sich nun doch noch zu Wort. Er musterte Julius mit einem Ausdruck, den man nur als mörderisch bezeichnen konnte. »Abzüglich 240 000 Euro für dieses Haus – dann bleiben dir laut Adam Riese noch 180 000 übrig. Was natürlich ein bisschen knapp ist, wenn man sich an der Seite einer anspruchsvollen Society-Zicke wie Kathrin unter südlicher Sonne zur Ruhe setzen will.« Er schnaubte unterdrückt. »Jetzt wird mir einiges klar.«

Elisabeth hätte gerne gewusst, was genau ihm klar wurde, hielt es aber nicht für den richtigen Zeitpunkt, ihn danach zu fragen.

»Du machst den Vertrag sofort rückgängig, Julius«, sagte sie. »Und wenn du die Anzahlung nicht wiederbekommen solltest, wirst du Fiona das Geld eben aus deinem eigenen Erbe zurückzahlen müssen, genau wie die 15 000 von ihrem Geschäftskonto. Außerdem wirst du den Mietvertrag für die Boutique auf ihren Namen umschreiben.«

»Und wenn ich das *nicht* tue?« Ihr Schwager bleckte die Zähne wie ein Fuchs in der Falle.

»Dann werde ich dem Firmenvorstand mitteilen, was du dir da geleistet hast«, sagte Elisabeth sanft. »Das wird zwar wahrscheinlich nicht für eine Kündigung ausreichen, weil du nicht die Firma hintergangen hast, sondern ›bloß‹ deine Frau, aber es wird sich herumsprechen. Und dann werden die paar Leute, die sich noch eingebildet haben, mit dir gefahrlos Geschäfte machen zu können, es ab sofort besser wissen.«

Sie faltete die Hände vor sich auf dem Tisch.

»Und natürlich werden wir dich dann wegen Betrugs und Diebstahls anzeigen, Fiona und ich.«

»Worauf du dich verlassen kannst«, ergänzte Fiona grimmig. Sie war immer noch sehr bleich, aber sie hätte kaum entschlossener aussehen können.

Julius starrte eine gefühlte Ewigkeit auf seinen Teller hinunter, ohne sich zu rühren. Dann richtete er sich wieder auf, schaute Elisabeth an und applaudierte langsam und spöttisch.

»Stille Wasser sind tief«, sagte er. »Und du warst ein *sehr* stilles Wasser, Schwägerin. Wer hätte gedacht, dass du so methodisch bist. Und so gerissen. Und dann verbündest du dich auch noch mit meiner Frau gegen mich. Das war ein echtes Meisterstück. Jetzt sollte ich mich mit hängendem Kopf trollen und dich deinen Sieg genießen lassen – aber das ist wirklich nicht mein Ding. Da geh ich schon lieber mit einem ordentlichen Knall.«

Er wandte sich an seinen Bruder, und Elisabeth folgte seinem Blick.

»Sagst du es ihr, oder muss ich das für dich übernehmen?«

Markus schwieg. Sein Gesicht war vollkommen ausdruckslos.

»Bitte sehr.« Julius räusperte sich. »Es gibt da etwas, das würde mein großer Bruder dir unter Garantie lieber unterschlagen – vor allem, weil er sich doch gerade so viel Mühe gibt, sich endlich aufzuführen wie ein anständiger Ehemann. Deswegen hat er ja auch Anfang dieses Jahres seine sexy Sekretärin in die Wüste geschickt.«

Das Lächeln war plötzlich wieder da, glitzernd vor Heimtücke und schierem Hass.

»Vorher hat er sich allerdings vier Jahre lang mit ihr quer durch sämtliche Businesshotels in Europa gefickt. Während du zu Hause gesessen und allen Ernstes geglaubt hast, er wäre dir treu. Aber so kann man sich irren.«

Lähmendes Schweigen senkte sich über den Raum. Julius schob seinen Stuhl zurück und stand auf.

»Du hast mir mein Leben versaut, liebe Schwägerin – jetzt versau ich dir deins. Ich würde sagen, damit sind wir quitt.«

Er drehte sich um und ging hinaus.

Elisabeth stand ebenfalls auf. Ein schweres Bleigewicht lag auf ihrer Brust und machte ihr das Atmen zur Qual.

»Stimmt das?«, flüsterte sie und sah Markus an. »Hattest du ein Verhältnis mit Diana Voss? Vier ... vier Jahre lang?«

Sie wollte, dass er seinen Bruder außer sich vor Wut der Verleumdung bezichtigte. Sie wollte, dass er ihr versicherte, dass an Julius' Geschichte kein wahres Wort war.

Aber Markus tat nichts dergleichen. Stattdessen nickte er stumm.

Elisabeth verließ das Zimmer, ohne die eigenen Schritte zu hören. Die Wände der Villa glitten watteweiß und still am Rand ihres Blickfeldes entlang, während sie die Treppe hinaufstieg.

Sie hatte keine Ahnung, wo sie hinging, fand sich aber unversehens auf dem kleinen Balkon wieder, der an ihr Wohnzimmer grenzte. Sie sog die kühle, regenfeuchte Luft in tiefen, gierigen Zügen ein, schloss sorgsam die Glastür hinter sich und rutschte langsam daran herunter, bis sie auf den kalten Steinfliesen saß.

Sie schloss die Augen, sperrte die Welt aus und ließ ihre Gedanken davonflattern in ein gnädiges Nichts.

Endstation

Als Elisabeth am nächsten Morgen zu sich kam, war das Erste, was sie hörte, das sanfte Rauschen des Regens.

Sie öffnete die Augen, setzte sich auf, und ihre Hand berührte einen warmen Körper, überzogen von samtweichem Pelz. Als sie rasch die Finger zurückzog, öffnete der graue Kater, der zusammengerollt dicht neben ihr geschlafen hatte, ein gelbes Auge und musterte sie leicht gekränkt.

Jetzt wusste sie es wieder, und das frühe Licht schien schlagartig aus dem behaglichen kleinen Zimmer zu weichen.

»Entschuldige bitte, Wladimir«, sagte sie müde. Sie legte die Hand wieder auf seinen Rücken und streichelte ihn. »Nicht böse sein – ich hab bloß nicht mit dir gerechnet.«

Sie hatte mit einigen Dingen nicht gerechnet. Vor allem nicht damit, herauszufinden, dass ihr eigener Mann vier Jahre lang bei jeder Gelegenheit mit seiner Sekretärin geschlafen hatte, ohne dass sie auch nur das Geringste davon mitbekam. Nicht damit, eine halbe Stunde nach der hochdramatischen Szene im Frühstückszimmer auf dem Balkon aus ihrer ungläubigen Schockstarre zu erwachen, frierend und vom Sprühregen durchweicht.

Sie hatte sich aufgerappelt und war ins Schlafzimmer gegangen. Der Raum, in dem sie fast neunzehn Jahre lang fast jede Nacht verbracht hatte, erschien ihr plötzlich feindselig und kalt – so wie die gesamte Villa. Sie wollte hier nicht bleiben. Sie *konnte* es nicht.

Sie packte eine kleine Tasche mit Kleidung zum Wechseln und Waschzeug. Nach kurzem Zögern nahm sie das Handy. Sie musste Stella Bescheid geben, dass sie heute nicht in die Werkstatt kam. Allerdings machte ihr der Gedanke, sich dabei eine furiose Ich-hab's-dir-doch-immer-gesagt-Brandrede anzuhören, Angst. Also schrieb sie ihr einfach eine kurze E-Mail und meldete sich krank.

Einen Anruf machte sie aber doch, gleich anschließend. Nach dreimaligem Klingeln meldete sich eine freundliche Frauenstimme.

»Schneider.«

»Ruth, ich bin's … Elisabeth. Kann ich bei dir vorbeikommen und vielleicht … vielleicht auch bei dir übernachten?«

Am anderen Ende der Leitung kehrte verblüfftes Schweigen ein. Zum Glück dauerte es nicht lange.

»So arg?«

»Noch viel schlimmer.« Elisabeth schloss die Augen und wünschte sich verzweifelt die segensreiche Leere in ihrem Kopf zurück.

»Klar kannsch du komme, Mädle. Ond bei mir schlafa kannsch nadierlich au.« Ruth Schneider klang teilnahmsvoll und beruhigend zugleich. »Hör mal: Wenn du lieber net selbscht fahre willsch, dann nimm dir en Taxi.«

Das war eine ausgesprochen vernünftige Idee. Elisabeth war sich nicht sicher, ob sie in ihrem augenblicklichen Zustand nicht einen Unfall baute, wenn sie sich hinter das Steuer setzte.

»Mach ich, Ruth. Bis gleich.« Sie legte auf.

Eine halbe Stunde später hatte der Taxifahrer sie vor Ruths Haus in Hussenhofen abgesetzt. Noch während Elisabeth durch den Vorgarten gegangen war, hatte sich die Tür geöffnet. Ruth hatte auf der Schwelle gestanden und sie ins Wohnzimmer geleitet, wo sie ihr einen großen Becher heißen, süßen Rooibos-Tee zu trinken gab. Danach wurde sie in das Gästezimmer geführt, wo ein einladend frisch bezogenes Bett auf sie wartete. Sie ließ sich auf die Matratze sinken, zog sich die Decke über den Kopf und schlief fast vier Stunden wie eine Tote.

Nachmittags sorgte Ruth dafür, dass sie etwas aß, und holte die ganze bittere Geschichte behutsam aus ihr heraus. Elisabeth sprach langsam und monoton; es kam ihr so vor, als wäre sie lediglich als Zuschauerin bei dem dramatischen Auftritt am Frühstückstisch dabeigewesen. Bleierne Müdigkeit drückte sie nieder und machte jedes Handeln unmöglich. Ruth begriff das sehr gut und schickte sie abends schon um kurz nach neun ins Bett zurück.

Aber jetzt war es wieder Morgen, und die erste Betäubung war geschwunden. Elisabeth wurde klar, dass ihr schwierige Entscheidungen bevorstanden, die ihr ganzes Leben verändern konnten, je nachdem, welche sie traf.

Der Kater sprang anmutig vom Bett herunter und strich zur Tür. Er kratzte daran, drehte sich zu ihr herum und gab ein befehlendes Miauen von sich.

»In Ordnung, Wladimir.« Sie seufzte. »Ich komm ja schon.«

***

Ruth hatte in der Küche den Frühstückstisch gedeckt. Sie wartete, bis Elisabeth eine erste Tasse Kaffee getrunken und auch sonst etwas im Magen hatte, dann straffte sie sich.

»Markus hat a'grufe«, sagte sie. »Zwoimal. Geschtern ond heut morga au. Er will obedengt mit dir reda.«

»Kann ich mir vorstellen.« Elisabeths Magen verkrampfte sich zu einem schmerzhaften Knoten. »Ich weiß bloß nicht, ob *ich* das will.«

»Du kannsch doch net vor ihm davolaufa.« Ruth schüttelte sachte den Kopf. »Moinsch net, ihr solltet des klära?«

»Natürlich müssen wir das klären.« Elisabeth legte ihr angebissenes Brötchen wieder auf den Teller zurück. »Aber ich hab Angst, ihn zu sehen. Ich kann immer noch nicht fassen, was er getan hat. Vier Jahre lang … und ich hatte keine Ahnung davon. Keinen blassen Schimmer. Als Fiona letztes Jahr behauptet hat, ich hätte mit Göran am Ebnisee vor aller Augen herumgeturtelt, da hat Markus sich vor der gesamten Familie aufgeführt wie ein Staatsanwalt, der erst einmal die Beweise prüfen muss, ehe er mir glaubt. Und als ich aus Schweden zurückkam, wollte er von mir wissen, ob ich …« Sie brach ab.

»Was hat er wisse wella? Ob du mit dem blonde Schweda ins Bett g'schtiega bisch?«

»Genau das.« Elisabeth spürte, wie der Schmerz in ihrer Magengrube sich zu einem bösen Ziehen verstärkte. »Und bevor du jetzt fragst: Nein, das bin ich nicht. Das hab ich Markus auch gesagt, und er hat sich entschuldigt. Wenn es dir recht ist, möchte ich jetzt nicht mehr darüber reden.«

Eine Weile war es in der gemütlichen Küche still.

»Markus kommt vorbei«, sagte Ruth endlich. »Tut mir echt leid – aber i han net g'wisst, wie i ihn no länger abwimmle soll. Er isch glei da.«

Elisabeth verzog das Gesicht. »Schon gut. Du kannst nichts dafür – mein Mann konnte ein ›Nein‹ noch nie akzeptieren.« Sie schob hastig den Stuhl zurück. »Ich geh mir was anziehen.«

Sie hörte die melodische Klingel an der Haustür, während sie im Gästezimmer in Jeans und die geliebte Leinenbluse aus Kiruna schlüpfte. Ein Blick in den Spiegel zeigte ihr das eigene, blasse Gesicht und den erschöpften Ausdruck in ihren Augen. Während sie ein Haargummi um das Ende ihres geflochtenen Pferdeschwanzes schlang, gestand sie sich selbst ein, dass sie am liebsten flüchten wollte. *Aber Weglaufen hatte keinen Zweck.*

Also ging sie hinunter ins Wohnzimmer. Markus hatte sich auf Ruths Biedermeiersofa niedergelassen. Als sie hereinkam, stand er sofort auf.

»Guten Morgen, Lisa.«

»Guten Morgen.«

Sie setzte sich auf den Sessel, der sich am weitesten vom Sofa entfernt befand. Markus sah blass und übernächtigt aus.

»Wie geht es dir?«, fragte er.

»Interessante Frage.« Elisabeth zog die Schultern hoch. »Ich versuche gerade, mich an die Erkenntnis zu gewöhnen, dass du vier Jahre lang quasi ein Doppelleben geführt und mich ununterbrochen belogen hast. Wie soll es mir unter diesen Umständen wohl gehen, was meinst du?«

Markus starrte auf seine Hände hinunter. »Ehrlich, Lisa – es tut mir leid.«

»Was genau tut dir leid – die Affäre? Oder die Tatsache, dass sie herausgekommen ist?«

Er zuckte zusammen. »Traust du mir wirklich zu, dass ich so abgebrüht bin?«

»Ehrlich gesagt weiß ich nicht mehr, was ich dir zutrauen soll.« Sie biss sich auf die Lippen. »Aber ich bin sicher, das war alles sehr bequem für dich. Eine Frau, die für dein häusliches Wohlbefinden sorgt … und eine zweite, die deine sämtlichen anderen Bedürfnisse befriedigt. Ich muss ja furchtbar langweilig gewesen sein.«

»›Langweilig‹ ist nicht das richtige Wort dafür.« Er räusperte sich und ließ sich wieder auf dem Sofa nieder. »Aber vielleicht hat die Gewohnheit eine gewisse Rolle gespielt. Das muss ich schon zugeben.«

Elisabeth musterte ihn scharf.

»Willst du mir damit sagen, dass du nach vierzehn Jahren Ehe den sexuellen Kick gesucht hast? Und dann ist genau im richtigen Moment die schöne Diana aufgetaucht, als Antwort auf deine geheimen Wünsche?«

Er schwieg.

»Ist dir nie der Gedanke gekommen, du könntest mit *mir* darüber reden, was dir fehlt zwischen uns? Oder bist du der Ansicht gewesen, es wäre die Mühe nicht wert?«

Markus' Schultern hoben und senkten sich, als er tief durchatmete. »Du weißt, ich tu mich ein bisschen schwer damit, über meine Gefühle zu sprechen.«

»Stimmt, das ist mir aufgefallen.« Elisabeths Lippen zuckten ironisch. »Aber wenn man sein Leben miteinander verbringen will, dann sollte man es schon aus reinem Respekt vielleicht trotzdem versuchen, meinst du nicht?«

»Das mit dem Respekt hat in unserer Familie doch nie besonders gut funktioniert.« Markus klang bitter. »Denk daran, dass mein Vater nicht nur ein Verhältnis hatte, sondern obendrein noch einen unehelichen Sohn. Das ist irgendwie auch kein Ruhmesblatt, finde ich.«

»Mag sein.« Elisabeth sah ihn an. »Aber wäre das nicht ein Grund gewesen, es selbst besser zu machen? Oder es wenigstens zu versuchen?«

»Aber das *hab* ich!« Er richtete sich auf. »Seit du aus Schweden zurückgekommen bist, hab ich mir alle Mühe gegeben, es besser zu machen. Hast du das nicht gemerkt?«

»Doch.« Sie lehnte sich in dem Sessel zurück. »*Vor* diesem Urlaub hast du meine Ideen und Pläne allerdings ständig abgebügelt. Und ich hab mich gefügt. Vielleicht war das ein Fehler. Vielleicht hätte ich schon viel eher den Mut aufbringen müssen, für das zu kämpfen, was ich haben will.«

»Eigentlich hab ich nie eine Frau gewollt, die gegen mich kämpft.« Markus' Mund wurde schmal. »Von so was krieg ich in der Kanzlei genug zu sehen. Die meisten dieser kämpferischen Damen landen unweigerlich beim Scheidungsanwalt.«

Er klang erschreckend arrogant für einen Mann, der gekommen war, um sich zu versöhnen.

»Und deswegen hast du beschlossen, mich unter Kontrolle zu halten? Damit ich nicht ausbreche und dich irgendwann vor lauter Selbstverwirklichung sitzen lasse?«

»So wie du das ausdrückst, klingt es ziemlich berechnend.«

»Das ist es auch, Markus.« Sie sah ihm in die Augen. »Du hast mich geheiratet, weil Vivien unterwegs war, und dann höchst wirkungsvoll dafür gesorgt, dass ich mich mit der Rolle als Frau und Mutter zufriedengegeben habe. Weil dir damals ein sanftmütiges Heimchen am Herd lieber war als eine starke Frau. Dummerweise hatte die Münze auch eine Kehrseite, nicht wahr? Ein Heimchen am Herd tut stets, wie ihm geheißen … und das ist alles andere als aufregend.«

Sie seufzte leise.

»Hättest du mir das Recht eingeräumt, an deiner Seite zu wachsen, du hättest dich sicher nicht mit mir gelangweilt. Aber so kam dir Diana als Abwechslung wie gerufen, oder?«

»Du stellst es ganz schön plakativ dar.«

»Es ist nicht plakativ«, entgegnete Elisabeth. »Eigentlich ist es doch furchtbar traurig, oder? Dadurch, dass du von ihr bekommen hast, was dir deine langweilige Ehefrau nicht geben konnte, hast du noch viel weniger Gründe gefunden, irgendetwas zu ändern. Du warst zufrieden. Was *ich* gewollt und gebraucht habe, war dir egal.«

»Das klingt, als wolltest du mich zum Schurken des Stücks abstempeln.« Sein Rücken versteifte sich. »Und ich dachte die ganze Zeit, das wäre Julius.«

»Der hat Fiona genauso mit einer anderen Frau betrogen«, sagte Elisabeth. »Der einzige Unterschied ist der, dass er versucht hat, sie auch noch finanziell auszunehmen.«

»Aber ich hab mich doch von Diana getrennt!« Zum ersten Mal war Markus' Ton aufgebracht. »Reicht das denn nicht?«

Elisabeth fixierte ihn scharf.

»Wann genau hast du dich von ihr getrennt? Als ich aus Schweden zurückgekommen bin? Oder schon vorher?«

Er wich ihrem Blick aus. »Nicht vorher. Irgendwann im Dezember.«

»Vor der Weihnachtsfeier in der Kanzlei? Oder danach?«

»Davor. Definitiv *davor.*«

Er hatte im Brustton der Überzeugung gesprochen, und dennoch war sein Unbehagen fast mit Händen zu greifen. Elisabeth schloss die Augen und sah ihn vor sich, wie er auf dem Fest mit Diana tanzte ... Diana mit dem glänzenden blonden Pagenkopf, den endlos langen Beinen auf High Heels und der roten, goldbestickten Jacke. Dann war der Tanz zu Ende gewesen, Markus hatte ihr die Hand geküsst, und sie war gegangen. Elisabeth hatte sich darüber gewundert, dass eine Frau wie diese noch allein lebte. *Wenn man zu hohe Ansprüche an den Traumprinzen hat, wird es immer schwieriger,* hatte Markus gesagt. *Auch für eine Granate wie meine tüchtige Diana Voss.*

»Eine Granate wie deine tüchtige Diana Voss.«

Ihre Augen flogen auf, als sie feststellte, dass sie den letzten Gedanken unbewusst laut wiederholt hatte. Sie spürte, wie ihr das Blut aus dem Gesicht wich.

»Du willst mir tatsächlich erzählen, du hättest dich schon vor der Weihnachtsfeier von Diana getrennt?«, sagte sie leise. »Nie im Leben. Wenn der Mann, mit dem sie vier Jahre lang heimlich geschlafen hat, sie in die Wüste schickt, dann kommt sie vielleicht aus reinem Pflichtbewusstsein trotzdem ... aber sie würde unter Garantie nicht vor den Augen aller mit genau diesem Mann einen flotten Discofox aufs Parkett legen, sich von ihm die Hand küssen lassen, und das Outfit seiner Frau loben würde sie schon gar nicht. Du musst mich für ziemlich blöd halten!«

Bitterer Speichel stieg ihr in den Mund.

»Soll ich dir sagen, wie es wirklich war? Als die Feier stattfand, hattest du dich noch *nicht* von Diana getrennt. Du hast dir für mich in aller Eile die Geschichte mit ihren Eltern in Norddeutschland aus den Fingern gesogen.«

»Ihre Eltern leben wirklich in Norddeutschland«, protestierte Markus. »Das war nicht gelogen!«

»Und ihre Mutter ist wirklich krank?«

Ein Muskel zuckte in seiner Wange. »Nein«, gab er zu. »Ich dachte, ich müsste dir einen triftigen Grund für ihre Kündigung liefern.«

Zornige Enttäuschung über sein Kalkül machte ihre Stimme leise und scharf.

»Vielleicht hast du sie vorsichtshalber auf das neue Jahr vertröstet. Du hast sie dir noch warmgehalten. Und erst *nach* Weihnachten, als du festgestellt hat, wie gut wir miteinander ausgekommen sind … da hast du sie dann endgültig abserviert.«

Sie stand auf, ging an ihm vorbei zum Fenster und starrte hinaus. Es hatte endlich aufgehört zu regnen, aber der Himmel war grau.

»Du hast mich vier Jahre lang angelogen – und jetzt, wo die Wahrheit endlich ans Licht gekommen ist, lügst du weiter. Es tut mir leid, Markus, aber damit komm ich nicht zurecht.«

Sie drehte sich zu ihm um. Er war ebenfalls aufgestanden und betrachtete sie, das Gesicht starr und ausdruckslos.

»Was soll das heißen?«, fragte er. »Willst du dich etwa scheiden lassen? Wegen einer Affäre, die ich dir nicht termingerecht gebeichtet habe? Lisa, also wirklich … das ist lächerlich.«

»Dass ich dir nicht mehr vertrauen kann, das ist lächerlich?« Zum ersten Mal seit ihrer überstürzten Flucht aus der Villa am Vortag war sie wieder den Tränen nahe. »Dass es mich entsetzt, dass du dich monatelang scheinbar bemühst, mich zurückzugewinnen, während du gleichzeitig immer noch mit deiner Sekretärin ins Bett steigst … das ist *lächerlich?*«

Sie drängte die Tränen zurück.

»Ich weiß noch nicht, ob ich mich scheiden lasse«, sagte sie. »Aber eins weiß ich sicher: Ich will dich erst einmal nicht mehr sehen. Und deshalb möchte ich, dass du jetzt gehst.«

Sie registrierte den Schrecken und den Zorn in seinen Augen, aber nur den Bruchteil einer Sekunde lang. Dann nahm er sich zusammen und zeigte ihr das Anwaltsgesicht, das sie so gut kannte.

»Ich fahre nach Hause«, sagte er. Seine Stimme klang kühl und flach. »Und ich hoffe, du kommst nach, sobald du dich wieder beruhigt hast.«

»Ich komme ganz sicher nach Hause«, entgegnete Elisabeth. »Irgendwann demnächst. Aber nur, weil ich ein paar Sachen zusammenpacken muss und du dich in meinen Schränken nicht auskennst.«

Markus verzog ungeduldig den Mund.

»Ich sehe schon, dieses Gespräch hat keinen Zweck.« Er wandte sich in Richtung Tür und blieb erst stehen, als seine Hand schon auf der Klinke lag. »Wir klären das später, wenn du nicht mehr so überreizt bist. Ich ruf dich heute Abend an, dann reden wir noch einmal darüber.«

»Das glaube ich kaum«, sagte Elisabeth. »Ich ruf *dich* an, bevor ich meine Sachen abhole. Bis dahin will ich, dass du mich in Frieden lässt. Hast du das verstanden?«

Er starrte sie an, als könnte er ihren plötzlichen Widerstandsgeist immer noch nicht fassen. Dann schüttelte er leicht den Kopf, drehte sich um und ging hinaus.

Elisabeth blieb stehen, wo sie war und wartete, während sich seine Schritte entfernten und die Haustür sich leise schloss. Gleich darauf kam Ruth herein. Sie musterte Elisabeth schweigend, dann seufzte sie abgrundtief.

»Domm g'loffa, oder?«

»Furchtbar dumm«, sagte Elisabeth müde. »Du … ich muss mal eben in Stellas Werkstatt. Darf ich mir deinen Wagen borgen? Ich hol mir demnächst den Twingo, dann ist das nicht mehr nötig.«

»Klar.« Ruth ging ihr voraus zur Tür und nahm den Autoschlüssel vom Brett. »Pass bissle uff, d'r erschte Gang klemmt, wenn du d'r Hebel beim Schalta zu fescht a'packsch.«

»Danke, Ruth.«

***

Eine halbe Stunde später stellte Elisabeth Ruths Polo auf dem Parkplatz vor der Werkstatt ab. Sie wusste, dass Stella nicht da war, aber sie hatte schon seit der ersten Woche ihres Praktikums einen Schlüssel. Sie sperrte auf, ging durch den kleinen Korridor und stand in dem großen Raum mit den vielen Fenstern und den beiden Werkbrettern. Sie setzte sich auf ihren Hocker, öffnete die Schublade neben dem Feilnagel und starrte minutenlang auf die kleine Samtschachtel hinunter, die darin lag, bevor sie sie endlich herausholte und aufklappte.

Die beiden Ringe darin waren jeweils knapp einen Zentimeter breit und glatt, aus 585er Weißgold und mit einer matt gebürsteten Oberfläche. Oben auf dem Ringkopf war ein Relief eingelassen. Es war der Mittelteil eines nautischen Steuerrades, wie man es auf alten Segelschiffen fand – deutlich zu erkennen an der hochglanzpolierten beidseitigen Rundung des Rades und den fein gedrechselten Speichen.

Die Ringe, die sie für ihren neunzehnten Hochzeitstag geschmiedet hatte.

Sie rollte auf dem Hocker zu dem Tisch hinüber, auf dem der kleine Schmelzofen der Werkstatt stand, nahm einen der Tiegel, die in einem Gestell daneben auf ihren Einsatz warteten, und holte die Ringe aus der Schachtel. Sie fielen mit einem hohen, metallischen *Ping* in den Tiegel; Elisabeth ließ ihn in die dafür vorgesehene Öffnung oben im Schmelzofen gleiten und klappte den Deckel zu. Dann schaltete sie den Ofen ein und wartete geduldig, während er sich auf 1070 °C aufheizte. Gold schmolz bei 1064 °C, und das Gerät war, was die Temperaturen anging, ziemlich genau. Sie beobachtete die leuchtende Digitalanzeige, schaute auf die Uhr und sah vor ihrem inneren Auge, wie Ringschienen, Steuerräder und Speichen sich auflösten zu flüssig brodelndem Gold.

Dann ertönte der Signalton. Elisabeth schaltete den Ofen ab und öffnete den Deckel mit dem kleinen Hebel. Sie zog die Schutzhandschuhe über, nahm die Schmelztiegelzange vom Ständer und hob den glühend heißen Tiegel aus seiner Halterung. Die Schamottformen hatte sie sich schon zurechtgelegt; jetzt ließ sie den dünnen Metallstrahl behutsam in die Aussparungen für die kleinen Goldplatten laufen, die Stella verwendete, um neue Schmuckstücke daraus zu schmieden.

Sie ließ den Tiegel abkühlen und räumte ihn mitsamt der Zange weg. Die vier Goldstücke, die als Einziges von den Ringen übrig waren, kippte sie aus den Formen auf das Bretteisen. Sie glänzten im starken Licht der Lampe strahlend hell; Elisabeth blinzelte geblendet und schloss die Augen.

Fünf Minuten später kam Stella, die einen Anruf von Ruth erhalten hatte, im Laufschritt in die Werkstatt gestürmt. Sie sah Elisabeth vor dem Werkbrett sitzen, die Hände im Schoß, die Augen noch immer geschlossen. Dann entdeckte sie die offene, leere Samtschachtel und die Goldplatten.

»Lady Betty … was hast du bloß angestellt? So viel Arbeit, und alles umsonst!«

»Alles umsonst, ganz genau«, sagte Elisabeth leise. »Ich brauchte sie nicht mehr. Ich hab sie gemacht, weil ich glaubte, sie wären ein Symbol für etwas, das ich unbedingt am Leben erhalten wollte. Dabei war es längst gestorben.«

Stella trat auf sie zu und legte ihr die Hand auf die Schulter. »Ich weiß Bescheid. Es tut mir so furchtbar leid.« Ihre Stimme war voller Mitgefühl.

Elisabeth gab einen verzweifelten Klagelaut von sich und sank blind nach vorne. Stella ging rasch auf die Knie, fing sie auf und hielt sie in den Armen, während Elisabeth endlich zu weinen begann.

Täuschungsmanöver

Markus Gebhard umklammerte das Lenkrad seines Mercedes CLS und starrte auf das Heck des VW Kombi, der vor ihm mit braven 50 km/h in Richtung Innenstadt zockelte. Es kostete ihn seine gesamte Selbstbeherrschung, das Gaspedal nicht bis zum Anschlag durchzutreten und seinen nichtsahnenden Vordermann auf die Hörner zu nehmen.

Er war außer sich. Das Gespräch mit Lisa war ganz und gar nicht so verlaufen, wie er sich das vorgestellt hatte. Abgekanzelt und zurechtgewiesen hatte sie ihn, wie einen ungezogenen Schuljungen. *Ich ruf dich an, bevor ich meine Sachen abhole*, hatte sie zu ihm gesagt, in diesem fremden, neuen Ton, so schockierend gelassen, so beunruhigend entschlossen. *Bis dahin will ich, dass du mich in Frieden lässt.*

Er bog ab, den Kaffeeberg hinauf. Das letzte Stück führte unter den tief hängenden Ästen der Buchen hindurch, die rechts und links des vertrauten, kurzen Privatweges wuchsen. Dann schwang das Garagentor der Villa hoch, der CLS rollte neben den kleinen Twingo und blieb stehen. *Richtig … Lisa war gestern mit dem Taxi nach Hussenhofen gefahren und hatte ihr Auto zurückgelassen.*

Markus stieg aus dem Wagen und betrat die Villa durch den Nebeneingang im Garten. Es war vollkommen still. Jeder seiner Schritte hallte laut in den leeren Räumen wider. Dabei hätte es ihn kaum überraschen dürfen, dass er allein war; Frau Hinderer hatte an jedem zweiten Sonntag frei, Julius war sofort nach dem gestrigen Eklat aus der Villa verschwunden, und Fiona hatte vermutlich auch erst mal die Nase voll von diesem Gemäuer.

Jetzt war er allein in der Wohnung, die er achtzehn Jahre lang mit Elisabeth bewohnt hatte, und ging langsam ins Schlafzimmer. Die Türen des Kleiderschrankes standen offen – auf Lisas Seite. Markus betrachtete die Reihe von pastellfarbenen Kostümen, eleganten Etuikleidern, teuren Stoffhosen und Hemdblusen, die nach Farben sortiert auf der langen Stange hingen. Erst jetzt wurde ihm klar, wie wenig von diesem ganzen Zeug Lisa getragen hatte, seit sie im letzten Sommer aus Schweden zurückgekommen war … als hätte sie danach Stück für Stück die Haut der Frau abgestreift, die sich nach ihrer Hochzeit mit ihm widerspruchslos fast alles gefallen ließ.

Plötzlich musste Markus an seine Hochzeitsreise denken. Sie waren vom Flughafen in Malaga zu der Villa gefahren, die er für zwei Wochen gemietet hatte. Es war sehr heiß, und bei ihrer Ankunft ballten sich über dem weißen Haus mit dem geschwungenen roten Ziegeldach tiefdunkle Wolken zusammen. Sie schafften es gerade noch rechtzeitig hinein, bevor der Himmel seine Schleusen öffnete. Plötzlich streifte Lisa das elegante fliederfarbene Kleid ab, das sie auf der Reise getragen hatte. Sie schob die Glastür auf, die in den Garten mit dem großen Pool führte, rannte in Slip und BH hinaus in den Regen und drehte sich auf dem Rasen im Kreis wie ein tanzender Derwisch, den Kopf im Nacken und die Arme weit ausgebreitet. Markus beobachtete sie eine ganze Weile fasziniert, bevor er ihr folgte. Er hob sie hoch, trug sie wieder hinein und hinauf in das große Schlafzimmer. Dort streifte er ihr die Wäsche von der regennassen Haut, zog sich aus und liebte sie, hingerissen von dem lachenden Mädchen, das seine Tochter unter dem Herzen trug und jede seiner Liebkosungen freudig erwiderte.

Nur war von diesem Mädchen später kaum noch etwas geblieben; er hatte es verjagt, weil ihm das fügsame, sanfte Geschöpf der späteren Jahre instinktiv besser gefiel als das andere, das fast nackt im Regen tanzte. Denn dieses tanzende Mädchen gehörte nicht ihm. Es gehörte nur sich selbst.

Es war ein unangenehmer Moment ehrlicher Selbsterkenntnis, der dafür sorgte, dass es ihn kalt überlief. Und die Gedanken ließen sich nicht aufhalten; einer war unbehaglicher als der andere. Julius und Fiona wussten bereits Bescheid über seine Affäre mit Diana Voss, Papas ehemalige Sekretärin wusste es nun auch – es konnte nicht lange dauern, bis Vivien ebenfalls davon erfuhr. Was würde sie tun, wenn sie herausfand, dass ihr heiß geliebter Vater ihre Mutter jahrelang betrogen hatte?

Er verließ das Schlafzimmer, erfasst von jähem Schrecken. Schuldhafte Scheidungen gab es heutzutage nicht mehr, aber er machte sich keine Illusionen. Für Vivien würde eindeutig *er* der Bösewicht der Geschichte sein. Und dann würde er nicht nur Lisa verlieren, sondern auch seine Tochter.

Mit dem Schrecken kam die Panik. Plötzlich war ihm das Appartement zu eng. Er stürmte hinaus und stand gleich darauf vor dem Arbeitszimmer seines Vaters. Er hatte es seit Traugotts Tod nur selten betreten, aber jetzt flüchtete er sich hinein, als wäre es eine friedvolle, sichere Oase. Er schlug die Tür hinter sich zu und lehnte sich dagegen, bis er merkte, dass die jähe Panikattacke nachließ und er wieder ruhiger atmen konnte.

Vor ihm stand Traugotts Schreibtisch. Die lederne Unterlage war noch da, die grüne Bankerlampe und sogar der Montblanc-Füller seines Vaters. Dass Julius sich das edle Stück noch nicht unter den Nagel gerissen hatte, war Markus ein Rätsel; vielleicht sollte er ihn einstecken, sein Vater würde sowieso nie wieder damit schreiben. Lisa hatte nach seinem Tod häufiger an diesem Schreibtisch gesessen und ihre Korrespondenz erledigt, das wusste er. Sie liebte Traugotts Studierstube, und sie hatte ihren Schwiegervater geliebt. *Nur ihn liebte sie nicht mehr.*

Der Schrecken war dahin; jetzt kochte unvermittelt wieder die Wut in ihm hoch, die ihn wie eine schwungvolle Woge nach Hause getragen hatte.

Alle ließen sie ihn im Stich. *Alle.* Die Frau, für die er immerhin fast neunzehn Jahre gut gesorgt hatte. Der Vater, den zufriedenzustellen er sich immer bemüht hatte. Überhaupt – Traugott Gebhard war sein Lebtag lang ein Sinnbild für Verlässlichkeit, Treue und Fürsorge gewesen, dabei war er ganz genauso ausgebrochen wie Markus. Und hatte seiner Familie, die von all dem nichts ahnte, nach seinem Tod einen erwachsenen Sohn vor die Nase gesetzt und dem auch noch ein Drittel seines Vermögens vererbt.

Markus ballte die Fäuste. Hätte er seinen Vater in diesem Moment vor sich gehabt, er hätte ihn vielleicht angebrüllt oder sogar geschlagen. Aber Traugott war jenseits aller Anklagen und Rechtfertigungen, und ehe Markus noch recht wusste, was er tat, hatte er dem Mahagonischreibtisch mit voller Wucht einen Tritt versetzt. Das alte Möbel protestierte mit einem hölzernen Ächzen, machte auf dem Teppichboden einen Ruck nach hinten und stand plötzlich schief. Markus ließ sich in Traugotts Ledersessel fallen; sein Fuß schmerzte höllisch.

Es dauerte ein paar Minuten, bis seine Zehen sich nicht mehr anfühlten, als stünden sie in Flammen. Markus beugte sich vor und inspizierte den Schreibtisch. Offenbar hatte er an dem massiven Holz keinen Schaden angerichtet. Allerdings waren ein paar Dinge zum Vorschein gekommen: ein Bleistiftstummel, eine Kugelschreibermine, ein paar Büroklammern und eine Handvoll dicke, graue Staubflocken.

Dicht neben seinem rechten Fuß lag ein kleiner Papierball. Wahrscheinlich hätte er im Abfallkorb landen sollen, war aber stattdessen unter den Schreibtisch gerollt. Markus hob ihn auf, faltete ihn vorsichtig auseinander und strich ihn glatt. Es war einer von Traugotts Briefbögen, mit einem Tintenfüller beschrieben. Und er erkannte die Handschrift sofort.

Lieber Göran,

manchmal begreife ich immer noch nicht, dass diese zwei Wochen im vergangenen Sommer alles sind, was wir jemals zusammen haben werden. Und dass sie mich so tief berührt haben, so sehr verändert, dass ich die Frau, die ich vor Kiruna war, trotz aller Mühe nicht mehr wirklich wiederfinde.

Er spürte, wie ihm das Blut aus dem Gesicht wich. Seine Wangen wurden kalt, sein Mund öffnete sich ungläubig.

Markus hat begriffen, dass sich zwischen uns etwas ändern muss. Vielleicht hat die Tatsache, dass ich bei dir in Kiruna war, ihm zu der Erkenntnis verholfen, dass er mich nicht mehr für selbstverständlich nehmen darf. Er strengt sich sehr an, und wir fühlen uns erstaunlich wohl miteinander. Und trotzdem weiß ich, dass mir etwas fehlt. Du bist in meinen Gedanken, wie eine Melodie, die ununterbrochen weiterklingt, auch wenn ich sie nicht mehr ständig hören kann. Wie ein Licht hinter einem fest verschlossenen, abgedunkelten Fenster.

Worte, so intim wie eine Liebkosung. Voll von einer bitteren Sehnsucht, die nicht ihm galt.

Ich kann mit ihm nicht über dich reden. Denn ich habe große Angst, dass ich dann von Dingen spreche, die er niemals erfahren darf. Dass es mehr als einen Moment gegeben hat, in dem ich drauf und dran war, meine Familie zu verlassen oder erst gar nicht zu ihr zurückzufliegen. Deinetwegen. Dass es Augenblicke gibt, in denen ich immer noch spüren kann, wie du mich in den Armen hältst und küsst, so wie am letzten Tag auf dem Flughafen in Kiruna. Ich fürchte mich jedes Mal davor, dass dieses Gefühl zurückkommt … weil ich mir dann wünsche, ich wäre noch bei dir. Und dass es unseren Abschied nie gegeben hätte.

Das zerknitterte Blatt segelte auf den Teppich. Markus starrte blicklos ins Leere, erfüllt von einem Gefühl, das er noch nie in dieser Intensität empfunden hatte. Es war glühender Hass, gepaart mit dem ebenso brennenden Wunsch, seine Hände um den Hals von Göran Åsasson zu legen und zuzudrücken. Und er wollte Lisa bestrafen, bestrafen für diesen ungeheuerlichen Verrat.

Er wollte in die Wohnung zurückgehen und alles in Stücke schlagen, was sie bei ihrer Flucht am Vortag zurückgelassen hatte. Er wollte ihre Kleider aus den Schränken reißen und zerfetzen, ihre Bücher verbrennen, eines nach dem anderen. Aber dann durchschnitt ein jäher Gedankenblitz den roten Nebel seiner Zerstörungsfantasien, und von einer Sekunde zur nächsten wurde er ganz ruhig.

Dieser Brief war vielleicht seine Rettung. Mehr noch, er mochte sich als eine wertvolle Trumpfkarte herausstellen, mit der Markus wirkungsvoll verhindern konnte, dass seine Tochter sich enttäuscht von ihm abwandte. *Wenn er diese Karte nur geschickt genug ausspielte.*

Er wusste nicht, ob Elisabeth den Brief wirklich so abgeschickt hatte; das hier war mit Sicherheit nur ein Entwurf, sonst hätte er ihn wohl kaum gefunden. Aber das spielte keine Rolle. Dieses verräterische Stück Papier gab ihm eine Waffe in die Hand. Er musste Lisas Ruf und ihre Glaubwürdigkeit in Grund und Boden stampfen … und zwar noch *bevor* sie die Chance bekam, Vivien die Wahrheit über seine Beziehung zu Diana Voss zu sagen.

Der rote Nebel hatte sich aufgelöst, sein Verstand arbeitete wieder. Jetzt dachte er nicht mehr wie ein gekränkter, enttäuschter Ehemann, jetzt übernahm der *Meister der Schlupflöcher* die Führung. Er musste die beste Gerichtsvorstellung seines Lebens geben. Er würde Details erfinden und andere ganz weglassen müssen, wenn er seine Tochter behalten wollte. Auch wenn das im Grunde nichts anderes bedeutete, als dass er sie belog.

Er zog sein Handy aus der Tasche und wählte Viviens Nummer. Es klingelte nur zweimal, bevor sie sich meldete.

»Hallo, Papa!«

»Hallo, mein Schatz!«, sagte er sanft. »Hör mal, kannst du nach Gmünd kommen? Hierher in die Villa, am besten sofort?«

»Ich bin gerade in Gmünd.« Vivien klang überrascht. »Ich wollte mir eins meiner Bücher holen, die ich bei euch in der Villa gelassen habe, und danach mit Bella zu unserem Lieblingsgriechen. Was ist denn los?«

Er seufzte und hoffte, dass es niedergedrückt genug klang.

»Ich sag's dir, wenn du hier bist. Bis gleich.«

***

Eine knappe Viertelstunde später sah Markus seine Tochter über den Vorplatz der Villa kommen. Sie trug ein kniekurzes, geblümtes Sommerkleid, und ihr schwarzes, zu einem Pferdeschwanz zusammengebundenes Haar glänzte in der Sonne. Für eine Sekunde fühlte sich die Liebe, die er für sie empfand, wie ein intensiver Stich tief in seiner Magengrube an. Er würde nicht zulassen, dass er sie verlor – unter keinen Umständen.

Die große Eingangstür der Villa schlug zu, dann hörte er rasche Schritte, die die Treppe heraufkamen. Er atmete tief durch. *Zeit für die große Show.*

»Grüß dich, Papa!«

Vivien platzte ins Wohnzimmer, kam auf ihn zu und umarmte

ihn. Er drückte sie an sich und hielt sie einen Moment lang ganz fest.

»Grüß dich, Schätzchen«, sagte er. »Tut mir leid, dass ich deine Planung für den Tag durcheinanderbringe.«

»Macht doch nichts«, erwiderte sie munter. »Was ist denn los? Du hast vorhin am Telefon irgendwie … bedrückt geklungen. Muss ich mir Gedanken machen?«

»Wie man's nimmt.« Er lächelte schief. »Hier ist allerhand passiert. Und ich dachte, ich erzähle dir besser davon, damit du Bescheid weißt.«

Die Fröhlichkeit in ihren Augen verblasste.

»Jetzt mach ich mir allmählich *wirklich* Gedanken.« Ihr Blick schweifte suchend durch das Zimmer. »Wo ist denn Mama? Heute ist doch Sonntag, da wird sie wohl kaum in der Werkstatt arbeiten.«

Er senkte den Kopf und ließ die Arme herabhängen; ein Bild der Niedergeschlagenheit.

»Nein«, antwortete er leise. »Sie ist … weg.«

»Weg?« Sie starrte ihn verständnislos an. »Wie – *weg?* Wann kommt sie denn wieder zurück?«

Er sah sie an. »Gar nicht mehr, fürchte ich. Ich sage es ungern, aber deine Mutter hat mich verlassen.«

Vivien ließ sich in einen der Sessel fallen. Sie war plötzlich sehr blass.

»Sie hat … aber *wieso?*«

»Ich sagte ja schon, es ist allerhand passiert. Gestern haben wir herausgefunden, dass dein Onkel Julius seine Frau um viel Geld betrogen hat. Genauer gesagt war es deine Mutter, die das herausgefunden hat. Sie hat ihn mit ihren Erkenntnissen konfrontiert, und es gab eine große Szene. Als Retourkutsche hielt mein lieber Bruder es für angebracht, ihr zu erzählen, dass ich mit meiner Sekretärin geschlafen habe.«

Vivien schnaufte verächtlich. »So ein Schwachsinn! Der lügt doch, wenn er den Mund aufmacht. Aber … du hast ihr doch bestimmt gesagt, dass das nicht wahr ist, oder?«

»Das konnte ich nicht. Denn es stimmt. Leider.«

Der Raum war so still, dass er seinen eigenen Herzschlag hören konnte.

»Weißt du«, sagte er sanft, »ich habe deine Mutter jahrelang nicht so wertgeschätzt und respektiert, wie sie es zweifellos verdient hatte. Das tut mir heute entsetzlich leid … umso mehr, als diese Missachtung dazu geführt hat, dass ich mir vor etwa zwei Jahren einen One-Night-Stand mit meiner Sekretärin geleistet habe. Mehr war es nicht. Aber es ist natürlich nicht schön, wenn man so etwas urplötzlich um die Ohren gehauen bekommt … so wie das gestern deiner Mutter passiert ist.«

Er seufzte.

»Seit letztem Sommer, als deine Mutter aus Schweden zurück war … seitdem hatte sich unsere Beziehung sehr verbessert. Und das wollte ich nicht dadurch zerstören, dass ich mit der Wahrheit über eine Dummheit … eine *Schwäche* … herausrücke, die vorbei ist und keine Rolle mehr spielt. Jedenfalls für mich.«

Vivien schwieg immer noch. Er schwieg jetzt ebenfalls und fasste sich in Geduld. Er musste dem sorgsam ausgewählten Mix aus Wahrheit und Lüge Zeit geben, einzusinken und zu wirken.

»Es war wirklich nur das eine Mal?«, fragte Vivien endlich. »Und es ist wirklich vorbei?«

Er hatte Mühe, sein erleichtertes Aufatmen zu unterdrücken. *Punktlandung.*

»Ja, Kind«, antwortete er ernsthaft. »Es ist vorbei. Außerdem hat Diana Voss im Januar gekündigt. Sie lebt jetzt wieder in der Nähe ihrer Eltern. In Norddeutschland.«

Was verdammt praktisch war. Vivien würde kaum die Gelegenheit haben, aus erster Hand zu erfahren, wie lange die Affäre wirklich gedauert hatte. Und wenn er seine Karten jetzt geschickt genug ausspielte, würde sie auch gar nicht erst den Versuch machen.

»Aber …« Sie betrachtete ihn verwirrt. »Konntest du das Mama nicht genauso erklären, wie du es mir erklärt hast?«

»Das hab ich doch versucht.« Er lehnte sich an das Fensterbrett. »Dummerweise ist das aber noch nicht alles.«

Sie runzelte die Stirn. »Sag mir bloß nicht, du hast *noch* eine Leiche im Keller! Denn dann könnte ich verstehen, dass Mama von dir erst mal die Nase voll hat.«

Er schüttelte leicht den Kopf. »Nein, Schatz – ich fürchte, diesmal ist es eher deine Mutter, die eine Leiche im Keller hat.«

Er ließ sorgsam eine Spur Zorn und Frustration in seine Stimme einfließen. Bloß nicht zu viel davon … wenn er es übertrieb, dann würde Vivien misstrauisch werden. Sie war alles andere als dumm.

»Mama?« Sie klang vollkommen entgeistert. »Mama würde dich nie betrügen. *Nie!*«

»Daran«, sagte er leise und bitter, »habe ich bis gestern auch geglaubt. Aber dann – kurz bevor ich zu ihr fahren wollte – habe ich etwas gefunden. *Das* hier.«

Er nahm das Blatt vom Tisch, wo es auf seinen Einsatz gewartet hatte.

»Ich hab lange überlegt, ob ich es dir überhaupt zeigen soll«, fuhr er fort. »Aber ich finde, du musst beide Seiten der Medaille kennen, um diese unglückselige Angelegenheit richtig beurteilen zu können. Und ich habe zu viel Respekt vor dir, um dich im Unklaren zu lassen.«

Sie nahm das Blatt entgegen und fing an zu lesen. Markus wartete angespannt. *Alles hing davon ab, dass sie aus diesem verfluchten Wisch die richtigen Schlüsse zog.*

»Das … was ist das?«, flüsterte sie endlich. »Das hat sie doch nicht abgeschickt!«

»Nein, hat sie nicht«, bestätigte er ruhig. »Aber du weißt doch, dass deine Mutter ihre Briefe oft zuerst ins Unreine schreibt. Das wird hier genauso gewesen sein. Ich hab diesen … Entwurf in Papas Büro gefunden. Sie muss ihn dort vergessen haben.«

Vivien nickte langsam. Jetzt war sie noch bleicher als zuvor.

»Offenbar war doch mehr zwischen Göran und Lisa, als wir dachten«, fuhr er fort. »Dein schwedischer Onkel kann sehr sympathisch sein, wenn er es darauf anlegt; das hab ich damals bei unserem gemeinsamen Abendessen gemerkt. Er hat Lisa still und leise den Kopf verdreht … so sehr, dass die Sache auch nach seiner Abreise weitergegangen ist. Damit erscheint die spontane Reise deiner Mutter nach Schweden jetzt natürlich in einem ganz anderen Licht. Ich fürchte, sie war lange nicht so spontan, wie wir beide geglaubt haben.«

»Er … er hat mir so leidgetan, weil Onkel Julius so gemein zu ihm war«, murmelte Vivien. »Und wir haben uns geschrieben, dieses ganze Jahr, nachdem er hier war.«

»Das weiß ich, Kind. Und es hat mir sogar gefallen, dass er sich so gut mit dir versteht … und mit Lisa. Ich fand es schön, dass wenigstens ihr ihm das Gefühl geben konntet, trotz allem ein Teil unserer Familie zu sein, wenn ich es schon nicht fertiggebracht habe.«

Wieder seufzte er schwer, jeder Zoll der im Grunde seines Herzens gute Mensch, den man grausam getäuscht hatte.

»Bis gestern jedenfalls. Bis zu diesem Brief.«

Er ging zu ihr und legte ihr eine Hand auf die Schulter. Sie wich nicht zurück, sondern sah ihn an. Ihre Augen standen voller Tränen.

»Ich hab ihn so gern gehabt.« Es war kaum mehr als ein Flüstern. »Ich … ich weiß nicht, was ich sagen soll.«

»Ich war auch ziemlich sprachlos, das kann ich dir versichern.«

Etwas Leben kehrte in ihr erstarrtes Gesicht zurück.

»Hast du Mama den Brief gezeigt? Was hat sie dazu gesagt?«

Er vermied es wohlweislich, die erste Frage zu beantworten, und konzentrierte sich stattdessen auf die zweite.

»Nicht viel«, entgegnete er betrübt. *Was ausnahmsweise stimmte … schließlich hatte er den Brief erst heute gefunden, und Göran war bei seinem Gespräch mit Lisa überhaupt kein Thema gewesen.* »Vermutlich wird sie jetzt den nächsten Flug nach Schweden nehmen. Die Sache mit meiner Sekretärin liefert ihr schließlich die bestmögliche Entschuldigung dafür.«

»Aber das ist doch ganz was anderes!«, platzte Vivien heraus. Jetzt klang sie rechtschaffen wütend. »Ich meine … dein One-Night-Stand war natürlich Mist, aber er tut dir doch leid, oder?«

»Ja, natürlich«, entgegnete er sanft. »Sogar sehr.«

»Und Mama hat …« Sie wischte sich achtlos die Tränen weg, die ihr über die Wangen liefen. »Weißt du, was das Schlimmste daran ist? Tante Fiona hat die ganze Zeit recht gehabt … und ich hab ihnen *vertraut!* Ich hab Mama sogar gesagt, dass sie mal alleine verreisen soll! Und sie … und sie und Onkel Göran …« Ihre Stimme zitterte und brach.

»Vielleicht«, tastete er sich behutsam vor, »solltest du ein bisschen warten, bevor du deine Mutter mit diesen Erkenntnissen konfrontierst. Bis du dich etwas beruhigt hast, meine ich.«

»Oh, keine Sorge.« Jetzt weinte Vivien nicht mehr. »Bis ich wieder mit ihr rede, wird es lange dauern. Wenn überhaupt. Im Moment habe ich nicht die geringste Lust, mir irgendwelche Lügen von ihr anzuhören.«

Sie klang grimmig und entschlossen, und er verkniff sich ein triumphierendes Lächeln. *Vielleicht hatte er noch nicht den gesamten Krieg gewonnen, aber doch zumindest eine entscheidend wichtige Schlacht.*

»Möchtest du noch ein bisschen bleiben?«, fragte er. »Oder soll ich dich irgendwo hinfahren, Schatz?«

»Ich kann laufen. Außerdem brauch ich jetzt dringend frische Luft.«

Sie faltete den Brief zusammen und steckte ihn in ihre Basttasche.

»Das hier nehm ich mit, als Beweismittel.« Sie schluckte. »Wobei … vielleicht hast du ja auch recht, und sie steht schon mit Sack und Pack am Flughafen. Vielleicht … ist es ihr ja ganz egal, ob ich es weiß.«

»Mag sein.« Er seufzte zum dritten Mal. »Mach's gut, mein Schatz. Und meld dich so bald wie möglich, ja? Wenigstens bei mir.«

»Mach ich, Papa.«

Sie hob die Hand zu einem angedeuteten Winken, drehte sich um und war gleich darauf verschwunden.

Erst jetzt erlaubte er sich das Lächeln, das er die ganze Zeit über unterdrückt hatte. Zum Glück hatte seine Tochter keine

Ahnung, dass er für seine im Gerichtssaal kunstvoll eingesetzten Stoßseufzer in der Kanzlei so berühmt wie berüchtigt war. *Der perfekte, von der bösen Welt enttäuschte Gutmensch,* scherzte der Senior immer, *wenn man es nicht besser wüsste.* Vivien war genauso darauf hereingefallen wie vor ihr schon zahllose Richter, Zeugen und Staatsanwälte. Er hatte sie über das Spielbrett gesteuert wie ein geschickter Schachspieler seine Königin.

Jetzt musste er ihren gerechten Zorn nur noch sorgsam am Kochen halten … und das würde er mit der gebotenen Sorgfalt schon hinkriegen.

Wenn es nach ihm ging, würde Lisa ihre Tochter niemals wiedersehen.

Absturz

Zum zweiten Mal seit dem schicksalhaften Frühstück in der Villa wachte Elisabeth in einem fremden Bett auf … auch wenn es diesmal streng genommen kein Bett, sondern ein Sofa war, auf dem sich zahlreiche Kissen und Decken türmten. Es stand in Stellas luftiger, heller Atelierwohnung, und die wenigen Stunden Schlaf, die hinter ihr lagen, waren vermutlich vor allem dem süffigen Rotwein zu verdanken, mit dem ihre Freundin sie am Vorabend überaus großzügig traktiert hatte.

Sie setzte sich langsam auf, stützte ihren beschämend schweren Kopf in beide Hände und wünschte sich für einen langen Augenblick, nichts entscheiden oder planen zu müssen. Dummerweise stand ihr beides bevor. *Und zwar bald.*

Die wichtigste Entscheidung – die die ganze Richtung bestimmte, in die ihr Weg von nun an führte – hatte sie schon gestern getroffen, als die Ringe im Schmelzofen zu einer Pfütze aus glühend heißem Metall zerronnen waren. Jetzt waren sie dahin – genau wie die Hoffnungen, die sie sich noch für ihre Ehe und ihre Zukunft mit Markus gemacht hatte.

Plötzlich dachte sie an Vivien. Die noch nicht die geringste Ahnung von dem Drama hatte … und wahrscheinlich aus allen Wolken fallen würde, wenn sie davon erfuhr. *Sie musste es ihr sagen.*

Sie konnte ihren kleinen Rucksack, in dem das Handy steckte, nirgendwo sehen. Also stand sie auf und machte sich auf die Suche nach ihrer Gastgeberin.

Von weiter vorne im Flur hörte sie das Gluckern einer Kaffeemaschine. Jetzt drang ihr auch der aromatische Duft in die Nase, und sie hörte eine dunkle, etwas heisere Stimme, die leise vor sich hin sang.

»Stella?«

»Hier, Schätzchen.«

Elisabeth betrat die Küche. Sie war klein, aber praktisch eingerichtet; die Stirnwand gegenüber der Tür bestand aus einer riesigen

Glastür, die auf einen großen Balkon hinausführte. Strahlendes Sonnenlicht drang herein und ließ sie blinzeln.

»Endlich wieder unter den Lebenden?« Stella lächelte. »Milch und Zucker, richtig?«

»Richtig«, erwiderte Elisabeth matt. »Wie viel Uhr ist es denn?«

»Halb elf. Ich würde sagen, du hattest den Schlaf nötig.« Stella füllte einen großen Keramikbecher mit Kaffee.

Elisabeth erinnerte sich wieder daran, wieso sie Stella eigentlich gesucht hatte. »Wo ist mein Rucksack? Ich brauche dringend mein Handy.«

»Wieso – wen willst du anrufen? Markus?«

»Nein, Vivien. Sie hat doch keine Ahnung, was passiert ist. Ich muss …«

»Kaffee trinken musst du«, unterbrach Stella sie. »Und etwas essen, falls du was runterkriegst. Und dann nimmst du ein paar Aspirin, gehst unter die Dusche und machst dich zurecht. Vivien sitzt bestimmt in irgendeinem Hörsaal; du kannst sie im Augenblick wahrscheinlich sowieso nicht erreichen.«

Elisabeth rief sich den Vorlesungsplan ihrer Tochter ins Gedächtnis und begriff, dass Stella recht hatte. Sie trank ihren Kaffee aus und atmete tief durch.

»Gibt es hier irgendwo einen Computer?«, fragte sie. »Oder einen Laptop?«

»Beides, drüben im Büro.« Stella musterte sie stirnrunzelnd. »Was hast du denn vor?«

»Ich will Vivien erklären, wie die Dinge stehen«, sagte Elisabeth. »Mit einer E-Mail fällt mir das vielleicht ein bisschen leichter, und ich tippe lieber auf einer richtigen Tastatur als auf der von einem Handy. Und danach muss ich zu ihr, so schnell wie möglich.«

»Alles klar.« Stella nickte. »Soll ich dir vorher noch was zu essen machen? Ein Rührei vielleicht?«

»Besser hinterher.« Elisabeth lächelte schwach. »Vorher bleibt mir wahrscheinlich jeder Bissen im Hals stecken.«

»Kann ich mir vorstellen.« Stellas Blick wurde weich und mitfühlend. »Die Würfel sind gefallen, oder? Du gehst nicht mehr zu Markus zurück.«

»Nein«, erwiderte Elisabeth leise, aber fest. »Ich kann nicht mehr mit ihm zusammenleben. Und ich *will* es auch nicht mehr.«

»Kein Wunder.« Stella schnaubte leise durch die Nase. »Er hat es ja auch wirklich gründlich genug versaut.«

Sie führte Elisabeth in ein kleines Büro und zeigte ihr den Laptop, der auf dem Schreibtisch stand.

»Ich wünsche dir, dass du die richtigen Worte findest«, sagte sie, gab ihr einen flüchtigen Kuss auf die Wange und verschwand.

Elisabeth nahm auf dem bequemen Bürostuhl Platz und rief ihr E-Mail-Programm auf. Bis auf die übliche Werbung von diversen Onlinehändlern befand sich nur eine einzige Nachricht im Posteingang. Sie las den Absender *mgebhard-kanzlei@gmail.com* und biss sich auf die Lippen. *Markus.*

Sie stellte fest, dass sie unwillkürlich die Hände zu Fäusten geballt hatte, und riss sich am Riemen. Ein paar weitere herablassende Vorhaltungen würde sie schon noch verkraften, bevor sie sich an die wesentlich schwierigere Aufgabe machte, ihre Tochter darüber aufzuklären, dass die Ehe ihrer Eltern vor dem Aus stand. Also klickte sie die E-Mail an, wappnete sich gegen eine neuerliche Runde verständnisloser Vorwürfe und fing an zu lesen.

Lisa,

ich vermute, dass du jetzt erwartest, dass ich dich in schriftlicher Form darum bitte, zu mir zurückzukommen, nachdem mein gestriger Versuch nicht gerade von Erfolg gekrönt war. Es wird dich wahrscheinlich überraschen, dass ich meine Meinung geändert habe. Bleib von mir aus, wo du bist, oder geh dahin, wo der Pfeffer wächst. Aber vielleicht möchtest du ja auch zusammen mit meinem reizenden Halbbruder irgendwo jenseits des Polarkreises festfrieren … der Gedanke liegt schließlich durchaus nahe. Nach meiner Heimkehr habe ich nämlich in Papas Arbeitszimmer eine interessante Entdeckung gemacht. Zwar war es aufgeräumt und sauber, aber bei den letzten Runden mit Staubwedel und Sauger hat die gute Frau Hinderer offenbar etwas übersehen. Genau wie du.

Ich hätte mir nicht in meinen kühnsten Träumen ausgemalt, dass ausgerechnet du schmalzige Liebesbriefe schreibst … und vor allem, an wen. *Aber dass du anscheinend sogar für so etwas erst noch einen Entwurf brauchst, ist ausgesprochen angenehm für mich. Weit angenehmer jedenfalls, als lesen zu müssen, was alles in diesem Entwurf stand. Dass du beispielsweise »drauf und dran« gewesen bist, in Schweden zu bleiben. Dass du davon träumst, wie er dich »in den Armen hält und küsst«. Hochinteressant, meine liebe Lisa … vor allem, wenn man bedenkt, was für eine Predigt du mir gestern über deine Vorstellungen von unbedingter Treue in der Ehe gehalten hast. Allerdings gelten deine ehernen Moralvorstellungen offenbar nur für mich, nicht für dich. Mir zu erklären, meine Affäre wäre ein ausreichender Trennungsgrund für dich, während du dich ohne jeden Skrupel in Schweden mit meinem Halbbruder auf der Wiese gewälzt hast, das hat schon eine gewisse Ironie, findest du nicht?*

Ich vermute, dass du die nächste Gelegenheit nutzen möchtest, unsere Tochter über die Situation zu informieren. Ich freue mich, dir mitteilen zu können, dass ich das bereits erledigt habe. Vivien war hier und hat den Brief gelesen; du kannst dir ihre Reaktion sicher ausmalen. Sie fühlt sich ausgesprochen betrogen, nicht nur von dir, sondern auch von ihrem schwedischen Onkel. Ich glaube kaum, dass sie bis auf Weiteres den Wunsch haben wird, dich zu sehen oder in irgendeiner Form Kontakt mit dir aufzunehmen. Wörtlich hat sie mir gesagt, dass sie sich keine weiteren Lügen mehr von dir anhören will und dass ihr alle beide ihr gestohlen bleiben könnt. Ich kann ihr das kaum übel nehmen; mir geht es ähnlich. Wenn du die Scheidung einreichen möchtest, bitte sehr; da lege ich dir keine Steine in den Weg. An einer Ehefrau, die mit meinem Halbbruder herumhurt, habe ich keinerlei Interesse mehr.

Meine Kollegen in der Kanzlei wissen bereits, dass du mich verlassen hast, und deine unappetitliche Affäre mit dem öden Schweden wird seit Stunden in der Teeküche und sämtlichen Büros durchgehechelt. Sie ist die Sensation des Tages, und du kannst du dich darauf verlassen, dass sie bald Stadtgespräch sein wird. Und dann bist du in der besseren Gesellschaft schneller persona non grata, als du bis drei zählen kannst. Wenn du dich das nächste Mal mit deinen Nähfreundinnen zum Haubensticheln triffst, möchte ich nicht in deiner Haut stecken. Ich gönne dir, dass diese braven Schwäbinnen dich in der Luft zerreißen. Du hast nichts Besseres verdient.

Also reich ruhig die Scheidung ein, meine liebe Lisa. Aber ansonsten kann ich dir nur dringend raten, die Füße stillzuhalten … sowohl was mich angeht als auch deine Tochter. Von meiner Affäre mit Diana weiß Vivien übrigens bereits … und sie kommt erfreulicherweise weit besser damit zurecht als mit deinem Verrat. Zumal meine Affäre längst beendet ist, während du ja offensichtlich nie aufgehört hast, dem lieben Göran nachzutrauern. Es wird dir also nichts nützen, wenn du die Sache mit Diana jetzt noch nachträglich aus dem Hut zauberst. Ganz abgesehen davon, dass unsere Tochter dir sowieso nicht mehr zuhören wird, egal was du ihr weismachen willst.

Ich wünsche dir viel Spaß dabei, die Suppe auszulöffeln, die du dir selbst eingebrockt hast.

Markus

Elisabeth starrte auf den Bildschirm. Von sehr weit weg hörte sie einen schrillen, dünnen Laut … das musste ihre eigene Stimme sein, aber sie erkannte sie kaum. Und dann ertönten plötzlich Schritte hinter ihr, und zwei Hände legten sich auf ihre Schultern.

»… ist passiert?«

Der Bürostuhl wurde energisch herumgedreht. Stellas besorgtes Gesicht tauchte in ihrem Blickfeld auf.

»Lady Betty, was ist denn? Sag doch bitte etwas!«

Der vertraute Spitzname half Elisabeth, sich aus ihrer Starre zu lösen.

»Markus«, flüsterte sie. »Markus. Er … er hat …«

Stella blickte über ihre Schulter hinweg auf den Laptop. »Er hat dir geschrieben?«

Elisabeth nickte. »Er hat … oh mein Gott, *Vivien!*«

Jetzt konnte sie sich plötzlich wieder bewegen. Sie stand jäh auf und schob Stella beiseite.

»Wo ist mein Rucksack? Ich muss sie anrufen, *sofort!*«

Von einem Moment zum anderen wurden ihr die Knie weich, und sie fand sich auf dem Fußboden wieder. In ihrem Kopf summte es, und ihr war speiübel.

»Langsam.« Stella kniete neben ihr nieder; sie sprach leise und sehr behutsam. »Wir holen deinen Rucksack gleich, versprochen. Aber jetzt bleibst du erst mal da sitzen und beruhigst dich. Darf ich lesen, was Markus geschrieben hat?«

Elisabeth nickte und schloss die Augen. *Vivien*, dachte sie. *Vivien. Ich muss mit ihr reden. Ich muss es ihr erklären.*

Der Bürostuhl quietschte leise, als Stella sich vor den Bildschirm setzte. Es blieb eine Weile still, dann hörte Elisabeth, wie ihre Freundin tief Luft holte.

»Dieses Schwein!«, sagte sie. »Dieser erbärmliche *Schweinehund!*«

Elisabeth öffnete die Augen und stellte fest, dass Stella vor ihr kauerte und ihre Hände genommen hatte.

»Ich hab ja schon immer gewusst, dass dein sauberer Anwaltsgatte nicht viel taugt«, sagte sie. Ihre Stimme war so tief und zornig, dass es sich beinahe anhörte wie ein Knurren. »Wenn es nach mir gegangen wäre, hätte ich dich damals bei deiner Hochzeit noch rechtzeitig aus dem Prediger geschleift, bevor du Ja sagen konntest. Aber dass er so weit geht, dich bei deiner Tochter mit einem gefälschten Brief zu verleumden … das hätte ich ihm nie im Leben zugetraut. *Das nicht.*«

Elisabeth starrte sie an; Stellas Gesicht verschwamm, und die Übelkeit verstärkte sich noch.

»Der Brief ist nicht gefälscht«, flüsterte sie.

Die Welt fing an, sich in einem schwindelerregenden Wirbel um sie zu drehen. Das Letzte, was sie noch mitbekam, war Stellas erschrockener Ausruf und Arme, die sie festhielten. Dann wurde ihr schwarz vor Augen.

***

Sie kam wieder zu sich und sah, dass ein Mann in Sanitäterkleidung neben ihr auf dem Boden kniete und eine Nadel in ihre Armbeuge schob. Stella stand daneben; sie war kreidebleich und hielt eine Infusionsflasche hoch. An der Brusttasche des Mannes war ein Schildchen mit der Aufschrift NOTARZT befestigt.

»Schön, dass Sie wieder bei uns sind«, sagte der Arzt munter. »Wir bringen Sie jetzt in die Klinik, okay?«

»Nein.« Elisabeth schüttelte den Kopf. »Ich will nicht ins Krankenhaus.«

»Das ist aber sehr unklug«, entgegnete der Arzt. »Sie sind aus heiterem Himmel zusammengeklappt, und Ihr Kreislauf ist im Keller; ich gebe Ihnen gerade etwas, um ihn wieder in Schwung zu bringen. Ich würde Sie gern überwachen lassen, wenigstens ein paar Stunden. Wenn nichts Ernstes vorliegt, können Sie wieder nach Hause.«

Nach Hause. Sie konnte nicht nach Hause. Nie wieder.

Elisabeth sah Stella an und schluckte mühsam. »Würdest du Vivien anrufen?«

»Natürlich«, erwiderte Stella. »Das mach ich, Lady Betty … gleich, wenn du in der Klinik bist.« Sie wandte sich an den Arzt. »Kann ich mitfahren?«

»Sicher.«

Die beiden Sanitäter kamen mit einer Falttrage herein. Elisabeth wurde darauf gebettet und in den Krankenwagen geladen; die Fahrt brachte sie in einem Zustand gnädiger Betäubung hinter sich. In der Klinik wurde ihr Blut abgenommen, dann verfrachtete man sie in ein kleines Einzelzimmer und ließ sie erst einmal in Ruhe. Sie dämmerte ein. Als sie aufwachte, saß Stella neben ihr und hielt ihre Hand.

»Lieber Himmel, hast du mir einen Schrecken eingejagt!«, sagte sie. »Fühlst du dich jetzt ein bisschen besser?«

»Keine Ahnung«, sagte Elisabeth müde.

Es spielte keine Rolle. Nichts spielte im Moment eine Rolle. Außer ihrer Tochter.

»Was ist mit Vivien? Hast … hast du sie erreicht?«

Stella seufzte. »Nein. Ich hab's mit deinem Handy versucht. Aber so wie es aussieht, hat sie dich blockiert.«

»*Was?*« Elisabeth zuckte zusammen. »Woher willst du das wissen?«

»Wenn man von deinem Handy aus ihre Nummer wählt, kommt nur ein kurzer Klingelton und dann eine Sprachnachricht, dass der Empfänger nicht erreichbar ist. Als Nächstes schaltet sich die Mailbox ein.«

»Aber dann kann es doch sein, dass Viviens Handy aus ist, oder nicht?«

»Normalerweise schon«, antwortete Stella. »Aber in diesem Fall wohl kaum. Ich hab es nämlich gleich noch mal probiert, diesmal mit meinem eigenen Smartphone. Da ist sie zwar auch nicht rangegangen, aber ich bin problemlos durchgekommen, und ihr Handy war eindeutig eingeschaltet.« Ihre Stimme klang grimmig. »Das ist mir auch schon mal passiert … als ich mich vor ein paar Jahren von meinem zweiten Mann getrennt hab. Der wollte damals auch nicht mehr mit mir reden.«

Elisabeth zog ihre Hand aus Stellas tröstlichem Griff. »Aber dann muss ich ihr schreiben. Oder zu ihr fahren. Ich … ich muss es ihr doch erklären!«

»Im Moment wird das nicht viel Zweck haben«, erwiderte Stella nüchtern. »Offenbar ist deine Tochter ausgesprochen sauer auf dich. Ich fürchte, du wirst warten müssen, bis ihre erste Wut verraucht ist.«

Sie sah Elisabeth nachdenklich an.

»Was ist eigentlich mit diesem Brief, um den es da in der E-Mail ging? Wenn ich dich vorhin richtig verstanden habe, hat Markus ihn gar nicht gefälscht. Stimmt das?«

»Ja«, sagte Elisabeth leise. »Ich hab den Brief tatsächlich selbst geschrieben, im Dezember, kurz vor Weihnachten.«

»Okay.« Stella runzelte die Stirn. »So sehr es mir widerstrebt, das zu fragen: Der Rest, der in der Mail über diesen Göran steht … das mit der Affäre und dem Flug nach Schweden … stimmt das auch?«

»Nein.« Elisabeth presste die Lippen zusammen. »Wir haben nie eine Affäre gehabt. Und ich bin auch nicht seinetwegen nach Schweden geflogen. Ich wollte mir einfach mal was Gutes tun. Vivien hatte mir vor ihrer Abreise nach Neuseeland dazu geraten.«

»Wenn ich etwas verstehe, dann das.« Stella nahm erneut ihre Hand. »Aber wenn du und Göran keine Affäre hattet, wie passt dann dieser Brief in die Geschichte?«

»Ich hab gesagt, wir hatten keine *Affäre.*« Elisabeths Stimme war nur noch ein erschöpftes Flüstern. »Aber das heißt nicht, dass da … *nichts* war. Ich bin von Stockholm aus nach Kiruna geflogen, ganz spontan. Ich wollte sehen, wo er lebt … wo seine Mutter gelebt hat. Und gleich am Flughafen bin ich in Göran hineingerannt. Er arbeitet dort als Taxifahrer.«

»Wirklich?«

»Wirklich.« Bei der Erinnerung verzog sich Elisabeths Gesicht zu einem winzigen Lächeln. »Wir haben sehr viel Zeit miteinander verbracht. Er ist es auch gewesen, der mir den Silberschmied vorgestellt hat, bei dem ich den Ring gemacht habe. Ich bin Göran unendlich dankbar, weißt du? Er hat mir gezeigt, was ich schaffen kann, wenn ich den Mut dazu aufbringe. Wenn ich es wage, endlich endlich nicht mehr darauf zu warten, dass sich meine Träume von allein erfüllen.«

»Das wurde aber auch höchste Zeit.« Stellas Daumen streichelte sachte und gleichmäßig ihren Handrücken. »Und was ist dann passiert? Hast du dich in ihn verliebt?«

»Ja.« Elisabeth nickte. »Ich … ich hab mich so wohlgefühlt bei ihm. Er hat keinen Druck auf mich ausgeübt, er hat mich nicht manipuliert oder gemaßregelt, so wie Markus. Und eines Tages hab ich begriffen, dass ich am liebsten bei ihm bleiben wollte. Ich war furchtbar erschrocken darüber, wie sehr. Und wie sehr ich *ihn* wollte. Deshalb hab ich meinen Rückflug gebucht, noch bevor wir eine Nacht gemeinsam in einem samischen Zelt verbracht haben. Damit ich nicht schwach werde, verstehst du?«

»Ich glaube schon.« Stella musterte sie durchdringend. »Also ist gar nichts zwischen euch gelaufen?«

»Nein. Und wir haben auch *nicht* miteinander geschlafen«, erwiderte Elisabeth. »Das war übrigens fast das Erste, was Markus wissen wollte, als ich ihm gebeichtet habe, dass ich in Kiruna gewesen bin.«

»Weil der Kerl selbstverständlich immer von sich auf andere schließt.« Stella schnaubte. »Und dieser Brief?«

»Ich hatte ein paar Weihnachtsgeschenke für Göran, von Vivien und mir. Auch den Silberanhänger, den ich damals bei dir gemacht habe – für einen *sehr guten Freund*, erinnerst du dich? Eigentlich wollte ich ihm nur noch einen Gruß dazu schreiben. Aber dann … dann standen da plötzlich lauter Sachen, die ich ihm unmöglich sagen konnte. Das zwischen uns war … vorbei. Wir hatten doch damit abgeschlossen, alle beide! Ich hab den Brief zusammengeknüllt und in den Papierkorb geworfen. Jedenfalls hab ich das geglaubt; ich hab wohl einfach schlecht gezielt.« Elisabeth schüttelte elend den Kopf. »Und jetzt hat Markus ihn entdeckt.«

»Und will ihn dazu nutzen, dich fertigzumachen.« Stella knurrte in sich hinein. »Wahrscheinlich wirst du in den nächsten Monaten auf die harte Tour herausfinden, wie viele Freunde du in dieser Stadt *wirklich* hast.«

»Eigentlich ist mir das ziemlich egal«, sagte Elisabeth müde. »Was wirklich zählt, ist das mit Vivien. Es zieht mir den Boden unter den Füßen weg.«

»Was vermutlich genau Markus' Absicht gewesen ist«, entgegnete Stella. »Aber irgendwann beruhigt sie sich hoffentlich wieder, und dann ist sie bestimmt bereit, die Sache von deiner Warte aus zu sehen. Ich glaube dir jedes Wort, Lady Betty. Ich bin sicher, sie wird dir ganz genauso glauben. Schließlich liebt sie dich, und sie weiß, dass du sie liebst. Und bis jetzt hat sie dir doch immer vertraut, oder?«

»Ja, das hat sie«, sagte Elisabeth. »Deswegen fühlt sie sich ja auch jetzt so hintergangen. Ich fürchte, sie wird noch lange keine Lust haben, mir zuzuhören.« Sie spürte, wie ihr die Tränen in die Augen stiegen. »Viel zu lange.«

Nachwehen

Es war der erste Sonntag im Mai, als Elisabeth Gebhard die letzte Bücherkiste in ihrer neuen Wohnung ausgeräumt und das letzte Buch ins Regal gestellt hatte. Sie faltete den Karton auseinander, lehnte ihn gegen die Wand und sah sich aufatmend um.

Drei Zimmer, eine Küche, ein Bad und ein kleiner, in die Dachschräge eingebauter Balkon im zweiten Stock waren jetzt ihr Zuhause … in einer stillen Seitenstraße am Kaffeeberg, keine zehn Minuten zu Fuß von der Gebhard-Villa entfernt. Das wäre normalerweise ein klares Ausschlusskriterium gewesen, aber Elisabeth war viel zu dankbar, ein Refugium gefunden zu haben, um sich davon abschrecken zu lassen. Vor vierzehn Tagen war sie eingezogen, und zum Auspacken und Einrichten hatte sie erst an diesem Wochenende so richtig Zeit.

Die vergangenen zwei Monate hatten sie ausgelaugt. Es war unendlich anstrengend gewesen, all die Schritte zu tun, die nötig waren, um sich von ihrem alten Leben zu lösen. Stella hatte sie nach ihrem Zusammenbruch aus dem Krankenhaus wieder mit nach Hause genommen. In die Villa war Elisabeth nur noch einmal zurückgekehrt, um ihre Besitztümer in zwei große Koffer und mehrere Kartons zu verpacken.

Sie hatte zunächst befürchtet, dass die getreue Haushälterin sie aufgrund von Markus' Gräuelgeschichten mit Verachtung strafen würde, aber die Sorge erwies sich als überflüssig. Frau Hinderer war über ihren Auszug ehrlich schockiert, schwor hoch und heilig, mit ihr in Verbindung zu bleiben, und brach beim Abschied in Tränen aus. »Jetzed isch der Riesekaschta fascht leer«, klagte sie. »Julius ond Fiona sen au weg. I glaub wirklich, i sott hier uffhöra.« Elisabeth hätte sie gern getröstet, wusste aber nicht, wie.

Julius hatte also auch das Weite gesucht. Dass Fiona ausgezogen und fest entschlossen war, die Scheidung einzureichen, hatte Elisabeth bereits gewusst. Sie hatte sogar mit dem Gedanken gespielt, den Anwalt ihrer Noch-Schwägerin zu konsultieren, doch dann hatte Stella die Initiative ergriffen. »Überlass das mir«, hatte sie energisch gesagt. »Ich wusste doch, dass meine beiden Scheidungen irgendwann noch mal für was gut sind. Nimm *meinen* Anwalt – der ist klasse.«

Besagter Anwalt, ein immer etwas zerzaust wirkender, aber ausgesprochen kompetenter Mann namens Dr. Clemens Hornberg, stärkte ihr den Rücken.

»Sie haben nie einen Ehevertrag unterschrieben«, sagte er zu ihr. »Und das heißt, Ihre Ehe war eine sogenannte Zugewinngemeinschaft – was wiederum bedeutet, dass Ihnen die Hälfte von allem zusteht, was Ihr Mann seit Ihrer Heirat vor neunzehn Jahren seinem Ausgangsvermögen hinzugefügt hat. Das Erbe Ihres Schwiegervaters gehört leider nicht dazu – so sehr ich das auch bedauere. Aber Ihr Mann verdient ausgezeichnet, Sie haben mietfrei in der Familienvilla gewohnt, und dadurch konnte er sicherlich im Laufe der Jahre einiges beiseitelegen. Außerdem steht Ihnen Unterhalt zu.«

Stella, die neben Elisabeth in seinem Büro saß, legte ihr eine Hand auf die Schulter.

»Ich bin sicher, Markus hat *reichlich* auf der hohen Kante«, meinte sie. »Und das Lehrgeld von mir bekommst du ja auch noch. Ganz abgesehen davon, dass du nach deiner Gesellenprüfung bei mir jederzeit einen sicheren Job hast.«

Elisabeth hätte sich gern darüber gefreut, aber das Einzige, was sie empfand, war eine vage Erleichterung.

Zwischen ihr und ihrer Tochter herrschte nach wie vor eisiges Schweigen. Stella hatte versucht, mit Vivien zu reden, aber das Gespräch war nicht nur sehr kurz gewesen, sondern auch ausgesprochen feindselig verlaufen, und seither war Vivien nicht nur für ihre Mutter, sondern auch für Stella unerreichbar.

Markus' Plan, ihren Ruf zu schädigen, hatte durchaus Früchte getragen, wenn auch nicht so reichlich, wie das wohl seine Absicht gewesen war. Ihre Staufersaga-Vereinskolleginnen aus der Hutgruppe erwiesen sich zum Glück als solidarisches Bollwerk gegen alle Gerüchte, die Markus in die Welt setzte. Es gab allerdings tatsächlich einige Bekannte aus dem Dunstkreis der Kanzlei und der sogenannten besseren Gesellschaft, die, wenn sie Elisabeth bei einer Besorgung in der Stadt zu Gesicht bekamen, demonstrativ die Straßenseite wechselten.

Mit Göran hatte sie ganz bewusst *keinen* Kontakt aufgenommen. Denn damit würde sie riskieren, dass er den nächsten Flug nach Deutschland nahm, um ihr beizustehen. Und das würde alles noch viel schlimmer machen, als es sowieso schon war. *Nein.* Sie würde dem Klatsch keine neue Nahrung geben.

Das Schlimmste neben dem Schmerz über das Zerwürfnis mit Vivien war für Elisabeth, wie unsicher und unselbstständig sie sich fühlte. Markus hatte bislang bei fast allen Dingen in ihrem Leben das abschließende Wort gesprochen. Jetzt gab es diese allumfassende Bevormundung nicht mehr – aber Elisabeth stellte mit jähem Schrecken fest, wie sehr sie daran gewöhnt war, dass man ihr sagte, was sie tun sollte. Zwar hatte sie zuletzt ihre Flügel immer öfter ausgebreitet, aber sie wurde trotzdem das Gefühl nicht los, aus dem Nest gefallen zu sein und nicht wirklich selbst fliegen zu können.

Sie wusste, dass sie einen Ort brauchte, der nur ihr allein gehörte. Also machte sie sich auf die Suche nach der ersten eigenen Wohnung in ihrem Leben. Durch einen glücklichen Zufall wurde sie schon in der zweiten Aprilwoche fündig. Beim Bäcker unterhielten sich vor ihr zwei ältere Damen, die sie vom Sehen kannte. Offensichtlich war eine betagte Mieterin gerade ins Altenheim übergesiedelt, weil ihr die Treppen ins Dachgeschoss zu viel wurden, und die Hausbesitzerin, eine gemütlich gerundete Frau namens Ilse Hegnach, beklagte sich darüber, wie schwer gute Nachmieter heutzutage doch zu finden wären. Elisabeth erkannte ihre Chance und sprach sie an. Eine Woche später hatte sie den Mietvertrag in der Tasche.

Selbst nach der Vorauszahlung der Gerichtskosten für die Scheidung, die sie selbst zu leisten hatte, war von dem Geld, das Traugott ihr hinterlassen hatte, zum Glück noch etwas übrig für Möbel und alles Weitere, was sie für ihr neues Zuhause brauchte;

die Ausbildungsvergütung von Stella lag nach wie vor unberührt auf ihrem Konto, und von Fiona war gerade erst die Anleihe für die Modekollektion aus Italien zurückgekommen.

Also mietete Elisabeth einen Lieferwagen mit reichlich Stauraum. Der war am Ende einer sehr ausgiebigen Shoppingtour in der nächsten IKEA-Filiale voll bis unters Dach; das Bett und das Sofa musste sie sich liefern lassen, aber sie hatte insgesamt weniger Geld ausgegeben als erwartet. Die neuen Sachen gefielen ihr, und was noch viel wichtiger war: Sie hatten mit der kühlen, überdimensionierten Eleganz ihres Appartements in der Villa nichts gemein. Als sie alles ausgeladen und mit Stellas Hilfe ins Dachgeschoss geschleppt hatte, war sie vollkommen erledigt. In dieser Nacht schlief sie zum ersten Mal seit Langem wieder tief und traumlos.

Inzwischen stand alles aufgebaut an seinem Platz. Die drei Zimmer wirkten hell und freundlich, farbenfrohe Webteppiche setzten heitere Akzente. Die Fensterbretter standen voll mit blühenden Topfpflanzen, und die Blumenkästen auf dem kleinen Balkon waren mit schwedischem Efeu bepflanzt, der aromatisch nach Weihrauch duftete und bereits anfing, mit feinen, samtigen Trieben über die Balkonbrüstung hinauszuranken.

Sie ging langsam ins Schlafzimmer. Das neue, breite Boxspringbett war mit weißer Leinenbettwäsche bezogen, und auf dem Nachttischchen daneben stand ein kleiner Strauß Rosen. Sie setzte sich auf die Bettkante und nahm ihren Schmuckkasten aus dem Regal. Die Stücke, die ihr Reinhild Gebhard hinterlassen hatte, befanden sich nicht darin; sie lagen im Familiensafe in der Bank und durften, wenn es nach Elisabeth ging, gern dort bleiben. Der Ehering, den Markus ihr vor neunzehn Jahren an den Finger gesteckt hatte, lag in einem kleinen Extrafach. Wenn sie heutzutage überhaupt einen Ring trug, dann ihren Turmalinring aus Kiruna.

Die Ketten, die sie besaß, lagen einträchtig beieinander in einer mit Samt ausgeschlagenen Schublade, darunter die, die ihr Markus aus England mitgebracht hatte. Und unter dem goldenen Herz mit dem Rubin versteckte sich das Oval aus Rentierhorn, in das Göran für sie das samische Sonnensymbol eingraviert hatte. Sie zog es an dem langen Lederband heraus, nahm es in die Hand und strich sachte über die leicht raue Oberfläche.

Sie wollte so gern hoffen ... aber noch fehlte ihr die Kraft dazu. Und der Mut. Solange ihre Tochter sie weiterhin für eine skrupellose Betrügerin hielt, der ihr eigenes Glück wichtiger war als alles andere, war auch die leiseste Hoffnung nichts als ein gefährliches Hirngespinst.

Eines Tages, dachte sie. *Eines Tages wird Vivien mir wieder zuhören und mit mir reden. Vielleicht wird sie mir sogar glauben. Und dann kann ich endlich auch wieder mit dir reden, Göran Åsasson. Und mehr tun, als dir nur dafür zu danken, dass du mir geholfen hast, mich selbst zu finden.*

***

»Kannst du mir mal sagen, warum du dreinschaust wie sieben Tage Regenwetter? Ich meine – in ein paar Stunden sind wir in Hamburg, wo zwei Zimmer in einem piekfeinen Hotel auf uns warten, und wir haben auch noch erstklassige Karten für das endgenialste Musical der Welt! Ganz ehrlich, Vivien, du bist *hoffnungslos.*«

Vivien, die schweigend aus dem Erste-Klasse-Zugabteil auf die vorbeirasende Landschaft hinausgestarrt hatte, warf ihrer Freundin Bella einen Blick zu und seufzte.

»Tut mir leid«, sagte sie.

Eigentlich wusste sie immer noch nicht so genau, wieso sie mitgefahren war. Um ehrlich zu sein hatte sie das Gefühl, dass ihr Leben komplett aus dem Ruder gelaufen war.

Natürlich kam sie mit ihrem Lernstoff genauso gut zurecht wie am Anfang. Sie hatte viel zu viel Disziplin, um zuzulassen, dass ihre privaten Turbulenzen das Studium in Mitleidenschaft zogen. Aber sie hatte unterschätzt, wie anstrengend das sein würde. Der anhaltende Zorn auf den Verrat ihrer Mutter und ihre furchtbare Enttäuschung darüber, von ihr und ihrem Onkel so perfide hintergangen worden zu sein, hatten ihr geholfen, die Verbindung zu beiden rigoros zu kappen, aber sie zahlte einen hohen Preis dafür. Sie fühlte sich einsam, verlassen und auf bittere Weise beraubt. Jahrelang war die innige Beziehung zu ihrer Mutter der Hauptgrund dafür gewesen, dass sie gewusst hatte, wo ihre Wurzeln waren und wo sie hingehörte. Natürlich liebte sie ihren Vater ebenfalls, aber ohne Mama kam ihr die Villa, in der sie aufgewachsen war, irgendwie nicht mehr wirklich wie ein Zuhause vor.

Also vergrub sie sich in ihre Bücher und unterdrückte entschlossen jedes Gefühl, das sie an ihrer Arbeit hinderte. Das führte allerdings dazu, dass sie gezwungen war, nahezu jede Begegnung mit alten Freundinnen zu vermeiden. Denn wenn sie sich mit denen traf, riskierte sie, nach der spektakulären Trennung ihrer Eltern oder – noch schlimmer – nach der Rolle ihrer Mutter in diesem Drama gefragt zu werden, und darüber wollte sie genauso wenig reden wie über den Schmerz und die wachsende Verzweiflung, die sie darüber empfand.

Seit Anfang März hatte sie keine E-Mail mehr nach Laxforsen geschrieben. Onkel Göran war die plötzliche Funkstille natürlich aufgefallen, und er hatte mehrmals nachgefragt, was los sei; aber Vivien war viel zu enttäuscht gewesen, um ihm zu antworten. Sie wollte keine Erklärungen und Ausflüchte lesen und auch kein verlegenes Geständnis. Also ging sie nach seiner vierten besorgten E-Mail irgendwann Anfang April dazu über, seine Nachrichten einfach ungeöffnet zu löschen.

Von ihrer Mutter kam überhaupt nichts … was daran liegen mochte, dass Vivien Stella Adelberg bei dem ersten und einzigen Telefonat zu dem Thema klipp und klar erklärt hatte, Mama könnte sich jeden Versuch sparen, mit ihr in Verbindung zu treten. *Weißt du eigentlich, wie erbärmlich ich es finde, dass sie dich vorschickt?*, hatte sie Stella angefahren. *Aber du kannst ihr gerne von mir ausrichten, dass sie mich in Ruhe lassen soll. Keine Anrufe mehr, keine E-Mails und keine Briefe. Der letzte Brief von ihr, den ich gesehen habe, reicht mir voll und ganz.* Offenbar hielt sich Mama daran, und Vivien redete sich seither energisch ein, dass das genau die Wirkung war, die sie beabsichtigt hatte.

Sie hätte sich wahrscheinlich weiterhin in ihrer Wohnung eingeigelt und sie nur zu den Vorlesungen und zum Einkaufen verlassen, wenn ihre beste Freundin Bella nicht an einem sonnigen Tag Anfang Juli beschlossen hätte, den Knoten zu durchschlagen. Gestern hatte sie plötzlich an ihrer Tür geklingelt; als Vivien öffnete und sie verblüfft anstarrte, war sie an ihr vorbei in den Flur gerauscht wie ein siegreicher Stoßtrupp nach einem gelungenen Überraschungsangriff.

»Genau so hab ich mir das vorgestellt«, hatte sie gesagt. »Du rufst nicht mehr an, du lässt dich nicht mehr blicken, und meine letzten beiden E-Mails hast du auch nicht beantwortet. Wie ein bleicher Mehlwurm siehst du aus. Damit ist jetzt Schluss. Du packst auf der Stelle eine Reisetasche mit einem schicken Fummel für den großen Auftritt. Wir fahren nämlich nach Hamburg und gönnen uns zwei Nächte in einem Nobelhotel, eine Shoppingtour, die sich gewaschen hat, und den *König der Löwen*. Alles schon gebucht und bezahlt.«

»Hamburg?«, echote Vivien überrumpelt. »Aber ich kann doch nicht einfach …«

»Klar kannst du«, konterte Bella unbarmherzig. »Die Semesterferien haben gerade angefangen, und morgen ist obendrein Samstag. Um zehn geht der Intercity in Stuttgart, um drei sind wir da.«

Sie hatte Vivien angelächelt, und als sie weitersprach, wurde ihre Stimme deutlich sanfter.

»Du musst hier raus, Süße. Wenn du über die Sache mit deinen Eltern nicht reden willst, dann ist das absolut okay. Aber wenn du irgendwann Lust hast, dich doch mal so richtig auszukotzen, hör ich dir gerne zu. Ich kann im Hotel auch vorsichtshalber einen Schampus oder meinetwegen was Härteres aufs Zimmer kommen lassen … wenn das hilft.«

Vivien war sich alles andere als sicher, ob Alkohol – oder irgendetwas anderes – wirklich half, aber die Tatsache, dass Bella die Dinge in die Hand genommen hatte und sich nicht abweisen ließ, rührte sie wider Willen. Also packte sie anweisungsgemäß eine Tasche und bestieg am nächsten Morgen mit ihrer Freundin den Zug.

***

Sie kamen pünktlich in Hamburg an. Das Hotel war nur einen kurzen Fußmarsch entfernt, hieß *Grand Elysée* und machte seinem Namen alle Ehre. Nach einer ausgiebigen Shoppingtour und einem köstlichen Abendessen in einem Steakhaus ließen sie sich von einem Taxi zu den Landungsbrücken chauffieren und bestiegen das Boot, das sie zum Musicaltheater übersetzte. Vivien stand neben Bella an der Reling, betrachtete die großen Schiffe auf dem Hafengelände und das sanft bewegte Wasser und genoss die Brise, die ihr über das Gesicht strich. *So wohl hatte sie sich nicht mehr gefühlt, seit Mama die Villa in Gmünd verlassen hatte.* Sie verdrängte den Gedanken an ihre Mutter, bevor er ihrer gelösten Stimmung einen Dämpfer aufsetzen konnte, und beschloss, den Abend zu genießen.

Das Theater war voll, die Vorstellung ausverkauft. Eine Sängerin stimmte Rafikis Eingangslied an, und Vivien ließ sich von dem Bühnenbild, der Musik von Elton John und der prachtvollen Inszenierung mitreißen. In der Pause wäre sie am liebsten sitzen geblieben, um den Zauber nicht zu brechen. Aber Bella wollte sich die Beine vertreten und etwas trinken, also folgte sie ihr in das riesige Foyer.

Während ihre Freundin sich in die Schlange am Getränkestand stellte, ließ Vivien die Blicke schweifen. Ein paar Meter von ihr entfernt stand, zusammen mit einem älteren Paar, eine hochgewachsene Frau, die ihr den Rücken zuwandte. In dem Moment, als Vivien hinschaute, wandte sie den Kopf und sagte etwas; Vivien sah ihr Profil und schnappte unwillkürlich nach Luft. Es war Diana Voss. *Die Frau, mit der Papa einen One-Night-Stand gehabt hatte.* Vivien war ihr ein-, zweimal begegnet, auf den Sommerfesten in Papas Kanzlei, zu denen sämtliche Familienmitglieder der Sozii und Mitarbeiter eingeladen waren … und sie wusste, dass sie sich nicht irrte.

Bevor sie den Rückzug antreten und in der Menge untertauchen konnte, drehte Diana Voss sich um, und ihre Augen trafen sich. Vivien verfluchte ihr Pech und hätte sich am liebsten auf der Stelle in Luft aufgelöst, aber da kam Papas ehemalige Sekretärin bereits auf sie zu.

»Vivien!«, sagte sie freundlich. »Na, das ist ja ein Zufall! Dass wir zwei uns noch einmal begegnen würden – und dazu noch ausgerechnet hier! –, damit hätte ich nun wirklich nicht gerechnet. Wie geht es Ihnen?«

Bevor sie noch Zeit hatte, ihre Worte bedachtsam zu wählen, hörte Vivien sich bereits scharf antworten.

»Weiß ich nicht. Aber nachdem Sie mit dafür verantwortlich sind, dass sich meine Eltern getrennt haben, würde ich sagen: Nicht so gut.«

»*Oh.*«

Eines musste man Diana Voss lassen: Sie besaß eine Menge Selbstbeherrschung. Zwar wurde sie blass, fasste sich aber sofort wieder und machte keinen Versuch, auszuweichen oder zu leugnen.

»Das tut mir leid«, sagte sie ruhig. »Dann hat Ihre Mutter wohl doch noch von Markus' Eskapaden erfahren. Und nun hat sie die Nase voll. Verständlich.«

Sie sah, dass Vivien empört den Mund öffnete, und hob beschwichtigend die Hand.

»Entschuldigen Sie bitte. Das war ein bisschen stillos. Schließlich war ich selbst ebenso an dieser speziellen Eskapade beteiligt wie Ihr Vater. Und ich habe vier Jahre lang genauso bereitwillig mit ihm geschlafen wie er mit mir. Deswegen sitze ich im Glashaus und bin wohl kaum in der Position, mit Steinen zu werfen.«

Vivien starrte sie an wie vom Donner gerührt. Die Freude an dem Musical, der Zauber der Aufführung waren verschwunden, als hätte es sie nie gegeben. Das Einzige, was sie im Moment wirklich erfasste, war die Antwort, die sie gerade gehört hatte. Genau genommen nur drei Worte aus dieser Antwort, die genauso unverblümt ausgefallen war wie ihr eigener Ausbruch.

»Vier Jahre lang?«, flüsterte sie. »Das ist doch nicht wahr. Sie *lügen.*«

»Aha«, erwiderte Diana Voss ruhig. »Lassen Sie mich raten: Ihr Vater hat Ihnen erzählt, dass wir nur eine flüchtige Affäre hatten, die so schnell vorbei war, wie sie angefangen hat. Richtig?«

Vivien nickte. »Er hat gesagt, es war ein … ein One-Night-Stand.«

»Ich verstehe«, sagte Diana Voss langsam. »Das wundert mich überhaupt nicht.«

Vivien musterte sie, ohne zu antworten. Diana Voss trug eine schimmernde schwarze Samthose, dazu flache Ballerinas und über der Hose eine mit zahlreichen Pailletten bestickte hellgraue Seidenbluse mit einem Stehkragen. Diese Bluse war für ihre Verhältnisse ausgesprochen leger; Vivien erinnerte sich daran, dass sie bei ihren früheren Begegnungen Kleidung bevorzugt hatte, die ihrer makellosen Figur deutlich mehr schmeichelte.

Allerdings war diese Figur längst nicht mehr so makellos wie früher … und unter der Bluse wölbte sich ein deutlich gerundeter Bauch.

Als sie der Frau, die mit ihrem Vater geschlafen hatte, wieder ins Gesicht sah, entdeckte sie ein kleines, ironisches Lächeln.

»Richtig gesehen«, sagte Diana Voss. »Ich bin schwanger. Fast im siebten Monat. Und nein, Vivien – ich habe mich nach der Affäre mit Ihrem Vater keineswegs schnell mit einem neuen Partner getröstet. Ich fürchte, die Dinge sind nicht so einfach, wie Sie sie gern hätten. Das ist alles sehr … bedauerlich. Wenn es nach mir gegangen wäre, hätten Sie nie davon erfahren. Jedenfalls ganz bestimmt nicht auf diese Weise.«

Vivien erbleichte; für einen Moment nahm sie nichts um sich herum mehr wahr. Dann hörte sie irgendwo undeutlich Bellas Stimme.

»Sorry, dass es so lange gedauert hat … Alles in Ordnung, Vivien?«

Sie sah hoch. Bella stand mit zwei vollen Sektflöten in der Hand neben ihr und schaute sie besorgt an.

»Das … das muss ich erst noch herausfinden«, antwortete Vivien.

Ihr Kopf klärte sich langsam. Es fühlte sich so an, als würde sie aus einem Schlaf aufwachen, der viel zu lange gedauert hatte … und als wäre sie seit Monaten zum ersten Mal wenigstens annähernd wieder sie selbst. Sie wandte sich an Diana Voss, die immer noch geduldig wartete.

»Hören Sie – ich würde mich gerne etwas länger mit Ihnen unterhalten. Haben Sie heute Abend noch Zeit? Nach der Vorstellung vielleicht?«

»Natürlich«, sagte Diana Voss sofort. »Wir können auch gleich miteinander reden, wenn Sie wollen.«

Es spielte keine Rolle, ob Vivien diese Frau mochte oder nicht. Sie musste die Geschichte hören, die sie ihr zu erzählen hatte – um hinterher vielleicht endlich herauszufinden, was Wahrheit war und was Lüge.

»In Ordnung«, sagte sie fest.

»Aber dann verpasst du doch die zweite Hälfte!«, protestierte Bella.

Vivien lächelte sie gequält an. »So wie die Dinge liegen, könnte ich mich im Moment sowieso nicht darauf konzentrieren. Ich glaube, das hier ist wichtiger. Wir sehen uns anschließend im Hotel, okay? Dann erkläre ich dir alles.«

Bella zögerte sekundenlang, dann nickte sie. »Also gut, dann bis später.« Sie gab einen kleinen Seufzer von sich. »Vielleicht kann ich ja für morgen Abend auf dem Schwarzmarkt noch mal zwei Karten abstauben.«

»Die bezahl dann aber *ich*«, versetzte Vivien, umarmte ihre Freundin und küsste sie auf die Wange.

»Das ist ja wohl das Mindeste.« Bella grinste ironisch und drückte ihr eine der Sektflöten in die Hand. »Mach's gut!« Sie warf Diana Voss noch einen neugierigen Blick zu, dann drehte sie sich um und verschwand in der Menge.

»Schön.« Vivien sah Diana Voss an. »Bleiben wir hier oder gehen wir woanders hin?«

»Das *Skyline* hier im Theater macht in einer halben Stunde zu«, sagte Papas ehemalige Sekretärin. »Aber hinter den Landungsbrücken gibt es einen sehr guten Portugiesen. Meine Familie ist dort oft zu Gast, und ich bekomme immer einen Tisch.«

»Klingt gut«, erwiderte Vivien.

Diana Voss betrachtete sie mit einem Ausdruck, der aussah wie eine Mischung aus Hochachtung und Mitgefühl.

»Ich sage noch eben meinen Eltern Bescheid«, erwiderte sie, »damit die beiden wissen, wo ich abgeblieben bin. Und dann kann's losgehen.«

***

Als das Taxi Vivien am *Grand Elysée* absetzte, war es fast eins. Sie hatte klammheimlich gehofft, dass Bella noch wach war, und wurde nicht enttäuscht; als sie das Zimmer betrat, saß ihre Freundin im Schneidersitz auf dem Kingsize-Bett. Auf dem Tisch neben dem Fenster stand in einem Kühler eine Champagnerflasche und daneben zwei Gläser.

»Nur für alle Fälle«, meinte Bella.

»Lieb von dir.« Vivien streifte die Schuhe ab. »Und wahrscheinlich ist es wirklich eine gute Idee. Es gibt da eine ganze Menge, was du noch nicht weißt, und vielleicht muss ich mir ein bisschen Mut antrinken, bevor ich loslege.«

»Tu dir keinen Zwang an. Ich warte jetzt schon seit Monaten darauf, dass du endlich mit mir redest.«

Bella stand auf, nahm die Flasche aus dem Kühler und goss beide Gläser voll. Sie reichte Vivien eines davon, und die trank es mit einem einzigen langen Zug aus.

»Mama«, sagte sie, »ist im März aus der Villa ausgezogen, weil sie herausgefunden hat, dass Papa eine Affäre mit seiner Sekretärin hatte. Die hat inzwischen gekündigt; du hast sie heute Abend gesehen – es war die Frau, mit der ich mich im Theater unterhalten habe. Sie ist übrigens schwanger, und sie schwört Stein und Bein, das Kind ist von ihm. Als sie nach ihrer Kündigung und ihrer

Rückkehr nach Hamburg gemerkt hat, dass sie in anderen Umständen ist und ihm das mitteilen wollte, hat er sich verleugnen lassen. Das geht wohl schon ein paar Monate so.«

»*Wow.*« Bella blieb der Mund offen stehen. »Ganz schön krass.«

»Kannst du laut sagen.« Vivien seufzte. »Ich hatte von der Affäre keine Ahnung. Papa hat es mir erzählt – einen Tag, nachdem Mama ausgezogen war.«

Bella nippte an ihrem Glas und musterte sie fasziniert. »Ehrlich? Hätte ich ihm gar nicht zugetraut.«

»Ich hab mich auch gewundert.« Vivien ließ sich neben Bella auf dem Bett nieder. »Diese Affäre war allerdings kein One-Night-Stand, wie er behauptet hat – sie hat satte vier Jahre gedauert! Das hat er mir wohlweislich verschwiegen; wahrscheinlich war ihm klar, dass ich dann volles Verständnis für Mama gehabt hätte. Stattdessen hat er mir einen Brief gezeigt, den sie an Onkel Göran geschrieben hat. Du erinnerst dich doch noch an Onkel Göran?«

»Na sicher«, sagte Bella. »Der geheimnisvolle Neuzuwachs aus Lappland.«

»Sie ist letztes Jahr nach Schweden geflogen«, sagte Vivien. »Eigentlich war das bloß eine Städtereise nach Stockholm, aber dann hat sie ihn in Kiruna besucht. Als sie zurückkam, war sie total … verändert. Sie hat sich von Papa nicht mehr alles gefallen lassen. Sie hat sogar eine Goldschmiedelehre angefangen; das hat sie sich immer gewünscht, aber getraut hat sie sich das vorher nie. Papa wollte, dass sie zu Hause blieb.«

»Der hatte sie aber auch ganz schön unter der Fuchtel«, meinte Bella. »Fand ich schon immer, und irgendwie hat sie mir all die Jahre leidgetan. Was war das denn für ein Brief, den deine Mutter an diesen Göran geschrieben hat?«

»Ich hab ihn hier.« Vivien langte nach ihrer Brieftasche und zog das kleine Papierviereck aus dem Seitenfach. »Du kannst ihn sehen, wenn du möchtest.«

Bella faltete den Bogen auseinander und las. Dann schwieg sie eine Weile, bevor sie aufblickte.

»Klingt wie eine Liebeserklärung«, sagte sie sachlich. »Aber eine, die man jemandem am Ende einer Liebesgeschichte macht, nicht am Anfang. Und den Brief hat dein Vater dir gezeigt? Um dir zu beweisen, dass er nicht der einzige schuldige Teil in seinem Ehedrama ist?«

Vivien nickte stumm.

»Hast du danach mal mit deiner Mutter darüber geredet?«

Vivien schüttelte den Kopf.

»Na *super.*« Bella schnaubte entrüstet. »Das heißt, sie hatte keine Chance, sich zu verteidigen … und das war wahrscheinlich genau das, was dein Vater wollte. Wie ist er überhaupt an diesen Brief gekommen?«

»Es war wohl nur ein Entwurf. Er hat ihn zusammengeknüllt unter dem Schreibtisch gefunden.«

»Das heißt, wir wissen nicht mal, ob sie einen solchen Schrieb tatsächlich abgeschickt hat?«

»Nein.« Vivien biss sich auf die Lippen.

»Toll.« Bella schüttelte den Kopf. »Aber jetzt sag ich dir mal was: Selbst wenn deine Mutter diesen Brief noch mal geschrieben und doch noch auf die Post gegeben hat – das spielt keine Rolle. *Überhaupt* keine. Willst du wissen, warum?«

»Sag's mir.«

»Weil sie aus Schweden nach Hause geflogen ist. Was immer sie vielleicht nach wie vor für diesen Göran empfindet, sie ist *zurückgekommen.* Zu dir. Und *geblieben.* Sie ist nicht bei ihm, nicht mal jetzt, nachdem sie sich von deinem sauberen Erzeuger getrennt hat. Wahrscheinlich wartet sie immer noch darauf, dass du den Kopf wieder aus dem Sand ziehst und sie endlich anrufst.«

»Woher willst du das wissen? Dass sie nicht bei ihm ist, meine ich?«

»Ich hab sie vorhin im Internet gesucht, ganz einfach«, verkündete Bella. »Solltest du auch mal probieren. Nennt sich Google und ist echt praktisch.«

Sie legte Vivien den Arm um die Schultern, zog sie an sich und küsste sie auf die Schläfe.

»Sie wohnt immer noch in Gmünd; ich kann dir ihre neue Adresse geben. Die Nummer von ihrem Handy hast du doch sicher – oder hast du sie gelöscht?«

»Die hab ich noch«, sagte Vivien leise. Dann setzte sie sich gerade hin. »Sag mal … würde es dir furchtbar viel ausmachen, übermorgen ohne mich mit dem Zug nach Hause zu fahren?«

»Wieso das denn?«

»Weil ich noch woanders hin will. Hier von Hamburg aus gibt's mit Sicherheit Flüge nach Schweden; irgendwie komm ich ganz bestimmt nach Kiruna.« Sie schaffte es, Bella anzulächeln. »Natürlich erst, nachdem ich jede Menge Geld für zwei neue Musicaltickets ausgegeben habe, damit wir uns den *König der Löwen* noch mal zusammen anschauen können.«

»Du willst nach Lappland fliegen?«, fragte Bella entgeistert. »Ernsthaft jetzt? Ich glaub, du bist verrückt.«

»Oh nein, bin ich nicht«, erwiderte Vivien entschlossen. »Im Gegenteil, ich hab das Gefühl, ich seh endlich wieder klar. *Audiatur et altera pars*, sagt mein Vater immer – vor Gericht müssen immer *alle* Parteien gehört werden. Und genau das werde ich jetzt tun.«

Klartext

Der Sommer ließ sich in Schweden in diesem Jahr Zeit. Vielerorts war das Mittsommerfest Ende Juni buchstäblich ins Wasser gefallen. Mittlerweile hatte sich der nasskalte Dauerregen zwar verzogen, aber die Temperaturen stiegen nur sehr langsam, und in Kiruna war man schon froh, als das Thermometer endlich die Fünfzehn-Grad-Marke knackte.

Entsprechend zäh lief auch die Touristensaison an, und Göran Åsasson musste bislang merklich weniger oft als sonst bei den Sundgrens aushelfen. Die Freizeit, die ihm dadurch blieb, nutzte er, um zu Hause seine Rentierhorn-Gravurfertigkeiten zu verfeinern. Lange Zeit war er diesem Hobby nur sporadisch nachgegangen; seit er jedoch im vergangenen Sommer den Anhänger für Elisabeth zum Geburtstag gemacht hatte, war er wieder auf den Geschmack gekommen und hatte sein Sortiment an scharf geschliffenen Graviermessern endgültig aus der Versenkung geholt. In den langen Winternächten hatte er mit schier nie versiegender Geduld unzählige samische Motive und Muster ausprobiert und geübt. Daneben tüftelte er ebenso unermüdlich an den Methoden zum Einfärben der Gravuren, zerrieb dafür mit einer Feile Birkenrinde, Erlenborke, Kohle und Grafit zu feinem Pulver, vermengte dieses mit ein wenig Leinöl oder Speichel und massierte das Ergebnis sanft mit den Fingerkuppen in die hauchdünnen Linien, die er zuvor in das harte Rentiergeweih geritzt hatte. Yngve Sundgren, der ihm bereitwillig das Rohmaterial zur Verfügung stellte, war von Görans Kunsthandwerk mittlerweile derart angetan, dass er es auf seinem Anwesen in Poikkijärvi den Touristen zum Verkauf anbot.

An diesem Tag beendete Göran die Arbeit an einem kleinen Anhänger für Signe, die in zwei Tagen ihren vierzigsten Geburtstag feierte. In eine runde und fast weiße Rentierhornscheibe hatte er ein zartes Schneehuhn eingraviert und mit einer Mischung aus Birkenrinde und Leinöl eingefärbt. Nun galt es nur noch, das

Ergebnis behutsam zu polieren, dann konnte er den Anhänger durch ein vorab in die Scheibe gebohrtes Loch an einer dünnen Lederschnur befestigen.

Isku Ranttila, dem er seine Arbeit zur Bewertung vorlegte, studierte den Anhänger mit leicht zusammengekniffenen Augen. Gespannt sah Göran ihm zu; er wusste, dass Isku bei seinen Beurteilungen künstlerischer Arbeiten schonungslos ehrlich war – anders als die Sundgrens, für die so ziemlich alles, was Göran ihnen lieferte, automatisch in die Kategorie »Meisterwerk« fiel.

»Nicht schlecht«, meinte Isku schließlich. »Vor allem der Kopf ist schön geworden – ganz zart, wie mit einem Federstrich gezeichnet. Du machst wirklich Fortschritte; vor einem Monat hättest du das so noch nicht hingekriegt.«

»Danke«, erwiderte Göran, ehrlich erfreut über Iskus Lob.

Isku lächelte. »Wenn du das nächste Mal so ein Schneehuhn gravierst, und es gelingt dir wieder mindestens so gut wie dieses hier, dann schlage ich vor, wir stellen es in einer meiner Vitrinen aus. An sich biete ich ja kein Rentierhorn-Kunsthandwerk an, aber wenn mein Laden schon *Ripan Galleri* heißt, dann wäre dieses Motiv doch eine schöne Ergänzung meines Sortiments. Und wer weiß – vielleicht findet es ja einen Abnehmer.«

»Wenn du tatsächlich findest, dass meine Arbeit gut genug ist für deine Ansprüche …«, meinte Göran zögernd.

»Wie gesagt, vor ein paar Wochen hätte ich dir dieses Angebot mit Sicherheit noch nicht gemacht«, betonte Isku. »Aber du bist auf einem sehr guten Weg. Übrigens: Kommt eigentlich Elisabeth dieses Jahr wieder hierher?«

»Kaum.« Göran biss sich auf die Lippen.

»Schade«, versetzte Isku. »Sie hat mir vor einiger Zeit geschrieben, dass sie jetzt eine Ausbildung zur Goldschmiedin macht. Das finde ich großartig. Sie hat Talent, das habe ich sofort gemerkt, als sie damals in meiner Werkstatt diesen schönen Turmalinring gestaltet hat. Ich habe ihren Entwurf mittlerweile ein paarmal nachgearbeitet und verkauft. Ich hatte gehofft, ich könnte ihr ihren Anteil irgendwann bar auszahlen, um mir die teuren Auslandsüberweisungs-Gebühren zu sparen. Und ich hätte sie auch wirklich gerne mal wiedergesehen.«

Ich auch, dachte Göran. *Aber was vorbei ist, ist vorbei.*

»Ihr würdet gut zusammenpassen«, fügte Isku heiter hinzu. »Ihr seid beide ähnlich begabt, und sie hat ein Faible für nordische Motive. Ihr solltet eine gemeinsame Kollektion entwerfen – Schmuckstücke, bei denen Silber und Rentierhorn miteinander kombiniert werden. Das könnte ich mir gut vorstellen.«

»Möglich«, entgegnete Göran kurz. »Aber jetzt muss ich los; der Dienst ruft. Hejdå!«

Er nahm den Schneehuhn-Anhänger an sich und verließ den Laden.

***

Ein paar Tage später lieferte Göran mit dem Taxi drei deutsche Touristen mit vollgepackten Trekkingrucksäcken in Nikkaluokta ab, von wo sie zu einer Wanderung auf dem Kungsleden starten wollten. Während der Rückfahrt schweiften seine Gedanken zurück zu Signes Geburtstagsfeier, bei der sein Schneehuhn allgemeine Bewunderung gefunden hatte. Besonders Mattis hatte den Anhänger lange betrachtet und Göran dann einen anerkennenden Blick zugeworfen.

»*Mun liikon dasa*, Göran – das gefällt mir. Allmählich solltest du darüber nachdenken, dich an einer Rentierhornscheide für ein Samenmesser zu versuchen. Gut genug dafür bist du inzwischen.«

»Danke«, meinte Göran mit einem schrägen Lächeln. »Aber ich glaube, das ist eher eine Arbeit für lange, kalte Winternächte.«

Mattis nickte. »Stimmt. Der Sommer ist kurz genug, den muss man genießen, solange es geht. Hast du denn mal wieder was von Bettan gehört? Kommt sie dieses Jahr wieder?«

Das darf ja wohl nicht wahr sein, dachte Göran mit einem Anflug von Sarkasmus. *Erst Isku und jetzt Mattis.*

»Nein«, antwortete er. »Es sei denn, sie steht eines schönen Tages überraschend und unangemeldet auf der Matte, so wie beim vorigen Mal. Aber das glaube ich nicht. Unser Kontakt ist ein bisschen … eingeschlafen.«

Zu Görans Erleichterung fragte Mattis nicht weiter.

»Wenn du mal wieder Kontakt zu ihr hast, dann sag ihr, wir würden uns sehr freuen, sie wiederzusehen«, sagte er mit sanfter Stimme. »So wie du auch. Nicht wahr?«

Verblüfft starrte Göran Mattis an. *Hatte der weise alte Mann etwa einmal mehr seine Gedanken gelesen?*

»Wobei ich sicher bin, dass sie das weiß«, fügte Mattis gleichmütig hinzu. »Komm, lass uns schauen, wie weit sie da drinnen mit dem Festessen sind …«

Die Worte seines Ersatzvaters beschäftigten Göran noch immer, als er das Ortsschild mit der Aufschrift *Kiruna* passierte. Er funkte seinen Chef an und erfuhr, dass für diesen Tag keine weiteren im Voraus gebuchten Fahrten mehr anstanden und er deshalb Feierabend machen konnte. Also holte er seinen Kastenwagen ab und fuhr nach Hause. Als er den Wagen abstellte und den Motor ausschaltete, hörte er aus der Richtung von Jukkas Zwinger lautes Winseln und Gebell. Verwundert ging er um das Haus herum, um nachzusehen, was los war.

Vor dem Gatter stand eine Frau und redete mit leiser, freundlicher Stimme auf Jukka ein, der immer wieder hochsprang und offensichtlich hell begeistert von seiner Besucherin war. Göran sah die kleine, zierliche Gestalt mit den langen schwarzen Haaren nur von hinten – aber der Anblick genügte, um sein Herz für einen Moment stillstehen zu lassen.

»Bettan?«, stieß er hervor.

Die Frau drehte sich um, sah ihn an … und da erkannte er sie.

»Hallo, Onkel Göran«, sagte Vivien.

Überrascht schnappte Göran nach Luft.

»*Vivien?* Aber – was tust *du* denn hier? Bist du … du hast mir gar nicht gesagt, dass du Urlaub in Schweden machst. Oder hab ich eine Mail von dir verpasst?«

»Nein.« Sie sah verlegen aus, beinahe schuldbewusst. »Das ist … ein Überraschungsbesuch.«

»Na, *die* Überraschung ist gelungen«, stellte Göran fest und lächelte. »Schön, dass du da bist – komm doch rein!«

»Und was ist mit Jukka?« Sie warf dem Husky einen sehnsüchtigen Blick zu.

Wie um Viviens Bitte zu unterstreichen, gab Jukka ein bittendes »*Waff!*« von sich und sah mit einem leisen, flehenden Winseln zu seinem *husse* hoch. Göran gluckste belustigt und öffnete das Gatter.

»Na gut – raus mit dir, Großer, aber wirf mir die junge Dame nicht um, ja?«

Sofort sauste Jukka schnurgerade auf Vivien zu. Im nächsten Moment kniete sie im struppigen Gras, die Pfoten des Huskys auf ihren Schultern, und quietschte entzückt, als Jukkas Zunge ihr über das ganze Gesicht fuhr.

»Bist du ein Süßer!« Sie streichelte Jukkas Kopf und seinen Rücken. »So ein Lieber! Ich glaube, er mag mich.«

Göran schmunzelte. »Offensichtlich hat er ein Faible für die Damen der Familie Gebhard. In deine Mutter hat er sich ebenso auf den ersten Blick verliebt wie in dich. So, dann rein mit euch!«

Er führte Vivien in seine Küche, immer noch völlig perplex über ihr unerwartetes Auftauchen. Während sie am Tisch Platz nahm und Jukka sich beglückt dicht neben ihr auf dem Dielenboden niederließ, griff er gewohnheitsmäßig nach dem Kaffeekessel.

»Möchtest du Kaffee? Oder irgendwas anderes?«

»Kaffee wäre toll.«

Göran nickte, setzte den Wasserkessel auf den Herd und stellte Brot, Butter, Käse und Rentierschinken vor Vivien auf den Tisch. Als er danach grob gemahlenen Kaffee in das kochende Wasser löffelte und den Kessel vom Herd zog, biss Vivien bereits hungrig in eine dick belegte Brotscheibe.

»Lass es dir schmecken«, sagte er und setzte sich zu ihr. »Und jetzt erzähl, was machst du so plötzlich hier? Wie geht's der Familie?«

Vivien ließ die Hand mit dem Brot sinken.

»Das … ist ein bisschen kompliziert«, sagte sie. »Hat Mama sich in letzter Zeit mal bei dir gemeldet?«

Göran sah sie verwundert an. »Nein … schon lange nicht mehr. Wieso, ist was passiert?«

»Kann man so sagen.« Vivien schaute auf ihre Finger hinunter.

Göran begann, Unheil zu ahnen, und beschloss, dem Vorgeplänkel ein Ende zu machen.

»Was ist los, Vivien? Raus mit der Sprache!«

Vivien zögerte. Dann gab sie sich einen Ruck.

»Mama und Papa haben sich getrennt«, sagte sie. »Anfang März.«

Die Antwort traf Göran wie ein Schlag in die Magengrube.

»Getrennt? Aber … warum? Hat … hat es etwas mit *mir* zu tun? Bist du deshalb hier?«

»Irgendwie schon. Aber … eigentlich auch nicht.« Sie verkrampfte die Hände auf der Tischplatte. »Ich hab ja gesagt, es ist ein bisschen kompliziert.«

Sie schwieg eine Weile, und Göran wartete mit steigender Anspannung darauf, dass sie endlich weitersprach.

»Es fing alles damit an, dass Tante Fiona festgestellt hat, dass Onkel Julius sich von ihren Konten bedient. Mama hat ihr geholfen – die beiden kommen inzwischen ganz gut miteinander aus. Sie hat Onkel Julius auf den Kopf zugesagt, dass er seine Frau bestiehlt – und im Gegenzug hat er ihr erzählt, dass Papa sie betrügt. Mit seiner Sekretärin.«

»*Was?*« Göran riss die Augen auf. »Aber … stimmt das denn auch?«

»Ja. Leider.« Vivien seufzte. »Und als Mama das begriffen hat, ist sie gegangen.«

Göran ließ diese so unerwarteten wie unfassbaren Informationen einen Moment sacken. Dann stand er ruckartig auf, stellte zwei Keramikbecher auf den Tisch und holte den Kessel.

»Jetzt brauch ich auch einen Kaffee«, erklärte er und schenkte die beiden Becher voll. »Milch und Zucker?«

»Beides.«

Ohne ein Wort schob Göran die Kupferdose mit den Zuckerwürfeln in ihre Richtung und nahm eine Milchpackung aus dem Kühlschrank. Er sah zu, wie Vivien sich bediente und umrührte, und wartete ab, bis sie einen ersten Schluck getrunken hatte.

»Deine Mutter ist also gegangen, weil dein Vater sie betrogen hat«, sagte er dann langsam. »Aber du hast vorhin gesagt, dass die Sache irgendwie auch etwas mit mir zu tun hat. Das heißt, das ist noch nicht die ganze Geschichte, oder?«

»Nein.« Vivien schüttelte den Kopf. »Am nächsten Tag bin ich nach Gmünd gekommen, und Papa hat mir alles erzählt. Auch das mit seiner Affäre.«

»Er hat den Seitensprung selbst zugegeben? Immerhin.« Göran schüttelte mit einem Anflug von Sarkasmus den Kopf. »Nicht zu fassen … wie der Vater, so der Sohn. Nur ich schlage mal wieder voll aus der Art.«

»Wirklich?« Ein scharfer Blick aus langbewimperten grauen Augen. »Papa sieht das aber anders. Und das ist auch der Grund, warum ich hier bin. Weil ich von dir hören will, ob er recht hat. Ob du und Mama … ob ihr auch eine Affäre hattet … oder ob ihr immer noch eine habt. Davon ist Papa nämlich fest überzeugt. Er hatte sogar einen Beweis dafür.«

Fassungslos starrte Göran sie an.

»Einen Beweis? Aber … Verdammt noch mal, wir *haben* keine Affäre! Und wir hatten auch nie eine! Wie also, bitte schön, will dein Vater dafür einen *Beweis* haben?«

Sie beugte sich vor; plötzlich wirkte sie sehr angespannt, und ihre Hände ballten sich auf dem Tisch zu Fäusten.

»Hör mal, das ist jetzt sehr wichtig: Hat dir Mama irgendwann mal einen Brief geschrieben? Eine Karte? Irgendwas?«

Göran erhob sich wortlos, ging in sein Schlafzimmer und kam gleich darauf wieder zurück. Er streckte Vivien die Hand entgegen; auf seiner Handfläche lag der runde Silberanhänger mit dem Sonnenrelief.

»Das ist das Letzte, was ich von Bettan bekommen habe«, sagte er leise. »Das ist ihr Weihnachtsgeschenk – oder genauer gesagt:

ihr Abschiedsgeschenk an mich. So hat sie es auf der Karte geschrieben, die dabeilag. Hier – du darfst sie lesen.«

Er legte die Karte vor Vivien auf den Tisch und sah zu, wie sie den Text studierte, den er selbst so oft gelesen hatte, dass er ihn auswendig kannte. *Das hier ist das zweite Schmuckstück, das ich je allein geschmiedet habe. Ich hab es für dich gemacht, als Segensgeste und als Abschiedsgeschenk. Es soll nicht bedeuten, dass wir uns nicht wiedersehen … aber ehe dieser Tag kommt, möchte ich sicher sein, dass wir beide unseren Frieden mit unserer gemeinsamen Entscheidung gemacht haben. Du hast mir Mut und Kraft genug gegeben, nach Hause zu gehen und mein Leben dort ganz neu anzupacken. Dafür werde ich dir immer dankbar sein.*

Er wartete, bis sie fertig war und den Blick zu ihm hob; dann nickte er bekräftigend.

»Ja, Vivien – *das* ist es, was uns verbindet. Wir hatten nie eine Affäre. Gut, ich gebe zu: Es ist mir schwergefallen, Bettan gehen zu lassen. Aber ich habe akzeptiert, dass sie sich für ihre Familie entschieden hat. Deshalb habe ich mich auch nicht gewundert, dass sie sich seit Monaten nicht mehr bei mir gemeldet hat. Ich dachte, bei euch wäre alles so, wie es sein soll.«

Vivien schob ihren halb vollen Kaffeebecher beiseite, stützte die Ellenbogen auf den Tisch und vergrub das Gesicht in den Händen.

»Ich hätte es wissen müssen«, murmelte sie. »Gott, ich war so ein Idiot!«

Göran zögerte kurz, dann streckte er die Hand aus und berührte sanft Viviens Schulter.

»Vivien – von was für einem Beweis hast du vorhin gesprochen? Bitte, ich *muss* das jetzt wissen!«

Sie nahm die Hände vom Gesicht, holte einen klein zusammengefalteten Papierbogen aus der Brusttasche ihrer Bluse und reichte ihn ihm.

»Das hier hat Papa mir gegeben. Ein Brief an dich, von Mama geschrieben. Er hat mir erzählt, er hätte ihn in Opas Arbeitszimmer gefunden.«

Göran nahm den Brief entgegen und fühlte, wie ihm das Blut aus den Wangen wich, als er ihn entfaltete und die Handschrift erkannte. Er überflog den Text und erbleichte noch mehr.

»Lieber Himmel! Das … ich hatte keine Ahnung, dass sie so empfindet! Ich dachte, sie wäre glücklich mit der Entscheidung, die sie getroffen hat – und dass das mit uns für sie nicht mehr war, oder ist, als … Freundschaft, ganz einfach Freundschaft! *Herregud* … und nein, Vivien, einen Brief dieser Art hat sie nie an mich geschickt. So etwas hat sie mir nicht einmal *gesagt!*«

»Dann war es also tatsächlich nur ein Entwurf«, sagte Vivien betroffen. »Sie hat sich ihre Gefühle von der Seele geschrieben … und das Ergebnis dann weggeworfen. Vielleicht als Symbol, dass die Sache für sie wirklich zu Ende war. Und dann kam Papa und hat ihn gefunden … und benutzt.«

Göran betrachtete den zerknitterten Brief in seiner Hand.

»Vivien«, begann er leise. »Bis zu dem Moment, als Julius diese Bombe hat platzen lassen – war Bettan da noch glücklich?«

»Ich denke schon«, erwiderte Vivien. »Nach ihrem Schwedenurlaub war sie völlig verändert. Richtig *aufgeblüht* ist sie. Sie und Papa sind so gut miteinander zurechtgekommen wie lange nicht mehr. Ich dachte, es wäre alles okay. Ich hatte keine Ahnung, dass er da noch immer mit seiner Sekretärin zusammen war. Und Mama auch nicht.«

»Das heißt, das Ganze scheiterte erst, als seine Affäre aufflog?«, fragte Göran vorsichtig. »Es ist nicht meine Schuld?«

»Du hast es doch gesagt: Sie hatte sich entschieden. Und sie wollte, dass es funktioniert.« Vivien seufzte. »Aber offenbar konnte sie dich nicht vergessen, sonst hätte sie wohl kaum so einen Brief geschrieben. Sie muss dich sehr vermisst haben.«

Göran legte den Brief auf den Tisch und atmete tief durch.

»Wem sagst du das. Ich weiß, wie das ist. Ich vermisse sie doch auch.«

Er sah Vivien in die Augen.

»Und du bist die Erste, der ich das sage. Ich habe noch mit niemandem darüber geredet … schön, ausgenommen Jukka, aber der ist zum Glück sehr verschwiegen.« Er warf dem Husky einen liebevollen Blick zu. »Weißt du, ich hab mir da meine Mutter zum Vorbild genommen. Sie hat sich nicht in eine intakte Familie gedrängt, und ich wollte das auch nicht tun. Auch wenn ich ... deine Mutter liebe. Sehr sogar.«

Vivien betrachtete ihn lange.

»Danke für deine Ehrlichkeit«, sagte sie. »Ich bin so froh, dass ich hergekommen bin! Weißt du ... als Papa mir den Brief gezeigt hat, da war ich so wütend! Ich dachte, ihr habt mir die ganze Zeit was vorgemacht und ich wäre auf eure Show hereingefallen. Dabei war es Papa, der eine Show abgezogen hat. Als er mir von der Affäre mit seiner Sekretärin erzählt hat, da hat er behauptet, es sei nur ein One-Night-Stand gewesen und die Sache wäre längst vorbei und abgehakt.«

»Und das war es nicht?« Görans Augenbrauen stiegen ahnungsvoll in die Höhe.

»Nein.« Viviens Stimme klang plötzlich bitter und desillusioniert. »Er hat Mama vier Jahre lang betrogen. Und das weiß ich deswegen, weil ich der Frau vor ein paar Tagen in Hamburg begegnet bin. Ich hab mir mit meiner Freundin den *König der Löwen* angesehen. Und in der Pause bin ich aus heiterem Himmel in Diana Voss hineingerannt ... so heißt sie. Sie hat im Januar gekündigt und ist nach Hamburg gezogen. Und sie ... ist schwanger. Von Papa.«

»*Nein!*«, platzte Göran heraus. »Ist das sicher? Ich meine, dass Markus der Vater ist?«

»Diana ist überzeugt davon«, antwortete Vivien. »So sehr, dass sie nach der Geburt einen Vaterschaftstest beantragen wird. Denn Papa mauert. Sie will seit Monaten mit ihm darüber reden, aber er lässt sich verleugnen.«

Göran schüttelte den Kopf. »Von wegen *wie der Vater, so der Sohn*. Dein Großvater hat wenigstens zu seiner Verantwortung gestanden.«

Er trank seinen Kaffeebecher leer und stellte ihn mit einem energischen Knall auf den Tisch zurück.

»Das heißt also – lass mich mal rekapitulieren: Dein Vater lügt dir etwas von einem One-Night-Stand vor und zeigt dir im gleichen Atemzug einen Brief, der deine Mutter als notorische Ehebrecherin abstempeln soll. Seh ich das richtig?«

»Ja.« Vivien nickte. »Und ich hab ihm geglaubt – und danach jeden Kontakt zu Mama abgebrochen.« Sie senkte unglücklich den Kopf. »Ich hab seit Monaten nicht mehr mit ihr geredet, und mit dir wollte ich auch nichts mehr zu tun haben. Ich sagte ja schon, ich war ein Idiot.«

»Na komm – wer kann schon von sich behaupten, dass er nie in seinem Leben mal einen Fehler gemacht hat«, gab Göran gutmütig zurück. »Hauptsache, du glaubst uns jetzt, dass wir deinen Vater nie betrogen haben. Und in dem Fall solltest du möglichst schnell deine Mutter anrufen und klar Schiff mit ihr machen.«

Vivien sah aus, als wäre ihr ein Stein vom Herzen gefallen. »Ich hab noch eine bessere Idee«, entgegnete sie. »Was hältst du davon, mit mir nach Deutschland zu kommen? Jetzt gleich? Ich kann den Flug sofort buchen, für uns beide. Und bezahlen tu ich ihn natürlich auch. «

»Du möchtest …« Göran schluckte. »Heißt das, ich soll …«

»Ich möchte, dass ihr eure Chance bekommt, Mama und du«, sagte Vivien entschieden. »Ich hab riesengroßen Mist gebaut. Mama muss in den letzten Monaten schrecklich allein und unglücklich gewesen sein. Damit ist jetzt Schluss – und könnte ich ihr ein besseres Versöhnungsgeschenk machen als dich?«

Er betrachtete seine Nichte unverwandt, bis er spürte, dass ihm die Kehle eng wurde. Dann stand er auf, ging vor Jukka in die Hocke und kraulte ihn mit beiden Händen zugleich.

»Hör zu, Großer – ich muss dich mal wieder für ein paar Tage bei Margareta und Stig parken. Ist das okay für dich? Ich versprech dir dafür auch was ganz Schönes: Du bekommst *matte* zurück.«

Jukka gab ein erfreutes »*Wuff!*« von sich und leckte Göran beglückt die Hände.

»Schön. Danke, alter Junge.« Er sah hoch zu Vivien. »Und dir auch – danke. Vielen Dank, Vivien!«

»Das heißt, du kommst wirklich mit?« Ihre Augen leuchteten. »Weißt du was? Dann rufe ich Mama jetzt noch nicht an – ich will sie überraschen.«

Sie küsste ihn auf die Wange.

»Und zwar mit dir, *farbror*.«

Du bist mein, ich bin dein

Das Stauferfestival hatte begonnen, und ganz Schwäbisch Gmünd war auf den Beinen. Die insgesamt zehn Aufführungen des Staufersaga-Theaterstücks waren bereits seit Anfang des Jahres komplett ausverkauft. Mehr als tausend Kostüme im Fundus waren durchgesehen, ausgebessert und aufgefrischt und den Mitwirkenden zugeteilt worden. Elisabeth hatte in der Hutgruppe zuletzt in jeder freien Minute gearbeitet, zarte Schleier mit Spitzenborten gesäumt und diese an die Hennine geheftet, die sie immer an umgedrehte Schultüten erinnerten. Sie hatte eine endlose Reihe von mittelalterlichen Stirnreifen mit Perlen und glitzernden Acrylsteinchen verziert und zahllose gefältelte Kinnbinden an weiße Hauben genäht. Zwischendurch organisierte sie sich auch noch selbst ein Mittelalterkleid aus prachtvollem blauem Samt, in dem sie bei dem Theaterstück in der Volksmenge stehen und zum Abschluss des Festivals im Stauferzug mitlaufen würde.

Dann kam die lang erwartete Premiere der Staufersaga. Der Johannisplatz bildete die Freiluftkulisse für das Spektakel, bei dem vierzehnhundert Mitwirkende ihrem Publikum die dramatisch farbige Geschichte der Stauferkaiser erzählten. Mitten im »Volk« stand Elisabeth in ihrem blauen Samtkleid und jubelte anweisungsgemäß einem vorbeiziehenden Herrscher zu. Niemandem fiel auf, dass sie zwischendurch immer wieder verstohlen die Finger auf die prächtige runde Brosche legte, die das Mieder ihres ansonsten eher schmucklosen Kleides zierte. *Silberfiligran mit einem saphirblauen Stein in der Mitte, schimmernde Goldplättchen, funkelnde kleine Kristalle in Rot und Grün.* Sie hätte nicht mehr sagen können, warum sie in letzter Minute auf die Idee gekommen war, ihr schlichtes Gewand mit der samischen Trachtenbrosche zu dekorieren, die seit Monaten unangetastet in ihrem Schmuckkasten gelegen hatte – aber sie war glücklich darüber, gab es ihr doch endlich einmal eine Möglichkeit, Görans Weihnachtsgeschenk zu tragen.

Sie wünschte, Göran könnte sie so sehen. Und noch mehr wünschte sie sich, Vivien würde bei ihr sein und ihre Meinung äußern, wie immer die auch ausfallen mochte. Aber auf beides durfte sie nicht hoffen. Die beiden Menschen, die ihr am meisten bedeuteten, waren nicht mehr Teil ihres Lebens.

Stattdessen stand sie nun tagelang inmitten von Tausenden von Menschen und fühlte sich so verlassen wie selten zuvor.

***

Der Tag des großen Festumzugs war gekommen. Stella stand vor dem Spiegel in Elisabeths Schlafzimmer, betrachtete sich selbstkritisch und zupfte am Mieder des farbenfrohen Freudenmädchen-Gewandes, das ihre üppigen Brüste ausgesprochen vorteilhaft zur Geltung brachte.

»Vielleicht sollte ich beim nächsten Stauferfestival doch etwas Hochgeschlosseneres tragen«, meinte sie. Elisabeth, die auf dem Bett saß, lachte.

»Es war doch *deine* Idee, ausgerechnet bei den Hübschlerinnen mitzumachen«, gab sie zurück.

»Du hast gut reden.« Stella strich sich die kupferrote Lockenmähne aus dem Gesicht und warf ihr über die Schulter hinweg einen ironischen Blick zu. »Dir sind gestern während der Schwörspiele nicht zwei Höflinge und drei Gaukler fast in den Ausschnitt gefallen.«

»Weil es da bei mir nicht so viel zum Fallen gibt.« Elisabeth begann, ihr Haar mit einer langen Goldborte zu einem Zopf zu flechten.

Stella schnaubte undamenhaft. »Blödsinn. Du hast eine total süße Figur mit einer Traumtaille, und dein Busen ist absolut nicht zu verachten. Als Mann wäre ich unheimlich scharf auf dich.«

Elisabeth verkniff sich eine Antwort. Die wäre auch ziemlich trübsinnig ausgefallen. Der Mann, mit dem sie fast neunzehn Jahre ihres Lebens verbracht hatte, war den Reizen einer anderen Frau erlegen … und der Mann, von dem sie trotz aller guten Vorsätze und ehernen Entschlüsse noch immer nicht aufhören konnte zu träumen, war Tausende von Kilometern weit weg.

»Ich glaube, wir sollten allmählich los«, sagte sie stattdessen. »Der Umzug fängt in drei Stunden an, und in spätestens einer halben Stunde müssen wir am Treffpunkt sein.«

Sie setzte sich den aus blauem Seidentuch und Goldborte gedrehten Kranz auf den Scheitel und drückte ihn vorsichtig fest. An Stella vorbei betrachtete sie sich selbst im Spiegel. Sie sah furchtbar müde aus. Kein Wunder nach diesem tagelangen Mittelalter-Marathon bei tropischen Temperaturen. In der Innenstadt von Gmünd zeigte das Thermometer seit fast einer Woche solide über dreißig Grad an. Zum Glück hatte sich ihr Arbeitsplatz zuletzt während der Schwörtage (die das Stauferfestival abschlossen) im Innenhof der Augustinerkirche befunden, im Schatten einiger dicht belaubter Bäume. Dort hatte sie den Besuchern des Mittelaltermarkts gemeinsam mit Stella und mehreren Kollegen vorgeführt, wie sie Silber gravierte und Ringe schliff. Heute würde sie gemeinsam mit zweitausend Gmündern in dem Umzug mitlaufen, der für die unzähligen Besucher das Mittelalter in prächtigen Bildern zum Leben erweckte. Anschließend hatte sie einer der Schneiderinnen, die an vielen Kostümen für die Gewandmeisterei mitgenäht hatte und mittlerweile mit eigenen Kleidern auf Mittelaltermärkte ging, versprochen, wenigstens zwei, drei Stunden an ihrem Stand auszuhelfen, damit die sich mit ihren Kindern auch ein wenig umschauen konnte. Und heute Abend war der ganze Zauber vorbei – bis zum nächsten Mal.

»Du bist wunderschön. Ganz ehrlich.« Stella streckte ihr die Hand entgegen. »Na komm – geben wir den Leuten was zum Anschauen für ihr Wochenend-Ticket.«

***

Die Sonne schien sengend heiß von einem strahlend blauen Himmel. Der Umzug war vorüber, der Platz rings um die Johanniskirche war ein buntes Gewimmel aus Ständen, Besuchern, aus

Gauklern und Hofdamen, aus Stimmen und Musik. Es duftete nach gebrannten Mandeln, nach gebratenem Fleisch und Met.

Elisabeth zeigte einem jungen Mädchen gerade ein schön geschnittenes weinrotes Gewand aus Pannesamt mit Spitzenbesatz auf dem Mieder. Die potenzielle Kundin betrachtete sich in dem großen Spiegel, den die Schneiderin in ihrem Stand aufgestellt hatte, und ließ den Rock schwingen.

»Mit Reißverschluss gibt's des net?«, erkundigte sie sich.

»Nein«, antwortete Elisabeth. »Wenn du einen Reißverschluss möchtest, dann musst du ihn nachträglich einnähen lassen.«

»Zweihundert Euro, des isch halt ordentlich viel Geld«, meinte das Mädchen zweifelnd.

»Ordentlich viel Arbeit ist es auch.« Elisabeth lächelte. »Aber es steht dir wirklich sehr gut. Denk drüber nach – bis heute Abend sind wir noch hier.«

Das Mädchen schlüpfte aus dem Kleid, und Elisabeth hängte es wieder auf den Bügel. Keine fünf Minuten später tauchte die Schneiderin auf, ihre beiden Söhne im Schlepptau. Der eine kaute an einer mit Puderzucker bestreuten Waffel, der andere zielte mit einer hölzernen Kinderarmbrust auf Elisabeth.

»Nicht doch, Niklas.« Die Schneiderin seufzte. »Wenn du die Lisa erschiesch, dann gibt's des nächschte Mal koi Spielzeug meh.«

»Noch bin ich am Leben.« Elisabeth nahm dem kriegerischen Knaben behutsam die Waffe weg. »Ich hab den schwarzen Wollumhang verkauft, das hellblaue Kleid und das grüne mit den Silberborten. Das weinrote ist noch da – die Kundin konnte sich nicht so recht entscheiden.«

»Macht doch nix. Glei *zwei* Kleider – du bisch echt super.« Die Schneiderin küsste Elisabeth auf die Wange. »Danke für die Hilfe – ond jetz gang ond stürz dich ins Gewühl, damit du au no ebbes von der Sache hasch!«

Elisabeth winkte ihr zu und tat, wie ihr geheißen. Sie ließ sich mit dem Besucherstrom treiben, an der Kirche vorbei und in die Ledergasse hinein, wo noch immer das Stroh von dem gestrigen

Turnierspiel in den Kopfsteinritzen hing. Gleich darauf entdeckte sie ein Grüppchen Musiker, die ihre Instrumente auf einem hölzernen Handkarren durch die Gasse zogen und jetzt an einer schattigen Stelle zwischen zwei Fachwerkhäusern eine Verschnaufpause einlegten.

Ein Mann mit zweifarbigem, engem Beinkleid, schwarzem Wams und federgeschmücktem Barett zupfte eine Laute, eine junge Frau in gestreiftem Rock und weiter Bluse mit Trompetenärmeln spielte mit dem Holzschlegel einen kleinen Wirbel auf der irischen Bodhrán, die sie in der Hand hielt. Die Gruppe stimmte einen raschen, fröhlichen Tanz an. Elisabeth merkte, dass sie sich unwillkürlich im Rhythmus der Musik wiegte, während sie einen langen Zug aus ihrer Mineralwasserflasche nahm.

»Du bist min, ich bin din,
des solt du gewiss sin …«

Die Stimme der jungen Frau mit der Bodhrán war hoch und süß. Elisabeth erkannte den Text des berühmten mittelalterlichen Liebesliedes. Der Musiker mit der Laute spielte einen melodischen Akkord und sang die nächsten Zeilen mit.

»Du bist beslossen
in minem herzen …«

Hinter ihr ergoss sich ein neuer Menschenstrom vom Marktplatz her in die Gasse, und sie machte ein paar Schritte zur Seite, um auszuweichen. Sie prallte gegen eine Gestalt, drehte sich um … und hatte einen runden Anhänger aus Silber vor sich. Er hing an einer blauen, geflochtenen Lederschnur, und sie erkannte ihn sofort – sie selbst hatte ihn geschmiedet. Ein Lichtstrahl fiel auf die polierte Sonne, die den Anhänger schmückte, und ließ sie blendend weiß aufflammen.

»Du bist beslossen
in minem herzen,
verloren ist das slüsselin,
du muost immer drinne sin.«

Urplötzlich trugen ihre Beine sie nicht mehr. Und dann legten sich kräftige Hände um ihre Oberarme und hielten sie aufrecht, und eine tiefe Stimme, die sie unter Tausenden wiedererkannt hätte, sagte ihren Namen.

»Bettan.«

Die Mineralwasserflasche fiel zu Boden und rollte davon. Am ganzen Körper zitternd hob Elisabeth den Kopf und schaute in das Gesicht des Mannes, den sie liebte.

***

Einen Ort zu finden, wo sie in Ruhe miteinander sprechen konnten, erwies sich als Ding der Unmöglichkeit. Außerdem ertappte sich Elisabeth inmitten ihrer fassungslosen Freude plötzlich bei der ernüchternden Vorstellung, dass Bekannte sie und Göran zusammen sehen und das Tratschkarussell wieder in Gang setzen könnten … noch mehr Nahrung für Markus' bösartige Intrige, noch mehr Gründe für Vivien, sich weiterhin von ihr fernzuhalten.

»Hier ist mir zu viel Trubel«, sagte sie zu Göran, während sie mit ihm durch die Ledergasse in Richtung des Parkhauses ging, wo ihr Auto stand. »Fahren wir zu mir nach Hause?«

»Wollte ich dir auch gerade vorschlagen«, meinte er und lächelte sie an. Sie lächelte zurück, und für einen Moment raubte ihr das Glück beinahe den Atem. Was auch immer der Grund sein mochte, dass er so plötzlich hergekommen war – es war nichts weniger als ein Wunder. *Danke, lieber Gott,* dachte sie, *danke, von ganzem Herzen, dass er so viel mutiger ist als ich.*

»Kannst du denn fahren?«, wollte er wissen, als sie neben ihrem Auto standen und sie die Fahrertür aufschloss. »Du siehst aus, als wärst du ein bisschen durch den Wind.«

»Wundert dich das?« Sie gab ein kleines, immer noch ein wenig ungläubiges Schnauben von sich. »Monatelang verbiete ich mir, an dich zu denken, geschweige denn, dir zu schreiben, und dann fällst du vom Himmel wie der sprichwörtliche Deus ex machina. Um ehrlich zu sein – ich hab gerade ein Gefühl, als ginge ich auf Wolken. Und das ist etwas, das ich nicht kenne. Nicht mehr seit … seit Kiruna.«

Sein Gesicht wurde ernst.

»Dann bist du schon viel zu lange nicht mehr auf Wolken gegangen«, erwiderte er sanft. »Vielleicht sollte ich dafür sorgen, dass du dich daran gewöhnst.«

Elisabeth wurde die Kehle eng. »Sag nicht solche wunderbaren Sachen zu mir. Sonst krieg ich weiche Knie und muss dir wirklich noch den Autoschlüssel geben.«

Zum Glück war es keine weite Fahrt. Wenig später parkte Elisabeth den Twingo vor ihrem Haus am Bordstein und stieg aus. Sie schloss das Gartentor auf und wollte gerade über die Schulter hinweg etwas zu Göran sagen, als sie feststellte, dass jemand auf den Stufen vor der Haustür saß. Und dann begriff sie, wer es war.

»Mama«, sagte ihre Tochter.

Der Schlüsselbund fiel klirrend auf den Gehsteig. Elisabeth öffnete den Mund, aber kein Laut kam heraus. Vivien stand rasch auf und ging auf sie zu. Elisabeth starrte sie an; wahrscheinlich würde gleich passieren, was bisher noch in jedem ihrer zahllosen sehnsüchtigen Träume von einem solchen Wiedersehen passiert war – Vivien würde sich auflösen wie ein Trugbild.

»Mama.« Jetzt stand Vivien vor ihr und ergriff ihre Hände. »Es tut mir leid. Alles. Es tut mir so furchtbar leid!«

Elisabeth blinzelte, dann hörte sie sich selbst aufschluchzen. Im nächsten Moment hielt sie ihre Tochter in den Armen; Vivien presste das Gesicht gegen ihre Schulter und brach ebenfalls in Tränen aus. Lange standen die beiden so da, versunken in ihre eigene Welt, bis Elisabeth genügend zu sich kam, dass sie wieder etwas anderes wahrnehmen konnte als die überwältigende Tatsache, dass ihr Kind endlich zu ihr zurückgefunden hatte.

»Ich würde sagen, die Überraschung ist gelungen, *brorsdotter*«, sagte Göran hinter ihr. Er klang genauso glücklich und erlöst, wie sie sich fühlte. »Was meint ihr – sollten wir nicht langsam hineingehen?«

***

Elisabeth saß auf dem Sofa in ihrem Wohnzimmer, ihre Tochter dicht neben sich. Vivien hielt ihre Hand, die Wange an ihrer Schulter. Fast eine halbe Stunde hatte sie ununterbrochen geredet; Elisabeth schwirrte immer noch der Kopf von dem Versuch, die Einzelheiten ihrer Geschichte zu verdauen. Später würde sie sicher alles besser einordnen und begreifen können – jetzt zählte nur eins: Vivien war wieder bei ihr, und Göran ebenso. Sie war so fassungslos glücklich, dass es fast wehtat.

»Ich hab vorhin Bella angerufen«, sagte Vivien gerade. »Ich kann bei ihr übernachten. Im Moment möchte ich nicht in die Villa; ich hab nicht die geringste Lust, Papa zu begegnen.«

Der selige Nebel, der Elisabeth umgab, lichtete sich etwas.

»Kann ich mir vorstellen«, erwiderte sie. »Wahrscheinlich ist es besser, wenn er von mir erfährt, dass wir uns versöhnt haben und dass Göran hier ist. Ich verspreche dir, ich werde ihn anrufen oder ihm schreiben. Aber erst morgen.«

»Das könnte ich doch übernehmen«, meinte Göran, der an der Balkontür stand und auf den Himmel hinausblickte, der sich inzwischen golden und rot verfärbt hatte. Seine Stimme klang ein wenig grimmig. »Es gibt da ein paar Dinge, die würde ich meinem Bruder liebend gern sagen.«

»Bloß nicht!« Elisabeth verspürte einen jähen Stich der Furcht. Das Letzte, was sie wollte, war, dass Göran und Markus in einen handfesten Streit gerieten.

»Schon gut!« Göran hob beschwichtigend beide Hände. »Aber wenn der gute Markus sich danebenbenimmt, dann sag mir Bescheid.« Sein Blick wurde weich. »Denk dran – du bist nicht mehr allein, Bettan.«

Sie schenkte ihm ein schwaches, zärtliches Lächeln. »Danke.«

Vivien ließ Elisabeths Hand los und stand auf.

»Dann will ich mal langsam los«, sagte sie munter. »Bellas Eltern machen in ihrem Garten gerade ein Barbecue, und ich hab große Lust auf ein ordentliches Steak.«

Elisabeth sah sie an. »Aber du fährst doch nicht gleich morgen nach Tübingen zurück, oder?«

»Muss ich nicht – es sind Semesterferien«, erklärte Vivien. »Ich hab jede Menge Zeit. Vielleicht können wir zusammen einen Ausflug machen.« Sie zwinkerte Göran zu. »Auf die Burg Rechberg, zum Beispiel. Das letzte Mal, als du hier warst, sind wir ja nicht mehr dazu gekommen.«

»Gute Idee.« Er hatte sich entspannt, und das schräge Lächeln war wieder da. Elisabeth stellte fest, dass sie kaum imstande war, den Blick von seinem Gesicht zu nehmen.

Vivien gab ihr einen Kuss auf die Wange und winkte ihrem Onkel zu. »Macht's gut, ihr beiden. Ruft mich morgen an, ja?«

»Machen wir.« Elisabeth strich Vivien über das Haar. »Viel Spaß beim Barbecue, mein Schatz. Und sag Bella einen lieben Gruß von mir.«

»Alles klar.«

Gleich darauf war Vivien verschwunden; Elisabeth hörte ihre raschen Schritte auf dem Flur und das Zuschlagen der Wohnungstür. Sie stand auf und trat neben Göran.

»Hast du auch Hunger?«

»Nein.« Göran grinste. »Deine Tochter hat mich am Flughafen zu einem gewaltigen Imbiss bei Burger King eingeladen – meine erste Fastfoodorgie seit mindestens zwanzig Jahren. Möchtest *du* denn etwas essen?«

Sie schüttelte den Kopf. Alles, was sie wollte, war, hier zu sein. *Mit ihm.* Sie legte die Arme um ihn, lehnte die Stirn an seine Brust und spürte, wie er sachte ihren Rücken streichelte. Das hatte sie sich damals schon gewünscht … nach ihrem unfreiwilligen Bad im See, bei jedem ihrer friedlichen kleinen Abendessen in seinem Haus in Laxforsen und in der Kåta. Eigentlich die ganze Zeit. *Seit ihr klar geworden war, dass sie ihn liebte.*

»Du gehst doch nicht auch weg, oder?« Sie blickte zu ihm auf. »Ich schwör dir, ich lass dich heute nicht mehr weg. Wenn du versuchst, dieses Haus zu verlassen, dann schließ ich die Tür ab und versteck den Schlüssel so gründlich, dass nicht mal ich selbst ihn wiederfinde.«

»Seh ich so aus, als ob ich gehen möchte?« Göran lachte leise.

»Solange Vivien noch hier war, konnte ich dir das ja unmöglich sagen, aber eigentlich würde ich am liebsten …«

Er brach ab, und Elisabeth sah zu ihrem Entzücken, dass er leicht errötete.

»Sag es mir«, flüsterte sie. »Sag mir, was du willst.«

»Ich möchte dir dieses schöne Kleid ausziehen.«

Seine Stimme klang ein wenig unsicher, aber der Blick in seinen Augen ließ keinen Zweifel daran, wie ernst ihm die Sache war.

»Ich möchte dir den Zopf aufmachen, damit ich die Hände in deinen Haaren vergraben kann. Ich möchte dich anschauen, wenn du nackt bist, und dich überall berühren. Ich möchte … Himmel, Bettan, ich will mit dir schlafen. Unbedingt. Am liebsten gleich.«

Er stockte und sah sie verlegen an.

»Tut mir leid. Wenn dir das zu schnell geht, dann sag es bitte. Ich verspreche dir, wir machen nichts, was du nicht willst.«

Elisabeth nahm seine Hände in die ihren.

»Soll ich dir sagen, was ich will?«

»Was denn?«

Sie spürte, wie sich ihr Atem beschleunigte. Die Erkenntnis, wie sehr sie ihn begehrte, jagte ihr fast einen Schrecken ein.

»Ich möchte dir aus deinen Sachen helfen, bevor du mir aus meinen hilfst. Du bist das wunderbarste Geschenk, das ich je bekommen habe … und ich möchte dich unbedingt auspacken.«

***

Das Schlafzimmer lag im Dämmerschein, und ein zarter Rosenduft stieg ihm in die Nase, der von dem Strauß auf dem Nachttisch stammte.

Bettan stand dicht vor ihm, und jetzt war der Rosenduft verschwunden, ersetzt durch ihren ganz persönlichen, unverwechselbaren Geruch – grün und frisch. Er konnte sein eigenes Gesicht sehen, das sich doppelt in ihren Augen spiegelte, als sie ihn sehr sanft auf den Mund küsste.

Ihre Hände öffneten sein Hemd, einen Knopf nach dem anderen. Er stand ganz still. Jedes Mal, wenn ihre Fingerspitzen seine Haut streiften, rann ihm ein Schauder das Rückgrat hinab. Dann schob sie den Stoff über seine Schultern und ließ das Hemd einfach zu Boden fallen.

»Letztes Jahr hattest du mehr Farbe«, sagte sie. »Als wir mit Jukka im See waren – erinnerst du dich?«

»Als ob ich das jemals vergessen könnte.« Er lehnte unwillkürlich den Kopf in den Nacken. Ihre geöffneten Lippen strichen über seinen Hals, leicht wie ein Hauch. »Ich war verrückt nach dir. Es hat nicht viel gefehlt, und ich hätte dich am Ufer auf die Wiese gelegt und dich geliebt, auf der Stelle.«

»Du kannst dir nicht vorstellen, wie sehr ich mir gewünscht habe, dass du es tust.«

Diesmal war er es, der sie küsste. Sie schmeckte süß wie Honig, wie neu aufblühendes Leben nach einem endlosen eisigen Winter, wie ein frisch entzündetes Feuer, glühend und lebendig. Er drängte sich gegen sie und ließ sie seinen Hunger deutlich spüren. Bettan rang nach Atem und lachte gleichzeitig.

» … musst es aufschnüren.«

Das Blut rauschte ihm in den Ohren … so laut, dass ihre Stimme darin ertrank.

»Was …?«

»Das Kleid. Es hat keinen Reißverschluss. Du musst es aufschnüren, hinten am Rücken.« Sie lachte wieder, löste sich von ihm und drehte sich um.

Er fand die Schleife auf der Höhe der Taille und bekam sie tatsächlich auf, obwohl ihm die Hände zitterten. So behutsam wie möglich zog er die Bänder aus den Ösen, bis das Kleid endlich aufklaffte und darunter ihre Haut zum Vorschein kam, seidig und glatt. Er löste das Zopfband und die Flechte; die goldene Borte ringelte sich um sein Handgelenk, und er ließ andächtig alle zehn Finger durch das dichte, schwarze Haar gleiten. *Vit som snö, röd som blod och svart som ebenholts …* das Zitat aus *Snövit* ging ihm durch den Sinn, während er ihren BH aufhakte. Er schob ihn beiseite, berührte ihren bloßen Rücken und strich mit den Handflächen unter dem offenen Mieder an ihren Seiten entlang nach vorn.

Bettans Brüste schmiegten sich in seine Hände, und ihr jagender Herzschlag schien den seinen vor sich herzutreiben. Sie befreite sich aus den Ärmeln, ließ das Kleid mitsamt dem BH los und stieg über den kleinen Wall aus Samt hinweg. Dann sank sie nach hinten gegen ihn und streckte sich so genussvoll wie eine gestreichelte Katze. Er konnte ihre festen Hinterbacken nachdrücklich und fest an seiner Härte spüren, biss die Zähne zusammen und kämpfte gegen den mächtigen Impuls an, sich die Jeans und ihr den Slip abzustreifen und sie kurzerhand auf das Bett niederzudrücken, das er schemenhaft über ihre Schulter hinweg wahrnahm.

Sie löste sich von ihm und wandte sich um. Geschickte Finger lösten seinen Gürtel und zogen den Reißverschluss seiner Jeans herunter. Ihre Fingerspitzen zeichneten über dem Stoff seiner Shorts aufreizend den Umriss seiner Männlichkeit nach. Göran schnappte nach Luft und stöhnte.

»*Bettan …*«

»Danke, dass du mich so sehr willst«, flüsterte sie. »Du kannst dir nicht vorstellen, wie glücklich mich das macht.«

Endlich war er auch den Rest seiner Kleidung los. Bettan schlüpfte aus dem Slip, setzte sich auf die Bettkante und lehnte sich zurück, die Hände auf die Matratze gestützt. Es war, als breitete sie ihren Körper vor ihm aus wie eine fremde, schöne Landschaft. Er sah den schlanken Hals, die weich geschwungenen Schultern, die runden Hügel ihrer mädchenhaften Brüste. Ihr Bauch war eine glatte Ebene, die sich hinuntersenkte zu dem dunklen Dreieck ihrer Scham und ihren schlanken Beinen.

»Komm her«, sagte sie leise.

Er beugte sich über sie, schloss die Hand um ihren Nacken und küsste sie. Später würde er jeden Zentimeter ihrer Haut kennenlernen, jeder einzelnen Erhebung und jeder Vertiefung nachspüren, aber jetzt konnte und wollte er nicht mehr darauf warten, ganz bei ihr zu sein. Bettan sank auf das Bett zurück und zog ihn sanft mit sich. Nicht nur ihre Brüste, ihr gesamter Körper passte vollkommen zu ihm, als wäre alles an ihr dafür gemacht, von ihm allein berührt zu werden. Es war sehr lange her, dass er mit einer Frau geschlafen hatte – er wagte nicht nachzurechnen, wie lange genau –, aber jede Befürchtung, die ihn deswegen gequält haben mochte, schwand in der Sekunde dahin, als er in sie hineinglitt. Er hielt inne, von ihrer zärtlichen Enge umschlossen, und sah sie an. Ihr Haar lag rings um ihren Kopf ausgebreitet wie ein glänzend schwarzer Fächer, ihre Augen waren halb geschlossen und ihr Gesicht hoch konzentriert ... als wollte sie, dass ihr von dem, was zwischen ihnen geschah, auch nicht das Geringste entging. Er begann, sich zu bewegen, erst vorsichtig und sehr langsam, dann schneller und bestimmter, als er merkte, mit welcher Hingabe sie auf ihn reagierte.

Ein Jahr lang hatte er sich jeden Traum versagt, jede Sehnsucht entschlossen erstickt ... jetzt war die Realität, sie in den Armen zu halten und zu lieben, eine Woge, die ihn überrollte und mit sich fortriss. Er konnte die Augen nicht von ihr nehmen, beobachtete gebannt jede noch so kleine Reaktion, lauschte auf jeden erstickten Seufzer.

Viel zu schnell fühlte er den eigenen Höhepunkt näher kommen. Er hätte ihn gern noch hinausgezögert, um die Freude für sie länger auszudehnen. Aber dann öffnete sie plötzlich die Augen weit und bäumte sich ihm entgegen ... und er ließ auch noch den Rest seiner Beherrschung fahren, stieß ein letztes Mal schaudernd zu und spürte, wie sich seine Anspannung in atemloser Hitze auflöste.

Sie lagen dicht aneinandergeschmiegt, noch immer miteinander verschmolzen; sie hielt ihn fest in den Armen und liebkoste sachte seinen Rücken.

»Liebste Bettan ...« Göran küsste ihre Schläfe, ihre Wange, ihren Mund, noch immer ein wenig ungläubig. »Du bist so schön, du bist ... Himmel, ich weiß überhaupt nicht, wo ich anfangen soll.« Er vergrub das Gesicht in ihrer Halsbeuge. »Hat es ... war es schön für dich?«

Sie schwieg. Er wartete, hin- und hergerissen zwischen Selbstironie und Nervosität – und plötzlich fing sie zu seiner Verblüffung an zu lachen, erst leise, dann ausgelassen und befreit. Die Vibration sorgte dafür, dass ihm der Atem stockte.

»Weil ich so still war, meinst du?« Sie gluckste, und ihre Hände strichen zärtlich die lange Linie seines Rückgrats hinunter. »Wenn du mir versprichst, dass du dich nicht über mich lustig machst, dann erklär ich's dir.«

Er richtete sich halb auf und musterte sie leicht besorgt. »Ich mach mich nicht lustig, versprochen.«

»Ich dachte ... wenn ich zu laut bin, dann wache ich auf.« Ihre Lippen bebten ganz leicht. »Dann wache ich auf und der Traum ist vorbei.«

Die Erleichterung war so groß, dass ihm schwindelte.

»Glaub mir, Bettan ... es gibt nichts, was ich besser verstehe.« Er beugte sich wieder hinunter und küsste sie. »Ich kann selbst kaum fassen, dass ich hier bin.«

Plötzlich ertappte er sich dabei, dass er verlegen grinste.

»Ich war mir nur nicht sicher, ob du dir womöglich wegen deiner Vermieterin Sorgen machst ... oder ob ich vielleicht doch stärker aus der Übung bin, als ich dachte.«

»Um Gottes willen, *nein!* Wie kommst du bloß darauf? Du warst wundervoll.« Bettan schnaubte leise. »Nein ... Frau Hegnach ist genauso im Staufersaga-Verein wie ich, und sie sitzt heute wahrscheinlich bis spät abends mit den Marketenderinnen zusammen.«

»Dann ist sie also überhaupt nicht zu Hause?«

»Nein, ist sie nicht.« Sie sah ihm in die Augen. »Wieso?«

Göran neigte den Kopf über ihre Brust, schloss sachte den Mund um eine rosige Knospe. Die Muskeln, die ihn noch immer umschlossen, spannten sich auf höchst verlockende Weise an. Er hob den Kopf, sah die Erregung, die sich über ihre Augen legte wie ein Schleier, und wiegte leicht die Hüften vorwärts.

»Das heißt, wir sind ganz ungestört«, sagte er leise. »Und nachdem du jetzt weißt, dass ich mich *nicht* in Luft auflöse, wenn du aufwachst ...«

Dieses Mal war das Begehren keinen Deut kleiner, aber sie ließen sich viel mehr Zeit. Sie begannen eine gemächliche Forschungsreise mit Mund und Händen, in dem glücklichen Bewusstsein, dass dies nicht das Ende des Weges war, sondern erst der Anfang. Die letzten Hemmungen waren verflogen, so dass sie ihren gemeinsamen Rhythmus ohne jede Unsicherheit fanden. Irgendwann zog Göran sich zurück und setzte sich auf. Er hob Bettan hoch und drang ein weiteres Mal in sie ein, während sie auf ihn niedersank, den Kopf lustvoll zurückgeworfen. Zuletzt drückte er die Stirn in das Tal zwischen ihren Brüsten und hörte ihren weichen, staunenden Aufschrei, als er sie mit einer letzten kraftvollen Aufwärtsbewegung mit sich auf den Gipfel nahm.

Entscheidungen

Elisabeth öffnete die Augen und blinzelte. Die Sonne malte goldene Streifen auf die Wand hinter dem Bett. Ihr Körper unter der leichten Sommerdecke war nackt. Als sie sich streckte, berührte ihre Hand die Schulter des Mannes, der neben ihr anscheinend noch friedlich schlief.

Göran. Er war tatsächlich da. Und das hieß, sie hatte sich den gestrigen Tag nicht eingebildet. Genauso wenig wie die Nacht danach.

Sie beugte sich über ihn und küsste ihn auf den Nacken.

»Ich hatte keine Ahnung, wie wunderbar es ist, dich morgens in meinem Bett zu finden«, flüsterte sie ihm ins Ohr.

Ein amüsiertes Brummen.

»Woher hättest du das auch wissen sollen?« Er drehte sich schnell herum und zog sie mit der gleichen Bewegung zu sich herunter. »Und ich hab nicht gewusst, wie wunderbar es ist, neben dir aufzuwachen.«

Sie stützte das Kinn auf seine Brust und seufzte glücklich. »Frühstück?«

»Kaffee.« Da war es wieder, das schräge Lächeln. »Alles andere kann warten. Du wirst ja wahrscheinlich auch zu deiner Arbeit müssen, oder?«

»Muss ich.« Elisabeth verzog das Gesicht; dann grinste sie. »Aber vielleicht krieg ich ein bisschen früher frei, wenn ich Stella erzähle, was für ein Juwel daheim auf mich wartet. Sie wird rasend gespannt auf dich sein!«

»Ach ja?« Görans Augenbrauen stiegen hoch. »*Wie* gespannt?«

»Keine Gefahr«, versetzte Elisabeth trocken. »Du passt überhaupt nicht in ihr Beuteschema, sie hat ihre Eyecandies am liebsten dunkel und rassig; abgesehen davon glaube ich kaum, dass sie es sich mit mir verscherzen will. Schließlich bist du vom Markt, mein Lieber. Spätestens seit gestern.«

Sie küsste ihn ausgiebig und liebevoll.

»Und jetzt gehe ich Kaffee machen. Sonst schaffen wir nicht einmal mehr *den*, bevor ich losmuss.«

***

Eine Stunde später machte Elisabeth sich auf den Weg zur Werkstatt. Göran blieb in ihrer Wohnung zurück. Er hatte eine SMS von seinem Arbeitgeber in Kiruna bekommen, der ihn um Rückruf bat; seine Einsatztermine für die Zeit nach seiner Rückkehr nach Schweden mussten neu disponiert werden. Das konnte er nun in aller Ruhe mit seinem Chef besprechen, bis Elisabeth wiederkam.

Noch immer erschien es ihm unfassbar, dass er jetzt hier war, bei ihr – und dass diese Frau, die er so liebte, nun wirklich zu ihm gehören sollte. Auch wenn sie sich zuerst wieder würden trennen müssen; schließlich hatte Bettan diese Goldschmiedelehre begonnen, die noch gut zwei Jahre dauern würde. Und er hatte jeder vorsichtigen Überlegung Bettans, ob sie diese Ausbildung jetzt eventuell abbrechen und ihm sofort nach Schweden folgen sollte, einen kategorischen Riegel vorgeschoben. »Wofür hältst du mich?«, hatte er gesagt. »Selbstverständlich erfüllst du dir diesen Traum. Ich werde solange auf dich warten. Keine Sorge – ich habe einundvierzig Jahre lang auf dich gewartet. Dann schaff ich die paar Jährchen auch noch.«

Nun nahm er sein Smartphone zur Hand und setzte sich an den Schreibtisch, fand ohne Mühe einen Kugelschreiber und einen Notizblock und kontaktierte seinen Chef. Die Terminfragen ließen sich ohne größere Schwierigkeiten klären; er schrieb sich alles sorgfältig auf und legte nach Beendigung des Telefonats den Block wieder beiseite. Dabei verschob er versehentlich einen Stapel Papier; eine Klarsichthülle mit ein paar Ausdrucken rutschte über die Schreibtischkante und landete auf dem Fußboden. Er hob sie auf, warf einen flüchtigen Blick darauf und wollte sie bereits wieder auf den Stapel legen, als ihm ein Satz in die Augen stach, der ihn jäh innehalten ließ.

»An einer Ehefrau, die mit meinem Halbbruder herumhurt, habe ich keinerlei Interesse mehr.«

Göran starrte die Worte an, bis seine Augen zu brennen begannen. Ihm war klar, dass er gerade das Postgeheimnis verletzte, aber das war ihm in diesem Moment so gleichgültig wie der berühmte Reissack, der irgendwo in China umfiel. Er las den gesamten Text, bei dem es sich sehr eindeutig um den Ausdruck einer E-Mail handelte, die Markus nach der Trennung an Elisabeth geschrieben hatte – und die, wenn er die Worte richtig verstand, vor Beleidigungen und gezielten Gemeinheiten nur so triefte. Glühende Wut kochte in Göran hoch. Dass eine Ehe in die Brüche ging, das konnte ja passieren – aber was Markus sich Elisabeth gegenüber *da* herausgenommen hatte, war eine Schweinerei, die Görans Fassungsvermögen überstieg. Und was Bettan beim Lesen dieser gehässigen Kriegserklärung empfunden hatte, mochte er sich gar nicht erst vorstellen.

Nein. Was zu viel war, war zu viel. Was bildete dieser arrogante Mistkerl sich eigentlich ein?

Er pfefferte die Klarsichthülle mit der Mail auf den Schreibtisch und stürmte aus der Wohnung. Ob es Bettan passte oder nicht – jetzt war sein Halbbruder fällig.

***

Markus Gebhard saß im ehemaligen Arbeitszimmer seines Vaters hinter dem großen Mahagonischreibtisch. Wenn er Zeit hatte – was zum Glück nicht allzu oft vorkam –, dann zog er sich in diesen Raum zurück. Er hätte nicht sagen können, ob er das tat, um ihm irgendwie nahe zu sein. Das war sowieso eine sentimentale Vorstellung, denn schon zu Traugotts Lebzeiten hatten sie sich nie besonders nahegestanden. Traugott hatte Markus' Fähigkeiten als Anwalt und Verwalter des Familienvermögens zu schätzen gewusst und ihm stets Anerkennung dafür gezollt, aber Markus erinnerte sich deutlich daran, wie liebevoll und vertraut er mit Elisabeth und Vivien umgegangen war, und der Unterschied war deutlich genug gewesen, um ihm klarzumachen, was zwischen ihm und seinem Vater fehlte. Deswegen war er das Gefühl nie ganz losgeworden, irgendwie unfair behandelt zu werden.

Unfair. Das war ein verdammt gutes Stichwort.

Zwar hatte die Intrige gegen Lisa durchaus Früchte getragen, aber optimal gelaufen war die Sache nicht. Bekannte aus dem Staufersaga-Verein hatten ihm zugetragen, dass Lisa keineswegs aus ihren Reihen verstoßen worden war; den Damen, mit denen sie seit Jahren Hauben nähte, machte sein sorgsam angezettelter Skandal eindeutig weit weniger aus, als er gehofft hatte.

Das aufgeblasene Spektakel auf dem Johannisplatz hatte er sich dieses Mal erspart. Während der Schwörtage eine Woche später hatte er sich in seinem klimatisierten Büro in der Kanzlei verschanzt; alles war besser, als sich schwitzend durch die Menschenmassen zu schieben und dabei womöglich Lisa in die Arme zu laufen.

Er war immer noch viel zu wütend auf sie, um sie zu vermissen – aber seine Tochter fehlte ihm. Das war ein weiteres Detail, das nicht so funktioniert hatte wie geplant. Zwar telefonierten sie regelmäßig, und wenn er sich vorsichtig danach erkundigte, ob sie irgendetwas von ihrer Mutter gehört hatte, erklärte sie ihm jedes Mal kurz und bündig, dass es keinen Kontakt gab und sie das auch nicht zu ändern gedachte. Diese Tatsache hätte ihn eigentlich befriedigen müssen, aber dummerweise hielt sich auch Viviens Kontakt zu *ihm* stark in Grenzen.

Ganz offensichtlich war es Lisa gewesen, die hauptsächlich dafür gesorgt hatte, dass Vivien so oft wie möglich nach Hause kam. Jetzt redete sich seine Tochter damit heraus, dass das Studium zu anspruchsvoll war, um ihr für häufige Besuche in Gmünd Zeit zu lassen … doch das hatte sie früher auch nicht abgehalten. Und seit ein paar Tagen konnte er Vivien gar nicht mehr erreichen; wann immer er ihre Handynummer wählte, landete er auf der Mailbox, und sie rief nicht zurück.

Bei Frau Hinderer hatte ihm sein raffinierter Plan ebenfalls mehr geschadet als genutzt. Selbstverständlich hielt sie die Villa nach wie vor perfekt in Schuss – wenn auch inzwischen nur noch halbtags –, und sie kochte so ausgezeichnet wie früher. Aber bei den wenigen Gelegenheiten, wenn sie tatsächlich einmal länger miteinander sprachen, ließ sie keinen Zweifel daran, dass sie sich in der Villa nicht mehr sonderlich wohlfühlte und obendrein Lisa heftig nachtrauerte.

»Wissen Sie was? Kündigen Sie doch!«, hatte er sie am Abend zuvor angefahren, als sie ihm nach seiner Rückkehr aus dem Büro einen leichten Sommersalat mit Putenstreifen und ein Glas eisgekühlten Weißwein servierte. »Ihre Leidensmiene ist nicht auszuhalten. Sie tun gerade so, als wäre hier alles *meine* Schuld. Ihnen ist schon klar, dass es meine Frau war, die mich betrogen hat, oder? Aber wenn Sie wirklich mich als den Schurken des Dramas sehen, dann dürfen Sie jederzeit gehen.«

Sie war an der Tür stehen geblieben und hatte ihm einen langen, undefinierbaren Blick zugeworfen.

»Des lohnt sich fei nemmeh«, hatte sie gesagt. »I gang sowieso em nächschte März en Rente. Irgendäbber muss Sie ja versorga … au wenn mir des schwerfällt, wenn i ehrlich sei soll. Ond dass Sie des wisset: I glaub koi Sekond, dass Ihr Frau Sie betroga hat. Die wär *nie* uff Abwäg ganga, au ned med dem netta Schweda. Des war a feiner Ma, ond a'schtändig war der au. Wenn Sie äbber suchet, der vom rächda Wäg abkomma isch, no müsset Sie sich an die oigene Nas fassa. I bin hier g'wäsa, als der Julius die Bomb hat platza lassa … ond des meischte han i mitkriegt.«

Der Ausdruck auf dem vertrauten Gesicht wurde fast mitleidig.

»Koi Sorg, i bleib no bis zom Frühjahr. Aber i ben froh, dass der alte Herr Gebhard des furchtbare Theater nemmeh mit'kriegt hot. Des hätt em das Herz brocha.«

Damit war sie hinausgegangen. Er hatte den Salat wütend in sich hineingeschaufelt, das Weinglas in einem Zug geleert und war dann in Traugotts Arbeitszimmer gestürmt. Dort hatte er die Flasche mit dem kostbaren Cognac hervorgeholt und sich mit grimmiger Entschlossenheit volllaufen lassen. Die Vorstellung, wie entsetzt sein sparsamer Vater darüber gewesen wäre, stachelte ihn nur noch mehr an. Als er nach Mitternacht ins Schlafzimmer wankte und in das riesige Ehebett sank, war die Flasche leer.

Zum Glück musste er heute Morgen nicht in die Kanzlei, denn der Kater nach der Cognac-Orgie hatte wahrhaft epische Ausmaße. Sein Frühstück bestand aus einem großen Glas Wasser und drei Schmerztabletten, und erst eine Stunde später, nach einer Dusche und einem Becher pechschwarzem Kaffee, fing er langsam wieder an, sich wie ein menschliches Wesen zu fühlen. Er räumte die Flasche weg und machte es sich in dem Ledersessel bequem. Ohne es recht zu merken, döste er ein und schreckte hoch, als es plötzlich an der Tür klopfte. Ein Blick auf die Uhr sagte ihm, dass es schon fast Mittag war.

»*Herr Gebhard?*« Die Stimme von Marlies Hinderer. »*Sen Sie da drin?*«

Kein Zweifel: Er würde genauso erleichtert sein wie der alte Hausdrache, wenn sie endlich in den Ruhestand ging.

»Ja, bin ich.« Er wusste, dass er gereizt und ungeduldig klang, machte sich aber nicht die geringste Mühe, seinen Ton zu mäßigen. »Ich dachte, Sie sind für heute schon fertig.«

»*I gang ja au glei.*« Eine kurze Pause. »*Hier … hier isch wer für Sie.*«

Markus stöhnte lautlos in sich hinein. *Auch das noch.*

»Wer immer es ist – schicken Sie ihn weg.«

»*Er will aber obedengt med Ihne schwätza.*« Die Haushälterin klang nervös, doch unbeugsam.

»Na schön.«

Die Tür öffnete sich. Und auf der Schwelle stand nicht etwa Frau Hinderer, sondern – Göran Åsasson.

»Hallo, *storebror* – lange nicht mehr gesehen, was?«

Markus starrte ihn an wie einen Geist und hatte Mühe, zu verhindern, dass ihm die Kinnlade herunterfiel. *Wieso war der Kerl hier?* Er spielte im Kopf hastig alle Möglichkeiten durch. Hatte Lisa sich bei ihm ausgeheult – oder hatte Vivien ihm geschrieben? *War er aufgeflogen?*

Er unterdrückte den jähen Anflug von Panik und nahm sich

zusammen. Er war mit Lisa fertiggeworden; mit Papas lästigem Bastard würde er auch noch fertigwerden.

»Von mir aus hätte es gern so bleiben können«, sagte er von oben herab. »Ich kann nicht behaupten, dass du mir sonderlich gefehlt hast.«

»Ach, weißt du, meine Sehnsucht nach dir hat sich auch in Grenzen gehalten«, gab Göran zurück und schloss die Tür hinter sich. »Aber um manche Unannehmlichkeiten kommt man nun mal nicht herum. Und du bist so eine.«

»Ich bin eine Unannehmlichkeit?« Markus hob eine Augenbraue. »Du drängst dich in meine Ehe, nimmst mir die Frau weg und beschwerst dich dann noch? Ich denke, ich habe weit mehr Anlass dazu.«

»*Denkst* du«, erwiderte Göran. »Aber du irrst dich. Ich habe dir deine Frau nicht weggenommen – im Gegenteil, ich hab sie dir zurückgegeben. Und was machst du? Vögelst munter weiter deine Sekretärin, mit der du es vorher schon jahrelang getrieben hast. Und dann soll *ich* daran schuld sein, dass deine Frau sich von dir trennt? Ganz schön erbärmlich.«

»Mir vorzuwerfen, dass ich mit einer anderen Frau vögele, nachdem du *meine* Frau gevögelt hast – das hat verdammt wenig Klasse, sogar für jemanden wie dich«, sagte Markus kalt.

»Du irrst dich schon wieder«, versetzte Göran. »Auch wenn du es mir wahrscheinlich dein Leben lang nicht glauben wirst: Ich habe weder damals nach der Testamentseröffnung noch bei mir zu Hause in Schweden mit deiner Frau geschlafen. Die Affäre, die du uns so unermüdlich wie unbelehrbar andichtest, hat es nie gegeben.«

»Ach nein?« Markus schnaubte. »Und dann geht meine ausgesprochen leidenschaftslose Lisa hin und schreibt dir einen gefühlstriefenden Liebesbrief? Ich glaube dir kein Wort … und ihr noch viel weniger.«

»Du bist ganz schön inkonsequent, *storebror.*« Jetzt klang Göran ausgesprochen sarkastisch. »Dass sie keine Affäre mit mir hat, glaubst du deiner Frau natürlich *nicht* – den Inhalt eines Briefentwurfs dafür aber Wort für Wort. Sprich: Du glaubst immer nur das, was dir gerade in den Kram passt. Erbärmlicher kann es wohl kaum noch werden.«

»Du hast echt *cojones*, mir was von Erbärmlichkeit zu erzählen!« Markus spürte, wie siedendheiße Wut in ihm hochstieg. »Als Elisabeth letztes Jahr nach Hause gekommen ist, hab ich mir alle Mühe gegeben, es ihr recht zu machen … ohne zu ahnen, dass sie dir im Stillen immer noch nachweint! Und als ich sie jetzt zurückholen wollte, hat sie mir einen selbstherrlichen Vortrag über moralische Werte und gegenseitige Ehrlichkeit in der Ehe gehalten, das verlogene kleine Luder. Wenn mir an der ganzen leidigen Sache eines wirklich Befriedigung verschafft, dann die Tatsache, dass sie endlich von ihrem hohen Ross heruntergefallen ist … mit der Nase mitten in den Dreck. Geschieht ihr recht.«

»*Håll käften!!!*«, explodierte Göran. »Noch *eine* Beleidigung gegen Bettan, und du wirst dich wundern, wo *deine* Nase landet, *din jävla skitstövel!* Du regst dich auf wegen eines Briefs, in dem sie *einmal* ihren Gefühlen freien Lauf gelassen hat – und gleichzeitig schreibst du selbst einen ›Liebesbrief‹, bei dem einem die Tränen kommen. Nur dass du im Gegensatz zu Bettan keine Sekunde gezögert hast, diesen Erguss dann auch tatsächlich abzuschicken! Dass du dich nicht schämst! Diese wunderbare Frau hat dich nie betrogen; sie hat alles getan, um eure Ehe zu retten – und was machst *du?* Du beleidigst sie und schreckst noch nicht einmal vor Verleumdung zurück! Ich frag mich wirklich, was mich davon abhält, dir dafür die Visage zu polieren, *din förbannade usling!*«

»Oha!« Markus grinste wie ein Raubtier und hob die Hände. »Das Brüderchen aus Schweden fängt an, mir zu drohen! Also hat sie dir die E-Mail gezeigt, ja? Und dir zweifellos vorgeheult, was für ein schrecklicher Mensch ich bin. Arme, arme Lisa!«

»Gar nichts hat sie!«, donnerte Göran, kam mit zwei langen Schritten auf ihn zu und packte ihn mit beiden Händen am Kragen. »Nicht ein Wort hat sie mir gesagt! Weder dass ihr euch getrennt habt noch dass du ihr in dieser hundsgemeinen E-Mail den Krieg erklärt hast – sie hat sich seit Monaten nicht mehr bei mir gemeldet!«

Markus lachte ihm mitten ins Gesicht.

»Klar doch«, sagte er verächtlich. »Und du bist ganz allein darauf gekommen, jetzt auf deinen Schimmel zu steigen und hierherzugaloppieren, um die Dame in Not zu retten. Wer's glaubt, wird selig.« Der schiere Instinkt warnte ihn davor, fortzufahren, aber er konnte und wollte sich einfach nicht zurückhalten. »Nach fast zwanzig Jahren Ehe mit mir hätte Lisa mich aber auch wirklich besser kennen müssen. Was hat sie denn gedacht, die dämliche Kuh? Dass sie einfach so abhauen und nach Lust und Laune mit dir herumhuren kann, ohne dass das Konsequenzen für sie hat?«

Im nächsten Moment fand er sich auf dem Rücken wieder, den Blick zur Decke gerichtet … allerdings konnte er nicht behaupten, dass er sonderlich viel sah. Seine Nase fühlte sich an, als wäre sie zertrümmert, und als er mit der Hand danach tastete und sie wieder zurückzog, waren seine Fingerspitzen voller Blut.

Sein Halbbruder beugte sich über ihn, die Faust noch immer geballt und das Gesicht weiß vor Zorn.

»Wie gut sie dich auch immer gekannt hat«, knirschte er, »wenn ich mit dir fertig bin, wird sie zweimal hinschauen müssen, um sicher zu sein, dass du das wirklich bist. Na los, steh auf, *din advokatsfegis!* Oder hast du nur dann Mumm, wenn du fiese E-Mails schreibst?«

Er packte Markus am Arm und zog ihn hoch. Markus kam unbeholfen auf die Beine und versuchte einen rechten Haken, der erwartungsgemäß ins Leere ging. Göran holte zum zweiten Mal aus … und gleichzeitig flog hinter ihm die Tür auf.

»Halt! Um Himmels willen, hört auf – *sofort!*«

***

Der Anblick, der sich Elisabeth bot, als sie in Traugotts Arbeitszimmer stürmte, war verblüffend und schockierend zugleich. Ihr Mann stand an den Schreibtisch gelehnt; offenbar hatte er den Halt nötig. Blut strömte ihm aus der Nase und tropfte auf sein Hemd. Göran fuhr zu ihr herum, die Hand noch zum Schlag erhoben, die Augen glühend. Als er sie erkannte, erlosch das Feuer, und er ließ den Arm sinken.

»Bettan«, sagte er leise und sichtlich ernüchtert.

»Na *großartig.*« Elisabeth seufzte. »Ich hatte ja schon geahnt, dass so etwas passiert, als ich vorhin nach Hause gekommen bin und den Mailausdruck mitten auf dem Schreibtisch hab liegen sehen. Warum hast du bloß nicht auf mich gewartet?«

»Weil er doch so ein heldenhafter Wikinger ist!« Es war Markus, der antwortete. »Ein richtig tapferer Held, was? Mal schauen, wie tapfer er noch ist, wenn er meine Anzeige wegen Körperverletzung am Hals hat.«

Er fingerte ein Taschentuch aus der Brusttasche seines Hemdes und betupfte damit vorsichtig sein lädiertes Riechorgan.

»Alle Welt weiß, dass ich ein bedauernswerter, von seiner liederlichen Ehefrau verlassener Gatte bin. Dafür habe ich gesorgt.« Er warf Elisabeth einen hasserfüllten Blick zu. »Deine Tochter denkt das auch, vergiss das nicht, meine liebe Lisa. Was glaubst du wohl, wie sie reagieren wird, wenn sie erfährt, dass dein Liebhaber die Villa gestürmt hat, um mich zu verprügeln?«

Elisabeth sah ihm in die Augen. »Sie wird sich nicht sonderlich wundern. Vor allem, wenn ich ihr zeige, was der Anlass für diese bedauerliche Auseinandersetzung war.«

»Ach ja?«, höhnte Markus. »Und wie willst du das machen? Wie kommst du auf die Idee, dass sie irgendwas liest, das von dir kommt? Sie redet doch gar nicht mehr mit dir!«

»Irrtum Nummer drei«, bemerkte Göran. »Vivien redet durchaus wieder mit ihr, und mit mir auch. Außerdem hab *ich* im Gegensatz zu dir Beweise dafür, dass es zwischen Bettan und mir *keine* Affäre gegeben hat. Und jetzt rate mal, wem Vivien mehr glaubt – dir oder uns?«

Markus' Gesicht wurde weiß. »Du bluffst doch bloß«, flüsterte er. »Damit ich dich vom Haken lasse, du mieser, verlogener Schläger!«

»Dann frag deine Tochter doch selbst«, entgegnete Göran kalt.

»Das ist eine gute Idee«, warf Elisabeth ein. Plötzlich war sie ganz ruhig. »Frag sie. Dann wird sie dir nämlich erzählen, dass *sie* es war, die Göran gebeten hat, hierherzukommen. Sie ist dafür extra nach Schweden geflogen.«

»Wofür ich ihr unendlich dankbar bin.« Göran legte den Arm um Elisabeth und sah Markus an. »Denn deshalb sind wir jetzt tatsächlich zusammen. Seit gestern, um exakt zu sein. Und diesmal lasse ich sie nicht wieder gehen. *Nie mehr.*«

Markus versuchte sichtlich, diese Fülle von so unerwarteten wie unliebsamen Neuigkeiten zu verdauen.

»Wieso sollte Vivien das machen?« Es klang trotzig. Sein Blick durchbohrte Elisabeth. »Hat sie sich etwa von deinem Gejammer erweichen lassen?«

»Nein.« Elisabeth schüttelte den Kopf. »Ich hatte überhaupt nichts damit zu tun. Ihre Freundin Bella hat sie nach Hamburg eingeladen, um in den *König der Löwen* zu gehen. Und was glaubst du, wem sie dort im Theater begegnet ist? Diana Voss.«

Markus' Augen weiteten sich entsetzt.

»Die beiden haben miteinander geredet«, fuhr sie fort. »Dabei hat unsere Tochter herausgefunden, wie lange du mich *wirklich* betrogen hast. Und sie hat noch etwas erfahren: Diana ist schwanger. Von dir. Sagt die gute Frau jedenfalls, und sie ist sich ihrer Sache so sicher, dass sie eine Vaterschaftsfeststellungsklage gegen dich einreichen wird.«

»Was bedeutet«, ergänzte Göran mit einem schiefen Grinsen, »du bist offensichtlich in die Fußstapfen unseres Vaters getreten, *käre storebror*. Gratuliere!«

Elisabeth schnaubte leise.

»Nur dass Traugott wesentlich anständiger war als du, Markus«, sagte sie. »Er hätte Göran und seiner Mutter sofort Unterhalt gezahlt; es war Åsa, die das nicht wollte. Er hat seinem Sohn sogar regelmäßig geschrieben. Er wäre nie auf die Idee gekommen, sich vor der Verantwortung zu drücken – so wie du das tust. Was denkst du, wie die Leute reagieren werden, wenn sie von dieser

Geschichte erfahren? Ein angesehener Anwalt, der seine Frau verleumdet und seine Geliebte in die Wüste schickt, nachdem er sie geschwängert hat?«

»Du willst das öffentlich machen?« Markus starrte sie an. »Saubere Idee, du Miststück!«

Elisabeth merkte, wie Göran sich neben ihr anspannte, und legte ihm rasch eine Hand auf den Arm.

»Sagt ausgerechnet der Mann, der ungeniert in die Welt hinausposaunt, ich sei so was wie die Hure Babylon«, antwortete sie sachlich. »Du hast schlechte Karten, Markus. Und solltest du auf die abenteuerliche Idee kommen, noch so eine unappetitliche Schmutzkampagne anzuzetteln oder gar Göran anzuzeigen – dann lasse ich Vivien tatsächlich die E-Mail lesen, der du deine gebrochene Nase verdankst. Das würde ich gern vermeiden, denn damit riskieren wir, dass sich ihr Verhältnis zu dir noch mehr abkühlt als im Moment ohnehin schon. Aber wenn du jetzt einen Fehler machst, dann lässt du mir keine andere Wahl.«

Markus antwortete nicht. Er hatte begriffen, dass er in der Falle saß; sie konnte es deutlich sehen.

»Anders als du käme ich nie auf die Idee, dir Vivien wegzunehmen«, fügte sie leise hinzu. »In einem Jahr sind wir beide geschieden, und es liegt ganz bei dir, ob sie dir eines Tages verzeiht. Sie liebt dich, und ich wünsche mir, dass das so bleibt. Du hast schon genügend Unheil angerichtet, meinst du nicht?«

Sie griff nach Görans Hand.

»Wir gehen jetzt. Und Markus – du solltest unseren Hausarzt anrufen. Deine Nase muss versorgt werden.«

»Du kannst ihm ja erzählen, dass du im Suff gegen die Wand gelaufen bist«, ergänzte Göran trocken. »Soll schon passiert sein, so was. Komm, Bettan.«

Sie ließen Markus stehen, verließen das Zimmer und schlossen die Tür hinter sich.

***

Der Ebnisee lag im goldenen Licht des Sommerabends still wie ein Spiegel. Die Luft war angenehm warm. Ein paar Gäste saßen im Biergarten am hinteren Ende des Sees, eine Reihe bunter Tretboote schaukelte angekettet neben einem Steg am Ufer und ein einsamer Kajakfahrer paddelte quer über das Wasser und zog eine Spur bewegter Wellen hinter sich her.

Elisabeth stand unweit des Restaurants *Himmelreich* auf der obersten Stufe der Treppe, die zum Ufer hinunterführte, und blickte über die glatte Fläche hinüber zum Saum der bewaldeten Hügel. Sie hatten einen Spaziergang um den See gemacht und auf der Sonnenterrasse gegessen. Während Göran noch die Rechnung beglich, war sie schon mal vorausgegangen, weil ihr jäh (und nicht zum ersten Mal) bewusst geworden war, wie wenig Zeit ihnen noch blieb.

Morgen würde Göran zurück nach Schweden fliegen, zurück zu Yngve und Signe, zu Mattis und nicht zuletzt zu Jukka, der seinen *husse* nach zwei Wochen ganz sicher schmerzlich vermisste. Für den Husky mochte das eine lange Zeit sein, für Elisabeth waren die Tage nur so dahingeflogen. Bei der Vorstellung, Göran jetzt monatelang nicht mehr zu sehen und insgesamt fast zweieinhalb endlose Jahre durchstehen zu müssen, in denen kurze Stippvisiten und lange Wartezeiten nicht die Ausnahme waren, sondern die Regel, wurde ihr flau im Magen.

Zwei Hände legten sich auf ihre Schultern. Sie ließ sich dankbar nach hinten gegen Görans Brust sinken und spürte, wie seine Arme sie festhielten.

»Alles in Ordnung, Bettan?«

»Doch, ja.« Sie schloss die Augen und legte ihre Hände über seine. »Das heißt … ach, ich weiß auch nicht. Ich glaube, ich hab gerade so etwas wie eine Panikattacke.«

»Warum?« Der sanfte Druck seiner Arme verstärkte sich. »Kann ich dir helfen?«

»Nein, nicht wirklich.« Elisabeth seufzte. »Es sei denn, du bringst es fertig, die nächsten zwei Jahre gleichzeitig in Laxforsen und hier bei mir zu sein.«

Göran küsste sie auf den Scheitel. »Ich wünschte, ich könnte das. Aber ich werde mich immer daran erinnern, wie ich mich ein Jahr lang ohne jede Hoffnung nach dir gesehnt habe. Jetzt gehören wir zusammen, und ich weiß, dass ich dich wiedersehen werde. Keine Sorge, diese Jahre werden wie im Flug vergehen.«

»Wie im Flug?« Elisabeth seufzte. »Können Schnecken fliegen?«

Göran nahm sie bei den Schultern und drehte sie zu sich herum.

»Ja«, versicherte er mit todernster Miene. »Langsam, aber sicher.«

Sie lachte ein wenig kläglich, dann lehnte sie die Stirn gegen seine Brust.

»Also gut«, sagte sie. »Wenn du es aushältst, dann halte ich es auch aus. Aber vermissen darf ich dich doch?«

»Was heißt hier ›darf‹?« Seine Augenbrauen stiegen hoch, und er lächelte spitzbübisch. »Du sollst, *min älskling!*«

»Und dir lange, gefühlstriefende Briefe schreiben – oder wenigstens E-Mails? Und jeden Abend dein Foto küssen, bevor ich schlafen gehe?«

»Gute Idee – dann küsse ich deins auch.« Er berührte mit seiner Nasenspitze die ihre. »Nur Geduld. Jeder Tag bringt uns unserem gemeinsamen Ziel ein Stückchen näher. Und egal, wie lang dir die Zeit vorkommt – eins ist sicher: Ich bin da und warte auf dich. Denk immer dran.«

»Das mach ich. Und du kannst Isku sagen, dass ich die Idee von Schmuckdesigns aus Rentierhorn und Silber ganz großartig finde. Am Ende meiner Ausbildung muss ich ein Gesellenstück fertigen – vielleicht setze ich sie dann gleich in die Tat um.« Sie sah ihm in die Augen. »Oder ich schmiede unsere Eheringe. Der Entwurf ist schon fertig.«

Erneut wanderten seine Brauen in Richtung Haaransatz. »Eheringe? Über eine Heirat haben wir bislang doch noch gar nicht gesprochen. Oder hab ich da was verdrängt?«

Elisabeth errötete. »N-nein.« Ihre Lippen zuckten humorvoll.

»Aber wir beide können uns nun wirklich nicht vorwerfen, dass wir die Dinge überstürzen, oder?«

»Stimmt.« Er küsste sie. »Sag mal – bevor wir uns dieser bedeutungsvollen Frage zuwenden: Wollen wir uns dazu nicht einen besseren Platz suchen als diese Treppe?«

»Absolut.«

Sie nahm seine Hand und ging mit ihm den Weg entlang, der parallel zum Ufer um den See herumführte. Der Kajakfahrer war inzwischen nicht mehr zu sehen, der Biergarten war leer. Die Sonne näherte sich den Baumwipfeln auf den Hügeln, und Himmel und Wasser waren tiefgolden. Unter einer Weide, die ihre Krone wie einen großen Schirm ausbreitete, stand eine Holzbank. Elisabeth ließ sich darauf nieder. Göran setzte sich neben sie und zog sie an sich.

»Bettan – ich habe das Thema ›Heiraten‹ bislang mit Absicht noch nicht angesprochen. Nicht, weil ich dich nicht heiraten möchte oder mir deswegen noch nicht ganz sicher wäre. Ich liebe dich und wünsche mir nichts mehr, als dass du meine Frau wirst. Aber … ich will nicht *hier* mit dir leben, sondern in Schweden. Du hast zwar mal angedeutet, dass du das auch möchtest … aber du hast meine Heimat bislang nur während eines kurzen Aufenthalts kennengelernt, im Urlaub und bei strahlend schönem Sommerwetter. Wirst du dich dort auch dann wohlfühlen, wenn es kühler ist und wochenlang regnet? Wie wirst du mit den langen, kalten Wintern zurechtkommen und mit der Polarnacht, in der ein paar Wochen lang kein Sonnenstrahl mehr über den Horizont dringt? Ich … ich kann dir einfach nicht zumuten, dich auf ein solches Leben einzulassen, solange du es noch nicht kennst. Deshalb wage ich es im Moment schlichtweg noch nicht, dich um deine Hand zu bitten. Verstehst du das?«

Elisabeth schwieg und betrachtete sein Gesicht, das ihr so vertraut geworden war und das sie so sehr liebte wie den Mann, dem es gehörte.

»Natürlich verstehe ich das«, sagte sie sanft. »Und es passt zu dir, dass du mich nicht mit einem Versprechen unter Druck setzen möchtest, von dem du nicht sicher bist, ob ich es halten kann.«

Sie lehnte den Kopf an seine Schulter und sprach weiter, ohne ihn anzusehen. Stattdessen blickte sie auf das sonnenglühende Wasser hinaus.

»Trotzdem – ich will den Rest meines Lebens mit dir zusammen sein. Wahrscheinlich ist es das Klügste, wenn ich meinen nächsten Jahresurlaub in die Zeit der Polarnacht verlege. Ich komme zu dir nach Laxforsen und probiere es einfach aus. Um dir und mir zu beweisen, dass du dir keine Sorgen machen musst.« Sie küsste ihn auf die Schläfe und lachte leise. »Daran glaube ich übrigens ganz fest.«

»Genau so etwas wollte ich dir auch vorschlagen.« Das Lächeln kehrte in sein Gesicht zurück. »Damit du wirklich weißt, was dich erwartet, solltest du den Mut dazu haben, *Fru Bettan Åsasson* zu werden. Und bei der Gelegenheit kannst du dann ja anfangen, ein bisschen Schwedisch zu lernen.«

»Warum so lange warten?«, erwiderte Elisabeth heiter. »An der Volkshochschule in Gmünd gibt es einen Kurs *Schwedisch für Anfänger*. Er beginnt nach den Sommerferien, ich bin angemeldet, und die Lehrbücher dafür sind gestern mit der Post gekommen.«

»Du bist fantastisch.«, schmunzelte Göran. »Aber den ersten Satz bring *ich* dir bei, und zwar gleich jetzt.«

Er nahm ihr Gesicht in seine Hände.

»*Jag älskar dig*, Bettan.«

Seine Lippen berührten die ihren. Sie erwiderte seinen Kuss lange und intensiv und schmiegte sich so eng an ihn, dass sie nicht mehr wusste, wo ihr Körper aufhörte und seiner anfing. Dann löste sie sich von ihm und sprach dicht an seinem Mund, die Arme noch immer um ihn gelegt.

»*Jag älskar dig*, Göran Åsasson. Und wenn ich hier in Schwaben mit meiner Tochter Weihnachten gefeiert habe, dann komme ich anschließend nach Schweden, und wir werden dein Haus mit allen Lampen und Kerzen erleuchten, die wir finden können. Dann spielt die Dunkelheit nämlich keine Rolle mehr. Ich werde mit dir und Jukka durch den Schnee wandern, und vielleicht, wenn wir Glück haben, darf ich das Polarlicht sehen. Und eine Nacht im Eishotel verbringen. Und alle anderen Nächte neben und mit dir in deinem Bett schlafen. Was ich von nun an sehr gerne *immer* täte.«

Sie atmete tief und fühlte, wie der Rest ihrer Unsicherheit sich in einer tiefen, wundersamen Gewissheit auflöste.

»Ich weiß, du hältst es für zu früh, mir diese Frage zu stellen. Also sorge ich jetzt einfach dafür, dass du das gar nicht mehr tun musst, mein Liebster. *Vill du gifta dig med mig?*«

Er schaute so entgeistert drein, dass sie um ein Haar laut losgeprustet hätte.

»Du … hast du deine Lehrbücher etwa seit gestern in einem Rutsch durchstudiert?«, fragte er.

»Nicht doch.« Sie lachte leise und zärtlich. »Tante Google war so freundlich; sie hat mir sogar vorgesagt, wie man den Satz richtig ausspricht.«

Er gluckste amüsiert. »Du hast über diese Frage offensichtlich genauso gründlich nachgedacht wie ich. Also – dann sollte ich wohl genauso mutig sein wie du.«

Er küsste sie erneut und sah ihr liebevoll in die Augen.

»*Ja, jag vill gifta mig med dig.* Ich möchte dich heiraten und für dich da sein, solange ich lebe. Und ich danke dir. Danke, dass du mich so sehr liebst.«

»Nichts zu danken.« Elisabeth nahm seine Hände und hielt sie fest. »Ich finde es ausgesprochen einfach, dich zu lieben.«

»Möge es immer so bleiben.« Er lächelte. »Und? Panikattacke vorüber?«

»Ja.«

»Gut so.« Er legte den Arm um ihre Schultern. »Und solltest du jemals wieder eine bekommen, dann denk an das, was Mattis immer sagt.«

Er deutete auf das Farbenspiel des Sonnenuntergangs hinter den Bäumen.

»Wende dein Gesicht der Sonne zu, und die Schatten fallen hinter dich.«

Er zog sie noch enger an sich, und sie lehnte den Kopf an seine Schulter.

Keine Schatten mehr, dachte sie glücklich. *Wenn du bei mir bist, mein Liebster, werde ich von nun an immer die Sonne sehen und das Licht. Solange ich lebe.*

Übersetzung fremdsprachiger Stellen

Seite 14
»Dr Pfleiderer, I suppose? Hi, I'm Göran Åsasson. Excuse me for being late. I missed the earlier train.«
»Dr. Pfleiderer, nehme ich an? Ich bin Göran Åsasson. Entschuldigen Sie meine Verspätung, ich habe den früheren Zug verpasst.«

Seite 15
»Welcome, Mr Åsasson. Have a seat!«
»Willkommen, Herr Åsasson. Nehmen Sie Platz!«

Seite 19
»I don't care what you think about me, but I won't let you keep insulting my mother. I've been looking forward to the chance to meet my German family – without any demands. But it's obvious that I'm not welcome here. Guess I'll better leave now.«
»Es ist mir gleich, was Sie über mich denken, aber ich werde nicht zulassen, dass Sie meine Mutter weiterhin beleidigen. Ich hatte mich auf die Möglichkeit gefreut, meine deutsche Familie kennenzulernen – ohne irgendwelche Forderungen. Aber offensichtlich bin ich nicht willkommen hier. Ich gehe jetzt wohl besser.«

Seite 19
»Did you manage to book a guesthouse room for me?« – »Of course.«
»Konnten Sie eine Unterkunft für mich buchen?« – »Natürlich.«

Seite 19
»Thank you. I'm at your disposal – even for that DNA test, if those

people insist. I'm not afraid; I know that my mother was no liar.«
»Danke. Ich stehe zu Ihrer Verfügung – auch für diesen DNA-Test, wenn diese Leute darauf bestehen. Ich habe keine Angst; ich weiß, dass meine Mutter keine Lügnerin war.«

Seite 19
»Good-bye, Ladies and Gentlemen. Have a nice day.«
»Auf Wiedersehen, meine Damen und Herren. Schönen Tag noch.«

Seite 21
Kära Traugott, så är du hemma i Tyskland igen. Tiden tillsammans med dig var underbar igen, men jag tycker fortfarande inte vi har någon framtid ihop. Kom ihåg att du är gift. Det mellan oss var en semesterkärlek och kan aldrig bli något annat.
Lieber Traugott, jetzt bist du also wieder zu Hause in Deutschland. Die Zeit zusammen mit dir war wieder wunderbar, aber ich denke immer noch, dass es für uns keine gemeinsame Zukunft gibt. Denk daran, dass du verheiratet bist. Das zwischen uns war eine Urlaubsliebe und kann nie etwas anderes sein.

Seite 22
Vad vill du med mig? Jag tror inte det är någon bra idé att du kommer nästa sommar.
Was willst du von mir? Ich glaube, es ist keine gute Idee, dass du nächsten Sommer kommst.

Seite 22
Detta blir nog en chock för dig, men du har en son. Han heter Göran och är fyra år.
Das wird jetzt wohl ein Schock für dich, aber du hast einen Sohn. Er heißt Göran und ist vier Jahre alt.

Beauty on Water – *engl.: Schönheit auf dem Wasser (Werbeslogan für Stockholm)*

Bodhrán – *irische Rahmentrommel*

Brorsdotter – *schwed.: Nichte (Tochter des Bruders)*

Cojones – *span.: Eier (in der Hose)*

Din advokatsfegis! – *schwed.: Du Advokatenfeigling!*

Din förbannade usling! – *schwed.: Du verfluchter Lump!*

Din jävla skitstövel! – *schwed.: Du verdammter Scheißkerl!*

Ha det bra! – *schwed.: Mach's / Macht's gut!*

Håll käften! – *schwed.: Halt's Maul!*

Hej (Hejdå) – *der gebräuchlichste schwedische (Abschieds-) Gruß*

Herregud! – *schwed.: Oh mein Gott!*

I'll better go now – *engl.: Ich geh jetzt besser*

Jag älskar dig – *schwed.: Ich liebe dich*

Kära, käre – *schwed.: liebe/lieber (adj.)*

Min älskling – *schwed.: Mein Liebling*

Nämen Göran, hejsan, hur är läget? Har du äntligen skaffat dig en flickvän? – *schwed.: Hallo Göran, wie geht's? Hast du dir endlich eine Freundin angelacht?*

Snövit – *schwed.: Schneewittchen*

Storebror – *schwed.: großer (= älterer) Bruder*

Systemet – *Abkürzung für Systembolaget, die staatliche Ladenkette in Schweden mit dem Monopol auf den Einzelhandel von Alkoholika mit mehr als 3,5% Vol*

TräLek – *fiktiver Firmenname, der sich aus den schwedischen Worten für Holz und Spiel zusammensetzt*

Vill du gifta dig med mig? – *schwed.: Willst du mich heiraten?*

Nachwort

Unsere *Kuckuckssohn*-Geschichte ist natürlich Fiktion. Aber die geschilderten Eindrücke von Schwäbisch Gmünd und Umgebung, von Stockholm, Lappland und Schweden insgesamt haben wir uns persönlich vor Ort geholt. Insbesondere die Welt der Sámi hat Ingrid Zellner über Jahre hinweg ausgiebig studiert. Auch hat sie die zitierten Textstellen von Nils-Aslak Valkeapää aus dem Gedichtband »Vidderna inom mig« (MediaPrint Uddevalla AB 1996) auf der Basis der schwedischen Übersetzung von John E Utsi, Kristina Utsi und Mia Berner selbst ins Deutsche übertragen.

Das im Buch erwähnte Theaterstück zur Staufersaga wurde von dem Künstler Stephan Kirchenbauer-Arnold geschrieben. Er führte bei der ersten Aufführung in Schwäbisch Gmünd auch Regie, starb aber bedauerlicherweise noch im selben Jahr an einer schweren Krankheit. Der danach gegründete Verein führt seine Arbeit fort. Die bislang letzte Aufführung der Staufersaga fand 2016 statt (zusammen mit einem großen Mittelaltermarkt, Ritterspielen und den Schwörtagen). Da unser Buch aber erst jetzt erscheint, haben wir uns die künstlerische Freiheit genommen, sie ein wenig zu verschieben. Die nächste Aufführung ist für 2021 vorgesehen und lohnt sich unbedingt! Infos über den großartigen Verein findet man auf der Website www.staufersaga.de.

Bleibt uns nur noch ein herzliches Dankeschön an den Silberburg-Verlag, allen voran die großartige Bettina Kimpel, an unseren wunderbaren Lektor Michael Raffel, an unseren unermüdlichen, kritischen Testleser Kai Dorra sowie an Niels Rusch, der dankenswerterweise ergänzt hat, was uns an praktischem Wissen über das Gravieren von Rentierhorn noch fehlte.

Welzheim/Dachau, März 2019
Simone Dorra & Ingrid Zellner

Weitere Bücher …

In Ihrer Buchhandlung

Simone Dorra

Römermaske

Baden-Württemberg-Krimi

Als Kommissar Malte Jacobsen das römische Ostkastell in Welzheim besichtigt, stolpert er geradewegs in seinen nächsten Mordfall: Im Kastellbrunnen wurde eine Leiche vergraben. Jacobsen und seine Kollegin bekommen es mit zwei Römervereinen zu tun, die sich nicht grün sind, und mit einem Sensationsfund, einer römischen Helmmaske. Es stellt sich heraus, dass der Tote der Experte war, der die Echtheit des Fundes bestätigt hatte …

312 Seiten
ISBN 978-3-8425-2087-5

SILBERBURG

... der beiden Autorinnen

In Ihrer Buchhandlung

Ingrid Zellner

Adlerschanze

Baden-Württemberg-Krimi

Die Adlerschanze in Hinterzarten im Schwarzwald ist nicht nur Mittelpunkt des Skisprung-Sommer-Grand-Prix, sie wird auch zum Zentrum des Geschehens, als im nahe gelegenen Adlerweiher die Leiche eines jungen Mädchens gefunden wird. Surendra Sinha, ein indischstämmiger Kommissar vom Bodensee, ist zufällig einer der Ersten am Tatort. Auch wenn er gerade nur zu Besuch im Schwarzwald ist, schlittert er ungewollt in die Ermittlungen der Freiburger Kripo hinein. Mit seiner Hilfe kommen wichtige Hinweise ans Licht. Die Spuren führen zunächst in den Kreis der Nachwuchs-Skispringer. Eine Beobachtung der Skilegende Georg Thoma bringt schließlich den entscheidenden Stein ins Rollen.

256 Seiten
ISBN 978-3-8425-2088-2

SILBERBURG